民國文化與文學_{研究}文叢

民國文化與文學 研究文叢

十　編

李　怡　主編

第 **7** 冊

民國時期上海的文學與法律（1927～1937）

苟　強　詩　著

國家圖書館出版品預行編目資料

民國時期上海的文學與法律（1927～1937）／苟強詩 著—初版—新北市：花木蘭文化事業有限公司，2018〔民 107〕

目 2+228 面；19×26 公分

（民國文化與文學研究文叢 十編：第 7 冊）

ISBN 978-986-485-524-7（精裝）

1. 上海文學 2. 文學評論

820.9　　　　　　　　　　　　　　　　107011804

ISBN-978-986-485-524-7

9 789864 855247

特邀編委（以姓氏筆畫為序）：

丁　帆	王德威	宋如珊
岩佐昌暲	奚　密	張中良
張堂錡	張福貴	須文蔚
馮　鐵	劉秀美	

民國文化與文學研究文叢

十　編　第七冊　　　　　ISBN：978-986-485-524-7

民國時期上海的文學與法律（1927～1937）

作　　者　苟強詩
主　　編　李　怡
企　　劃　四川大學中國詩歌研究院
總 編 輯　杜潔祥
副總編輯　楊嘉樂
編　　輯　許郁翎、王　筑　美術編輯　陳逸婷
出　　版　花木蘭文化事業有限公司
發 行 人　高小娟
聯絡地址　235 新北市中和區中安街七二號十三樓
　　　　　電話：02-2923-1455／傳眞：02-2923-1452
網　　址　http://www.huamulan.tw 信箱 hml 810518@gmail.com
印　　刷　普羅文化出版廣告事業
初　　版　2018 年 9 月
全書字數　206158 字
定　　價　十編 14 冊（精裝）新台幣 26,000 元

民國時期上海的文學與法律（1927～1937）

苟強詩　著

作者簡介

苟強詩，男，山東青島人，文學博士，成都大學特聘副研究員，碩士研究生導師，中國高校影視學會會員、成都市文藝評論家協會影視專委會委員，成都大學傳媒研究院學術委員會委員，現任職於成都大學中國—東盟藝術學院。主要研究方向：民國文學、電影理論與批評、動畫學等。目前公開發表學術論文 20 餘篇，主持或參與國家、省級、廳級項目 7 項，教學改革項目 3 項。學術研究成果曾獲北京電影學院動畫學院獎一等獎、省級科研成果三等獎等。

提　　要

在民國時期上海的文學與法律（1927～1937）總題下，本書整體開展三方面研究：

第一，國際版權與文學譯印「自由」。1903 年中美《通商行船續訂條約》、中日《通商行船續約》的簽訂，奠定了晚清至民國文學的譯印「自由」，爲有關國際版權糾紛提供有利的法律依據。同時，中國當局對加入國際版權保護的拒絕姿態，顯露出當局對文學控制的端倪；

第二，書報審查與左翼文藝。詳細描述 1927～1937 年左翼文藝刊物的「被審查史」，呈現國民黨在上海以「黨義」控制文學的目的與過程。上海租界給國民黨的文藝審查帶來行政與司法上的困難，使左翼文藝得到有利發展空間。但 1927 年上海特別市成立，上海公安局等開始聯合租界巡捕房對左翼文藝進行檢查。租界當局出於維護公共秩序安全需求，其自身也施行書報檢查。

第三，人權運動與文學自由。從法律文化角度關注以胡適爲中心發起的人權運動以及與上海國民黨人、左翼文藝家的論爭。人權運動從一開始爲爭取文學法治自由最終走向對立面。法治的實現既依賴於以個人權利爲最終合法性依據且符合正義原則的法律制度的建構，同時，又需要相應的法律文化爲法治與憲政制度提供保障。如此，文學的獨立與自由才有實現常態發展的可能。

該著作是成都大學校青年基金重點項目
《國民黨對上海左翼文學的審查與影響研究》
（項目編號：2014XJR01）階段成果

在民國史料中重新發現現代文學
——《民國文化與文學研究文叢》第十輯引言

李　怡

　　研究中國現代文學需要有更大的文學的視野，也就是說，能夠成為「文學研究」關注的對象應該更為充分和廣泛，甚至是更多的「文學之外」的色彩斑斕的各種文字現象「大文學」現象需要的是更廣闊的史料，是為「大史料」。如何才能發現「文學」之「大」，進而擴充我們的「史料」範圍呢？這就需要還原現代文學的歷史現場，在客觀的「民國」空間中容納各種現代、非現代的文學現象，這就叫做「在民國史料中重新發現攜帶文學」。

　　但是這樣一個結論卻可能讓人疑竇重重：文獻史料是一切學術工作的基礎，無論什麼時代、無論什麼國度，都理當如此。如果這是一個簡單的常識，那麼，我們這個判斷可能就有點奇怪了：為什麼要如此強調「在民國史料中發現」呢？其實，在這裡我們想強調的是：文獻史料的發掘、整理並不像表面上看去那麼簡單，並不是只需要冷靜、耐性和客觀就能夠獲得，它依然承受了意識形態的種種印記，文獻史料的發掘、運用同時也是一件具有特殊思想意味的工作。

　　對於現代文學學科而言，系統的文獻史料工作開始於 1980 年代以後，即所謂的「新時期」。沒有當時思想領域的撥亂反正，就不會有對大量現代文學現象的重新評價，就不會有對胡適等自由主義作家的「平反」，甚至也不會有對 1930 年代左翼文學的重新認識，中國社科院主持的「文學史史料彙編」工程更不復存在。而且，這樣的文獻史料的發掘整理也依然存在一個逐步展開的過程，其展開的速度、程度都取決於思想開放的速度和程度。例如在一開

始，我們對文學史的思想認識和歷史描述中出現了「主流」說——當然是將左翼文學的發生發展視作不容置疑的「主流」，這樣一來至少比認定文學史只存在一種聲音要好：有「主流」就有「支流」，甚至還可以有「逆流」。這些「主」「次」之分無論多麼簡陋和經不起推敲，也都在事實上爲多種文學現象的出場（即便是羞羞答答的出場）打開了通道。

即便如此，在二三十年前，要更充分地、更自由地呈現現代文學的史料也還是阻力重重。因爲，更大的歷史認知框架首先規定了那個時代的社會性質：民國不是歷史進程的客觀時段，而是包含著鮮明的意識形態判斷的對象，更常見的稱謂是「舊中國」「舊社會」。在這樣一種認知框架下，百年來的中國文學發展史常常被描繪爲一部你死我活的「階級鬥爭史」，是「新中國」戰勝「民國」的歷史，也是「黨的」「人民的」「正義」的力量不斷戰勝「封建的」「反動的」「腐朽的」力量的歷史。

這樣的歷史認知框架產生了 1980 年代的「三流」文學——「主流」「支流」和「逆流」。當然，我們能夠讀到的主要是「主流」的史料，能夠理所當然進入討論話題的也屬於「主流文學現象」——就是在今天，也依然通過對「歷史進步方向」「新文學主潮」的種種認定不斷圈定了文獻史料的發現領域，影響著我們文獻整理的態度和視野。例如因爲確立了「五四」新文學的「方向」，一切偏離這一方向的文學走向和文化傾向都飽受質疑，在很長一段時期中難以獲得足夠充分的重視：接近國民黨官方的文學潮流如此，保守主義的文學如此，市民通俗文學如此，舊體詩詞更是如此。甚至對一些文體發展史的描述也遵循這一模式。例如我們的認知框架一旦認定從《嘗試集》到《女神》再到「新月派」「現代派」以及「中國新詩派」就是現代新詩的發展軌跡，那麼，游離於這一線索之外的可能數量更多的新詩文本包括詩人本身就可能遭遇被忽視、被淹沒的命運，無法進入文獻研究的視野，例如稍稍晚於《嘗試集》的葉伯和的《詩歌集》，以及創作數量眾多卻被小說家身份所遮蔽的詩人徐舒。再比如小說史領域，因爲我們將魯迅的《狂人日記》判定爲「現代第一篇白話小說」，就根本不再顧及四川作家李劼人早在 1918 年之前就發表過白話小說的事實。

同樣的情況也出現在文學思潮的認定框架中。過去的文學史研究是將抗戰文學的中心與主流定位於抗日救亡，這樣，出現在當時的許多豐富而複雜的文學現象就只有備受冷落了。長期以來，我們重視的就僅僅是抗戰歌謠、「歷

史劇」等等，描述的中心也是重慶的「進步作家」。西南聯大位居抗戰「邊緣」的昆明，自然就不受重視。即便是抗戰陪都的重慶，也僅僅以「文協」或接近中國共產黨的作家爲中心。近年來，隨著這些抗戰文學認知的逐步更新，西南聯大的文學活動才引起了相當的關注，而重慶文壇在抗戰歷史劇之外的、處於「邊緣」的如北碚復旦大學等的文學活動也開始成爲碩士甚至博士論文的選題。這無疑得益於學術界在觀念上的重大變化：從「一切爲了抗戰」到「抗戰爲了人」的重大變化。文學作爲關注人類精神生活的重要方式，最有價值的恰恰是它能夠記錄和展示人在不同生存境遇中的心靈變化。

在我看來，能夠引起文學史認知框架重要突破的原因就在於我們的現代文學史觀正越來越回到對國家歷史情態的尊重，同時解構過去那種以政黨爲中心的歷史評價體系。而推動這種觀念革新的，就是現代文學研究的「民國視野」的出現。中國現代文學發生於民國，與民國的體制有關，與民國的社會環境有關，與民國的精神氛圍有關，也與民國本身的歷史命運有關。這本來是個簡單的事實，但是對於習慣於二元對立鬥爭邏輯的我們來說，卻意味著一種歷史框架的大解構和大重建——只有當作爲歷史概念的「民國」能夠「袪除」意識形態色彩、成爲歷史描述的時間定位與背景呈現之時，現代歷史（包括文學史）最豐富多彩的景象才眞正凸顯了出來。

最近 10 來年，現代文學研究出現了對「民國」的重視，「民國文學史」「民國史視角」「民國機制」「民國性」等研究方法漸次提出，有力地推動了學術的發展。正是在這樣的新的思想方法的啓迪下，我們才眞正突破了新中國／舊中國的對立認知，發現了現代文學的廣闊天地：中國文學的歷史性巨變出現在清末民初，此時的中國開始步入了「現代」，一個全新的歷史空間得以打開。在這個新的歷史空間中，伴隨著文化交融、體制變革以及近代知識分子的艱苦求索，中國文學的樣式、構成和格局都發生了巨大的變化。具體而言，就是在「民國」之中發生著前所未有的嬗變——雖然錢基博說當時的某些前朝遺民不認「民國」，自己在無奈中啓用了文學的「現代」之名，但事實上，視「民國乃敵國」的文化人畢竟稀少——中國的「現代」之路就是因爲有了「民國」的旗幟才光明正大地開闢出來。大多數的「現代」作家還是願意將自己的夢想寄託在這樣一個「人民之國」——民國，並且在如此的「新中國」中積累自己的「現代」經驗。中國的「現代經驗」孕育於「民國」，或者說「民國」開啓了中國人眞正的「現代」經驗「新中國」與「民國」原本

不是對立的意義，自清末以降，如何建構起一個「人民之國」的「新中國」就是幾代民族先賢與新知識階層的強烈願望。可惜的是，在現實的「新中國」建立之後，爲了清算歷史的舊賬，在批判民國腐朽政權的同時，我們來不及爲曾經光榮的「民國理想」留下一席之地。久而久之「民國」就等同於「民國政府」，「民國」的記憶幾乎完全被北洋軍閥、國民黨反動派所淤塞，恰恰其中最值得珍惜的部分——民國文化被一再排除。殊不知，後者也包含了中國共產黨及許多進步文化力量的努力和奮鬥。當「民國文化」不能獲得必要的尊重，現代中國文學（文化）的遺產實際上也就被大大簡化了。

　　民國時期的中國文學也是民國文化當然的組成部分，當文化的記憶被簡化甚至刪除，那麼其中的文學的史料與文獻也就屈指可數了。在今天，在今後，現代文學文獻史料的進一步發掘整理，就有必要正視民國歷史的豐富與複雜，在祛除意識形態干擾的前提下將歷史交還給歷史自己。

　　嚴格說來，我們也是這些民國文獻搜集整理的見證人。民國文獻，是中華民族自古代轉向現代的精神歷程的最重要的記錄。但是，歲月流逝，政治變動，都一再使這些珍貴的文獻面臨散失、淹沒的命運，如何更及時地搜集、整理、出版這些珍貴的財富，越來越顯得刻不容緩！十五年前，我在重慶張天授老先生家讀到大量的民國珍品，張先生是重慶復旦大學的畢業生，收藏多種抗戰時期文學期刊和文學出版物。十五年之後，張老先生已經不在人世，大量珍品不知所終。三年前，我和張堂錡教授一起拜訪了臺灣政治大學的名譽教授尉天聰先生，在他家翻閱整套的《赤光》雜誌。《赤光》是中國共產黨旅法支部的機關刊物，由周恩來與當時的領導人任卓宣負責，鄧小平親自刻印鋼板，這幾位參與者的大名已經足以說明《赤光》的歷史價值了。三年後的今天，激情四溢的尉先生已經因爲車禍失去行動能力，再也不能親臨研討現場爲大家展示他的珍藏了。作爲歷史文物的見證人，更悲哀的可能還在於，我們或許同時也會成爲這些歷史即將消失的見證人！如果我們這一代人還不能爲這些文獻的保存、出版做出切實的努力，那麼，這段文化歷史的文獻就可能最後消失。爲了搜求、保存現代文學文獻，還有許許多多的學人節衣縮食，竭盡所能，將自己原本狹小的蝸居改造成了歷史的檔案館，文獻史料在客廳、臥室甚至過道堆積如山。中國社科院文學所的劉福春教授可謂中國新詩收藏第一人，這「第一人」的位置卻凝聚了他無數的付出，其中充滿了一位歷史保存人的種種辛酸：他每天都不得不在文獻的過道中側身穿行，他的

家人從大人到小孩每一位都被書砸傷劃傷過！民國歷史文獻不僅銘記在我們的思想中，也直接在我們的身體上留下了斑斑印痕！

由此一來，好像更是證明了這些民國文獻的珍貴性，證明了這些文獻收藏的特殊意義。在我們看來，其中所包含的還是一代代文學的創造者、一代代文獻的收藏人的誠摯和理想。在一個理想不斷喪失的時代，我們如果能夠小心地呵護這些歷史記憶，並將這樣的記憶轉化成我們自己的記憶，那就是文學之福音，也是歷史之福音。

民國時期的中國文學是色彩、品種、形態都無比豐富的「大文學」。「大文學」就理所當然地需要「大史料」——無限廣闊的史料範圍，沒有禁區的文獻收藏，堅持不懈的研究整理。這既需要觀念的更新，也需要來自社會多個階層——學術界、出版界、讀書界、收藏界——的共同的理想和情懷。

2018 年 6 月 28 日於成都

目

次

緒　論

一、從「法律與文學」到「文學與法律」

　　「民國時期上海的文學與法律」，對這個論題的思考與書寫顯然是一次在「法律」與「文學」間的跨界之旅。事實上，從法律角度來審視中國自近代以來的諸多文學現象及「革命」事件的發生發展歷程，這樣的角度是長期缺席於文學研究者的視野的。與之對照的是，近三十年來，中國現代文學的研究則常常跨入哲學、美學、政治、心理、倫理、歷史乃至進行跨國界的文化比較研究。這些研究對於我們來說，似乎已經習以為常。而這也恰好說明文學並非真空於人類繁複的社會生活，尤其是對近代以來的中國文學而言，在世界交通的時代背景下，中與西、古與今，社會轉型的諸多方面均可能與近代以來之文學發生種種關聯，甚至某些方面深刻影響了某些時期文學發展的歷史面貌。從某種程度上來講，「通過法律的社會控制」勢必與文學發生諸種內在關聯，而正是這些「關聯」的存在，將成為研究者通過法律角度審視文學的部分路徑與視角。

　　與法律在文學研究界「遇冷」的境遇恰恰相反的是，在中外的法學界，尤其是美國，法學早已聯合文學形成「法律與文學」的法理學流派，且以「運動」的方式逐漸成為法學研究前沿的一個分支。我國法學界的相關研究起初也獨立於美國的「法律與文學」運動而發展起來，只是對這一交叉學科研究的理論總結是在 20 世紀 90 年代美國理論資源翻譯引進國內之後才開始的。〔註1〕研究成果也在 90 年代以來逐漸增加。

〔註 1〕 對國內「法律與文學」研究狀況的分析與評述，可參見徐忠明、溫榮：《中國的「法律與文學」研究述評》，《中山大學學報（社會科學版）》，2010 年第 6 期。

　　當中美法學研究者，無論出於何種目的，開始跨入文學疆域，憑藉「法律與文學」所具有的某種內在關聯展開激進的法學理論研究時，20 世紀 80 年代的國內文學研究者，仍在著手進行還歷史本來面目的「撥亂反正」工作。這對於經歷「文革」後的現代文學研究來說，是一次很有必要的「正本清源」、調整路向的重要基礎工作，對法律等其他學科的無暇旁及有當時的歷史合理性。但時過境遷，在擁有較大開放環境的當下，如果我們的目光依然無視那場在 20 世紀 70 年代大洋彼岸展開的法學運動，以及國內「法律與文學」研究現狀，那麼，對於文學研究方法的探索與研究疆域的開拓，顯然是不益的。當然，我們對文學與法律的關注，乃是基於上世紀二三十年代中國自身的文學現象與史實，並非拿一種西方法學理論進行簡單而生硬的套用。

　　當下文學界給予法律的關注，顯然少於法學界對文學的重視。反倒是法學研究者對文學領域頻頻涉足，表現出濃厚的研究趣味，甚至在某些法學者那裡，較之國外尤其是美國，呈現出民族主義意味的學術開拓精神。作爲波斯納的中國信徒、推動其法學理論著作在中國陸續翻譯出版的蘇力教授，在文中明確提到不希望下述情況的發生：中西學者聚會討論的法律與文學不過是西方的法律與西方的文學，或者更奇怪，是西方的學者討論中國的法律與文學。〔註 2〕這一法學派既然與文學相關聯，又涉及本文的思考與寫作，因此，這裡有必要對「法律與文學」作一簡要介紹。

　　「法律與文學」的題目在美國法學界早就出現，著名美國法學家本傑明・內森・卡多佐（Benjamin N. Cardozo）在 1925 年就曾發表論文《法律與文學》，他在文中討論了司法文件的文學風格、修辭等問題。〔註 3〕作爲批判性立場的激進法理學派，亦以「運動」相稱的「法律與文學」，是繼美國七十年代批判法學而起，以批判在美國法學院占主流地位的法律經濟學爲己任，並受德里達的文學解構主義、拉康的心理分析等法國後現代主義思潮的影響，偏重敘事（narrative）或故事性文本的研究。美國密歇根大學的詹姆斯・伯艾德・懷特（James B. White）被視爲該運動的創始人，其出版於 1973 年的

〔註 2〕 蘇力：《法律與文學：以中國傳統戲劇爲史料》，北京三聯書店，2006 年，第 15 頁。重點爲原作者所加。

〔註 3〕 Benjamin N. Cardozo, "law and literature," in *Selected Writings of Benjamin Nathan Cardozo*, ed. By Margaret E.Hall, Fallon Publications, 1947.引自蘇力：《法律與文學：以中國傳統戲劇爲材料》，北京三聯書局，2006 年 6 月，導論第 8 頁。

《法律的想像》（The Legal Imagination）成爲該法理學流派的奠基之作。〔註4〕
理查德・A・波斯納（Richard Allen Posner）指出，儘管法律和文學之間的重
合自古就有，但在 1973 年詹姆斯・伯艾德・懷特出版《法律的想像》這部教
科書之前，「法律與文學」作爲有組織的研究領域還不存在。〔註5〕在《法律
的想像》中，懷特闡釋了文學研究如何類似於法律領域裏的諸種解釋性活
動。他認爲，「文學研究有助於對法律之倫理性的思考，而文學思想與實踐則
可提供對法律的人性主題的洞察；同時，法律與文學關係密切，因爲兩者均
依賴於語言以及涉及類似的解釋性實踐的閱讀、寫作與言說方式；此外，法
律與文學研究也體現了法律解釋學的新發展。上述法理學觀點使這場運動區
別於西方傳統的法理學及當代主流法律理論。」〔註6〕懷特認爲，法律與文學
應被理解爲一種創造性的技藝；它在擴展人們的同情心，使人們對自身及世
界的感受複雜化的同時，也羞辱了西方文化中居於主導地位的工具理性形
式。〔註7〕後來，該學派在美國法學院獲得一席之地，但它所批判的對象，法
律經濟學卻在法學界佔據了無法撼動的地位。但無論如何「法律與文學」也

〔註4〕　馮象：《木腿正義》（增訂版），北京大學出版社，2007 年，第 10～11 頁。

〔註5〕　〔美〕理查德・A・波斯納：《法律與文學》（增訂版），李國慶譯，中國政法
　　　　大學出版社，2002 年 9 月第 1 版，導論第 5 頁。弔詭的是，與「法律與文學」
　　　　作戰的法律經濟學主要代表之一波斯納，他與懷特的《法律的想像》一樣，
　　　　在 1973 年的同一家出版社出版了法學教科書《法律的經濟學分析》，後來成
　　　　爲美國「法律與文學」運動的核心人物，他將 1988 年的《法律與文學：一場
　　　　誤會》徹底修改後於 1998 年哈佛大學再版時刪去原標題中的「一場誤會」，
　　　　這標識了波斯納對原先批判者態度的轉變。但事實上，波斯納從一開始就沒
　　　　有拒絕「法律與文學」運動。在第二版的導論中，對於自己指出「法律與文
　　　　學」運動的局限，希望讀者不應由此就推論他對這一運動的總態度就是否定
　　　　的。他說「我支持它，並且希望看到它繁榮——不見得是按照我想像的那種
　　　　方式繁榮，但是，我既要考慮到它多採取的一些進路的缺點，也要考慮到本
　　　　書所採取的進路的長處。我希望它繁榮，但不想它被高估。」進而表明自己
　　　　的立場「在文學領域裏是一個形式主義者，而在法律裏是一個反形式主義者、
　　　　一個實用主義者，這中間沒有什麼不和諧的地方——這正是我的立場」。理查
　　　　德・A・波斯納：《法律與文學》（增訂版），李國慶譯，中國政法大學出版社，
　　　　2002 年，導論第 8～9 頁。

〔註6〕　明輝、李霞：《西方法律與文學運動的形成、發展與轉向》，《國外社會科學》，
　　　　2011 年 03 期，第 66 頁。

〔註7〕　White, Law and Literature: "No Manifesto", *Mercer Law Review*, Vol.39, 1988,
　　　　p.739, p.741.引自明輝、李霞：《西方法律與文學運動的形成、發展與轉向》，
　　　　《國外社會科學》，2011 年 03 期，第 67～68 頁。

發展出了四個研究分支，它們分別是：

一、「作爲文學的法律」（law as literature），即將法律文本甚或司法實踐都當作文學文本，並運用文學理論對其加以解釋與分析的研究；

二、「文學中的法律」（law in literature），即研究文學作品中所反映出來的法律問題，思考其中蘊含的法學理論和實踐問題；

三、「有關文學的法律」（law of literature），即研究各種規制文學藝術產品（包括著作權、版權、出版自由、制裁淫穢文學書刊、以文學作品侵犯他人名譽權等等）的法律；

四、1990 年代以後興起的「通過文學的法律」（law through literature），即利用文學自身所特有的打動人心的感染力，作者試圖用文學的手段來敘述、討論和表達法律問題。〔註8〕這四個分支在法學界的研究進展不盡一致，甚至可以說，作爲批判性的激進法理學流派，在其興起之時，由於法律與文學兩者自身的實質屬性的不同，爲它在今後的發展埋下了不可忽視的矛盾與障礙，乃至作爲其中兩個重要問題：「文學中的法律」和「作爲法律的文學」存在的前提或預設本身就存在諸多的爭議，尚待釐清。學者馮象在文中就懷疑「文學經典中的法律故事能否提供法律家執業所需的具體的倫理、政治教導；或有關文本寫作和閱讀的一般性批判理論能否自動延伸至法律解釋，撇開國家權力和階級利益的約束而自由『解構』。另一方面，更重要的是，即使承認兩名題成立，如此『太認眞』地拔高文學（波斯納法官語）強調其政治效用和倫理價值，勢必衝擊法律的自主『中立』，削弱法律家集團對行業壟斷所持的『審愼』態度，而最終否定法治的基本原則（關鍵詞）。」因此，「法律與文學」又是關於資本主義法治本身何以可能、又怎樣終結的糾問。〔註9〕由於種種深刻的懷疑與障礙，從國內的研究成果來看，獲得較大進展的還是「文學中的法律」一支。

國內「法律與文學」研究起步於 1990 年代。法學研究者大都將較早涉及該研究的論文或專著溯及賀衛方的論文《中國古代司法判決的風格與精神——以宋代爲基本根據兼與英國比較》〔註10〕、梁治平《法意與人情》（海天出版

〔註 8〕 蘇力：《法律與文學：以中國傳統戲劇爲史料》，北京三聯書店，2006 年，第 9 頁。

〔註 9〕 馮象：《木腿正義》（增訂版），北京大學出版社，2007 年，第 29～30、32 頁。

〔註 10〕 賀衛方：《中國古代司法判決的風格與精神——以宋代爲基本根據兼與英國比較》，《中國社會科學》，1990 年第 6 期。

社，1992)、劉星《西窗法雨》(花城出版社，1998)、《古律尋義》(中國法制出版社，2001) 郭建《中國法文化漫筆》(東方出版社，1999) 以及徐忠明、汪世榮、強世功、余宗其等人的研究文章及專著。〔註 11〕蘇力則更是在 2006年出版了利用「本土資源」寫作的《法律與文學：以中國傳統戲劇為材料》(北京三聯書店)。這些國內的研究已經觸及「法律與文學」的各個方面，大體呈現出兩種進路：一是以典型的文學作品為基本分析材料，對中國法律文化進行多方面的解讀，這鮮明體現在那些以文學作材料來「看」、「……與……」、「解讀」、「反映」為標題的論文與著作中。〔註 12〕二是試圖從文學作品中尋找某些理論議題，來做法理學意義上的延伸辯論，而其主旨並非是對特定歷史時期法律文化的呈現，而是旨在探究更為宏大的法律理論問題。著有《法律與文學：以中國傳統戲劇為材料》的蘇力，被認為是這一路徑的主要推手。而徐忠明則在文中指出自己在研究方法上已從「文史互證」轉向「法律的新文化史」，標明與已往的「法律與文學」在研究旨趣和方法上的區別——通過檢視有關法律問題的文學想像和文學表達，來解讀其中蘊涵的法律文化的豐富內涵，探究某一時代法律文化精神狀態。〔註 13〕

　　全面介紹「法律與文學」並非我們的主要旨趣所在。簡介是為下面進一步探討做背景性知識瞭解與搭建討論的平臺。

　　聞道有先後，術業有專攻。歸根結底，濫觴於 20 世紀 70 年代美國法學院，以及起步於 1990 年代的國內「法律與文學」研究，無論出於何種現實目的而興起，在中美法學界的研究如何展開，至少從目前來看，其出身已經決定了它的歸屬及立場——它屬於法學院而非文學院。雖然，該法學運動，尤其是「文學中的法律」與「作為文學的法律」兩分支與文學（文本）發生了諸多內部關聯與問題，但這一切關聯的發生與問題、障礙的浮現，均由法律

〔註11〕　具體研究舉要及相關評述可參見蘇力：《法律與文學：以中國傳統戲劇為史料》，第 4～8 頁。徐忠明、溫榮：《中國的「法律與文學」研究述評》，《中山大學學報（社會科學版）》，2010 年第 6 期。

〔註12〕　例如，卜安淳：《從〈水滸傳〉看傳統中國社會的法觀念》載《南京大學法律評論》2001 年秋季號；徐忠明：《從明清小說看中國人的訴訟觀念》，載《中山大學學報》1996 年第 4 期、《包公雜劇與元代法律文化的初步研究》，載《南京大學法律評論》1996 年秋季號與 1997 年春季號；郭健：《非常說法：中國戲曲小說中的法文化》，中華書局，2007 年，尹伊君：《紅樓夢的法律世界》，商務印書館，2007 年，等等。

〔註13〕　徐忠明、溫容：《中國的「法律與文學」研究述評》，《中山大學學報（社會科學版）》，2010 年第 6 期，第 170 頁。

所處的中心位置而引起，即它的專業立場與出發點無疑都是法學而非文學。由於法律與文學的實質性差別：文學是審美、感性、個人、虛構、理想、自由、非功利、反秩序以及不可預知的等等；而法律則是理性、事實、規範、秩序、現實、功利、確定與可預知等等。（下定義是一件危險的事情，更何況「文學」與「法律」在各自專業領域內，至今未有一個權威明確的定義。）我們之所以對它們的區別進行關鍵詞的例舉，目的並非是割裂法律與文學的內在勾連（事實上，「法律與文學」運動的存在本身讓我們無法割裂、取消乃至忽視兩者的聯繫的存在）。我們所意欲表達的是：一是正由於兩者具有實質區別性，便先天決定了該運動自身所存在的問題以及面臨其他研究者投來的懷疑與批評；二是基於兩者的實質性區別，兩個不同的專業，提醒文學研究者要以文學為主而非客、中心而非邊緣的專業立場來看待法學院的「法律與文學」。

我們發現，在「法律與文學」的研究中，文學只是被法律單方面的相中，從而被法學拉攏過去，文學在該法理學的研究中，始終處於邊緣的位置。在以上舉例的國內大部分研究成果中，文學只是法學研究的「材料」，例如，蘇力充分利用《趙氏孤兒》、《梁祝》、《竇娥冤》等傳統戲劇，力求從中發現一些具有理論意義的法律問題。甚至他寫《法律與文學》一書的初衷就是針對目前中國大學內法學研究方式的一些弱點和不足，從而使他感到有必要寫一本中國的《法律與文學》的書。希望在以戲劇材料構建的具體語境中以及構建這些文本的歷史語境中冷靜地考察法律的、特別是中國法律的一些可能具有一般意義的理論問題，希冀對一般的法律理論問題的研究和理解有所貢獻。〔註14〕即使在其他稍有不同的研究進路中，文學也依然無法擺脫淪為揭示與討論中國法律制度、文化、理論問題的材料式的案例或注腳的命運。

對此，我們不能責怪法學者在研究中僅給予文學為「材料」的不公正待遇，〔註15〕因為這是他們專業職責所要求的，要不然他們也就不會被稱為法學研究者。不同的人文及社會專業都面臨學科生存、展拓研究視界的內在壓力與需求，這注定研究者最後探討與解決的問題應該是本專業的而非其他專

〔註14〕蘇力：《法律與文學》，北京三聯書店，序第2～3頁，導論第3頁。
〔註15〕事實上，在「法律與文學」研究中，有「作為文學的法律」一支，可見文學也並非只是「材料」而已，筆者所意欲強調的是研究與解答問題的專業立場為何的問題。

業。既然如此，鑒於「法律與文學」的某些內在關聯，以及「法律與文學」研究給我們的方法與啓示，我們爲何不屹立於文學專業的疆域，將「法律」當作「文學」研究的材料、視角或方法，來對文學文本、文學現象、作家以及文學生產機制等諸多文學問題進行討論與研究呢？

二、在「文學與法律」中關注文學

　　從法律的角度研究近代以來的文學，從宏觀上而言，無論文學抑或法律，它們都處於整個民族國家從「傳統」向「現代」的歷史大轉型之中。被視爲人的「行爲秩序」之一的文學生產活動，在這個意義上，也勢必受到「社會控制」之法律秩序的約束與影響，文學生產活動也就在這種「社會控制」中進行與演變著；從中觀上而言，從晚清至民國，中國歷史上從未出現過的特殊政治法律空間──租界，成爲當時中國社會上那些具有重要「革命性」事件發生發展的獨特空間。之所以在租界，尤其是在上海的英美租界和法租界發生，關鍵因素就是其異於中國傳統法制與國民黨統治下的華界政制的存在；從微觀上而言，二十世紀三十年代租界化上海的文學生產與當時之租界、華界的法律產生著種種密切關聯，尤以書報審查制度下左翼文學的發生發展爲代表。這樣，我們對「文學與法律」的關注也就是在上述「三觀」意識中，基於以下問題地提出與追問：租界化上海的法律多元形態對當時的文學發展會產生何種影響？國民黨意欲控制上海文壇尤其是左翼文學，在立法與機構設置上，建立了一套怎樣的機制？它對三十年代上海文學的生產施以怎樣的影響？在此種影響下，作家又是如何反應與應對？在法律文化層面，執政黨與社會知識精英各自具有怎樣的傾向與主張？在一個以憲政爲革命建設標的國家裏，如何處理法律與文學的諸種關係？在何種程度上保障文學的自由健康發展等等。

　　法學院的「法律與文學」運動，對於筆者來說，更多的是跨學科研究中的方法論啓示。同時，筆者思考的問題同樣屬於「文學與法律」大範疇。因此，「法律與文學」運動中的方法對我們的研究無疑具有啓示作用。但在立場與目的上，文學與法學的研究者卻有所不同。

　　對文學研究者來說，我們要實現從法學院的「法律與文學」到文學院的「文學與法律」的轉換。

　　首先，從法學院的「法律與文學」到文學院的「文學與法律」**轉變**，是

基於文學專業自主性研究的內在呼喚，是學科專業與研究主體在文學與法律間主客位置與研討中心的重新設置與追問。這要求文學研究者借助法律的視角研究與回答文學專業領域的問題。

在「法律與文學」研究分支中，顯然存在可以直接借鑒的研究進路。例如「文學中的法律」（law in literature）以及「有關文學的法律」（law of literature）。法學研究者對文學文本尤其是文學經典爲材料來探討法律，例如波斯納在其《法律與文學》一書中，通過《伊利亞特》和《哈姆雷特》來討論「復仇」，分析《比利・巴德》和《卡拉馬佐夫兄弟》中對法律不公正的文學控訴，以及對卡夫卡、狄更斯、華萊士・斯蒂文斯等作家的法律解讀等等，這實際上是一種文學文本的法律批評，我們應該借鑒並將其視爲對民國時期作家作品進行多維解讀中的一維，而這恰恰是文學研究者先前忽視或缺乏的一面。

但是對這一研究進路，我們要保持清醒與審愼的態度，因爲文學研究者對文學文本進行法律視角的解讀，並非如同法學家那樣通過文本來「看」或「探討」中國傳統法律制度或文化的某些方面，抑或其中所蘊含的法律理論問題，毋寧說，法律批評只是文學批評家藉以解讀、批評文學文本的一種方法與路徑，而且此種操作要求該文學文本眞正事關「法律」（最寬泛意義上的法律），且法律批評的路徑最好成爲深入理解與揭示該文學文本一種行之有效的操作。因此，以法律的視角來進行文學批評的前提，在我看來是苛刻的，甚至可以說，作出這種解讀與批評指令的不是研究者或批評家，而是文學文本自身，且當只有法律的視角能夠與其他文學批評方法取得同樣甚或更多更大的闡釋空間與新的發現時，文學文本的法律批評才算是成功的。不然法律批評之於文學研究只能是純粹精力的耗損而無所收益。那種似可非可、無關緊要甚或牽強附會的法律批評「量」的增加，無益於文學文本解讀在「質」上的突破。或許也正爲此，法律批評長期缺席於文學批評者的視野，同時值得注意的是，文學家的法律批評，不能變成普法的宣傳材料，因爲那是法律工作者的任務，而非文學研究者的任務。問題的另一面是，大多文學文本在文學研究者看來或許還不夠太「法律」，但這其中是否還存在研究者自身對法學理論知識儲備不足，缺乏通過法律批評獲取對文學文本新的洞見的能力呢？正如法學研究者對此進路的推進需要提高文學批評的理論儲備、感性細膩的文學感受力一樣，文學研究者則需要補法律的課。

　　其次，另一個值得我們直接重視的是「有關文學的法律」。如果說文學文本的法律批評注重於文學內部，那麼，「有關文學的法律」則屬於文學的外部研究——法律制度對文學的各種規制。這一分支涉及著作權、出版自由、制裁淫穢文學書刊、以文學作品侵犯他人名譽權等方面的研究。這裡，我們不能把「有關」僅僅指向「規制」，同時應該看到處於現代生產機制中的文學，在其創造、印刷、傳播與閱讀等一系列過程中，在給予其規制的另一面，應該注意到法律爲文學革新與發展所提供的相關法定權利的保障。此種與文學直接相關的法律制度，將成爲我們研究「文學與法律」的一個重要部分，這主要涉及到了書報審查制度對文學寫作、發表、傳播等的影響諸方面。

　　第三，出於文學研究自身的需求，「法律與文學」不關注的問題恰恰應爲我們所重視。「法律與文學」作爲激進的法理學派，它所關注的焦點是如何實現以主流西方法學理論爲批判對象的、有鮮明價值取向的話語權力的伸張和實施，而並非文學需要怎樣的法律環境或作家應該享有什麼權利的問題。〔註16〕但對立足於文學院的「文學與法律」來說，盡力觸摸歷史現場，關注現代文學興起與展開時的法律環境，政法制度與文學之間、作家自身權利如何等問題，均應成爲「文學與法律」研究應有的題中之義。我們應該重視與強化民國時期文學發生與發展的法律空間感，自覺構建文學研究的法律緯度，意識到一個充滿秩序性控制的法律社會空間〔註17〕（我們常常只關注其他的文化空間無意忽視了充滿秩序的法律空間）之於現代文學存在與發展的意義與必要性。對此，我們應該走出那種純粹與狹隘之個人的、內部的文學觀點，從整個國家機制的角度（國家機制及內於其中的文學生產），將文學視爲在充滿創造性與交互性的人與人、人與社團、人與社會、人與國家之關係及其種種對應中進行的活動。這些關係既是權利又是義務，它們並非可有可

〔註16〕馮象：《木腿正義》（增訂版），北京大學出版社，2007年，第12頁。

〔註17〕現代法律的核心是通過規則的制訂來對人的行爲加以控制，在龐德看來，「現在我們稱之爲法律的這一名稱，包含了社會控制的所有手段」。（〔美〕羅斯科·龐德：《通過法律的社的控制》，沈宗靈譯、樓邦彥校，北京：商務印書館，1984年4月第1版，第9頁）而法律人類學家的視野並非局限在現代法律所界定的那些有限的法律現象上，而是將其進一步擴展到了整個社會。這裡法律人類學家便等同於社會學家了，其關注的對象是社會中操控人的行爲並使其就範的各種形式，這些可能是規則的，可能是儀式象徵的，還可能是暴力的，宗旨這些都體現出了一種人爲創造的、控制人的行爲的規範的法的精神。（趙旭東：《法律與文化：法律人類學研究與中國經驗》，北京大學出版社，2011年，第62頁）

無的隨意發生與易變，它源自人之為人的權利訴求，人對生存與發展的渴望，人的思想精神自由的追求。因此，我們有必要將文學研究的目光擴充到社會與國家法律的考察。在某種意義上可以說，正是現代性價值觀念〔註18〕尤其是個人權利觀念在上述相互對應關係中的普遍確立及寓於其中的人之種種「關係」權利的法定與制度性保障（它們經由個別觀念的萌生到社會群體的普遍主張以致成為國家權威意志的邏輯進程），中國文學的現代革命性轉變才能夠在──逐步趨向現代化的法律制度或文化空間──社會中順利亦受抗拒地展開與行走。在現代社會結構中，文學作者、讀者、書店（兼印刷與銷售）、出版商、社團、政府、國家等主要「元素」構成了在以文化市場為中心趨向市民社會與國家間的權利關係域。〔註19〕於此權利關係域中發展的現代文學，其所處的法律環境、作者等應享有的權利與保障、新法規的制定與頒行是否會給予文學影響及哪些方面、程度如何等等，都應納入文學研究者的視野。這既是拓展文學研究領域的義不容辭與職責所在，同時這樣的研究關注又具有社會歷史發展的合理性依據。

三、上海法律的「多元主義」

　　法律人類學家通常堅持法律多元主義的觀點，而這種「多元」訴求來自於對「法律必是指國家法律，必是指由國家制度所實施的大一統的排他性法律觀念的徹底拋棄。」〔註20〕法社會學家埃利希也認為，法律並非國家專門制定，而是內蘊於社會機構或社會習俗即內部秩序之中，人類團體的內部秩序不僅僅是原初的法的形式，而且直到當代仍然是法的基本形式。國家所制定通用的法條不僅很晚才出現，而且至今絕大部分依然來源於團體的內部秩序。決定團體內部秩序的法律規範均以習俗、契約、法人團體的章程為基礎。在埃利希看來，「法總是團體法」，國家首先是一種社會團體，因此社會各團體的風俗就是廣義的法律，國家制定法也是以社團風俗為基礎，亦屬社會風

〔註18〕 現代社會起源的三大核心要素：工具理性、個人權利、立足於個人的民族認同，見金觀濤：《探索現代社會的起源》（社會科學文獻出版社，2010年）一書中關於現代性價值觀念的相關論述。

〔註19〕 中國古代沒有像西方那樣，形成市民社會。但自近代以來，尤其是隨著通商口岸的開埠，一批租界如上海租界等，之間發展出類似市民社會的社會結構。

〔註20〕 趙旭東：《法律與文化：法律人類學研究與中國經驗》，北京大學出版社，2011年，第111頁。

俗的一種。〔註 21〕埃利希等人對法律的看法，無疑進一步打開了我們對法律的認識維度，在一種綜合視野中認識上海法律的現實「多元」狀態。

　　在這裡，我們所謂的「多元主義」是特指 1840 年代以來上海這一特殊的地理文化空間中的法律制度。法社會學家同樣認為，一個社會中往往存有多種法律秩序和法律制度，這對於近代以來諸種異質性文化並存的上海來說更是如此。作為一個具體的歷史文化時空，1840 年代尤其是 1860 年代以後，上海作為通商口岸被劃分為英美公共租界、法租界、華界三個不同權力機構掌控的行政區域，外人管理下的英美公共租界與法租界基本沿用其「母國」的法律制度。這樣，從法系的角度來說，1860 年代以後的租界化上海就存在了英美法、大陸法以及中國法（民國之前的中華法系及民國之後走上法制現代化的法律制度）的法律文化觀念。本文的「上海法律制度」既指向英美、法國法律，以及英、美、法等國在上海所享有的治外法權，同時，又包括晚清、國民政府時期的國家法律及上海的地方性法律。如此「多元」的法律制度，無疑共同描繪了一幅複雜的法律圖景。按照吉爾茲「地方性知識」的說法，上海法律的「地方性」便是如上所說的「多元化」。

　　這樣，租界化上海的「文學與法律」問題的對話與研究，便需要如吉爾茲在談法律與人類學兩者所需要的那樣，「不是一個非驢非馬的學科——熱帶葡萄種植或者藤本植物駕船航行——而是對另一方之道理所在的更高度更確切的瞭解。」〔註 22〕文學研究的法律之維所欲達致的效果也就在於——回到

〔註21〕〔奧〕歐根・埃利希：《法社會學原理》，舒國瀅譯，中國大百科全書出版社，2009 年，第 41、45 頁。論及法律與文化的關係，必會涉及習俗與制度化的規範之間的關係。……從文化的角度來看待法律的學者，一般都不會懷疑博安南（Paul Bohannan）提出問題的有效性：習俗便是規範或規則……所有的制度（包括法律制度在內）都發展出了習俗。在某些社會中，一些習俗是在另外的一些層次上給予再制度化，即是為著法律制度講求更精確的目的而加以重新表述。因此，當碰到此種情況時，人們就有可能把法律看成是一種習俗，但這種習俗是為著適應法律制度的活動目的而得到了重新的表述。趙旭東：《法律與文化：法律人類學研究與中國經驗》，北京大學出版社，2011 年，第 28 頁。在這樣的觀念支配下，法律人類學家更加看重日常生活與法律制度之間的互動過程。也就是法律在什麼樣的意義上肯定了日常的生活，而日常生活中近距離經驗對於人、時間、因果關係的理解又如何作用於法律的過程。趙旭東：《法律與文化：法律人類學研究與中國經驗》，北京大學出版社，2011 年，第 28 頁。

〔註22〕〔美〕吉爾茲：《地方性知識：闡釋人類學論文集》，中央編譯出版社，2000 年，第 225 頁。

民國時期上海地方性的「多元」法律場域，進入歷史，還原、理解與解釋文學及其歷史現象。

四、本課題研究的歷史與現狀

在「文學與法律」的思考中，本選題整體涉及三個方面：

（一）晚清至民國時期國際版權保護與文學譯印「自由」

「晚清至民國」這一時期選擇的依據是基於以下史實：在 19 世紀以來的國際版權保護中，涉及譯印「自由」的中外條約等法律的制定始自晚清，其發展演變延續至民國時期。晚清簽訂的通商條約均成爲晚清至民國時期重要的文學譯印「自由」的法律淵源。因此，在論及「譯印自由」的問題上，如果不將考察的視角前移至晚清，那麼，可能就會缺少民國文學「譯印自由」的法律淵源，以及由此引起相關問題的合理解釋。

（二）書報審查制度下左翼文藝的發展

在書報審查制度中，關注國民政府、上海租界當局對左翼文藝的審查，其論述時間設定於國民政府統治前十年，即 1927～1937 年，也就是我們通常所說的「三十年代文學」。之所以選擇這一時間段，出於以下幾個方面因素的考慮：其一，從中國文學中心的空間轉移來說，「三十年代」的上海，是當時中國文學的中心；其二，從「有關文學的法律」這一角度來看，「三十年代」的上海是國民政府時期實施書報審查制度的重心，這與上世紀三十年代上海成爲全國文化、新聞出版中心的地位有關；其三，從在上海實施書報審查之主要對象來看，左翼文藝不但興起與發達於上海，無疑更是南京國民政府與上海特別市政府通過這一審查制度干預文學生產的首要目標與重點對象。

（三）法律文化視野中新月派的「人權運動」

在法律文化的視野中，考察「三十年代」初期上海文壇的「新月派」發起以爭取言論自由爲主要目的的「人權運動」，以及由此引起的多方論爭：一是「新月派」；二是「上海國民黨人」；三是左翼文藝家。通過論爭的梳理，從中看出他們對「法治」與「憲政」的文化態度、價值等觀念，並由此看出三十年代上海文學生產的法律環境，從而尋覓出上海國民黨人以法律審查與控制文藝領域的法律文化的因子，並探討文學自由與法律之間的關係。

鑒於此，我們對與本書相關議題的研究情況作一梳理。〔註23〕

（一）與「文學與翻譯」相關的研究

在「文學與翻譯」的研究視域中，研究者關注更多的是「中國文學的翻譯史」、「翻譯文學研究」、「有關文學翻譯的理論與方法的研究」、「翻譯文學之於本土文學寫作影響的研究」等等。這些方面的研究著作與論文，已經取得了豐碩的成果。但是，「翻譯」既事關文學又與法律有著內在關聯。也就是說，如果將上面的幾大方面均視為「文學問題」的話，那麼，「文學翻譯」既是一個文學問題，同時又是一個法律問題。因為翻譯其自身所具有的從一國語言文字譯成另一國語言文字的行為本身就是一個「法律問題」，即翻譯這一工作必然牽涉到被翻譯作品的作者著作權的問題，尤其是其中的翻譯權問題。

實際上，在沒有形成國際版權保護觀念的時代，翻譯並不必然的牽涉到版權保護問題。但當國際法以及版權保護聯盟成立之後，這就在國家間確立了一種現代的國際法律秩序，即國際版權保護制度。那麼，對於那些意欲將他國文學翻譯成本國語言的譯者而言，他們就必須首先獲得原著者的同意。而這就勢必牽涉到一個文學翻譯授權的問題，這裡所謂的翻譯「自由」並非是任意而為的「自由」，具體到本書將要展開的內容來說，它是中外條約中「有規定的自由」。「翻譯」之於晚清民國時期的國家建設，文化發展，學校教育，作家培養及其生存等方面，都有著緊要而相關的聯繫。但從筆者所掌握的資料來看，在「文學與法律」視野中對晚清至民國這一時期譯印「自由」的研究成果並不多見。

（二）書報審查制度與文學生產的研究

據目前筆者所掌握的資料來看，對以「書報審查制度與文學生產」〔註24〕為題的專門研究尚未出現完整而系統性的研究著作，其最大原因可能是由於原始資料搜集的難度較大且橫跨文學與法律兩大專業領域所致。因此，在書報審查制度與文學生產的研究成果多以單篇論文或專著中的專門章節為主。

〔註23〕 本書所謂的第二大部分內容，雖稱「書報審查制度」，但主要集中於文藝書刊，所以有關報紙新聞類的法律及相應的「研究歷史與現狀」在此便不予以介紹。

〔註24〕 這裡筆者所謂的文學生產是指在文學「商品市場化領域」內，作家文學作品的創作、書店對作品的印刷、與出版，文藝刊物的創辦與編輯，讀者的消費與閱讀等，諸要素所構成整體連貫而有相互依靠與影響的文化商品生產領域。

在《中國現代文學制度研究》一書中，王本朝先生提出了文學制度的研究視角。他將文學制度視爲文學的生產體制和社會結構；它是文學生產的條件，也是文學生產的結果；制度既對文學產生制約和引導作用，也給予文學以自由和主動性。此外，文學制度還被認爲是與文學的審美意識一同構成了文學現代性的兩個層面。〔註 25〕而書報檢查制度在該書中也被當作「文學制度」之一種，並指出「書報檢查是現代中國的一項文化制度，它意在控制人們的思想和社會意識形態，社會的政治和階級矛盾越突出，意識形態的控制也就也嚴密，文學生產也越來約受到文化的審查和查封。」〔註 26〕作者將書報審查制度當作「文學的審查制度」列爲該書第七章《文學審查與評獎》中的一節。在該節中，作者大體以時間爲線索，梳理了現代文學史上被審查的文學「對象」，以及他們反審查的諸種方法。

朱曉進先生在《政治文化與中國二十世紀三十年代文學》一書中，也部分的將「書報審查制度」納入其考察的視野。不過朱先生是從「政治文化」〔註27〕如何作用於上世紀「三十年代」文學的角度來研究的。在該書中，「書報審查制度」被視爲「政治文化」作用於「三十年代文學」的重要手段之一，它的實施被認爲是塑造了當時特殊的政治文化語境與文學氛圍，作者並以此來解釋某些特殊的文學現象。

以上兩書可算作將書報審查制度納入各自研究視角（文學制度、政治文化）中的一支來對待的。而另一種研究則是將書報審查制度與具體的作家或文體研究相結合，可看作「影響研究」的一種。

在書報審查制度與具體作家的研究上，結合率最高的應該是「書報審查制度與魯迅」的研究了，這個研究顯然具有歷史的必然性，因爲從整個國民黨書報審查制度的實施過程來看，左翼文藝首當其衝，而魯迅又是在左翼文

〔註25〕 王本朝：《中國現代文學制度研究》，西南師範大學出版社，2002 年，第 2、5 頁。

〔註26〕 王本朝：《中國現代文學制度研究》，前引書，第 115 頁。

〔註27〕 該書認爲廣義的政治文化是指，在一定文化環境下形成的民族、國家、階級和集團所建構的政治規範、政治制度和體系，以及人們關於政治現象的態度、感情、心理、習慣、價值信念和學說理論的複合體。而狹義的政治文化則主要是指由政治心理、政治意識、政治態度、政治價值觀等層面所組成的觀念體系形態。作者在研究政治文化與文學的關係時，更主要地是在狹義上使用「政治文化」。朱曉進：《政治文化與中國二十世紀三十年代文學》，人民出版社，2006 年，第 7～8 頁。

藝中被審查的重點對象，因此，對「戴著鐐銬跳舞」的魯迅研究較多。例如林賢治先生在《魯迅最後十年》〔註 28〕中，對與魯迅上海十年相伴始終的書報審查制度做了相應的分析。而牟澤雄的博士論文《（1927～1937）國民黨的文藝統制》中，將「書報審查制度」視爲文藝統制策略的一種，單列一章「文藝審查制度的形成與影響」。在介紹了文藝審查制度的形成過程之後，緊接著探討了文藝審查制度與文藝雜誌的興起以及與雜文文體的產生進行了分析，該作者指出「無論是與政治意識形態結合緊密的左右翼文藝雜誌還是商業性文藝雜誌，它們的興盛都與國民黨的書刊審查制度有關」，對雜文興起的問題作者說道：「雜文」在某種意義上說是 20 世紀三十年代特殊政治語境中的衍生物，而非問題自由發展與自由選擇的結果。〔註 29〕

　　在「三十年代」上海的文學審查中，魯迅無疑是被重點審查的對象，刪改、抽稿、查禁、乃至通緝等，國民黨對魯迅「文武兼施」，1933 年 6 月魯迅在給曹聚仁的信中就說到「中國學問，待從新整理者甚多，即如歷史，就該另編一部」，「其他如社會史，藝術史，賭博史，娼妓史，文禍史……都未有人著手。然而又怎能著手？居今之世，縱使在決堤灌水，飛機擲彈範圍之外，也難得數年糧食，一屋圖書。」〔註 30〕雖然魯迅自己沒有編寫「文禍史」，但他卻在自己的文字裏不斷「立此存照」，如實的記錄著他所遭遇的「文禍史」，不僅在與友人的書信中，魯迅上海生活的後期，每每編輯雜文集都要在序言或後記中記錄種種「文禍」，如《花邊文學·序言》、《且介亭雜文·附記》、《且介亭雜文二集·後記》等等。實際上這樣的記錄散見於現代文學家的文字中，唐弢先生的《晦庵書話》〔註 31〕中就記錄了較多的作家與「文網」鬥爭的歷史，如《駢肩作戰》、《關於禁書》、《書刊的僞裝》、《「奉令停刊」》、《若有其事的聲明》、《饒了她》、《山雨》等等，在這些散文性質的文字裏，記錄了國民黨書報檢查官對文藝作家及其作品的審查以及他們的種種鑽網術。又如倪墨炎先生的《現代文壇災禍錄》，〔註 32〕該書以搜集史料見長，同

〔註 28〕　林賢治：《魯迅的最後十年》，復旦大學出版社，2011 年。

〔註 29〕　牟澤雄：《（1927～1937）國民黨的文藝統制》，華東師範大學，2010 屆研究生博士學位論文，第 231～233 頁。

〔註 30〕　魯迅：《致曹聚仁》，王世家、止菴編：《魯迅著譯編年全集》第拾伍卷，人民出版社，2009 年，第 199～200 頁。

〔註 31〕　唐弢：《晦庵書話》，北京三聯書店，1998 年第 2 版。

〔註 32〕　倪墨炎：《現代文壇災禍錄》，上海書店出版社，1996 年。

時，作者結合自己搜集的資料進行研究。該書對左聯、創造社以及《我們》、
《北斗》等的被封被禁，以及魯迅、郭沫若、錢杏邨、蔣光慈、張資平等作
家著譯被禁情況做了相應概述，並且對圖書雜誌審查制度的演變、圖書雜書
審查委員會的產生與消亡、國民黨的郵檢等都做了研究，在史料方面為我們
提供了參考。沈永寶的論文《報禁與反報禁——三十年代左翼文藝雜誌界一
瞥》〔註33〕中也對國民黨實施的「報禁」方式以及左翼文藝雜誌界反報禁的
方式進行了介紹。

　　上述成果無疑給本文的研究提供了或方法或史料方面有益的啓發與幫
助，但問題是，在上述成果中：首先，對書報審查制度的研究多是對某一時
期（我們將時間限定於1927～1937）的局部關照，而缺乏整體地梳理與研究，
尤其是對實施書報審查制度之中心城市上海，在書報審查制度的立法與機構
的設置方面缺乏完整的梳理；其次，研究者在談到國民黨書報審查之時，筆
墨多停留在文學審查對某些作品文字的刪改以及作家種種鑽網術的介紹，或
者指出查禁左翼文藝書刊單純的一次事件，整體上缺少對左翼文藝刊物審查
做長時段歷史描述；再次，現在大家談的文網史，多是發生於「三十年代」
的上海，因為那時的上海是中國文學的中心。這裡的問題是，當時的上海特
別市並非如同南京、南昌等處於國民黨完全控制之下，當時的上海除了華界，
還有洋人的租界，即英美公共租界與法租界，上海的租界被認為是外國人的
「飛地」，是「國中之國」。因而，在對以上海為中心的「書報審查制度與文
學」的研究中，就不能不將上海的租界法律制度考慮在內。而事實上也說明
上海租界的存在對國民黨書報審查制度在上海的實施產生了無法迴避的影
響，這其中既有上海租界對其審查的順應與合作，同時又存在著排斥與抗拒。
這一複雜的歷史情狀，又在很大程度上影響了上海左翼文藝的發展。因此，
要完整呈現被置於「三十年代」上海文壇的整體風貌尤其是左翼文藝的「被
審查史」，就勢必要將上海的租界考慮在內，這樣的上海，才是一個既「分離」
而又「完整」的上海。

五、本課題研究的價值及意義

　　筆者從國際版權保護的角度來關照譯印的「自由」問題，而這是先前研

〔註33〕沈永寶：《報禁與反報禁——三十年代左翼文藝雜誌界一瞥》，《書屋》，1996
　　　年02期。

究者所忽視的。但恰恰這種「自由」的存在與否，在一定程度上關係到當時文學生產以及文化教育的各個要素：一、文學翻譯之於新文學創作的重要意義；二、將其作爲謀生手段之一的作家或專門譯者；三、譯印外國翻譯作品的書店；四、需要最新教科書的學校教育等等。

　　對於書報審查制度的研究來說，凸顯了租界化的上海這一歷史特殊性，全面考慮這一文學審查制度在上海是如何建構與實施的。尤其是對 1927～1937 這十年中左翼文藝刊物在書報審查之下的諸種命運的梳理與分析，力求完整地呈現出這十年中上海左翼文藝運動在面對國民黨書報審查制度下的「被審查史」。這一點在筆者所搜集的資料中還是不曾系統出現的。

　　書報審查制度對人民言論、出版自由的壓迫與侵害，成爲以胡適爲中心的「新月派」人權運動興起的現實背景。對「新月派」與上海國民黨人以及左翼文藝家展開的人權論爭，恰好以此來觀察雙方的法律文化，即對人權、約法、憲政及訓政的態度、價值、精神等法律文化觀念，因爲法律文化塑造法律結構，從而提出對現實的法律要求。國民黨爲實施文學審查而建立的書報審查制度，其背後自有與之相適應的官方法律文化的包孕與支持。與之對抗的「新月派」與左翼作家亦然。因此，從人權論爭中考察與得出論爭方的法律文化觀，並結合當時的歷史現實，來思考文學與法律的諸種的關係，尤其是文學意欲健康獨立的常態發展，我們應對現實社會的法律制度提出怎樣的要求、建構怎樣的法律文化等問題得出相應的啓示，都具有獨特的價值與意義。

六、本課題的研究方法及構想

　　本課題以「文學與法律」之關係爲思考中心，主要採用法律文本細讀、文學現象的法律解讀、實證、以及編年體思路〔註 34〕等方法，將法律制度的條文與實施的現實相結合，來探討法律制度對文學生產活動的影響。在對原始材料的閱讀與分析的基礎上，力求重點落腳於（有關文學的）法律對文學活動的諸種影響研究，從而進一步探討文學與法律的關係問題。具體而言，我們主要圍繞「翻譯權」與文學譯印的「自由」，書報審查制度與左翼文藝以及「新月派」的人權運動等來展開論述。

〔註34〕魯迅先生說過，分類有益於揣摩文章，編年有利於明白時勢，倘要知人論世，是非看編年的文集不可的。魯迅：《且介亭雜文・序言》，王世家、止菴編：《魯迅著譯編年全集》第拾玖卷，人民出版社，第 509～510 頁。

緒論、結語而外，正文共分七部分：

在緒論中闡釋本課題研究的歷史與現狀、本課題的研究價值及意義、課題的研究方法與構想。

第一章我們從翻譯文學對現代文學所發揮的作用出發，來重點考察在文化界、教育界、文學界急需翻譯的情況下，我們是否能夠依據條約實現譯印之「自由」的問題，這種「自由」之於新文學發展具有怎樣的意義？在文中筆者重點對晚清與民國時期西方國家要求晚清政府加入國際版權同盟，以及對晚清與美、日簽訂通商條約進行梳理與分析，認爲雖然晚清簽訂了不少喪權辱國的條約，但 1903 年晚清政府分別與美、日達成的中美《通商行船續訂條約》與中日《通商行船續約》則奠定了文學譯印「自由」的法制保障，並爲民國時期上海出版業與外國同行或作者發生版權糾紛時，提供了重要的法律依據，從而獲取有利於中方的裁決。

第二章我們首先探討了文藝傳播媒體與書報審查制度的關係，在文中我們認爲，文藝的演變與傳播媒體息息相關，甚至文藝傳播媒體自身的變化引起了新文學的革新。因此，在這個意義上，對文藝刊物施以檢查就成爲權力意志控制文學的主要手段，這勢必對文學的革新與發展產生內在的影響，這是通過體現權力意志的審查行爲壓迫作者來實現的。審查制度的存在無疑擾亂了本應獨立自由的文學生產活動。我們通過原始資料的搜集與閱讀，以編年形式對民國時期上海書報審查制度與機構設置進行了考察與梳理，從中可以看出國民政府時期書報審查制度在上海的發展情況。

第三、四章首先對左翼文藝在上海的興起做了分析，接著對 1927～1937 年的左翼文藝刊物在國民黨書報審查制度下的「被審查史」做了較爲詳盡的論述。在這兩章中，我們通過原始資料的閱讀與整理，尤其利用表格的形式將左翼文藝遭到查扣、查禁的情況進行說明，並對上海公安局、教育局業務工作報告中的審查數據進行整理，以此來顯示國民黨在上海進行文學審查的緊弛狀況。依據大量的表格與數據統計，基本完整且長時段地呈現了上海左翼文藝運動在 1927～1937 十年間所遭受的審查史。

第五章重點考察了上海英美租界與法租界的存在對國民黨上海書報審查制度實施所產生的影響。在第一節中，我們重點對上海英美租界與法租界印刷附律案進行了分析。第二節通過文藝家在上海辦書店的實例、文藝雜誌被上海市黨部起訴的案例、上海教育局與公安局的業務報告的閱讀與分析，以

及上海租界享有治外法權與「屬地管理權」的現實分析，從中可以發現上海租界的存在爲上海左翼及其他文藝的發展提供了較爲寬鬆的言論、出版自由。這就在一定程度上抵制了國民黨書報審查制度在上海租界的施行。但另一方面，1927 年上海特別市成立，上海公安局也隨後成立，公安局遂被賦予重建上海城市管理秩序的重要任務。通過對上海公安局的關注發現，「三十年代」初上海特別市公安局開始嘗試聯合租界巡捕房對共產主義宣傳與左翼文藝進行審查，而租界出於維護公共秩序安全考慮，除與國民黨勾結對左翼文藝刊物進行壓迫，其自身也施行租界的書報檢查。上海租界當局與國民黨政府實施的「合作檢查」與「分別檢查」，構成了當時上海複雜的文藝刊物發展生態，從而對當時之文學創作者施以複雜的影響。

　　第六章重點關注了書報審查制度地施行對左翼文藝書籍雜誌在印刷、流通與銷售環節所遭受的諸種檢扣與查禁的情況。首先，通過對相關法律文本的分析以及國民黨審查文藝書籍雜誌原始數據的統計，從整體上對國民黨的文學審查在印刷、流通與銷售等環節給左翼文藝造成的效果進行了說明；其次，我們還對書報審查制度的實施對文學家的寫作及文藝刊物的辦刊策略的影響進行了研究。

　　第七章在國民黨書報審查制度的大背景下，我們主要考察了以胡適爲中心的「新月派」發起的人權運動以及與上海國民黨人、左翼文藝家的論爭，從法律文化的角度對此次論爭進行了比較分析與評價。已往對「新月派」的人權運動的研究只在於其本身「人權理論」的研究，而本書則考察了「新月派」與國民黨人對以言論、出版自由爲力爭對象的「人權」論爭，進行法律文化的分析，探索「新月派」人權運動的得失，思考文學的健康獨立發展與法治憲政的關係。

第一章 晚清至民國：對文學翻譯 「自由」的考察

　　翻譯之於「五四」時期新文學運動及其以後文學在其「興起」與「發展」的意義上產生了極其重要的作用與影響，這一點在當時的文學史家那裡，就已經對其給予了相當的關注，並達成一致看法。王哲甫認爲：「自嚴復、林紓翻譯西洋文藝思想書籍後，中國人才注意到西洋的文學思想，這對於民國六年的新文學革命運動，也有莫大的幫助。」「新文學運動以來，雖只有十五六年的歷史，」「這樣進步得迅速，自然由於國內作家的努力，而受外國文學的影響，也是一大原因。」〔註1〕楊之華在《文藝論叢》中同樣說道：「新文學運動的起來，雖然說是始於五四的『文學革命』，但倘沒有清末各家的源源介紹（在今日我只能用「介紹」二字了，因爲那時林琴南的翻譯還不能說是翻譯呢）外洋的思想學術，那麼新文學運動也不會曾於五四運動中長成的。所以今日一般研究新文學運動的史家，都常常把新文學運動的起因說是由於清末翻譯界的影響。這個看法我認爲是很對的。」〔註2〕

　　如果說，王哲甫等人在「興起」的意義上重視「翻譯」之於「新文學運動」的貢獻，那麼，在胡適、魯迅、茅盾等作家那裡，則體現在新文學發展上的作用。上述新文學家對「翻譯」看重的言論已經成爲研究「翻譯」的學者們耳熟能詳的「知識」。例如胡適視「翻譯西洋文學名著爲文學創作的模範」

〔註1〕 王哲甫：《中國新文學運動史》，傑成印書局，1933年9月出版，第26、259頁。

〔註2〕 楊之華編著：《文藝論叢》，太平書局，1944年6月初版，第99頁。

說。〔註3〕茅盾則將翻譯視爲在文壇上活躍的而且最關係前途盛衰的一件事，〔註4〕他認爲在各國文學史上，「常常看見譯本的傳入是本國文學史上一個新運動的導線」並進而認爲「一切文學的譯本對於新的民族文學的蹶起，都是有間接的助力的」「在我國，也已露了端倪」，〔註5〕等等。

在當時作家看來，翻譯猶如給「幽暗的中國文學的陋室裏；開了幾扇明窗，引進戶外的日光和清氣和一切美麗的景色」。〔註6〕鄭振鐸的這一比喻體現了新文學作家群體，對西方文學優於中國文學的價值判定，以至於在他們的文學活動中，給予相當重視並不斷從事翻譯的工作。1928 年 9 月，當郁達夫在上海創辦《大眾文藝》時說：「我國的文藝，還趕不上東西各先進國的文藝遠甚，所以介紹翻譯，當然也是我們這月刊裏的一件重要工作。」〔註7〕1933 年 8 月，魯迅在《關於翻譯》中更是坦言：「我們的文化落後，無可諱言，創作力當然也不及洋鬼子，作品的比較的薄弱，是勢所必至的，而且又不能不時時取法於外國。所以翻譯和創作，應該一同提倡，決不可壓抑了一面，使創作成爲一時的驕子，反因容縱而脆弱起來。」「注重翻譯，以作借鏡，其實也就是促進和鼓勵著創作。」〔註8〕「採用外國的良規，加以採用、發揮，從而使中國的文藝豐滿。」〔註9〕以至於在 1934 年 9 月以「譯文」爲名，創刊《譯文》雜誌。在《譯文》創刊號前記裏，魯迅說：「原料沒有限制：從最古以至最近。門類也沒有固定：小說，戲劇，詩，論文，隨筆，都要來一點。直接從原文譯，或間接重譯；本來覺得都行。只有一個條件：全是『譯文』」〔註10〕

〔註3〕 胡適：《建設的文學革命論》，《新青年》第 4 卷第 4 號，1918 年 4 月 15 日。

〔註4〕 沈雁冰：《譯文學書方法討論》，《小說月報》第 12 卷第 4 號，1921 年 4 月 10 日發行，第 5 頁。

〔註5〕 茅盾：《譯詩的一些意見》，《文學旬刊》第 52 期，1922 年 10 月 10 日。

〔註6〕 鄭振鐸：《翻譯與寫作》，《文學旬刊》時事新報發行，第七十八期，1930 年 7 月 2 日。

〔註7〕 郁達夫：《大眾文藝釋名》，《大眾文藝》第 1 期，1928 年 9 月 20 日，上海現代書局發行。

〔註8〕 魯迅：《關於翻譯》，《魯迅著譯編年全集》第拾伍卷，人民出版社，2009 年，第 285～286 頁。

〔註9〕 魯迅：《〈木刻紀程〉小引》，《魯迅著譯編年全集》第拾陸卷，前引書，第 286 頁。

〔註10〕 魯迅：《〈譯文〉創刊號前記》，《魯迅著譯編年全集》第拾陸卷，前引書，第 349 頁。

這種文學對翻譯的必需，甚至到了非拿不可的地步，其態度尤爲果敢而堅決，時人有言：「中國今日之需要翻譯，也就和福祿特爾（Voltaire）之主張有神一樣。宇宙間有沒有神，且不去管它，假令沒有的話，我們造也要造它一個。翻譯在中國也是這個樣子。我們要發展中國的文化，要研究西洋的文明，所以由一國語言，換成他一國語言的這種翻譯事業，是否可能，我們可以不去管它。即令是不可能的話，我們也得要幹。」〔註11〕

歷史地來看，誠如研究者已經指出的，自「晚清以降人們對翻譯的重要性與必要性的認識，經歷了從政治工具論到文化、文學本體論的發展演化過程。然後，特別強調了翻譯文學在中國語言文學的發展歷史上發揮的作用，指出翻譯文學對外來詞彙語法、外來文體的引進，對現代漢語的演變和成熟，對文學觀念的轉型和個性，都發揮了不可替代的特殊的重要作用。」〔註12〕這一歷史進程的概述無疑是站在文學的角度對自梁啓超以來百餘年的翻譯進行概括的，但在「文學」與「翻譯」的組合中，無論是強調「翻譯」對「文學」發展發揮的重要作用，還是「翻譯文學」作爲一種文學類型的概念或文學形態學的概念，抑或與之相區別的「將一種文學作品文本的語言信息轉換成另一種語言文本」的行爲過程，〔註13〕都存在一個跨文化、文學關係的存在。如果我們從法律的角度來看，這就必然涉及到國際版權保護的問題，尤其是翻譯權。而在文學研究者那裡，大都只關注作爲翻譯過程之結果的「翻譯文學」對「五四」及其以後文學所具有的某種價值與功用，而卻忽視了如何使這種跨文化的「翻譯」成爲可能的問題。因爲，無論如何他總是涉及到「譯者」向「著者」取得翻譯許可權，這一前提條件，當然這是指享有著作權保護以及在保護期限內的作品而言。〔註14〕而這一問題如果放在18世紀之前，它並不是一個問題，因爲那時國際版權保護觀念還未在國家間達成共識，形成國際版權保護制度。但當中國被炮火拖入以西方爲主導的國際經濟政治秩序之中時，在國際版權保護制度已經形成的國際舞臺上，他國對國際版權

〔註11〕張夢麟：《翻譯論》，《新中華雜誌（文學專號）》第二卷第七期，1934年4月10日，第75頁。

〔註12〕王向遠：《翻譯文學導論》，北京師範大學出版社，2004年7月第1版，前言第9頁。

〔註13〕王向遠：《翻譯文學導論》，前引書，第6頁。

〔註14〕但從下面我們將要展開的分析看來，晚清至於民國的譯者似乎並不看重其將要翻譯的作品是否在著作權保護期內的問題，而是總體上反對加入國際版權同盟來給予外國人版權保護。

　　保護的要求勢必成爲自晚清以來的中國人在尋求富國強民、發展中國的「現代」文化，以及借鏡外國文藝的「良規」使中國文學逐漸豐滿的道路上，所遇到的一個重要問題。這就牽涉到中國與外國在通商條約中有關對版權保護條文以及中國當時現實的翻譯「自由」環境的考察。

　　這裡需要說明一個問題，即我們爲何會選擇上海這個具體歷史文化空間來討論「晚清至民國：對文學翻譯『自由』」呢？它具有怎樣的代表性？關於這個問題，我們從以下幾個方面進行解釋。

　　第一，歷史研究已經指出，在 20 世紀初上海就已經佔據了全國文化的中心的位置，而這一文化中心又是首先作爲西學傳播中心起步的。可以說，西書在近代上海的翻譯出版是與 1843 年上海開埠設立租界同步啓動的。1843 年上海第一個譯述西書的機構墨海書館成立，在其後又出現了美華書館、江南製造局翻譯館、格致彙編社、益智書會、廣學會和譯書公會等翻譯機構。〔註 15〕當時中國著名的十大譯書機構就有七家設立於上海。〔註 16〕「上海譯書機構不但數量多，起步早，而且譯書最多，影響最大。據統計，從 1840 年到 1898 年，中國共出版西書 561 種，上海出版的至少 434 種，占總數近 80%，就質量而言，無論是自然科學，數、理、化、天、地、生；應用科學，造船、製炮、冶礦、築橋；還是社會科學，公法、歷史、教育，凡帶有開創意義的、影響很大的，多出自上海。」〔註 17〕可見，自英國在上海設立租界以來，上海便成爲了以譯述爲主要傳播途徑的西學窗口。

　　第二，上海又是全國出版中心。1925 年，上海有出版中文書籍的各種書局、書莊、書社共 121 家，出版外文書的機構 12 家，有印刷所 112 家。〔註 18〕同時上海又是報刊出版中心。據相關統計，近代報刊約有 40%在上海出版。而從 20 世紀初到民國年間，全國共有 224 種中文期刊，除去在海外出的 61 種外，在國內出的 169 種中，上海辦的有 69 種，占 41.8%。〔註 19〕而上海在 1934 年因雜誌創辦數量極大，而被稱爲「雜誌年」。版權史說明出版中心城市

〔註 15〕張仲禮主編：《近代上海城市研究》，上海人民出版社，1990 年，第 907 頁。

〔註 16〕十大著名譯書結構：墨海書館、美華書館、京師同文館、江南製造局翻譯館、格致彙編社、益智書會、廣州博濟醫院、天津水師學堂、廣學會、譯書公會。

〔註 17〕張仲禮主編：《近代上海城市研究》，上海人民出版社，1990 年，第 23～24 頁。

〔註 18〕熊月之：《上海通史》第 1 卷《導論》，上海人民出版社，1999 年，第 23 頁。

〔註 19〕王文英主編：《上海文學史》，上海人民出版社，1999 年，第 150 頁。

其版權觀念較之其他地方更爲普及，而研究者對上海版權史的研究業已說明這一點。

第三，上海又是全國教育中心。它擁有一批名牌教會大學，如聖約翰大學、滬江大學；擁有國人自辦的老資格大學，如南洋大學；擁有一批知名度相當高的中等學校，如徐匯公學、中西書院、中西女中、上海中學等。〔註20〕從下面的分析中我們可知，正是這些新式學校的大量存在，晚清至民國時期人們對西方文化的求知若渴，才推動出版商不斷譯印西方與日本的新式教科書。這在中外版權糾紛的案例中佔據了較大部分。

第四，因爲英、美、法租界在上海的開闢，傳教士在滬的文化活動，使上海成爲現代著作權觀念較早萌生與傳播的城市。1897 年 2 月，林樂知在《萬國公報》第 95 卷登載廣學會嚴禁翻刻新著書籍告示，開始宣傳近代版權觀念〔註21〕1903 年《萬國公報》第 177 卷《歐美雜誌》欄目又載林樂知譯、范褘述《版權通例》一文，該文指出「西方各國有著一新書創一新法者，皆可得文憑以爲專利，而著新書所得者名曰版權。」文中對西方各國的著作權年限做了介紹，並指出「今中國不願入版權同盟，殊不知，版權者，所以報著書人之苦心，亦與產業無異也。」「若昨日發行，今日即已爲人所剿襲，是盜也。且彼著書之人，又何以獎勵之，而俾有進步乎？」〔註22〕1904 年 4 月第 183 卷《萬國公報》又在《譯譚隨筆》欄目載《版權之關係》（林樂知著、范褘述）。該文更明確指出「夫版權者，西國以保護著書者、印書者之權利也。彼著書者、印書者自由之權利，爲之版權，而國家因以保護之。保護乃國家之責任，而非其恩私也。」「今一書逋通行，即有貿利之奸商不勞而獲，而著者與原印者或因之而虧累。則後此尚有謀益社會（瘁）其不可知之心力，擲其不恃之資本而爲之乎？於是有保護版權。此西國立法之源也。」「倘版權之予奪，一出在上者之意，俾著者、印者揣揣不自保而灰其心，徒令翻印之徒，充其私囊，無論人情之大不平，其亦社會永無進步之一端也。」「一

〔註20〕熊月之：《上海通史》第 1 卷《導論》，上海人民出版社，1999 年，第 23 頁。

〔註21〕「西例，凡翻人著作掠賣得資者，視同盜賊之竊奪財產，是以有犯必懲。中華書籍亦有翻刻必究成案。因而稟美國祐總領事，函請劉道憲出示諭禁，並行上海縣暨英法兩公廨一體申禁。渥承道憲扶翼名教，振興士氣之盛心，即日照案出示。除已蒙實貼通衢，並由美署送登日報外，合即敬錄於右，以告坊間。」周林、李明山編：《中國版權史研究文獻》，中國方正出版社，1999 年，第 17 頁。

〔註22〕林樂知譯，范褘述：《版權通例》，《萬國公報》第 177 卷，1903 年 10 月出版。

言以蔽之曰：興國在民，保民在國。」〔註23〕

　　到 19 世紀末，隨著外國經濟與中國關係的拓展，對未經許可使用外國商號和商標的指控開始增多。對此外國領事官開始註冊本國國民的商標，並將註冊記錄提交給大清海關。與此同時，某些中國行會的成員能夠維持他們商號的完整性，或者說服地方官員協助禁止他人仿製香煙、酒、藥品或其他由自己創立聲譽的產品。〔註24〕相伴而行的是，現代版權觀念在上海各書局的從業人員及其著譯作者中逐漸萌生與確立，發出保護版權的明確要求。1898 年 3 月創刊於上海的《格致新報》旬刊，設有「問答」專欄，專門回答讀者提問。1898 年《格致新報》第五冊，在「問答」專欄中，浙江杭州人陳仲明就歐美版權問題發問，其言曰「聞歐美諸國，凡有人新著一書，准其稟官立案，給以牌照，永禁翻刻，以償作者苦心。中國倘能仿行，似亦鼓舞人才之一助。惟一切詳細章程，恨未得悉，即請示知道。」從陳仲明所提之問來看，1898 年左右的中國知識分子對歐美等現代版權觀念已經有所耳聞，但對詳細的章程「恨未得悉」，體現出當時對作者苦心著書所應享之權利的關切，希望中國政府能夠仿行歐美版權法以鼓舞人才。對此，《格致新報》就歐美諸國新書登記獲取版權牌照，作者權利年限等問題作了簡要回答。〔註25〕1903 年南洋公學譯書院將翻譯東西圖書稟請上海道批准立案，出示嚴禁。「凡譯書院譯印官書，均不許他人翻刻，以符奏案，而保版權。並懇分行上海縣租界委員會，一體出示，並照會駐滬領袖總領事立案。嗣後一經查處翻印情弊，即指名呈控，照例從嚴罰辦」並列書目清單交上海道，並分行縣廨暨函致租界領

〔註23〕 林樂知著，范褘述：《版權之關係》，前引書。

〔註24〕 〔美〕安守廉：《竊書為雅罪》，李琛譯，法律出版社，2010 年，第 38～41 頁。

〔註25〕 光緒二十四年（1898）閏三月初一《格致新報》第五冊載：
　　第二十九問：西冷寓公陳仲明　聞歐美諸國，凡有人新著一書，准其稟官立案，給以牌照，永禁翻刻，以償作者苦心。中國倘能仿行，似亦鼓舞人才之一助。惟一切詳細章程，恨未得悉，即請示知道。
　　答：新出一書，禁人翻印，法至良、意至美也。特言之非艱，行之維艱。美國近來亦行是律，但美人均操英語，凡英國新出之書，均被翻印，已不能按律，亦安能以律強人。歐洲各國之律，較美為嚴。法國定律，凡人新出一書，取原印兩本，獻諸內閣，一置諸巴黎藏經閣，一存在造書之地方官處。給一牌照，限期或三十年、或五十年不等，視原書之有益無益而定，並行之各省。期內只准作書之子孫續印，期外不究，但領照需費若干，倘有翻印，稟官追究，又須出費若干耳。見周林、李明山編：《中國版權史研究文獻》，中國方正出版社，1999 年，第 18 頁。

袖領事一體立案外，合行給示諭禁。〔註26〕

　　可以說，現代版權觀念在上海的傳播，一方面使作為全中國出版中心的上海出版機構懂得了版權保護之於保障自身權利的重要性；與此同時，「中國文化落後於西方」的價值判斷，又使中國的出版商與著譯者希望儘量不給予西方書籍在中國境內的版權保護，以便於譯印促進中國文化教育的發展。

　　最後，奠定晚清至民國翻譯「自由」的條約——1903 年中美《通商行船續訂條約》與中日《通商行船續約》的談判與簽訂地點均在上海，而美方談判代表均有駐滬總領事古納與商董希孟的參與。而從兩條約的名稱又可知「通商行船」主要地點以通商口岸上海為主要對象，而那時的上海已經成為其他各通商口岸追逐與學習的範本。而從實際發生的中外版權糾紛案牘來看，其牽涉的對象也主要集中於上海一地。以上海書業商會於 1923 年 7 月增訂的《重訂翻印外國書籍版權交涉案牘》為例，「外方」牽涉到法國、美國、日本，而「中方」則有晚清、北洋政府時期的教育部、農商部、外務部，此外便是上海書業商會、上海總商會、上海道、上海會審公廨、上海商務印書館、兩江總督、江蘇巡撫等，可見「中方」主要以上海方面為主。正因如此，上海在中國現代版權史上佔有重要位置，又因上海這一中外齊聚的國際性商業大都市，討論國際版權的問題，又不得不聚焦於上海，事實上，中國現代重要的「版權史」的發生與發展也大都集中於上海這個自 20 世紀初就成為中國文化之中心的通商口岸。

　　讓我們從鄭振鐸的一段引文開始，來談晚清至民國的文學翻譯「自由」。

　　鄭振鐸非常重視翻譯之於新文學創作的重要性。在《翻譯與創作》一文中，他將翻譯者直接奉為「奶娘」：

　　　　「翻譯者」在一國的文學史變化最急驟的時代，常是一個最需要的人。雖然翻譯的事業不僅僅是做什麼「媒婆」但是翻譯者的工作的重要卻更進一步而有類於「奶娘」。

　　　　我們如果要使我們的創作豐富而有力，決不是閉了門去讀《西遊記》、《紅樓夢》以及諸家詩文集，或是一張開眼睛，看見社會的一幕，便急急的捉入紙上所能得到的；至少須於幽暗的中國文學的

〔註26〕周林、李明山編：《中國版權史研究文獻》，中國方正出版社，1999 年，第 48 頁。

　　陋室裏；開了幾扇明窗，引進戶外的日光和清氣和一切美麗的景色；
這種開窗的工作便是翻譯者的所努力做去的！〔註27〕

　　接下來，鄭振鐸也確實以「奶媽」的口吻，苦口婆心地忠告搞創作的少
爺們，喝幾口「洋奶」來營養創作的頭腦：

　　創作者！你們且慢低頭在桌上亂寫，且慢罵開窗人的驚擾了
你，不妨從已開的小窗裏，看看外面的好景；他們是至少可以助你
乾渴的文思，給你萎枯的文筆以露水的！〔註28〕

　　鄭振鐸將我國「翻譯者」視作「奶娘」，其中，翻譯之於新文學的創作有
何其重要意義與作用，已經不言而喻。但如果從法律的角度來看，這裡的問
題是：因為是翻譯，所以我們應該將「奶娘」二字拆開來看，也就是說，這
裡存在著一個「娘」與「奶」的關係，對於搞新文學創作的「少爺們」來
說，譯者將拿來的洋味十足的「食物」放入嘴裏「翻譯翻譯」，在色香味上固
然可以更加符合中國人對於「舌尖」的要求，似乎少爺們也應該對譯者們喊
聲「娘」以表謝意，但這一謝意僅在於譯者「翻」的辛苦，當然也有其自
身手藝的創造，但「娘」喊快了未免認不清「奶」的來源，即「生母」為誰
的問題。換言之，我國的譯者所作的畢竟是帶有「創造性」的轉換工作，
畢竟這「奶源」並非國產，而是來自西方的牧場。「洋奶」的生產者才能算做
「外面的好景」的生母！我國的翻譯者只能算是一個富於創造性的「巧婦」
而已。

　　「巧婦難為無米之炊」。巧婦再巧，如果沒有下鍋的米，可口的飯菜一樣
端不上桌。在急需文學翻譯的晚清民國，如果西方的文學作品在國際版權公
約的保護下，要等十年甚至更久或者付出較為昂貴的金錢才能准許我們的
「奶娘」對「洋奶」進行翻譯的話，那麼這勢必會影響搞創作的「少爺們」
的營養補給，說不定還會因為「洋奶」翻譯的不能（得不到西方文學作者的
翻譯權的許可）或者翻譯的代價過高或者不及時，導致我們園地裏的創作面
黃肌瘦，創造不出色彩豔麗、品種豐富的新文學園地的風景呢！

　　擴大地來說，如果對於產自西方的「米」，時人不能依據晚清、民國自身
的社會文化需要實現自由地拿來與翻譯，相反，在那個極度意欲迅速且大量

〔註27〕　鄭振鐸：《翻譯與創作》，《文學旬刊》時事新報發行，第七十八期，1930 年 7
　　　　　月 2 日出版。
〔註28〕　鄭振鐸：《翻譯與創作》，前引書。

地輸入西方文明的自強時期，以及拿西方文學做新文學創作之典範時，還要顧及西方國家對其國人著作的版權保護尤其是翻譯權的保護，那麼，在一定程度上，當時之中國朝向現代化的歷史征程必然走的緩慢與吃力。這裡，就涉及到上面已經提出的一個關鍵問題：在極其看重翻譯之於中國文化、教育、文學發展的晚清與民國，我們能夠在多大地程度上將外國文藝自由地拿來翻譯？這種翻譯的自由是如何成其為可能？

我們之所以如此設問是基於這樣的邏輯：既然「翻譯文學」對民國時期的新文學發揮著異常重要的示範與引導作用，那麼，新文學家們能否依據民國時期新文學的現實發展需要或作家自身地審美趨向，來實現「自由」翻譯，以及多大程度上的翻譯「自由」，這都關係到民國時期新文學的發生發展狀況。我們之所以關注晚清、民國時期的翻譯及其「自由」程度，正是以此作為邏輯出發點。

談民國時期的翻譯「自由」，無疑要從晚清時期說起。因為毫不誇張地說，民國時期「文學翻譯」的「自由」是由晚清時期與美日簽訂的通商條約有著密切關係。

第一節　晚清時期文學翻譯之「自由」

對於晚清翻譯日本書的盛況，王哲甫在《中國新文學運動史》中說道：「當光緒二十七年至二十八年之交，譯述事業特盛，定期出版的刊物，不下數十種。因知識饑荒的原故，譯者只求量多，不求精，日本每一新書出版，便又許多人爭譯，新思想的輸入，真是如火如荼。」〔註29〕

晚清以來知識界對於西學的翻譯是如此迫切，自然是因為我們受了西方列強炮火的衝擊，吃了敗仗，一再地割地賠款，國家主權在諸多方面的不完整等等。總之，當時中華民族受到來自「夷族」從未有過的軍事壓迫與生存危機，由此激發了當時晚清以及後來的民國之政府與時人主動尋求富強的內在驅動力。對翻譯的急需，正是基於「未有之變局」之後所呈現出的中西文明之差異與落差中，在如何走向現代的焦慮中形成的。但是，對於我們來說，我們所擁有的只是精心保存下來的國粹以及其他舊傳統，「現代」顯然是屬於西方的。所以，現代之於當時之國人，只能拿來，只能翻譯，在被外人激發

〔註29〕王哲甫：《中國新文學運動史》，傑成印書局，1933年，第26頁。

了尋求富強的巨大內需之後，其問題的關鍵是當時之國人所需要的東西能夠「拿的過來」，更爲重要的是，只有獲得最大程度的拿來的自由，才能解決當時民族國家之發展對於翻譯所產生的燃眉之需。

這就勢必牽涉到國際版權對西方作者著作權的保護問題，「在一國之內，固然能夠禁止別人對於著作人的權利，不加妨害；但到了外國，他要妨害你的版權，就無法可想了。於是各國便發生了「版權保護要互於世界」的思想；這便到了……世界權利時期了……首先便由英法等國發起，聯合世界各國的學者，組織一個國際學藝美術協會；後來再進一步，便於一八八六年九月九日在瑞士國的伯龍（Bern）開了一個國際會議。世界文化史上有名的伯龍約章（The Bern Convention）就於這一天成立；國際版權同盟，便算告成功了！」〔註30〕此聯盟的成立與當時之中國關係最爲緊要的是與作爲著作者經濟權利之一翻譯權。所謂翻譯權，主要是作者許可他人或禁止他人翻譯自己的作品的權利。《保護文學藝術作品伯爾尼公約》〔註31〕第八條規定：凡是受本公約保護的作品的作者，在他的原作受保護的整個期間，享有翻譯自己的作品或授權他人翻譯自己的作品的專有權。翻譯權在《伯爾尼公約》的締結之初，就作爲經濟權利的第一項被提出並明確寫於公約文本中。〔註32〕可見，自1886年起，國與國之間，尤其是西方強國在國際上對本國著作人翻譯權利的重視與保護，同時也反映出一國對另一國作品翻譯的普遍性。

但值得注意的是，我國自唐宋以來至1910年《大清著作權律》頒佈以前，此一時期屬於版權保護的封建特許時期，其保護重點在於印刷出版人的利益。但從世界版權保護的立法來看，1709年，英國議會就已經通過了世界上第一部版權法——《安娜法》，之所以被公認爲世界第一部版權法，其主要原因之一就是把受保護主體從印刷出版商擴大到了包括作者、印刷出版商

〔註30〕 武堉幹：《國際版權同盟與中國》，《東方雜誌》第18卷第5號，1921年3月10日出版，第10頁。民國時期所謂的「伯龍約章」，是指現在的《伯爾尼公約》。

〔註31〕 英國、法國、瑞士、比利時、德國、西班牙、意大利、利比里亞、日本、美國等國家，於1884年到1886年，在瑞士首都伯爾尼舉行三次外交會議，討論有關國際版權保護問題。1886年9月，由英國、法國、瑞士、比利時、意大利、德國、西班牙、利比里亞、海地、突尼斯，這十個國家發起締結了一個國際版權保護的公約，名爲《保護文學藝術作品伯爾尼公約》。其中除利比里亞外，其他九國於1887年9月批准了此公約，並生效於三個月後。

〔註32〕 鄭成思：《國際版權概論》，中國展望出版社，1986年，第24頁。

在內的一切版權所有人。頒佈該法的目的就是爲了防止印刷者不經作者同意就擅自印刷、翻印或出版作者的作品，以鼓勵有學問、有知識的人編輯或寫作有益的作品。在該法第一條中，就指出作者是第一個應當享有作品中的無形產權的人。〔註 33〕版權保護從而進入了保護對象主要是作者的版權權利時期。

　　當天朝迷夢被炮火驚醒而進入世界民族之林後，對西學的譯印就不能不受到已經走入版權保護國際化的西方世界的干預了。若失去對西書翻譯的「自由」，被迫駛離傳統軌道的晚清，又將遭遇何種狀況呢？

　　1898 年 3 月 1 日，王國維在致許同藺的信中說：「蔣伯斧先生說：西人已與日本立約，二年後日本不准再譯西書。然日本西文者多，不譯西書也無妨。此事恐未必確，若禁中國譯西書，則生命已絕，將萬世爲奴隸矣。此等無理之事，西人頗有之，如前年某西報言欲禁止機器入中國是也，如此行爲可懼之至。」〔註 34〕

　　「若禁中國譯西書，則生命已絕，將萬世爲奴隸矣。」聽起來是如此令人恐懼顫慄！從中我們可以感受到當時中國對通過西書翻譯來輸入先進文明之路的強大依賴性與迫眉之勢。而對於日本加入伯爾尼公約之舉，其國人認爲是「失敗之策」：「然則支那當入萬國同盟乎？」答之曰：「凡文物進步尚弱之國，最不宜入萬國同盟，我日本於改正條約時，誤入此盟，實外交上一大失策也。故我輩不欲支那效此失敗之策，寧效美國之獎勵教育法乃可耳。」〔註 35〕即使這位「入歐」的好學生，也不樂意使翻譯西書的自由權利受到束縛！

　　隨著晚清與美、日等國行船通商日益頻繁，美、日等國便利用 1902 年中美、中日協定商約之際，要求對其國內作者的作品在中國境內施以版權保護。這一要求體現在 1903 年達成的中美《通商行船續訂條約》與中日《通商行船續約》。自此始，在法律條約上，中國開始與國際版權保護發生種種聯繫。

　　1902 年蔡元培得知日本向我國索取版權一事，在《日人盟我版權》文章

〔註 33〕　鄭成思：《知識產權法》，法律出版社，2003 年，第 14、25 頁。
〔註 34〕　王國維：《致許同藺》，《王國維全集・書信》，劉寅生、袁英光編，中華書局，1984 年，第 3 頁。
〔註 35〕　《論布版權制度於支那》，《清議報全編》第 5 集，《外論彙譯・論中國》（1901 年橫濱新民社輯印），引自《中國版權史研究文獻》，前引書，第 23 頁。

的一開頭就來了句：「詭哉，日本人之盟我版權也！是個人主義而已，微直障我國文化之進步，即於彼亦復何利也。」文中又說「彼日本入版權同盟之後，譯事艱阻，有識所憾。」而日本「貿貿焉亦擠吾國於版權同盟之中，以爲歐人之倀。是誠絕援揖盜，以個人私見害社會公益者也」並希望我國主約者能夠「循理度勢，正辨而剴導之」〔註36〕。反對給予美、日等國書籍在中國境內的版權保護，是晚清以至民國時期，中國政府與文化出版界一致的聲音，雖然不是絕對的，但卻是主流。

在 1902 年 6 月開始的商約談判中，美方首先給出了一個條約草案，其中第三十二款爲有關版權保護的條文：

> 第三十二款　一、無論何國若以所給本國人民版權之利益一律施諸美國人民者，美國政府亦允將美國版權律例之利益給予該國之人民。中國政府今允，凡書籍、地圖、印件、鐫件或譯成華文之書籍，係經美國人民所著作，或爲美國人民之物業者，由中國政府援照所允許保護商標之辦法及章程極力保護，俾其在中國境內有印售此等書籍、地圖、鐫件或譯本之專利。〔註37〕

一開始作爲談判代表的盛宣懷認爲譯文不夠清楚，以後再討論。繼而在 1902 年 9 月，中國代表開始明確反對版權保護，其原因是恐怕因此提高書價使窮一點的人買不起書。經過長時間辯論，中國代表始終沒有改變意見。決定下次再討論。〔註38〕

其間，晚清官員多次致電反對給予美日版權保護。張百熙致電劉坤一，其言曰：

> 聞現議美國商約有索取洋文版權一條，各國必將援請「利益均霑」。如此，則各國書籍，中國譯印，種種爲難。……論各國之有版權會，原係公例，但今日施之中國，殊屬無謂。……不立版權，其益更大。似此甫見開通，遂生阻滯，久之，將讀西書者日見其少。

〔註36〕 蔡元培：《日人盟我版權》，《蔡元培全集》（第一卷）高平叔編，中華書局，1984 年，第 159～160 頁。

〔註37〕 中國近代經濟史資料叢刊編輯委員會主編：《辛丑和約訂立以後的商約談判》，中華人民共和國海關總署研究室編譯，中華書局，1994 年，第 156 頁。

〔註38〕 中國近代經濟史資料叢刊編輯委員會主編：《辛丑和約訂立以後的商約談判》，中華人民共和國海關總署研究室編譯，中華書局，1994 年，第 159、160 頁。

各國雖定版權，究有何益？我公提倡學務，嘉惠士林，此事所關係匪細。亟望設法維持，速電呂（海寰）盛（宣懷）二大臣，堅持定見，萬勿允許，以塞天下之望。幸甚！禱甚！（張百）熙。〔註39〕

張百熙在電文中的觀點可謂是反對給予外國書籍版權保護的代表。正在與美、日兩國談判的呂海寰、盛宣懷覆電說：

美、日商約均有版權一條，意在概禁譯印，辯論多次，幸如尊意。東西書皆可聽我翻譯，惟彼人專為我中國特著之書，先已自譯及自印售者，不得翻印，即我「翻刻必究」之意思，上海道廳領事衙門早有成案，勢難不准。〔註40〕

從呂、盛兩人的覆電中，我們可知，在版權保護的談判中，實際上分成了兩部分：一部分是「專為我中國特著之書，先已自譯及自印售者，不得翻印。」這在上海是有判例可循的，所以將判例視為法之淵源的英美之國，當然不會放棄，對中國代表來說也是「勢難不准」。除專為我中國人特著之書外，其餘皆可翻譯，這是一款極其重要的條文，可以說正是此條文在國際版權的保護時代，為我國爭取了極大化的自由譯印的權利。後來又在1903年4月3日的修訂商約會議中，在第十一款的版權問題上，又根據中國代表的建議，增加「除以上所指明各書籍、地圖等件不准照樣翻印外，其餘均不得享此版權之利益。又彼此言明，不論美國人所著何項書籍、地圖，可聽華人任便自行翻譯華文刊印售賣」。雙方就本款取得協議。〔註41〕1903年8月29日，美方又答應考慮我國代表對於有礙中國治安的書報作一規定的提議。〔註42〕

這樣，經過中美雙方的談判，中美《通商行船續訂條約》中有關版權保護的第十一款條文定為：

第十一款　無論何國若以所給本國人民版權之利益一律施諸美國人民者，美國政府亦允許將美國版權律例之利益給與該國之人

〔註39〕　張百熙：《致前江督劉（坤一）電》，見周林、李明山主編：《中國版權史研究文獻》，前引書，第42頁。
〔註40〕　呂海寰、盛宣懷之覆電，《中國版權史研究文獻》，前引書，第43頁。
〔註41〕　中國近代經濟史資料叢刊編輯委員會主編：《辛丑和約訂立以後的商約談判》，中華人民共和國海關總署研究室編譯，中華書局，1994年，第172頁。
〔註42〕　《辛丑和約訂立以後的商約談判》，中國近代經濟史資料叢刊編輯委員會主編：《辛丑和約訂立以後的商約談判》，前引書，第201頁。

民。中國政府今欲中國人民在美國境內得獲版權之利益，是以允許，凡專備爲中國人民所用之書籍、地圖、印件、鐫件者，或譯成華文之書籍係經美國人民所著作、或爲美國人民物業者，由中國政府援照所允許保護商標之辦法及章程，極力保護十年，以註冊之日爲始，俾其在中國境內有印售此等書籍、地圖、鐫件、或譯本之專利。除以上所指明各書籍、地圖等件不准照樣翻印外，其餘均不得享此版權之利益。又彼此言明，不論美國人所著何項書籍，地圖，可聽華人任便自行翻譯華文，刊印售賣。

凡美國人民或中國人民爲書籍、報紙等件之主筆、或業主、或發售之人，如各該件有礙中國治安者，不得以此款邀免應各按律例懲辦。〔註43〕

同樣，中日經過商約的談判，在《通商行船續約》中也確定了有關版權的條文規定，其文如下：

第五款　中國國家允定一章程，以防中國人民冒用日本臣民所執掛號商牌，有礙利益，所有章程必須切實照行。日本臣民特爲中國人備用起見，以中國語文著作書籍以及地圖、海圖、執有印書之權，亦允由中國國家定一章程，一律保護，以免利益受虧。

中國國家允設立註冊局所，凡外國商牌並印書之權請由中國國家保護者，須遵照將來中國所定之保護商牌及印書之權各章程在該局所註冊。

日本國國家亦允保護中國人民按照日本律例註冊之商牌及印書之之權，以免在日本冒用之弊。

凡日本臣民或中國人民爲書籍、報紙等件之主筆或業主、或發售之人，如各該件有礙中國治安者，不得以此款邀免，應各按律例懲辦。〔註44〕

中美《通商行船續訂條約》與中日《通商行船續約》中有關外國書籍版權保護的條文，在中國翻譯文化史上具有重要的意義。該版權條文，在版權保護的國際權利時代，在法律上確定了晚清至民國在翻譯外國書籍上的「自

〔註43〕北京大學法律系國際法教研室編：《中外舊約章彙編》（第二冊），北京三聯書店，1959年，第186～187頁。

〔註44〕北京大學法律系國際法教研室編：《中外舊約章彙編》（第二冊），前引書，第193頁。

由」權利。這對現代文學來說，自晚清就奠定了後來新文學家對西方文學翻譯「自由」的便利。兩條約雖然簽訂於晚清，但自晚清進入民國之後，在上海發生的諸多國際版權糾紛的案例中，《通商行船續訂條約》與《通商行船續約》的版權條文，成為律師辯護與法庭判案時的法律淵源，且依舊具有法律效力，維護了上海各書店及譯者的相應「合法」權利。

宣統二年（1910年），晚清政府頒佈了中國歷史上第一部著作權法《大清著作權律》第二十八條規定「從外國著作譯出華文者，其著作權歸譯者有之。」〔註45〕雖然那些「非專備」為中國人而寫的外國書，在中國境內不享受版權保護，但中國的第一部著作權法卻將外國書籍的中國譯者的譯本納入了國內著作權的保護範圍，這樣在法律上對譯者著作權的保護，既有促進翻譯事業的效果，又為保護譯者著作權提供了法律依據。對此，秦瑞玠在《著作權律釋義》中解釋說：「外國著作，謂外國人之著作，不論其人之蹤跡常在外國與否，亦不論其書之發行究在外國與否，概可以之譯成華文。……我國現今科學多恃取資外籍，正利用翻譯之自由，且未加入萬國著作權同盟，不為侵害各國著作權中所包含之翻譯權，故不必得原著作者之允許，而可任意翻譯，且於已譯之本，為有法律所許之獨立著作權也。」〔註46〕

晚清中美、中日商約談判中的版權條款，首次在國家間的法律層面上，為晚清及民國時期的知識界提供了譯印日本及西方書籍的便利。這兩個條約成為維護中國「自由」譯印外國書籍的重要乃至根本的法律條約依據。這就為中國新文學很好地借鏡西方文學打開了一扇寬鬆的大門。雖然條約中規定了我們必須給予那些專備中國人所作之書籍的版權保護，但從實際上，西方作家又有多少「專備」為中國而作的文學作品呢？

從當時的歷史現實來看，中國官方非常積極地支持本國國民行使1903年條約所賦予的複製和翻譯美國作品的權利，而這實際上已經囊括了所有的美國作品。〔註47〕但問題的另一面是，這種由條約所規定下來的翻譯「自由」

〔註45〕民政部在為擬定著作權律草案理由事致資政院稿中解釋道：各國於翻譯多視為重制之一種方法括之於著作權中，如日本著作權法第一條即揭明此義。我國現今科學多恃取資外籍，不能不變通辦理，故本條揭明著作權歸譯者有之。見周林、李明山主編：《中國版權史研究文獻》，中國方正出版社，1999年，第88頁。

〔註46〕秦瑞玠編纂：《著作權律釋義》，商務印書館，1914年，第32頁。

〔註47〕〔美〕安守廉：《竊書為雅罪》，李琛譯，法律出版社，2010年，第52頁。

在很大程度上是在忽視西方作者著作權的情況下發生的，這樣的做法很容易被複製作為中國國內著作者權利的待遇。在沒有版權法或 1910 年晚清政府頒行《著作權法》後的很長時間裏，美國大使柔克義（Rockhill）發現，中國政府「對其本國國民沒有給予保護，使得美國人和中國人一樣毫無所得。」這段話發表於 1906 年，在 20 世紀初的條約訂立後的 20 年中，情況依然如此。〔註 48〕

　　如果說在歷史上，晚清政府簽訂了太多喪權辱國的條約，那麼，在中美《通商行船續訂條約》與中日《通商行船續約》的談判中，在國際版權保護問題上，晚清政府為正在由傳統向現代嬗變的中國知識界、出版界和教育界提供了極大的便利，這無疑是具有積極作用的。但需要指出的是，晚清知識界在獲取翻譯自由權利的同時，晚清政府開始自覺加強對書籍與報紙內容的檢查，以及按照中國律例懲辦有礙中國治安的書籍、報紙等的主筆、業主或發售人，這同時又暴露出對言論與出版自由施以壓制的端倪。

第二節　民國時期文學翻譯之「自由」

　　民國建立之後，在國內隨著新式教育的興起及其隨後的新文化運動與文學革命，知識界對西方教科書、文化、文學書籍的譯印需求有增無減。尤其是對現代文學來說，西方文學一直被視為中國現代文學可資借鏡的重要藝術資源，文學翻譯在新文學園地裏一直備受關注；而另一方面，西方諸國面對西書在中國境內欠缺版權保護的現狀，又不斷要求中國加入版權同盟，來加強對其本國作者的版權保護，儘量減少其他國家對本國著作的隨意譯印現象。

　　對於 1903 年中美、中日商約關於版權保護的規定，諾伍德·F·奧爾曼指出，「中國政府沒有通過任何具體法律用於實施上述與版權有關的商約。中國已經通過了一個臨時性即實驗性的版權通告，但這並不意味著它能使上述商約條款發生效力。」他進而指出「這項通告給予中國作者某些十分有限的專有權利，但根本沒有提及在該通告範圍內外國人本應該賦予的任何保護。」這種事實導致的結果便是美國、英國以及其他外國大量的作品，在未經作者和出版商許可的情況下在中國翻譯出版了。〔註 49〕此種狀況顯然使外國作者

〔註 48〕　〔美〕安守廉：《竊書為雅罪》，前引書，第 55 頁。
〔註 49〕　諾伍德·F·奧爾曼：《民國初期的版權法》，見周林、李明山編：《中國版權

和出版商大爲不滿。於是在繼 1903 年之後，美國於 1913 年又要求我國加入中美版權同盟，對此，與譯印他國書籍有緊密關聯的相關部門做出了回應。例如上海書業商會便致呈教育、外交、工商三部門，請求據理駁拒，上海書業商會認爲，「如加入版權同盟，嗣後即不得翻印，必至學界因外來圖書價昂，不能多所購讀，文化進步，大受影響。且既入版權同盟，則翻譯他國人之著作物，亦須俟其著作物行世十年以後，方得自由。……方今學問之競爭日劇，若外國新出著作，十年內不能翻譯，則除少數人能讀其原著作，此外皆無從得新知識輸入之益，教育進步，必因之停滯。……倘加入同盟……從此各國援利益均霑之例，將至凡爲外國人之著作，概不得翻印翻譯，損權利，阻教育，莫此爲甚。」〔註 50〕

反對加入國際版權同盟的聲音，不僅來自民國時期的新聞出版業（民國時期新聞出版業的中心在上海，所以新聞出版業反對我國加入版權同盟的聲音又多是從上海發出）而且，當時北洋政府同樣持反對意見。在與各國重新修訂稅則之時，北洋政府內務部就條約中的版權一事提醒外交部迅速籌備，並特別指出「以我國文學美術，除固有之國粹外，多恃取資外籍，而非外籍所取資。爲取第一主義〔註 51〕，將無論東西各國之文藝製作編譯模倣屬我自由，籍以增進文化，收回利權，誠計之得也。」且向外交部申明「詎知一入同盟，不特不能翻印各國書籍，即翻譯必須俟其行世十年以後。」〔註 52〕而到那時「學說已奮」，我們就占不到有利的先機了。由此，要求外交部以 1903 年的中美、中日簽訂的通商條約爲重要依據，來應對外國新一輪的版權要求。

1915 年，北洋政府頒佈了著作權法，其中第四條規定「著作權歸著作人終身有之。著作人死亡後，並得由其繼承人繼續享有三十年。」第十條規定

史研究文獻》，前引書，第 204 頁。該通告是指中華民國臨時政府內務部於民國元年（1912）發布的關於「著作物呈請註冊暫照前清著作權律分別核辦通告」。

〔註 50〕　上海書業商會：《請拒絕參加中美版權同盟呈》，原載上海書業商會廿週年紀念冊，1924 年，見前引書，第 134 頁。

〔註 51〕　此處所謂「第一主義」：內國人保護主義。定國內法以保護國內人，而外國人之著作物均不在保護之列。見《國際版權意見書》，中國第二歷史檔案館編輯：《中華民國史檔案資料彙編》第三輯文化，鳳凰出版社，1991 年，第 446 頁。

〔註 52〕　中國第二歷史檔案館編輯：《中華民國史檔案資料彙編》第三輯文化，前引書，第 447 頁。

「從外國著作設法以國文翻譯成書者，翻譯人得依第四條之規定享有著作權。但不得禁止他人就原文另譯國文。其譯文無甚異同者，不在此限。」北洋政府著作權法同樣將譯文的著作權歸屬譯者並終身有之，而對於原書著作者隻字未提。

1920年11月，法國公使對民國外交部亦提出中國政府應加入「瑞士京城國際保護文學美術著作權公約」的要求，法公使認為：「夫中法文學之溝通，既屬蒸蒸日上，且中國出版者對於法國之著作，或翻譯文詞，或倣仿意義，於其他地位日加重視。職此之故，勢必致負有保護法國著作家權利之業務，協會顧慮及於中國所定之違法重作學術及美術著作之限制，關於此曾至一九一五年十二月十三日所公佈之中國等著作權法律，已引起本國政府之特別注意，蓋其顧及法國著作家令其能得能享有中國此等正式規定之權也。」〔註53〕針對法使的要求，內務部在致外交部的咨覆中，再一次表明不加入版權聯盟的主張，咨覆中稱「此次法使奉政府訓令擬請我國加入保護文字美術著作權公約，本部向以我國情形尚未多取資外國之文藝美術，不宜加入萬國同盟，以自束縛，此時情形尚未變更，自應抱從前之主張，仍不加入。」〔註54〕

事實上，民國時期對中國知識界自由譯印外國書籍之權利的維護，不僅體現在北洋政府通過外交手段拒絕西方各國提出的加入國際版權同盟的要求，即使在譯印西方書籍的實際版權糾紛案例中，相關部門也積極地依據晚清至民國所形成的有關國際版權保護的法律條約，來維護20世紀初以降在法律上獲取的譯印西書的「自由」權利。

1923年7月，上海書業商會增訂發行了《重訂翻印外國書籍版權交涉案牘》〔註55〕，其中記載了四部案件：（一）法使要求加入版權同盟案；（二）美國商會版權交涉案；（三）美商金公司（又稱經恩公司）版權交涉案（四）日商齋藤秀三郎版權交涉案。從這些案件的記錄中，我們可以看出，面對美、日兩國書商及其領事所提出的版權保護的要求，無論是相關案件的函牘往來還是在會審公廨上的雙方辯護，晚清外務部、兩江總督、上海道、會審公

〔註53〕 《照錄法柏使來照會》，中國第二歷史檔案館編輯《中華民國史檔案資料彙編》第三輯文化，前引書，第450頁。

〔註54〕 《內務部致外務部咨覆》（1920年11月）中國第二歷史檔案館編輯《中華民國史檔案資料彙編》第三輯文化，前引書，第452頁。

〔註55〕 此書收入周林、李明山編：《中國版權史研究文獻》，本文所引案牘均出自該書。

廨、商務印書館、中方辯護律師以及上海書業商會，均依據 1903 年所訂中美、中日商約所載的版權條款以及我國知識界在教育、學術、文學等文化領域譯印西方書籍的現實狀況，一致反對美、日等國書商、領事所提出的給予版權保護的要求。例如，在日人齋藤秀三郎版權交涉案中，會審公廨依據 1903 年中日《通商行船續約》版權條款回覆日本總領事永瀧，「非用中國語文及非爲中國人備用者，即不在保護之列。中國新學書籍，半由東西各籍譯印而來，不啻汗牛充棟，向無控告之事。翻譯者故不必論，即翻印而並非華文者，中國未入版權同盟，按照條約齋藤秀三郎亦無控告之權。此事關係我中國全體教育前途甚大，本府斷難稍涉遷就。……即祈貴總領事查照，將案註銷爲荷。」〔註 56〕

在此照會中，會審公廨不僅再一次依約重申中國譯印並非專門爲中國人備用的外國書籍的合法性，並且譯印外國書籍「向無控告之事」，道出了晚清以降中國人「自由」譯印西方書籍的事實。這一事實在上海書業商會給上海道的呈文中得到證實，「近來我國轉譯西文及和文之書，皆數見不鮮，迄無禁阻。學部審定中學用書，亦大半爲譯本。此社會上之習慣，足爲證據者一也。」〔註 57〕

有趣地是，西方書商對我國「自由」譯印外國書籍的做法自知無力依法禁止，但他們爲何又要通過駐滬領事索求版權呢？這是因爲版權保護實乃一種私人財產權的保護，在不能以國際版權法禁止譯印西方書籍的中國，他們所抱有的希望乃是在中國書商的手裏分一杯利益之羹。例如，1910 年正月 22 日，美商金公司在致商務印書館函中說「雖本公司亦知，按照萬國版權公例，原不能禁止貴館之翻印，然書爲公司之書，貴館似應先與本公司商議，請其許可，或酌許以餘利，方合正辦。」〔註 58〕

1923 年商務印書館涉訟「譯印韋氏大學字典版權」一案，商務印書館作爲被告，其所聘律師禮明對於中國「自由」譯印西方書籍一事，在上海會審公廨的辯護中，向在場人士表示要給予同情式地理解，其言曰：「凡我英美國

〔註 56〕　《會審公廨致日本總領事永瀧照會》，周林、李明山編：《中國版權史研究文獻》，前引書，第 195 頁。

〔註 57〕　《上海書業商會上滬道呈》，周林、李明山編：《中國版權史研究文獻》，前引書，第 195 頁。

〔註 58〕　《美商金公司致商務印書館函》，周林、李明山編：《中國版權史研究文獻》，前引書，第 178 頁。

人在版權問題上不能以更高之道德上要求諸華人，因在本國亦不能如此也；美國自政府奠定之日起，直至一八九一年，對於外人版權，並未加以保護；英國亦然，直至一八八六年。」接著他又依據 1903 年簽訂條約中所謂「專為」一詞申說到「米林公司所出版之字典，最初並未存心供華人教育上及享用上之用，若果為華人用，當然有版權，但試問米林公司果為華人而出此書否？原告編著此書時，心中絕不想及華人常用此書，此書在華銷數亦不敵在美者遠甚，條約上既無此規定，自不能爭何版權也。」〔註 59〕

　　對條約中「專備」一詞給西方著作人與出版商所帶來的「不利」，諾伍德·F·奧爾曼在出版於 1924 年的《民國初期的版權法》一文中，忠告其外國同胞說「對於那些欲將圖書用於中國的謹慎的作者和出版商來說，應在圖書空白頁上印上這樣一行字：『專備為中國人民所用』。」〔註 60〕其文中顯露出對中國版權保護現狀的無奈以及對其同胞保護自身著作權利的忠告，而另一方面，則說明當時之中國社會譯印外籍著作之「自由」空間的存在事實，同時，這樣的空間也依賴著 1903 年通商條約中相關條文而存在。

　　1928 年 5 月 14 日，國民政府公佈並實施《著作權法》，該法第十條規定「從一種文字著作以他種文字翻譯成書者，得享有著作權二十年，但不得禁止他人就原著另譯。其譯文無甚差別者，不在此限。」而在同日公佈與實施的《著作權法施行細則》第十四條規定「外國人有專供中國人應用之著作物時，得依本法呈請註冊。」「前項外國人，以其本國承認中國人民得在該國享有著作權者為限。」「依本條第一項註冊之著作物，自註冊之日起，享有著作權十年。」我們從國民政府的著作權法中依然可以清晰地看到 1903 年中美、中日條約中有關版權規定的影響與繼受。雖然國民政府的著作權法給予外國人的著作享有十年的專有權，但其條件依然苛刻，繼續將其限定在「專供」中

〔註 59〕　《大陸報「字典案之辯護」》，見周林、李明山編：《中國版權史研究文獻》，前引書，第 200、201 頁。文學社會學研究者埃斯卡皮在談到美國 19 世紀初的出版業時，指出當時美國的出版工業「具有勝利的年輕資本主義的一切粗暴。當時，美國同英國沒有簽訂任何有關版稅的協定，美國出版商就可以自由地發行海盜式的出版物，出版大洋彼岸受歡迎的作品。」「以致在 1840 年，當霍桑、愛默生和愛倫·坡等偉大的一代早已開始寫作時，本地作家的作品只占美國出版物的 40%」。見〔法〕羅貝爾·埃斯卡皮：《文學社會學》，于沛選編，浙江人民出版社，1987 年，第 152 頁。

〔註 60〕　諾伍德·F·奧爾曼：《民國初期的版權法》，見周林、李明山編：《中國版權史研究文獻》，前引書，第 204 頁。

國人應用以及承認中國作者在其國家享有著作權的範圍之內。但在事實上，外國人的著作依然沒有得到相應的保護，戴維‧卡瑟（David Kaser）在其研究臺灣地區圖書盜版的論文中就指出，國民政府於 1928 年實施的著作權法並沒有關注國際保護，「任何類型的文學產權的保護在中國都沒有引起重視，極少有侵權事件會通過訴訟解決，雖不是毫無先例，但極為罕見。」〔註61〕

「若買得了一本小說，看過就翻譯，不去研究這位著作家在文學上的地位，從前我國翻譯小說的人原多這樣辦的。現在還是很有，卻深望以後要把這風氣改革了才好。」〔註62〕茅盾的這段話，固然是說我們要在翻譯小說之前，要去認真地研究這位著作家在文學上的地位，要撿優秀的西方作品進行翻譯，切忌盲目地翻譯不入流的文學作品。但除此而外，是否還說明我們翻譯文學作品時，存在著很大的自由呢？

再讓我們來看看陳西瀅分別與蕭伯納、柯爾兩人的對話：

> 我在倫敦去訪問蕭伯納的時候，偶然說及他的著作已經有幾種譯成中文了，他回答道「不要說了罷。那於我有什麼好處呢？反正我一個錢也拿不著。」無論我怎樣的解說，我說中國翻譯的人自己也得不到什麼好處，他就問為什麼要翻譯，我說他們為的是介紹他的思想，他就說他們還是為了要借他的名字去介紹他們自己的思想罷了。與他絲毫不相干，他說這話，好像真有氣的似的。
>
> ……
>
> 又有一天我遇見基爾特社會主義的健將柯爾，我們談起日本來。他說不歡喜日本人，因為他們太卑鄙：他們譯了他的書不讓他知道，不給他正當的版稅。我心中不免想著中國人也正在翻譯他的書，也不見得給他版稅吧，只好暗暗的說一聲「慚愧」。〔註63〕

陳西瀅明明知道「中國沒有加入國際版權同盟，所以翻印或翻譯不問版權是不大要緊的。」〔註64〕但他還是替「自由」譯印以上兩位作者作品的中國譯者暗暗道歉。似乎他們只注重「利」而忘乎君子之「義」。

〔註61〕 Kaser, *Book Pirating*, 19.引自〔美〕安守廉：《竊書為雅罪》，李琛譯，前引書，第 58 頁。

〔註62〕 茅盾：《新文學研究者的責任與努力》，《小說月報》第 12 卷第 2 期，1921 年 2 月 10 日。

〔註63〕 西瀅：《版權論》，《西瀅閒話》，新月書店，1933 年，第 195、196～197 頁。

〔註64〕 西瀅：《版權論》，《西瀅閒話》，前引書，第 196 頁。

　　但是此種見「利」忘「義」之舉，不只是中國，英美諸國亦是走過一段「忘義」之路。只要那些不是專備中國人所用的文學書籍，我們均可以「自由」地拿來翻譯。這種「自由」自晚清民國時期得到了我國與西方所簽訂的法律條約的保護。尤其是 1903 年與美、日所簽訂的商約中有關版權保護的條款，以及上自政府下自出版商反對加入世界版權同盟的努力〔註 65〕，這樣，在政治與經濟的合力下，使得晚清至民國時期對西方優秀書籍地「自由」譯印能夠在法律條約上站得住腳，成為促成文學翻譯時代的重要原因之一。

　　譯印外國書籍的「自由」，已經使「是否得到著作者的授權」或者所譯印之書「是否還在翻譯權保護期內」等問題，變得不再重要。〔註 66〕這種最大程度「拿來的自由」，保證了翻譯的便利性，甚至是「隨意性」。新文學家對異域文學的譯印與借鑒，使文學翻譯在民國文學之現實需求上，在新文學的作家養成、藝術形式、審美趣味等，更深更廣地發揮了作用。也正是這樣「自由」譯印的便利，才使 1927 年以後的魯迅以及其他文學家能在上海將翻譯作為「賣文」的一種營生成為可能〔註 67〕；也正是存在著這樣的譯印「自由」，翻譯出來的文學作品，民國時期的書店可以在不支付原著者經濟利益的情況

〔註 65〕　民國時期，不僅存在反對我國加入版權同盟的聲音，甚至有的認為根本就不應該存在版權同盟。邵力子在《覺悟》上便說：「現在反對版權同盟的人，都只就中國目前的情形說話；其實既管承認「版權」，便不能拒絕「同盟」。我要自利，別人亦要自利。中國人雖患有智識荒，在外人看來，只是中國自不長進，和他們有什麼相干。雖然我們可以堅拒外人底要求，但在「公道？」上未免有些說不過去。所以我們應當宣告全世界：中國人主張學術文化為人類共有；中國人永遠不願用版權來拘束別國人，別國人也永遠不能用版權來拘束中國人。版權同盟是要從根本上絕對否認的，不單是從時間上希望暫緩的。我並主張自己國內也不當有什麼版權。這話，改日再說。」《從根本上反對「版權同盟」》，載 1920 年《民國日報覺悟》第 12 卷第 10 期《隨感錄》。

〔註 66〕　同時，我們也要看到，我們對待譯印西書的態度，在很大程度上又常常會以此對待我國著作者，雖然晚清至民國時期均頒佈了著作權法，但是海盜式翻印並未得到很好的禁止。

〔註 67〕　1927 年 9 月 19 日，魯迅在《致卓永坤》的信中說「我先到上海，無非想尋一點飯，但政，教兩界，我想不涉足，因為實在外行，莫名其妙。也許翻譯一點東西買賣罷。」1927 年 11 月 18 日，「我想譯點書糊口，但現在還未決定譯那一種。」王世家、止菴編《魯迅著譯編年全集》第捌卷，前引書，第 449、501 頁。魯迅：「我在上海，大抵譯書，間或作文；毫不教書，我很想脫離教書生活。」魯迅《致臺靜農》，王世家、止菴編：《魯迅著譯編年全集》第捌卷，前引書，第 108 頁。「回到上海，想以譯作謀生」，第拾陸卷，王世家、止菴編：《魯迅著譯編年全集》第捌卷，前引書，第 136 頁。

下，更樂意出版我國譯者的作品，使其在經濟生活上得到一定保障，也擴大了翻譯文學的傳播與影響範圍；也正是存在著這樣的譯印「自由」，使民國時期的新式教育在教科書上能夠做到與「現代」同步；也正是有了這樣的譯印「自由」，在社會氛圍的整體上，爲晚清、民國國內的文化、文學界借助國內出版業營造了一個放眼看世界的公共交流空間、文學生產的場域，爲民國現代文化的創造提供了一定程度上的便利與保障。

此種便利對於晚清民國時期的文藝譯者來說已經自然地融入了他們對文學的追求與現實生活中，他們可以「自由」地譯印他國作者的文藝作品（無論他們的作品是否在翻譯權的保護時期之內或之外）而無須涉訟。即使被著作人或出版商控訴法庭，也能在最終的判決中站在有益於自己的一面。如此的「自由」對譯者而言，似乎已經成爲他們的一種「無意識」，以致讓現代文學的研究者們常常忽略此種「自由」對現代文學發生發展的重要性。但這種狀態一旦受到兩國在法律上的更改或約束，在現代文藝或新式教科書的編譯者身上就會表現出強烈地不滿與焦慮，此時便可察覺出譯印「自由」之於他們的重要性來。

譬如，1946 年 11 月 4 日，民國外交部長王世杰與美國駐華大使司徒雷登在南京簽署了中美《友好通商航海條約》，（簡稱《中美商約》）。其中第九條對中美兩國知識產權的保護做了如下規定：

　　第九條　締約此方之國民、法人及團體，在締約彼方領土內，其發明、商標及商號之專用權，依照依法組成之官廳現在或將來所施行關於登記及其他手續之有關法律規章（倘有此項法律規章時），應予以有效之保護；上項發明未經許可之製造、使用或銷售，及上項商標及商號之仿造或假冒，應予禁止，並以民事訴訟，予以有效救濟。締約此方之國民、法人及團體，在締約彼方全部領土內，其文學及藝術作品權利之享有，依照依法組成之官廳現在或將來所施行登記及其他手續之有關法律規章（倘有此項法律規章時），應予以有效之保護；上項文學及藝術作品未經許可之翻印、銷售、散佈或使用，應予禁止，並以民事訴訟，予以有效救濟。無論如何，締約此方之國民、法人及團體，在締約彼方全部領土內，依照依法組成之官廳現在或將來所施行關於登記及其他手續之有關法律規章（倘有此項法律規章時），在不低於現在或將來所給予締約彼方之國

民、法人或團體之條件下，應享有版權、專利權、商標、商號及其他文學藝術作品及工業品所有權之任何性質之一切權利及優例，並在不低於現在或將來所給予任何第三國之國民、法人及團體之條件下，應享有關於專利權、商標、商號及其他工業品所有權之任何性質之一切權利及優例。〔註68〕

該商約第二十九條又規定本約一經生效，應即替代中華民國與美利堅合眾國間條約中尚未廢止之各條款。其中就包括 1903 年 10 月 8 日中美在上海簽訂的續議通商行船條約。這個條約第九款版權保護的條文給予晚清至民國時期的文藝、教育及他領域以最大的譯印「自由」。而 1946 年《中美商約》中則明確規定了一國著作人在另一國領土內所應享有的著作權的保護（自然包括翻譯權在內），並言明文藝作品在未經原著作人許可情況下的翻印、銷售、散佈或使用應予以禁止，並以民事訴訟作有效的救濟。這就取消了自晚清以來我國人可在不爭取原著作人之許可下譯印美國書籍的「自由」，並且在 1946 年《中美商約》議定書中的第五條，又對商約正文第九條作了如下補充說明：

五、（甲）第九條所用「未經許可」字樣，應解釋爲指在任何特定情形下，未經工業品、文學或藝術作品之所有人所許可者。

（乙）第九條第一句及第二句中「以民事訴訟予以有效救濟」之規定，不得解釋爲排除依法組成之官廳現在或將來所施行之法律規章所規定之民事訴訟以外之救濟。

（丙）締約此方之法律規章，對其國民、法人或團體，如不給予禁止翻譯之保護時，則第九條第三句之規定，不得解釋爲締約此方對締約彼方之國民、法人或團體，須給予禁止翻譯之保護。

議定書中的說明更進一步強調了原著作人對他人譯印出版自己文藝作品的許可權利，那些未獲許可的譯印行爲則一概禁止。這對於已經習慣了「自由」譯印西方文藝作品的中國文藝出版界來說，無疑是一個無法接受的事實。

實際上，對 1946 年中美簽訂的《中美商約》，各界人士大都表示不滿，且持批評的態度。時人認爲「此約一旦實施，整個經濟將陷入殖民地深淵」，

〔註68〕北京大學法律系國際法教研室編：《中外舊約章彙編》第三冊，北京三聯書店，1962 年，第 1437 頁。

「是代替治外法權的法衣，全中國有變成『租界』的可能。」馬敘倫則提醒該商約「是美國大規模侵略先聲，而且有了合法地位。」馬寅初則指出該「條文內容空泛，利權喪失無可避免。」茅盾則認爲「歷史上任何一個條約，對於主權之損害，均無此次之露骨與徹底。」〔註69〕

1946 年 11 月 22 日，《新文化》載文表達了對即將失去「自由」譯印美國作品的擔憂：「根據這個條約所說的『任何性質』，自然就將翻譯、劇本改編、圖畫、木刻、漫畫之翻製、音樂歌曲編譯等等，都包括在內，範圍很廣。這樣一來，中美兩國的作家、出版家雖然雙方都要受約束，不能隨便翻譯或翻印對方一國的作品，但實際上中國書被譯爲西方文的寥寥無幾，中國值得人家在注意介紹的東西不多；反之，中國在這方面的吃虧就很大了，因爲中國目前需要吸收西洋文化的地方很多，特別是科學方面。」作家蕭乾則預卜該商約正式通過後，「中國靠編譯吃飯的人，不但手足受縛，飯碗也可能打掉。不久軍警包抄 X 門書局等專門供給中大學教科書的方便之門，而全國作者編者，各報資料室主任都得提心弔膽來引用原文，或選用插圖。照中美幣制的歧別，一個可憐翻譯者的血汗所得，可能都得兌成美金，匯到芝加哥或波士頓去，對於中國剛剛開始注意背景資料的報界，必是迎頭一棒。」〔註70〕由此，更可見出譯印「自由」之於民國時期文藝、教育、出版界的重要性。

總之，譯印外國書籍的便利爲民國時期文學發展的現代起航以及作家的經濟生活，書店譯印文學作品的出版事業，新式教育的知識支持等等，發揮了重要作用。實際上，本文所關注的譯印（涉及著作權的翻譯權、複製權與發行權，）也只是從（國際）版權角度與現代文學研究之結合的一個案例，「著作權與現代文學」還有許多方面值得我們進一步共同關注。

〔註69〕　《關於中美商約》，《經濟週報》，1946 年第 3 卷第 20 期，第 21、22 頁。
〔註70〕　《出版界不滿〈中美商約〉》，《新文化》半月刊，第二卷第九期，1946 年 11 月 22 日，第 31～32 頁。

第二章 國民政府時期書報審查制度的 建構（1927～1937）

第一節 文藝傳播與書報審查制度

　　值得我們注意的是，報刊雜誌的作用並非僅止於作為現代文學的載體與傳播手段，更為重要的是，現代的報刊雜誌本身已經參與了現代文學的革新與發展，甚至現代文學中的某些文體的誕生、文學門類地位的升降、文學表達形式的變化等等，都與現代報刊雜誌有著內在的關聯。王富仁先生在其文章中便指出，「中國現代文學，從某種意義上說來，其本身就是與文學媒體的變化緊密聯繫在一起的。沒有現代印刷業的發展，沒有從近代以來逐漸繁榮發展起來的報刊雜誌，就沒有『五四』文學革新。實際上，現代小品散文的繁榮，現代雜文的產生，詩歌絕對統治地位的喪失，小說地位的提高，中國話劇藝術表演性能的一度弱化與閱讀性能的一度加強，莫不與現代報刊雜誌這種主要傳播媒體的特徵息息相關。即使說現代白話文就是適應現代報刊的需要發展起來的，也不為過。」〔註1〕對於現代文學研究來說，我們不能將現代傳媒時代的報刊自外於現代文學的內部研究，在誕生現代文學的特殊社會場歷史景中，我們一方面既要立足於現代文學的內部，並以此來審視現代傳媒與現代文學之間的絲絲關聯，又要以民國時期現代傳媒所具有的某種特殊性，較之中國古代與西方而言，是如何由外而內的影響了現代文學的革新及

〔註1〕 王富仁：《傳播學與中國現代文學研究》，《讀書》，2004 年第 5 期，第 86 頁。

發展。這種雙立場、交互式、雙通道而終歸於現代文學自身之研究的視角，或許蘊藏著文學研究的新發現。

我們之所以要重視現代傳媒與現代文學的研究，其關鍵在於現代傳媒作為一種迥異於古代文學傳播方式的現代資本主義經濟條件下的印刷科技，並非只與書商或出版商發生聯繫，值得關注的是，現代作家自身往往就是某種報刊雜誌的主要編輯，如《小說月報》之於文學研究會等，有的報刊雜誌甚至是現代文學家自己所創辦，《創造週報》、《創造月刊》等之於創造社，《新月》雜誌以及新月書店之於徐志摩等人的新月派。尤其是後來的作家，為了發表文學作品，更是自己辦書店編雜誌。1928 年劉吶鷗自掏腰包與戴望舒、施蟄存等人創辦第一線書店並出版自編刊物《無軌列車》，而且還刊載了馮雪峰的《革命與知識階級》〔註2〕以及蓬子等人的作品。可以說，自晚清至民國的文人與現代印刷傳媒的史無前例的結合，才真正開啓了民國文學的現代之門。

1930 年代的上海，是現代文學活躍的中心，而 1934 年更是由於創辦了大量的雜誌，而被稱為「雜誌年」，其中尤以上海創刊者居多。文學生產的活躍與文藝雜誌的湧現有著緊密的內在關聯。文藝雜誌的大量湧現，在一定程度上成為文學生產活動異常豐富的表徵。它深深地參與到了現代文學的整個生產過程，成為現代文學生產活動的一個極其重要而不可分割的一部分。現在以某種文藝雜誌為考察中心的文學研究，已經不斷證明現代文學與報刊雜誌之間的深度關聯。有學者指出，「雜誌和報紙副刊決定了現代文學的生產方式，他們在現代文學生產的調度中處於樞紐的地位。」「現代日常的文學生活是以雜誌為中心組建起來的。雜誌越來越直接地引導和支配著現代文學的發展方向。甚至事實上刊物的聚合構成了文壇。隨著雜誌的勃興，作家之間的聯繫被加強了，文學越來越社會化。雜誌推動和加速了文學內容、題材、風格、流派演變的節奏與週期。雜誌改變了古典文學的氛圍。雜誌一方面加強了社會認同和一體化，一方面又導致了風格的不斷花樣翻新。通過雜誌無形的編製與調動，使『時代』、『潮流』、『時代精神』思潮和流行刊物一道變得流行和多變起來。」〔註3〕

在印刷科技得到長足發展的時代，報刊雜誌之於現代文學生產活動所發

〔註 2〕 此文發表於《無軌列車》，1928 年第 8 期。

〔註 3〕 曠新年：《1928：革命文學》，山東教育出版社，1998 年，第 18、26 頁。

揮的「中場組織」與「盤帶輸送」的樞紐作用，已經獲得相當的關注。但這裡存在的問題是：當我們談論上面的報刊雜誌與現代文學之間所具有深度關聯的時候，實際上是先排除了社會控制的某些因素而所做的純粹性描述，它是如此地單純與平面，以致多少會給人留下只有報刊雜誌與文學作品是主角，剩下的只是毫無參與感的看客。而這一問題，也正是目前有關報刊雜誌與現代文學研究中所存在的問題。當然，我們指出這一點並不是要降低報刊雜誌對於現代文學演進所發揮的重要作用及其已有的研究成果，而是我們意欲進入民國歷史，重新發覺民國時期文學生產機制的某種歷史複雜性，從而避免單純從某兩方面談論問題所導致的對進一步可能性發掘的屏蔽。

自古以來，無論是古代的中國還是西方世界，沒有一個階級社會的掌權者對思想言論放任自流，民國亦然。他們總會將滲透於本階級的價值與趣味的標準作為評判文學作品的主要乃至是唯一的標準（權力階級所意欲達到的），同時又通過文學作品將其所載傳播開來。在談到 18 世紀英國「文學」的概念時，伊格爾頓認為，「衡量什麼是文學的標準完全取決於意識形態：體現某一社會階級的種種價值和『趣味』的作品具有文學資格，而里巷謠曲、流行傳奇故事（romances），甚至也許連戲劇都在內，則沒有這種資格。」接著，他又說道：「然而，在 18 世紀，文學所做的卻並不僅只是『體現』某些社會價值：文學既是嚴密保衛這些價值的深溝壁壘，也是廣泛傳播他們的大道通衢。」〔註4〕

在對「什麼是文學」的追問已經顯得不十分急迫的現代社會，階級社會的掌權者對何為「好文學」「壞文學」的評判標準，以及某類文學作品的流通及廣度，依然發揮著極其重要的作用。尤其是當社會文化呈現出眾說紛紜與針鋒相對的時候，掌權者對文學所施加的社會控制就尤為明顯。換言之，權力的掌控者不僅可以確立滲透其權力階級所倡導的價值與趣味的文學評判標準，而且其權力所及，深刻地影響著傳媒時代裏文學的流佈與格局，在很大程度上決定著哪些文學作品可以得到暢通無阻的散佈與閱讀，哪些文學作品被限制、刪改、禁售、查禁乃至焚毀。與之相匹配的則是對某類作家的文學作品的創作進行提倡與獎勵，而對另外一些作家尤其是與政權階層的文學觀

〔註4〕 〔英〕特雷·伊格爾頓：《二十世紀西方文學理論》，伍曉明譯，北京大學出版社，2007年，第16頁。

念、價值、標準相對立的文學思潮與創作，則採取壓制與懲罰。

值得指出的是，從歷史的角度來看，權力並不能徹底而根本地控制社會思想與文化，它所能夠做到的只是在某一歷史時期廣度與深度上的盡力趨同而已。個體差異性的存在注定了權力所意欲達致的思想文化的同一性目的最終付諸東流。另一方面，人之思想精神的「無形化」特性，注定人的思想表達需要借助於有形的外在形式予以呈現，也就是說，精神思想的表達必須經歷一個由無形到有形的轉換過程，必須能夠讓人看到、聽到、感受到。這樣，我們才能理解一個人。所以，無論多麼深奧與偉大的精神與思想，其價值與作用的發揮就必須依賴於有形的載體與傳播。這樣，在某種程度上控制了呈現精神思想的載體與傳播途徑，也就相應地控制了精神思想。所以，歷史地來看，權力對思想文化的控制在很大程度上就體現在對思想文化載體的「書」的審查及其散佈途徑與範圍的「禁」上了。

階級權力掌控者對文學秩序的控制，對於正處於一個傳媒時代，尤其是一個以紙質載體爲主要媒介的民國文學來說，對現代報刊雜誌的控制與否、程度如何、範圍廣狹，寬鬆還是苛刻等等，都會給文學生產活動造成不同程度的影響。民國時期，尤其是國民政府時期的書報審查制度，就是爲了維護國民黨三民主義這一意識形態與權力價值評判標準，在上世紀三十年代以上海爲中心的文學場域中，對文學秩序進行控制。這樣以來，就在單純的報刊雜誌與所載文學之間，從民國歷史的角度引入了對作爲現代文學生產活動具有「中心」「樞紐」作用的報刊雜誌的制度性審查。

「書報審查」、「報刊雜誌」與「文學作品」（文學活動）的三維立體觀，就是進入歷史場景，對民國時期的文學進行立體的複雜性挖掘與呈現的一次嘗試。之所以在文學研究中，引入書報審查制度，就是基於書籍雜誌〔註5〕與文學活動之間的深度關聯，事實上，書報審查作爲維護權力價值標準的文學秩序的制度性舉措，已經深深切入了一九二〇、三〇年代以上海爲中心的民國文學，書報審查成爲民國時期文學生產活動必須經歷的法定一環。這就是書報審查制度與民國文學研究的邏輯基礎與出發點。

〔註5〕在某種意義上，人們將報紙看作是書籍的一種「極端的形式」，一種大規模出售，但只是短暫流行的書。有的乾脆將報紙視作「單日流行的暢銷書」。〔美〕本尼迪克特·安德森：《想像的共同體——民族主義的起源與散佈》，吳叡人譯，上海人民出版社，2005年，第31頁。在本文中均將報紙、雜誌視爲「書」。

　　我們既然選擇了書報審查制度作爲切入民國文學的歷史視角展開立體的文學研究，那麼在這裡，就有必要對「書報審查制度」作一解釋。隨著現代印刷科技的發展以及人民對精神文化生活所提出的不同要求，紙張和油墨的結合便呈現出不同的形式。所以對其審查時，所用的稱呼就不盡相同，但他們的含義卻有共通之處。

　　在《牛津法律大辭典》中，「書報檢查制度」與「書刊審查制度」同義：

　　Censorship　書刊審查制度：一種審查行爲，指在認爲適當時，禁止和壓制某種行爲或思想交流的一種做法。採取這種做法的理由通常是出於維護國家安全、避免革命或危險的思想，防止年輕人腐化墮落以及強求觀念的一致。〔註6〕

　　無論是「書報檢查制度」還是「書刊審查制度」，其英文均爲 censorship，可見，在中文的翻譯中，「審查」與「檢查」並未做相應區分。而這個英文單詞又是從拉丁語 censere 發展而來，意即古羅馬專司戶口調查，社會風紀檢查和道德行爲監督的地方行政官。顯然，這個概念從古羅馬起就與政府的管理密切相關，它首先代表了一種自上而下的強制性的權力，公民必須按照檢查官的要求去做，或者不允許有悖於執政者規定的言行；其次，戶口調查的過程就是評價和類分人群的過程，這需要建立某種標準，如果一個人的行爲不符合這一標準，就會被檢查官剝奪公民身份，而作出這種決定往往就帶有主觀武斷的性質。〔註7〕此外，萊奇曼給書報檢查下的界定是，「撤除、禁止或限制某些載有圖畫、信息和思想內容的文學藝術或教育類出版物的流通，因爲這些出版物不符合檢查者的道德和其他標準……通俗地說就是：你不得閱讀這本雜誌和圖書，因爲我不喜歡。」《簡明大不列顛百科全書》的定義是，「進行書報檢查，就是進行判斷和批評，作出評價和估計，以及實行禁止和壓制」。〔註8〕

　　從以上的界定中，我們可以對書報審查制度做一個總結：書報審查制度自古以來就是一種源於權力階層對人之思想與言行所實施的強制性檢查行爲，其主要檢查對象是各種載有文字、圖畫等信息的思想文化流傳物。而近

〔註6〕　〔英〕戴維·M·沃克：《牛津法律大辭典》，李雙元等譯，法律出版社，2003年，第180頁。

〔註7〕　沈固朝：《歐洲書報檢查制度的興衰》，南京大學出版社，1999年，序言第1頁。

〔註8〕　沈固朝：《歐洲書報檢查制度的興衰》，前引書，序言第2頁。

代以來則主要是以紙張爲載體的印刷出版品。檢查的主要依據是滲透著權力階層所宣揚的意識形態及其價值趣味，同時也融入了社會道德以及其他方面所樹立的某些標準。所以，審查的理由大多出於維護國家安全或政黨利益而避免革命的興起與危險思想的傳播，以及禁止「淫詞小說」之類的書籍的刊刻與流佈，維持純正的道德風氣。審查的過程就是權力階層依據自身價值標準對人的思想與言行及其呈現物所進行的評判、區分與批評，從而劃分出符合與不符合權力價值標準的歸類，繼而對出版物採取例如刪改、禁售、查禁、焚毀等壓制與懲罰性措施。

對於國民政府時期所檢查的範圍來說，它基本包括：圖書、雜誌、報紙、劇本、小冊子、傳單、標語口號、其他定期或不定期刊物、戲曲、電影，乃至私人來往信件，以及經營與印刷「書報」的書店、通訊社、印刷所，還有戲院、影院等頗具規模的營業場所，此外還涉及書籍代售的文具店與書攤等。我們所關注的主要是與民國時期文學有關的文藝書籍、雜誌、書店等民國作家置身其中的發表場所與交往空間。

書報審查是人類歷史上普遍存在的文化現象，可謂是源遠流長。古希臘時期，蘇格拉底的死被視爲西方書報檢查開始的源頭，因爲他的自由探索，被認爲引進了新的神靈與敗壞了青年思想。而西方首次由政府頒佈的禁令可以上溯到公元前 440 年，雅典當局發布禁止諷刺他人的法令，包括禁止上演具有諷刺內容的戲劇，因爲很多戲劇都有政治諷刺的性質。公元 150 年以弗所宗教會議發布通令譴責未經許可而出版的《聖・保羅傳》（Acta Pauli），揭開了教會禁書的序幕。而 16 世紀之後，西方的教皇們對書籍的管制更是形成了「『查』（出版許可）、『禁』（禁書目錄）、『審』（檢查官、主教和宗教裁判所）和『罰』諸多手段相互配合的、更嚴密、更系統、更連貫的體系。一個有專門機構、專門工具、專門法令和系統的方法所構成的檢查制度形成了。」這些主要原則和手段深刻地「影響了以後的 350 多年歐洲各國的檢查制度。」〔註9〕

我國禁書的歷史早在戰國初期同樣開了序幕，甚至一開始就出現了一種禁書的「理論」：「《詩》、《書》、禮、樂、善、修、仁、廉、辯、慧，國有十者，上無使守戰。國以十者治，敵至必削，不至必貧。國去此十者，敵不

〔註9〕 沈固朝：《歐洲書報檢查制度的興衰》，南京大學出版社，1999 年 9 月第 1 版，第 5～6 頁。

敢至，雖至必卻。興兵而伐，必取；按兵不伐，必富。」〔註10〕這樣，就在商鞅變法中出現了「燔《詩》《書》而明法令」這一中國歷史上的第一次禁書事件，接著的便是大家都已知曉的秦始皇的野蠻焚書之舉。研究者一般認為從西晉至南北朝及其後來的隋唐，雖然在文化方面加強了統治力度，依然存在禁書，但卻算不上過於嚴厲。但從宋代起，禁書範圍擴大，不但特別注意查禁兵書，而且在烏臺詩案後的崇寧二年（1103年），蘇軾、黃庭堅等人的文集與著作遭到禁燬〔註11〕，而南宋時期私人所著野史、著述（例如程瑀注解的《論語講解》）以及江湖詩派的《江湖集》（或稱《中興江湖集》）遭到了同樣的命運。有學者認為，對蘇軾、黃庭堅等人著作的焚毀是中國歷史上爆發的第一次以當代著名人物的署名著作為禁燬對象的禁書事件，開啓了後代種種「以人廢書」事件的先例。〔註12〕而明清兩代更被認為是封建王朝禁書的高峰，這與當時經濟生產方式的漸變、印刷技術的改進以及社會思想文化的活躍不無關係，其中尤以異族入主中原的滿清王朝最為苛酷，康熙、雍正、乾隆三朝頻興文字獄與禁書事件，據研究者統計，單就「乾隆一朝所頒禁燬書目而言，從乾隆三十八年（西曆一七七三）至四十六年（西曆一七八一）間，各省巡撫所繳進之應毀板片達十萬以上；各省開單進程之挖改數目，十八省合計，多達二千零五十四部；軍機處所奏進應毀書目，全毀者七百四十九種，抽毀者四十種，另有應毀個人著作書目一百三十種，四庫館所奏進應毀書目，全毀者一百四十六種，抽毀者一百八十一種〔註13〕；紅本處所查辦

〔註10〕　《農戰》，引自《中國禁書簡史》，陳正宏、談蓓芳著，學林出版社，2004年，第4頁。

〔註11〕　崇寧二年（1103年）四月二十七日，宋徽宗詔書，「蘇洵、蘇軾、蘇轍、黃庭堅、張耒、晁補之、秦觀、馬涓《文集》、范祖禹《唐鑒》、范鎮《東宅記事》、劉放《詩話》、僧文瑩《湘山野錄》等印板，悉行焚毀！」宣和六年（1124年）冬天宋徽宗又發布詔書；「朕自即位之初就廢棄了元祐學術，近來卻還有人在尊崇元祐黨人蘇軾、黃庭堅。蘇、黃二人得罪大宋朝廷，與朕不共戴天，他們的片言隻字，都必須焚毀勿存。有敢違抗者以大不恭了論處！」陳正宏、談蓓芳：《中國禁書簡史》前引書，第78、83頁。

〔註12〕　陳正宏、談蓓芳：《中國禁書簡史》，學林出版社，2004年，第82頁。

〔註13〕　在《中國禁書簡史》一書中，作者引陳乃乾《索引式的禁書總錄》（富晉書社1933年版）說從乾隆三十七年下詔徵書，直到乾隆五十三年《四庫全書》覆查完畢，當時約有被全毀的書就有二千四百五十三種，被抽毀的有四百零二種；而收入《四庫全書》的為三千四百七十種。《簡史》作者認為當時被銷毀的書籍，其數量相當於《四庫全書》的四分之三，被抽毀的也相當於《四庫全書》的八分之一弱。前引書，第230頁。

之應毀明人書目七十六種；各省所查繳應毀書目共計千餘種。」〔註14〕

　　承載歷史思想文化的書籍在專制權力的火焰下，顯得是那麼地脆弱與無助，只要掌權者一聲令下，那紙作的身軀甚至伴著血的生命，都會在熊熊的烈火中灰飛煙滅，留下的或許是禁錮思想的顫抖與恐懼，但歷史的經驗告訴我們，每一次權力的肆意縱火，其後總會伴隨著一隻鳳凰的涅槃，鳳凰因火而滅，但更由火而生，重生的鳳凰會更加絢爛與充滿活力！

第二節　國民政府時期上海書報審查制度與機構設置

　　國民政府許多重要部門設在上海或在上海設有辦事機構，有的部長幾乎常駐上海。外交部長伍朝樞為在上海設辦事處的呈文稱：「查上海係世界重要商部之一，消息靈通，交通便利，外交消息最貴敏捷。本部雖設在南京，而朝樞時有赴滬之必要，業於上月在上海設立本部駐滬辦事處，以資辦公。」「設立條約委員會於上海，至於外交應付最重宣傳，並已在滬設立國民通訊社，專司對外宣傳事務。」〔註15〕此呈文便顯示出上海之於國民政府特殊的重要性。1927年5月7日，國民黨中央政治會議通過《上海特別市暫行條例》，決定設上海為特別市。該條例規定：上海「為中華民國特別行政區域，定名為上海特別市」，「直隸中央政府，不入省縣行政範圍」地位與省相等。為強化對上海的統治，國民黨開始在上海設立各種特務機構實施嚴密監管。1927年南京國民政府成立後，國民黨就開始密令查扣反蔣圖書以及查禁其他反動刊物。例如6月20日，南京國民政府秘書處密令政府各部、省市政府、公安部「從速取締並派員前赴郵局」查扣「討蔣書刊」。當時上海各政治部宣傳機關較多，為統一組織，1927年6月，上海宣傳政治會與南京中央宣傳委員會一致決議在上海組成上海宣傳委員會，並確定委員為郭泰祺、陳群、陳布雷、潘公展、陳德徵、潘宜之、嚴慎於、冷欣、謝福生、孟心史、葛廷時、林知淵、趙石龍等十四人作為上海最高宣傳指導機關，〔註16〕並制定了《上海宣傳委員會條例》，規定該會任務有：「一、指導上海各宣傳機

〔註14〕　丁原基：《清代康雍乾三朝禁書原因之研究》，華正書局，1983年，自序第1頁。
〔註15〕　《國民政府公報》，轉引自中華民國史事紀要編輯委員會編：《中華民國史事紀要》（1927），臺灣中華民國史料研究中心印行，第1265頁。
〔註16〕　《上海近狀：上海宣傳委員會組織確定》、《興華》，1927年第24卷第16期，第42頁。

關」；「二、供給宣傳機關關於本黨的宣傳理論及事實」；「三、主持國際宣傳及不屬於各宣傳機關之宣傳工作」；「四、取締危害黨及其他不正確的宣傳品。」〔註17〕

　　不久，該宣傳委員會改稱中國國民黨中央執行委員會宣傳部駐滬辦事處。6月30日，國民黨中央宣傳部駐滬辦事處編審組藝術股就設立影戲、新劇、歌曲、說書等部，對各種歌曲、戲劇、雜耍等施行審查。一切有關革命之劇本及語詞，均須由編審組審定，方得上演，否則將予取締。〔註18〕可見，國民政府時期有可能最早在1927年的7月，上海就開始對影戲、新劇等劇本開始實施正式的「原稿審查制度」。1927年12月16日，國民政府公佈了《教科圖書審查條例》，拉開了圖書送審制度的序幕〔註19〕

〔註17〕　《民國日報》（上海），1927年6月11日。

〔註18〕　中共上海市委黨史資料徵集委員會、中共上海市委黨史研究室、中共上海市委宣傳部黨史資料徵集委員會合編：《上海革命文化大事記》（1919～1937），上海書店出版社，1995年，第171頁。

〔註19〕　該條例規定圖書發行人或編輯人，應於圖書發行前呈送本書五本或樣本並稿本各呈送兩份於大學院審查。「小學校及中等學校，所採用之教科書，非經中華民國大學院審定者，不得發行或採用。」並且大學院認為教科書存在不適當時，要求各學校不得再用，並得禁止其發行，對部分不適當之處的教科書，大學院則限期飭令發行人或編輯人遵照大學院所示要點進行修改。大學院審查之教科書大體分為以下七項：一、三民主義；二、國文國語；三、外國語；四、社會科學；五、自然科學；六、職業各科；七、音樂，圖畫，手工，體操。所審查之圖書「以不背本黨的主義，黨綱，及精神，並適合教育目的，學科程度，及教科體裁者，為合格。」並要在審定之書面上記明某年某月經大學院審定字樣，更須就教員與學生用書兩種，分別標明。（《教科圖書審查條例》，《大學院公報》，1928年第1期，第23～26頁。自《教科圖書審查條例》公佈後，前國民政府教育行政委員會公佈的《教科圖書審查規程》及《三民主義教科書審查規程》同時廢止。）
大學院教育行政處設有書報編審組，該組設有編譯、審查兩股，圖書的審查歸審查股執行，其職掌以下四個方面：一、關於教科用圖書之審查事項；二、關於教育用品及標本儀器之審查事項；三、關於其他重要書報之審查事項；四、關於版權之專利及登記事項。（《大學院教育行政處組織條例》，《大學院公報》，1928年第1期，第55頁）對於書報的審查工作，除了大學院教育行政處的編審組外，還有一個輔助審查的委員會，這就是作為藝術教育委員會分組委員會之一的大學院藝術教育編審委員會，該委員會由大學院編審組與藝術教育委員會以及聘定國中藝術家若干人組成，專司藝術教育書報之編輯及審查事宜。該會設審查股，專辦關於下列各項：一、關於國內外藝術之批評；二、關於各種藝術教育用品之收集及批評；三、關於各種藝術教育書報之審定。（《大學院藝術教育編審委員會組織條例》，《大學院公報》，1928年第

　　1928 年的上海，成爲國民黨執行書報審查的中心，對人民諸種自由權利的壓迫亦日趨繁重。爲瞭解上海各種刊物出版情況，及預防反動刊物發行起見，國民黨中央執行委員會宣傳部曾特派調查員前往上海實地調查。調查範圍包括：報館、書店、各書館、通信社、印刷所。其調查多以秘密的方式進行，並得函請上海市黨部宣傳部指導，協同進行。調查員在調查一般刊物外，必須隨時隨地留意各種反動刊物，並要設法徵集，將調查所得各項，填表彙報宣傳部查核。〔註 20〕

　　1928 年國民黨開始在上海組建秘密的審查機構。國民黨中央執行委員會宣傳部與上海特別市黨部、宣傳部共同組成「中央執行委員會宣傳部駐滬檢查刊物辦事處」。該處可能是國民政府時期，中央宣傳部在上海設立的第一個秘密的專門負責書報審查的機關。它直接對中央宣傳部負完全責任，在日常業務上，須由上海特別市黨部宣傳部就近指揮及監督，該處爲秘密機關，所以對外概用上海特別市黨部、宣傳部名義行使職權。中央宣傳部向駐滬檢查刊物辦事處派遣檢查員，其主要職務：一是調查審議及檢舉一切反動書報、刊物及機關分子，隨時呈報中央宣傳部處分，至少每週一次；二是遇緊急必要時，得用上海特別市黨部宣傳部名義執行處分，再行呈報中央宣傳部備案。〔註 21〕因爲是秘密機關，所以對「跡近反動派或幫助彼等之書局，或印刷所出版及販賣情形」均要求秘密調查，經檢查被宣傳部駐滬辦事處認爲是須查禁書籍刊物時，其處置辦法有如下六點：

1、令上海特別市政府分飭教育局、公安局爲下列之處理

　　（甲）教育局禁止出售；

　　（乙）公安局開列此項書籍刊物表，交各區警察隨時嚴查沒收。

---

1 期，第 73～74 頁。）

在《教科圖書審查條列》公佈後的第五天，也就是 1927 年 12 月 20 日，大學院接著又公佈了《新出圖書呈繳條例》。全文有如下四條：第一條　凡圖書新出時，其出版者，須自發行之日起兩個月內，將該項圖書三份，呈送中華民國大學院。第二條　凡圖書改版時須依前條規定辦理，但僅重印而未改版者，不在此限。第三條　出版者如不遵交出版書時，大學院得禁止該圖書之發行。第四條　本條例自公佈日施行。（《新出圖書呈繳條例》，《大學院公報》，1928 年第 1 期，第 35 頁。）

〔註 20〕　《中國國民黨中央執行委員會宣傳部特派調查員臨時服務規程》，中國國民黨中央執行委員會：《宣傳部十七年度部務一覽》，1929 年 4 月編，第 42 頁。

〔註 21〕　《本部駐滬檢查刊物辦事處辦事細則》，中國國民黨中央執行委員會：《宣傳部十七年度部務一覽》，1929 年 4 月編，第 42～43 頁。

2、由中央函交通部轉飭上海郵政總局不得遞寄；

3、通告全國各郵件檢查機關密檢沒收；

4、通告各省政府及各沿江沿海重要地方政府，查禁沒收；

5、令各省各特別市黨部宣傳部隨時查察禁止；

6、通知特種刑事臨時法庭（中央及省），隨時拘辦此項書籍刊物之著作人發行人。

對那些故意印刷及販賣須查禁書籍刊物最多的印刷所及書局，該檢查刊物辦事處須函請江蘇省政府轉飭上海臨時法院，並函淞滬警備司令查封，並拘辦其主持人。此外，駐滬檢查刊物辦事處還委託上海公會整理委員會與上海商民協會，設法接洽可靠印刷工人和書局業商民，隨時對印刷所與書局進行秘密監視與舉發密報。〔註22〕

1928年5月14日，國民政府頒佈並開始實施《著作權法》。此法與1915年北洋政府《著作權法》大同小異，兩者都可以說是以宣統二年（1910年）《大清著作權律》爲範本損益而成。〔註23〕該法總綱規定，著作物必須在國民政府內政部「依本法註冊」才能享有「專有重製之利益者爲有著作權法」，並且「內政部對於依法令應受大學院審查之教課圖書，於未經大學院審查前不予註冊。」而只有成功將著作權註冊後，權利人才能對「他人之翻印仿製或以其他方法侵害利益提起訴訟。」但並不是所有著作物都可以取得著作權，該法第二十二條便明確規定內政部於著作物呈請註冊時，如果發現以下情事之一者，可以拒絕註冊：「一、顯違黨義者；二、其他經法律規定禁止發行者。」〔註24〕此處，著作權法並沒有對「顯違黨義」給出明確之界定，但黨義明顯具有法律規定的意味。而對於負責起草《著作權法》的大學院來說，「黨義」就是制定著作權法的立法原則，「職院……爰將向來沿用舊有之本法，根據本

〔註22〕　《檢查上海刊物辦法》，中國國民黨中央執行委員會：《宣傳部十七年度部務一覽》，1929年4月編，第51～52頁。

〔註23〕　民國肇建至1915年北洋政府頒佈《著作權法》，此間均是援照《大清著作權律》規定辦理，1912年9月21日，內務部通告，「查著作物註冊給照，關係人民私權。本部查前清著作權律，尚無與民國國體抵觸之條。自應暫行援照辦理。爲此刊登公報，有凡著作物擬呈請註冊，及曾經呈報未據繳費領照者，應即遵照著作權律分別呈候核辦可也。」《中華民國史檔案史料彙編》第三輯文化，中國第二歷史檔案館編，南京：鳳凰出版社，1991年6月第1版，第433頁。

〔註24〕　《中華民國史檔案史料彙編》第五輯第一編文化，中國第二歷史檔案館編，南京：鳳凰出版社，1994年6月第1版，第68～71頁。

黨主義及其他情形，酌量修正」，「其依舊有著作權法，曾經註冊之著作物，容有與黨義牴觸者，並應一律呈由本院審查，重行註冊，通限以一年爲期，逾期不遵照呈請者，原有之著作權即爲無效。蓋所以杜絕著作物之紊雜，而防弭反動思想之流傳也。」〔註25〕對「顯違黨義者」的模糊規定連負責註冊事務的內政部都無法明確把握，於是在著作權法實施後，致函最高法院，請其解釋第二十二條規定，「查現時思想界顯違黨義者，有國家主義、共產主義與無政府主義等。是否此種研究理論的著作物，與意含煽動的著作物，一律拒絕註冊，或僅拒絕後者之註冊而不拒絕前者之註冊？現在中央黨部訓練部設有編審科，審查關於黨義之著作的，可否令該類著作物先行呈中央黨部審查後，再行呈請本部註冊？……以上各條，皆目前亟應解決之點，理合呈請鑒核，賜予解釋，俾有遵循，實爲公便。」〔註26〕

從內政部的致函中可以得知，國民政府對於當時社會有違「黨義」的各種主義，有著明確的認識，並且中央黨部訓練部的編審科已經對有關黨義之著作展開了審查，而之所以在著作權法中沒有予以明確規定，筆者認爲當著作物呈請註冊時，在准與不准間給註冊官留有可供操控的空間與自由。顯然，那些意含煽動的著作物當在不准之列，而「國家主義、共產主義與無政府主義」的理論著作與意含煽動的著作物，實則也僅是隔了一層薄薄的窗戶紙，「破與不破」在很大程度上取決於註冊官員的想與不想之間。沒有明確嚴正之規定的法律條文，無異於一條游移於主觀臆斷的無規定的準則。雖然最高法院在覆函中聲稱「若研究其他主義理論，以供歷史上之參考，自與意含煽動的著作物有別，當然不得拒絕註冊。」但也承認「顯違黨義者，原係概括之規定，」又言及「此項著作物應由審查人核定，」〔註27〕從以後的審查情況看來，審查人對於那些「顯違黨義」的理論著作往往出於「防弭反動思想之流傳」的目的，將其等同於意含煽動的著作物而橫遭查禁的命運。

1929 年 1 月 10 日，第二屆中央執行委員會第一九〇次常務會議又通過了《宣傳品審查條列》。雖然本條例總共只有十五款，但卻對宣傳品的審查範

〔註25〕《大學院訂定著作權法草案》，《申報》，1928 年 1 月 10 日，上海書店影印本，第 242 冊，第 242 頁。以下引用《申報》之文獻均出於影印本不在特別注明。

〔註26〕周林、李明山主編：《中國版權史研究文獻》，中國方正出版社，1999 年，第 234～235 頁。

〔註27〕周林、李明山主編：《中國版權史研究文獻》，前引書，第 234 頁。

圍、審查標準，逐一做了規定，並且值得注意的是，該條例列出了宣傳品審查的標準，何種性質的宣傳品為反動宣傳品或為謬誤宣傳品，以及各種宣傳品經過審查後的處理辦法。

該條例第二條規定了審查宣傳品的範圍：一、各級黨部之宣傳品；二、各級宣傳機關關於黨政之宣傳品；三、黨內外之報紙及通訊稿；四、有關黨政之書籍；五、有關黨政宣傳之期刊；六、有關黨政宣傳之各種戲曲電影；七、其他有關黨政之一切傳單標語及公文函件通電等宣傳品。在第四條中列出了六項審查標準：一、總理遺教；二、本黨黨義；三、本黨政綱政策；四、本黨決議案；五、本黨現行法令；六、其他一切經中央認可之黨務政治記載；並且在第五條與第六條中概括出了「反動宣傳品」與「謬誤宣傳品」。含以下性質者屬「反動宣傳品」：一、宣傳共產主義及階級鬥爭；二、宣傳國家主義、無政府主義及其他主義而攻擊本黨主義政綱政策及決議案者；三、反對或違背本黨主義政綱政策及決議案者；四、挑撥離間，分化本黨者；五、妄造謠言，以淆亂觀聽者。以下三條則屬「謬誤宣傳品」：一、曲解本黨主義政綱政策及決議案者；二、誤解本黨主義政綱政策及決議案者；三、記載失實，足以影響觀聽者。對宣傳品審查之後的處理，則是採取了「大棒」與「糖果」的手法，那些能夠對國民黨之主義政綱政策決議案及一切黨政事實，能正確認識而有所闡發貢獻者，便會得到嘉獎且提倡之。而經審查後，被認為是「反動者」，則予以查禁或究辦。

按條例規定，各省市宣傳部負責所屬區域內的一切宣傳品審查，並將宣傳意見檢付原件呈報中央宣傳部核辦。而對「發現反動刊物認為重要者」就得「咨請所在地各級政府現行扣留察勘，再呈請中央宣傳部處理之。」查禁反動刊物、查封印售反動宣傳品機關，以及對其負責人的究辦，則由國民黨中央交國民政府令主管機關予以執行。另外，該條例還規定當政府審查機關遇到與黨政宣傳有關的出版物及藝術品時，必須將原件送請中央宣傳部審查，不能分送的，應請中央宣傳部派員進行審查。〔註28〕

與《宣傳品審查條例》密切相關的，是 1932 年 11 月 24 日由第四屆中央執行委員會第四十八次常務會議通過的《宣傳品審查標準》，該標準是將《宣傳品審查條例》的第四、五、六條規定擴充而來，將《審查條例》的第四條

〔註28〕 中國第二歷史檔案館編：《中華民國史檔案史料彙編》第五輯第一編文化（一），鳳凰出版社，1994 年，第 74～76 頁。

作爲「正當的宣傳」的標準；在判斷謬誤宣傳的標準中，加入「對法律認可之宗教，非從事學理探討而從事詆毀者」一條；與之相比，「反動宣傳的標準」變化較大，由《條例》的五條增訂爲《標準》的八條。其反動的宣傳標準依次是：1、爲其他國家宣傳，危害中華民國者；2、宣傳共產主義及鼓動階級鬥爭者；3、宣傳無政府主義、國家主義及其他主義而有害黨國之言論者；4、對本黨主義、政綱、決策、決議惡意詆毀者；5、對本黨及政府之設施，惡意詆毀者；6、挑撥離間，分化本黨，危害統一者；7、污蔑中央，妄造謠言，淆亂人心者；8、挑撥離間及分化國族各部分者。〔註29〕從審查標準中可知，在經歷了 1931 年的九一八事變、1932 年的一二八事變之後，國民黨更加注意於有關「危害黨國」、「詆毀本黨及政府」、「危害統一」、「污蔑中央」、「分化國族」等所謂的反動言論的控制。另一方面，也傳達出當時社會言論面對帝國主義的入侵，而出現針對以上幾方面熱烈討論的情形。

1929 年 1 月 24 日，國民黨第二屆中央第一九二次常務會議通過了《省及特別市黨部宣傳工作實施方案》，該方案規定「省及特別市黨部所屬區域出版機關發行之刊物，須按期檢送全份至所在地之省黨部或特別市黨部審查。」並注意轄區內刊物是否登載如下內容：

1、宣傳反動主義；
2、立論違反黨義；
3、泄漏黨的秘密；
4、轉載反對本黨之言論；
5、發表袒護反動派之言論；
6、曲解或誤解本黨主義政綱政策及議決案；
7、製造挑撥離間，分化本黨之言詞；
8、拒絕黨部送登公佈之正式文件；
9、登載已經查禁之文字。

對於出版機關的處置，該方案分爲「積極」與「消極」兩種。「積極的」分「獎勵」與「提倡」，「凡省及特別市區域內之出版機關所出之新聞及通訊稿或刊物，對於本黨主義能努力宣傳者，省及特別市黨部得予以物質的或

〔註29〕中國第二歷史檔案館編：《中華民國史檔案史料彙編》第五輯第一編文化（一），前引書，第 89～90 頁。該標準於 1932 年 5 月 31 日第四屆中央執行委員會第二十二次常務會議通過，又於 1932 年 11 月 24 日第四屆中央執行委員會第四十八次常務會議增訂。

名譽的獎勵。」「凡省及特別市區域內之出版機關所出之新聞及通訊稿件或刊物，凡省及特別市黨部得因事實上之便利，指導其種種宣傳方法，以示提倡。」而消極的則分：1、糾正，如報紙或刊物對於黨的記載或言論有錯誤處，確實出於無意者，生及特別市黨部應予以糾正。2、解釋，報紙或刊物有誤解或懷疑黨的記載或文字，省及特別市黨部須予以正確的解釋。3、警告，報紙新聞稿或刊物有違反本黨記載或言論者，省及特別市黨部須予以警告。4、查禁，省或特別市黨部如發現所屬區域內有反動派主持之新聞或刊物，須呈請中央予以查禁，如遇緊急情形，得咨當地政府予以查禁，但須呈請中央核准。

1928 年 10 月，國民政府改組，將大學院改為教育部，管理出版工作。1930 年 3 月 28 日教育部公佈了《新出圖書呈繳規程》，該《規程》共六條，要緊者為第一條規定「凡圖書新出時，其出版者須自發行之日起兩個月內將該項圖書四份呈送出版者所在地之省教育廳或特別市教育局」而具體圖書呈繳工作則由各省教育廳及各特別市教育局負責督促，在收到出版者所呈繳的圖書後，各省教育廳及各特別市教育局除留存一份外，應將其餘三份轉送教育部。第四條規定「凡圖書改版時，須依照本規程第一條辦理，但僅重印而未改訂者，不在此限。」第五條則明確規定「出版者如不遵繳所出圖書時，教育部得禁止該圖書之發行。」〔註 30〕

1930 年 12 月 16 日國民黨政府公佈《出版法》，而在此之前，1929 年 8 月 23 日，就制定了一項《出版條例原則》。該原則共六條，對出版品、構成出版品之關係人等作了解釋，而為防止「不正當出版品之流行」，該原則的第五條列出四項：1、宣傳反動思想者；2、違反國家法令者；敗壞善良風俗者；4、妨害治安者。明確規定此四項不得登記，如果已登記則必須撤銷。第六條則列出：1、糾正；2、警告；3、查禁或拘罰，三類不同程度的處置辦法。〔註 31〕

在 1930 年的《出版法》中，對出版品及其分類：新聞紙、雜誌、書籍及其他出版品做了相應解釋，〔註 32〕並規定書籍或其他出版品必須在發行時以

〔註 30〕　徐百齊編：《中華民國法規大全》，商務印書館，1937 年，第 4283～4284 頁。
〔註 31〕　《出版條例原則》，中國第二歷史檔案館編：《中華民國史檔案史料彙編》第五輯第一編文化（一），前引書，第 76～77 頁。
〔註 32〕　1930 年《出版法》：第一條、本法稱出版品者，謂用機械或化學之方法所印刷而供出售或散佈之文書圖畫。第二條出版品分左列三種：一、新聞紙　指用

二份寄送內政部。將原有出版品改訂增刪而出版的，同樣要寄送。之於新聞紙或雜誌，不僅要寄送二份於內政部，還要「一分寄送發行所所在地所屬省政府或市政府，一分寄送發行所所在之檢察署」。但無論書籍或其他出版品以及新聞紙或雜誌，其內容涉及黨義或黨務的，均應以一份寄送中央黨部宣傳部，予以審查。對於敏感的政治傳單或標語，十八條則規定「非經該管警察機關許可，不得印刷或發行。」

對於出版品登載事項的限制，《出版法》第十九條規定不得記載以下四項：一、意圖破壞中國國民黨或三民主義者；二、意圖顛覆國民政府或損害中華民國利益者；三、意圖破壞公共秩序者；四、妨害善良風俗者。第二十條「出版品不得登載禁止公開訴訟事件之辯論。」第二十一條「戰時或遇有變亂及其他特殊必要時，得依國民政府命令之所定，禁止或限制出版品關於軍事或外交事項之登載。」〔註33〕

馬克思認為「出版法就是出版自由在立法上的認可。」在《第六屆萊茵省議會的辯論》中他說，「出版法是真正的法律，因為它反映自由的肯定存在。它認為自由是出版物的正常狀態，出版物是自由的存在」並且指出「出版法根本不能成為壓制出版自由的手段，不能成為以懲罰相恫嚇的一種預防罪行重犯的簡單手段。恰恰相反，應當認為沒有關於出版的立法就是從法律自由領域中取消出版自由，因為法律上所承認的自由在一個國家中是以法律形式存在的。法律不是壓制自由的手段，正如重力定律不是阻止運動的手段一樣。」〔註34〕

一定名稱，每日或隔六日以下之期間繼續發行者而言；二、雜誌、指用一定名稱，每星期或隔三月以下之間繼續發行者而言；三、書籍及其他出版品，凡前二款以外之一切出版品屬之。新聞紙或雜誌之號外或增刊，視為新聞紙或雜誌。第三條：本法稱發行人者，謂主管發售或散佈出版品之人。第四條：本法稱著作人者，謂著述或製作文書圖畫之人。筆記他人之演述，登載於出版皮或令人登載者，其筆記人視為著作人，但演述人對於其登載特予承諾者，應同負著作人之責任。關於著作物之編纂，其編纂人視為著作人，但原著作人對其編纂特予承諾者，應同負著作人之責任。關於著作物之翻譯，其翻譯人視為著作人。關於用學校、公司、會所或其他團體名義著作之出版品，其學校、公司、會所或其他團體之代表人視為著作人。第五條、本法稱編輯人者，謂掌管編輯新聞紙或雜誌之人。中國第二歷史檔案館編：《中華民國史檔案史料彙編》第五輯第一編文化（一），前引書，第78～79頁。

〔註33〕中國第二歷史檔案館編：《中華民國史檔案史料彙編》第五輯第一編文化（一），前引書，第81～82頁。

〔註34〕馬克思：《第六屆萊茵省議會的辯論（第一篇論文）——關於出版自由和公佈

但是，我們從 1930 年《出版法》四十四款條文中，根本看不到自由的一絲蹤跡，反而黨義、黨務、黨國、國府壓滿紙面，在四十四條的規定中，扣留、禁止、拘役、刑期、罰款等處罰的條文多大二十五條。這樣還不夠，1931 年 10 月 7 日，內政部又公佈了《出版法施行細則》二十五條，將「引用或闡發中國國民黨黨務或黨史者；」「記載有關中國國民黨黨義黨務史，或與中國國民黨黨義黨務史有理論上或實際上之關係者」列入有關黨義黨務的出版品內。而第十款更是規定書籍的著作人或發行人，應將稿本呈請內政部聲請許可出版。第十一條規定「未經許可而擅行出版之書籍，概行扣押。」第十四條「有關黨義黨務出版品審核之標準，除依照出版法第四章各條規定外，並適用中央關於出版品之各項決議」，這更是為鉗制出版自由，釘上了種種條條框框，讓人頓生無微不至之感。即使那些被許可出版的書籍，如果出版後與核准之原稿不符，內政部均可以對其實施禁止或扣押。〔註35〕

1931 年 9 月 16 日，上海當局又公佈《上海市教育局審查戲曲及唱片規則》，由上海教育局履行審查職責，其中規定了在上海表演的歌劇、詞曲、雜要及其他戲曲或製售的唱片都要受到審查；如果發現有違反「黨義」及國體、妨害風化及公共安全或提倡迷信邪說的，都應予禁止；經審查合格的戲曲或唱片，如發現與原審查有不符之處，除立即撤銷期執照、停止期公演或發售外，還要將其取締；教育局可隨時派員持證到各公共娛樂場所及唱片公司審查。〔註36〕

1933 年 10 月下旬，蔣介石命國民黨政府內政部警政司通令查禁普羅文藝，內政部警政司便通令各省市書局，限期將所售書籍一律送部審查。對此，《中國文壇》載文說，十月十六日蔣介石特電囑南京行政院加緊壓迫全國普羅文學與左翼作家。這一紙命令是對於已經流過新中國天才最好的血的作家，再來推動一回新的恐怖浪潮，因為他們犯了描述國民黨中國生活情形的「罪」〔註37〕10 月 30 日，國民黨政府行政院便發出第四八四一號密令，全面

等級會議記錄的辯論》，《馬克思恩格斯全集》（第一卷），人民出版社，1956 年，第 71 頁。

〔註35〕 中國第二歷史檔案館編：《中華民國史檔案史料彙編》第五輯第一編文化（一），前引書，第 84～87 頁。

〔註36〕 王立民：《上海法制史》，上海人民出版社，1998 年，第 121～122 頁。

〔註37〕 《中國論壇》第 3 卷第 1 期，1933 年 11 月 7 日，文中又言：與藍衣社的「法西斯宣傳有關係的，南京行政當局應蔣介石的命令而草訂的中央黨部宣傳委員會的新綱領中，載有推動『純粹民族文學』的辦法。最有趣味的就是，推

查禁普羅文學書刊等。專門審查圖書雜誌的委員會，因蔣介石的一紙命令而開始籌備。1933 年 11 月 8 日，魯迅在給曹靖華的信中，從國民黨對新文藝壓迫的現狀作出了推測，「看近日情形，對於新文藝，不久當有一種有組織的壓迫和摧殘，這事情是好像連幾個書店也祕密與謀的。其方法大概（這是我的推測）是對於有幾個人，加以嚴重的壓迫，而對於有一部分人，則寬一點，但恐怕會有檢查制度出現，刪去其緊要處而仍賣其書，因爲如此，則書店仍可獲利也。」〔註38〕魯迅的推測在五個月後，便成爲了現實。

1934 年 4 月 5 日，國民黨第四屆中央執行委員會第 115 次常務會議通過了《國民黨中央圖書雜誌審查委員會組織規程》，在該規程中，中央宣傳委員會爲「審愼取締出版物，增進審查效能，並減除書局與作家之間損失起見」特設該會。並將過去的文學以及社會科學「書刊審查」改爲「原稿審查」。在施行出版後檢查的同時，加強了書刊的出版前檢查，對言論、出版自由的鉗制更進一步。審查委員會設立秘書一人，並分設總務、文藝、社會、科學三組，由中央宣傳委員會通告各出版機關，將出版書刊稿件送達該會，並根據宣傳品審查條例及審查標準、出版法、出版法施行細則等法令審查一切稿件。

1934 年 5 月 30 日的《中央日報》報導：國民黨中央宣傳委員會聘定李松風、潘公展、吳醒亞、吳開先、丁默村、孫德中、胡天冊、項德言、方治等 9人爲圖書雜誌審查委員會委員，潘公展、李松風、方治爲常務委員，項德言兼任秘書。總務組組長高蔭祖，副組長唐天恩；文藝組組長王新命，副組長何雙璧；社會科學組組長朱子爽，副組長戴鵬天。審查員爲項德言、朱子爽、張增、戴鵬天、王修德、劉民皋、陳文煦等 7 人。1934 年 6 月 1 日國民黨中宣會公佈了《圖書雜誌審查辦法》十四條，因該《辦法》直接而專以圖書審查爲對象，頗爲重要，所以其全文如下：

　　第一條　本辦法依據《中央宣傳委員會圖書雜誌審查委員會組織規程》第五條及《出版法施行細則》之規定訂定之。

　　第二條　凡在中華民國國境內之書局、社團或著作人所出版之圖書雜誌，應於付印前依照本辦法將原稿本呈送中央宣傳委員會圖

動『民族文學』，必需『訓令各學校監視學生的思想以及課外讀物並加緊反對普羅文學的運動』」。
〔註38〕魯迅：《致曹靖華》，王世家、止菴編《魯迅著譯編年全集》第拾伍卷，人民出版社，2009 年，第 486 頁。

書雜誌審查委員會（以下簡稱本會）聲請審查。

前項審查事宜，遵照中央執行委員會第一一五次常務會議決議，（一）審查之範圍爲文藝及社會科學（二）先在上海試辦。

第三條　圖書雜誌稿本送審時，聲請人應開具左列各事項，甲、書刊名稱。乙、稿本頁數及其附件。丙、聲請人姓名、住址。丁、編著人姓名、住址。

第四條　凡送審查之圖書雜誌本會概予以迅速審查之便利。

第五條　凡合於左列情形之一者，得呈請本會轉呈中央宣傳委員會核准發給免審證，其請求免審之聲請另訂之，一、當地黨政機關出版之圖書雜誌。二、凡出版一年以上平日思想正確絕無違背中央頒佈宣傳品審查標準及出版法之雜誌，前項准予免審之圖書雜誌如發現內容有不妥時，除撤銷免審證外，並依法予以處分。

第六條　凡未經准予免審之圖書雜誌不將稿本聲請審查者，應依照出版法施行細則第十一條之規定予以處分。

第七條　聲請審查之圖書雜誌稿本其內容如有認爲不妥之處，得發還原聲請人令飭依照審查之意見刪改，如全部文字有犯宣傳品審查標準第三項之情形及違背出版法第四章第十九條之限制者，本會得將原件扣呈中央宣傳委員會核辦。

第八條　經本會審查核准之圖書雜誌稿件由本會發給審查證。

第九條　凡經取得審查證或免審查證之圖書雜誌稿件於出版時應將審查證或免審證號數刊行印封面底頁以資識別。

第十條　本會對於認爲應行處分之書刊稿件，應呈請中央宣傳委員會，查核辦理。

第十一條　圖書雜誌出版後，除應依照出版法第十三條及第十五條之規定，每種送審內政部二份外，並應送本會三份，以便核對轉存。

圖書雜誌出版後，如發現與審查稿本不符合時，由本會呈請中央宣傳委員會轉內政部予以處分。

第十二條　經本會審查核准之圖書雜誌，由本會刊表呈送中央宣傳委員會轉函內政部備查。

第十三條　本辦法如有未盡事宜，得由本會呈請中央宣傳委員

會修正之。

　　第十四條　本辦法由中央宣傳委員會公布施行。〔註39〕

　　該《辦法》於1934年6月公佈，7月修正，是繼1930年《出版法》之後，國民黨中央宣傳委員會公佈的一張意欲籠罩中華之地的文禁之網。該《辦法》第二條規定「凡在中華民國國境內之書局社團或著作人所出版之圖書雜誌，應於付印前依據本辦法將稿本呈送中央宣傳委員會圖書雜誌審查委員會聲請審查。」但審查的範圍種類則遵照中央執行委員會第一一五次常務會議決議，定爲「文藝及社會科學」，且先在上海試辦。之所以選擇上海作爲圖書雜誌審查的試點城市，則是因爲上海實爲當時文化文學與新聞出版中心，在此設立審查委員會當有「擒王」之意，又因當時以上海爲中心掀起了一股左翼文藝運動的潮流，幾乎佔領整個文藝陣地，雖然當時還存在所謂的「民族主義文藝運動」，但與左翼相比，則顯得疲軟無力。與之相隨的，則是社會思潮的引進，在書店出版商的投機之下，社會科學書籍的出版更是鋪天蓋地，在時人看來竟發出由時髦走入瘟疫之慨，「這一年來，社會科學的書籍，……走了紅運，於是大時髦，但是社會科學書籍時髦到現在，已經成了瘟疫了」，「社會科學書籍發瘟的理由很簡單，就好似最先刊行社會科學的一二家書坊賺了錢，一切的書店便都紅眼起來，大家爭印社會科學書籍的稿紙，因爲要爭印，於是弄到那本稿子只要是屬於社會科學的就擎到印刷所裏去付印，完全不顧書籍的內容，這樣，阿貓也來一本社會科學的理論，阿狗也來一本社會科學大綱，甚至阿貓阿狗聯合起來弄社會科學大全，這樣，雜亂胡糟的社會科學書籍就發瘟起來了。」〔註40〕如此發「瘟」的社會科學書籍又如當時之文藝運動，並非每本都恭維或符合黨國之主義，意在營利也，再之，上海自晚清起，便是各種政治力量的革命活動中心。面對如此繁華之上海，當時執政的國民黨，其審查能不自上海始，能不以上海爲中心乎？

　　於是，送審稿本時，聲請人必須將「書刊名稱」、「稿本頁數及其附件」「聲請人姓名地址」、「編著人姓名地址」，都要一一開列。這樣追查起來豈不省事？第七條又規定「聲請審查之圖書雜誌稿本，其內容如有認爲不妥之處，得發還原聲請人，令飭依照審查意見刪改，如全部文字有犯宣傳宣傳品審查標準第三項之情形及違背出版法第四章第十九條之限制者，本會得將原件扣呈中

〔註39〕徐百齊編：《中華民國法規大全》，前引書，第1067頁。
〔註40〕陳潔：《社會科學書籍的瘟疫》，《申報》（本埠增刊），1930年1月8日。

央宣傳委員會核辦。」第十一條「……圖書雜誌出版後如發現與審查稿本不符時，由本會呈請中央宣傳委員會轉內政部予以處分。」〔註41〕眞是顧前懲後，想的何其周到啊！

《圖書雜誌審查辦法》公佈的當天，也就是1934年6月1日，圖書雜誌審查委員會開始辦公，辦公地點初爲上海法租界環龍路（今南昌路）上海別墅七號，後遷至至南市尙文路底凝和路。6月9日該會「已電呈中央宣傳委員會，通告本市書業公會轉知各書局，將有關文藝及社會科學之書刊原稿，依照圖書雜誌審查辦法送至該會聲請審查」。〔註42〕

爲了「爲使出版界明瞭中央設立該會之意義」，圖書雜誌審查委員會又於7月8日下午，在上海一品堂大廳招待出版界。參加的各書局及社團負責人有張光宇、傅東華、馬國亮、梁得所、章衣萍、杜重遠、夏丏尊、姚明遠、陳霖、趙景深、李伯嘉、樓彭年、李志雲、張靜廬、徐毓源、方東亮、王子澄、汪原放、趙南公、俞頌華、高鵬天、計志中、沈駿聲、伍聯德、鄭午昌、孫時敏等五十餘人。由該會常務委員方治（中宣會秘書）李松風（內政部警政司司長）潘公展（市教育局長）及委員孫德中、項德言等先後報告該會組織經過及其工作情形。其主要目的便是告知出版界能與該會切實合作，「嗣後如再不送審，必依法予以處分。」〔註43〕

國民黨的審查法規規定的無微不至，但總有些圖書雜誌的發行人，瞞天過海直接發行。這種情況在書報審查制度下，並不少見。由此可以看出，侵犯言論與出版自由的書報審查制度，是多麼地不受歡迎，這表現爲國民黨負責審查的機構不斷地發出送審的通告。例如，1934年9月10日，內政部向各省市政府發出通告，「近查各地出版圖書，仍有未經依法送部審核，逕自發行者，殊屬有違法令，茲特再行咨請飭知所屬該管地方各出版品發行人，凡未依法呈送本部審核之各種圖書，迅即遵照一律呈送審核，方准發行，倘仍玩忽不遵，一經查出，即由該管地方官署認眞依法處罰。」〔註44〕

圖書雜誌審查委員會的設立，使國民黨的書報審查由最初的秘密進行發展到公開化、法制化、合法化，使國民黨的書報審查制度在1934年6月的上

〔註41〕　徐百齊編：《中華民國法規大全》，前引書，第1067～1068頁。
〔註42〕　《中宣會圖書雜誌委員會已正式辦公》，《申報》，1934年6月9日。
〔註43〕　《圖書雜誌審委會昨招待出版界》，《申報》，1934年7月9日。
〔註44〕　《凡未呈送本部審核之圖書應即送審請飭屬切實執行通告》，《警告月刊》，1934年第5～6期，第170～171頁。

海，最終以完全而正式的姿態浮出歷史地表。當人們認爲它似乎可以更加「名正言順」的來扼殺政治上以共產黨爲主要對象的左翼文藝，以及其他與三民主義文藝、民族主義文藝不相符的其他文藝的時候，具有諷刺意味的是，一年多以後，這個審查機構在「新生」事件中卻一命嗚呼了。

在1935年5月，因《閒話皇帝》一文惹怒日本領事而發生「新生事件」後，國民黨以流氓式的欺騙手段，將《新生週刊》編輯人及發行人杜重遠送入牢獄，以此來爲那位日本領事降溫消火。隨後七位審查員〔註45〕也於7月8日被中央宣傳委員會撤職。但上海圖書雜誌審查委員會並未馬上撤銷。〔註46〕對書報的審查工作也並未因「新生事件」而完全停止〔註47〕。四日之後，也就是7月12日中央執行委員會秘書處警字第四八三號密函記載了中央宣傳委員會改組圖書雜誌審查委員會的提議，經中央第一七九次常會決議，將圖書雜誌審查委員會改組，其辦法是：「一、上海圖書雜誌審查委員會由內政部負責主持；二、圖書雜誌審查取締標準，仍以呈准中央備案者爲原則。三、中央宣傳委員會爲謀取工作上之聯繫，並爲協助內政部起見得調派人員參加該會工作。（附注）在該會未改組以前，除定期刊物外，其餘書籍刊物暫緩處理。」〔註48〕

由此可知，在「新生事件」之後，上海圖書雜誌審查委員會改由內政府負責主持，但中央宣傳委員會仍然要派員參加該會，這一改變似乎表現出內

〔註45〕 項德言、朱子爽、張增、戴鵬天、劉民皋、陳文煦、王修德。

〔註46〕 司馬卒在《新生事件概述》文後注釋四中說：七月八日爲中央宣傳委員會令將上海圖書雜誌審查處七個審查員撤職，審查處亦無形撤消。張靜盧輯注《中國現代出版史料》（乙編），中華書局，1955年5月第1版，第154頁。

〔註47〕 「新生事件」後，中央宣傳委員會電令各省市黨務轉飭當地出版界及報社通訊社說：「本年五月，上海《新生週刊》刊載對日本皇帝不敬文字，引起反感。按日本國體以萬世一系，著稱於世，其國民對於元首皇帝之尊崇，有非世人所能想像者，記載評論，稍有不慎，動足傷日本國民之感情；一年以來，本會迭次告誡，所幸尚能恪守；不意該《新生週刊》，由此以外之記載，除業經另案處分外，並爲防止將來再有同樣事件發生起見，茲特再行切實告誡，著即轉飭當地出版界及各報社、通訊社，嗣後對於此類記載或評論，務須嚴行防止；再關於取締排日運動，中央迭經告誡，應遵照本年六月十日國府明令，轉告各級黨部同志，並隨時勸導人民，切實遵守，是爲至要。」司馬卒《新生事件概述》，張靜盧輯注：《中國現代出版史料》（乙編），前引書，第152頁。

〔註48〕 《河北省政府訓令第五八零零號》，《河北教育》，1935年第1卷第2期，第63～64頁。

政部對宣傳委員會在「新生事件」表現上的不滿，抑或宣傳委員會在經歷了此次由外交引起的事件後，乾脆將負責之權交由內政部，來一個一身輕鬆。但不管負責之權落於誰手，此後對圖書雜誌的檢查依然施行，且在經歷了此次事件之後，其圖書雜誌審查取締標準更是水漲船高，有一網打盡之勢。此次審查取締標準竟多大十九條，具體如下：

一、為其他國家宣傳危害中華民國者；

二、宣傳共產主義及鼓動階級鬥爭者；

三、宣傳無政府主義國家主義及其他與本黨不相容之主義而有危害黨國之言論者；

四、站在與本黨主義不相容之立場批評討論或介紹各種政治經濟文化藝術及社會問題之理論而有宣傳作用者；

五、反對本黨主義政綱政策及決議者；

六、曲解或誤解本黨主義政綱政策及決議者；

七、挑撥離間分化本黨危害統一者；

八、挑撥離間分化國族間各部分者；

九、誣衊中央妄造謠言淆亂人心者；

十、對本黨及政府設施惡意誣毀者；

十一、惡意誣毀或侮辱中央負責領袖足以損害本黨及政府之威信者；

十二、故作危害言動搖搖動人心足以破壞社會公共秩序者；

十三、思想怪僻或提倡迷信者；

十四、同情反動行為者；

十五、含有頹廢及封建思想者；

十六、誨淫誨盜有害善良風俗及道德者；

十七、攻擊其他國家當局而含沙射影本國時事作用者；

十八、對法律認可之宗教非從事學理之探討而從事誣毀者；

十九、對於軍事外交消息之記載有違反新聞檢查標準，第一、二兩款者。〔註49〕

如果說最高法院在對 1928 年《著作權法》的解釋中，還在表面上允許共產主義、國家主義等與三民主義相對的理論書籍存在的合法性，那麼在這次

〔註49〕　《圖書雜誌審查取締標準》，《河北教育》，1935 年第 1 卷第 2 期，第 45 頁。

發布的審查取締標準中，與國民黨三民主義不相容的任何理論書籍，無論是與政治經濟有關的批評討論的理論性書籍，還是文化藝術（這當然包括文學方面，尤其是左翼文學）的書籍雜誌，均取消了其存在的合法性。似乎是受了「新生事件」的影響與啟發，在此次取締標準中，竟然連那些評論其他國家當局的文字都不允許其合法的存在，竟將其意淫為在含沙射影地批評國民黨當局！仔細揣摩此條文，其意至少有二：一是對於秉持「敦睦友邦」之意念的國民政府來說，這實際上是為了杜絕今後類似「新生事件」的再次發生，以免引起「友邦」的不滿，發生外交上的麻煩；二是外國當局都不讓批評討論，更何況本國當局呢？總之，此次取締標準的發布可謂是前所未有。

1935 年 8 月 5 日，國民黨上海市黨部轉發了圖書雜誌審查委員會停止工作的通知：

> 中國國民黨上海市執行委員會令上海市書業同業公會〔註50〕
> 　為令遵事：案准中央執行委員會宣傳委員會冬日密電內開：圖書雜誌審查委員會已暫行停止工作，靜候改組，應請通知當地各書店及各雜誌社在該會未經內政部接受改組以前，毋庸將原稿送審。即希望照辦理為荷，等由。准此，合亟令仰該會遵照為要。此令。
>
> 　　　　　　　　　　　　　　　　　　中華民國二十四年八月五日
> 　　　　　　　　　　　　　　　　　　常務委員　吳醒亞
> 　　　　　　　　　　　　　　　　　　　　　　　潘公展
> 　　　　　　　　　　　　　　　　　　　　　　　童行白

圖書雜誌審查委員會的暫停工作，使得圖書雜誌的原稿審查終於告一段落，這對於先前所受審查之苦的現代作家、刊物編輯以及出版發行人來說，至少「新生事件」將國民黨精心布置的文網撕開了一個不小的口子。比如說，良友圖書公司的《豎琴》、《一天的工作》、《母親》、《一年》在 1934 年 2 月被查禁，後經申訴「尚無大礙」「暫緩執行禁令」，但對《豎琴》的前記則堅持「非刪不可」。而「到 1935 年秋，作惡多端的審查會因『新生事件』被迫關門後，」良友又重印了一版《豎琴》，恢復了這篇前記，使它重新以原來面目與讀者相見。」〔註51〕

〔註50〕引自倪墨炎：《現代文壇災禍錄》，上海書店出版社，1996 年，第 231～232 頁。
〔註51〕趙家璧：《編輯憶舊》，中華書局，2008 年，第 42 頁。

為爭自由而一直鑽網的魯迅，明顯感受到前後的不同，「一九三四年不同一九三五年，今年是為了《閒話皇帝》事件，官家的書報檢查處忽然不知所往，還革掉七位檢查官，日報上被刪之處，也好像可以留著空白（術語謂之「開天窗」）了。但那時可真厲害，這麼說不可以，那麼說又不成功，而且刪掉的地方，還不許留下空隙，要接起來，使作者自己來負吞吞吐吐，不知所云的責任。在這種明誅暗殺之下，能夠苟延殘喘，和讀者相見的，那麼，非奴隸文章是什麼呢？」〔註52〕

與此同時，原稿審查地暫停也使發行人更多的關注圖書在著作權上的註冊而放鬆或有意減少將出版後的圖書郵寄內政部以備審查的程序。對此，內政部向各省市政府發文，要求其通飭各地出版品發行人應按照出版法規定寄送新出版圖書予以審查，其文如下：

圖書註冊後仍須送內政部備查〔註53〕

（1936 年 3 月 28 日內政部發文）

內政部咨各省市政府。

查著作物呈請註冊，與出版品等寄送備查，原係截然兩事。前者基於權利之證明，故著作權法對請求註冊與否，可聽權利人之自由，後者則本於警察之作用，而出版法所定寄送程序，乃為發行人必須履行之義務。二者性質既各不相同，自應分別辦理。乃近查各地出版圖書呈請註冊者，多有未經依照出版法第十五條之規定，寄送備查，似此玩忽取巧，殊屬有違法令。亟應通飭各地出版品發信人，對於出版圖書，務須依本法寄送本部備查，不得因呈請註冊而希圖免除此項手續，倘有仍舊玩忽取巧，不依出版法規定寄送情事，定予依法處罰，以杜玩延而重發令。除分行外，相應咨請查照，公告所屬圖書發行人知照，並將辦理情形見復為荷。

中華民國二十五年三月二十八日

國民政府內政部

抗戰開始後，國民黨又以「適應戰時需要，齊一國民思想起見」為由，中央執行委員會宣傳部、軍事委員會政治部及行政院內政部、教育部及中央

〔註52〕 魯迅：《〈花邊文學〉序言》，王世家、止菴編《魯迅著譯編年全集》第拾玖卷，前引書，第 507 頁。

〔註53〕 引自倪墨炎：《現代文壇災禍錄》，前引書，第 232～233 頁。

社會部又共同組織了中央圖書雜誌審查委員會，重新開始採取原稿審查的辦法，處理一切關於圖書雜事審查之事宜。並相繼制定了《戰時圖書雜誌原稿審查辦法》（1938）、《修正抗戰期間圖書雜誌審查標準》（1938）、《圖書雜誌查禁解禁暫行辦法》（1939）、《雜誌送審須知》（1941）、《圖書送審須知》（1942）、《劇本出版及演出審查監督辦法》（1942）、《書店印刷店管理規則》（1943）等法律制度，對抗戰後的文藝界又一次實施全面的檢查。由於抗戰後的書報審查制度不在本文的考察時期之內，所以也只能留待以後的文章中加以討論了。

第三章　國民政府對上海左翼文藝的
審查與控制（1927～1929）

　　據記載，上海最早的書籍審查令是清同治三年七月二十四日，署上海知縣王宗濂出示，凡印售新書應自備紙張，赴書局印刷，呈請鈐蓋欽天監印，凡私自翻刻，嚴拿究辦。〔註1〕從民國歷史來看，現代書報審查制度，即民國政府撥款設置專門審查機構，制定文學審查條例、標準、辦法等制度，對文學實施檢查，較早而正式的應爲北洋政府時期教育部設立的通俗教育研究會。該會於 1915 年 7 月 18 日，由袁世凱批准成立。以「研究通俗教育事項，改良社會，普及教育爲宗旨」，設立「小說」、「戲曲」、「講演」三股。〔註2〕在 1916 年 12 月又制定了通俗教育研究會《審核小說雜誌條例》、《審核小說標準》、《獎勵小說章程》、《勸導改良與查禁不良小說辦法》以及《通俗研究會審查戲劇章程》〔註3〕等法規。當時倡導讀經的北洋政府設立的這個審查機構，其注意力主要集中於小說、戲曲等道德風俗方面的審查。例如 1916 年 5 月京師警察廳查禁的 63 種小說書目，幾乎都是《和尚現形記》、《花柳繁華夢》、《肉蒲團》等被認爲大傷風化的淫穢小說。〔註4〕

〔註 1〕　http://www.shtong.gov.cn/node2/node2247/node4598/node79770/node79779/user-object1ai104470.html
〔註 2〕　《通俗研究會章程》，中國第二檔案歷史館編：《中華民國史檔案資料彙編》第三輯文化，鳳凰出版社，1991 年，第 102 頁。
〔註 3〕　中國第二檔案歷史館編：《中華民國史檔案資料彙編》第三輯文化，前引書，第 151～153 頁，第 166 頁。
〔註 4〕　《京師警察廳爲請轉咨查禁不良小說致內務部呈》，中國第二檔案歷史館編：《中華民國史檔案資料彙編》第三輯文化，前引書，第 155～156 頁。

　　實際上，那些被認爲「誨淫誨盜」的文學作品，在中國傳統的禁書史上一直以來都是被禁售或禁燬的主要對象。自晚清而來倡導復古讀經的北洋政府自然也不能例外。除了關注淫穢小說的審查，北洋政府同樣注意涉及現實政治方面的書刊，其大體分爲兩類：一類是包括國民黨在內的向北洋政府或袁世凱提出批評與反對意見的書報；另一類是受俄國列寧一派影響而在國內宣傳過激主義〔註5〕的書報。處置以上兩類書報的嚴厲措施就是查禁。但從文學審查的角度來說，北洋政府時期的文學審查尚未對文藝領域的生產活動產生太多的迫壓。之所以如此，其關鍵一點在於當時的文藝尚未與社會的現實政治發生緊密聯繫，也就是說當時國內的社會政治思潮尚未形成澎湃之勢，還未以革命的激進姿態挺進「五四」時期的文藝領域，也可以說，當時大批的文學家還未自覺地走向社會政治的群體化，社會文化場態依然存在較多個性化的選擇空間，文學的外部關係也並非劍拔弩張，動輒就會受到一哄而上帶有政治性的圍堵與批評。那時的文學依然擎著「文學革命」的旗幟在時間之流中，朝著人性解放、個性主義等人文價值的思想啓蒙之途而嬗變著。〔註6〕但是，當歷史的腳步踏入1920年代末期，即國民政府建立之後，以上海爲中心，以「革命文學」論爭爲開端的「紅色30年代」，卻呈現出了與五四時期以北京爲中心的「文學革命」不一樣的文學景觀。

　　以後期創造社與太陽社爲主而掀起的無產階級革命文學潮流，使中國新文學的發展在整體意義上改變了路向。文學發展進路的轉變，在很大程度上是因了社會革命形勢的變化而催生出一種有關新文學現代性的焦慮，他們以激進的革命熱情與先進的階級優越感，迫不及待地宣佈與資產階級革命的「五四」文學的斷裂，熱切地轉向革命的無產階級文學的歷史新階段。這次集團化的文學論戰，使中國新文學的整體氛圍轉向了社會科學化。誠如研究

〔註5〕　時人將 Bolisheviki 翻譯爲布爾塞維克，義爲「多數派」，因其思想傾向於急進，時人又稱爲「過激派」，布爾塞維克主義被稱爲過激（派）主義，屬於社會主義的一派。見陳綬蓀編：《社會問題辭典》，民智書局，1929年，第192、197頁。

〔註6〕　從國內政治局勢來看，1921年中共成立之後，馬林與鮑羅廷先後鼓吹國共合作，最後孫中山決議改組國民黨，決定共產黨員必須以個人身份加入國民黨。1924年1月，國共正式開始第一次合作。雖然合作伊始，兩黨內就出現對此次合作的質疑與反對的聲音，但在1927年4月之前，國共兩黨依然在合作的名目下進行著活動，政治鬥爭尚屬緩和，文藝領域也並未受到現實政治局勢的太多干擾。「五四」文學革命時期的文學生產活動，在國民政府建立之前的書報審查中，尚未遭遇太多不利的衝擊，這也是一大原因。

者指出，自五卅運動之後，尤其是以「革命文學」論爭為開端之表徵的三十年代文學，更傾向於「社會科學的思路，即關注的是社會的現實發展狀況，關注的是社會政治制度和生產關係，著眼於人的現實的政治、經濟和物質利益以及尋求滿足人的物質需求和精神需求，強調改善人的生活質量、實現人的發展的重要手段等，注重的是社會分析的方法。」這種社會科學的分析方法使新文學家更多「以階級意識、前進與反動、革命與不革命等角度看問題」，較之「五四」時期多以「人性解放、個性主義、新與舊、文明與落後等看待和解釋一切」的文學思路，則發生了根本上的分野。〔註7〕文壇的集體轉向之所以會在1920年代末期迅猛出現，自然與當時革命時代的國內政治現實有著密切關係。尤其是國民黨對國家的黨國化要求日益強烈，一個國家、一個政黨、一種聲音成為國民黨強烈的政治訴求，終致於1927年4月演變成一片恐怖的血腥，「開創了中國20世紀歷史上，奪取政權者用暴力，並輔之以群眾檢舉的辦法，在全國範圍殘酷地清除異己的先例。」〔註8〕魯迅在文中便說道：「在『清黨』以後的黨國裏，講共產主義是算犯大罪的，捕殺的羅網，張遍了全中國」。〔註9〕

　　為了與共產黨劃清界線，南京的國民黨從政綱政策到組織路線，均改弦易轍，將三民主義意識形態中原有的「左」的和一切稍帶急進和社會改革色彩的東西，統統被當作「共黨」餘毒拋棄掉。「黨民關係由動員轉變為控制體制，」國民黨遂蛻變為「一個以政治控制為主的執政黨。」〔註10〕政治控制必然要在思想文化與藝術領域當中有所反映，它追求的是專一而非眾多，也就是極力突出一個政黨、一種聲音的存在。蔣介石就明確地指出「我們要在二十世紀的世界謀生存，沒有第二個適合的主義，只有依照總理的遺教，拿三民主義來作中心思想，才能統一中國，建設中國」，並進一步指出「思想之統一比什麼事情都要緊！我們要國家能夠健全，能夠獨立、自由，第一步工作，要謀求中國人思想統一，要確定總理三民主義為中國唯一的思想，再不

〔註7〕　朱曉進：《五四文學傳統與三十年代文學轉型》，載《中國社會科學》，2009年第6期。

〔註8〕　楊奎松：《國民黨的「聯共」與「反共」》，社會科學文獻出版社，2008年，第229頁。

〔註9〕　魯迅：《二心集·序言》，王世家、止菴編：《魯迅著譯編年全集》第拾肆卷，前引書，第507頁。

〔註10〕　王奇生：《黨員、黨權與黨爭——1924年～1949年中國國民黨的組織形態》，上海書店出版社，2003年，第92～93頁。

好有第二個思想，來擾亂中國。」﹝註 11﹞這就意味著三民主義將作爲當時中國的惟一意識形態，以此來統一中國人的思想，絕對地獨一而又具有普遍性，如此的「黨國」，勢必極力排斥百家爭鳴與眾聲喧嘩，更不用說與之在意識形態上相對立的共產主義及其領導的左翼文藝運動了。

書報審查的實施，無論在中國與西方、古代與近代，對於國家掌權者來說，其理由可能很多，但有一種理由有可能是一致的，這就是出於對國家安全、社會秩序的維護，通過審查來迫壓與鉗制任何一種在權力統治階層看來偏離他們所設定的社會權威價值標準或任何有可能引起社會不安穩的思想文化或文藝運動。一種警察式的社會思想文化的控制手段。

我們所要討論的是國民政府時期的書報審查制度與三十年代左翼文藝刊物。這樣以來，我們的主要關注重點就不是對三十年代的左翼文藝作單純的考察與梳理，而是要將左翼文藝置於書報審查制度下來做一個以十年爲單位的時間考察，以國民黨書報審查視角爲主，來看左翼文藝的發展，瞭解國民黨審查左翼文藝查扣、查禁的情況以及其他更多的歷史細節。

從民國書報審查制度發展的歷史來看，1928 年後的書報審查力度明顯加強，這也是左翼文學運動興起的時候，在某種意義上可以說，國民政府時期書報審查制度的完善和加強與三十年代文藝運動的社會政治化有明顯的相互影響關係。換言之，左翼文藝運動在三十年代的迅猛發展，在上海文壇幾乎獨佔鰲頭，正是這股貫穿三十年代上海文學的左翼文藝主潮在很大程度上刺激了國民黨始終處於弱勢的文藝控制神經，使國民黨在上海的文藝書報審查日益嚴密，其相關制度的制定與機構的設立，最終在三十年代中期國民政府在上海形成了完整的書報審查制度；而另一方面，由於國民黨書報審查制度的實施，對左翼、自由主義及其他文藝的迫壓，更促使傾向左翼的文學家對文藝審查的痛恨，對國民黨的文藝統制政策及其黨派文藝的不看好，加上國民黨御用文人自身水平的有限，經費支持不足，反過來也致使國民黨的文藝運動收效甚微，終致失敗。

第一節　左翼文藝在上海文壇的興起

左翼傾向的文學作品在中國文壇出現頗早，只是在經歷了「五卅」至一

﹝註 11﹞ 蔣介石：《中國建設之途徑》，張其昀主編：《先總統蔣公全集》第一冊，中國文化大學出版部，1984 年，第 557 頁。

九二七年左右在文壇上呈現出普遍之勢。茅盾曾對 1921 年發表在各雜誌各報的小說按性質做了統計，「一百篇中有百分之五描寫學校生活，百分之二十描寫無產階級的生活，其餘的都是描寫青年的婚姻問題。」〔註 12〕茅盾將三種作品細細比較後發現，描寫「學校生活的小說和描寫無產階級生活的小說竟差不多，其中的人物是一樣的，不過在描寫學校生活的小說裏，這個人物是穿著學生的制服，拿著書本子和筆硯，而在描寫無產階級生活的小說裏，這個人物是穿著工人裝，拿著工作的器械罷了。學校生活的小說和青年婚姻問題的小說，他們的性質自然更相近了。因為要解決婚姻問題的青年就是學校裏的青年，生活也就是學校生活。」如此的人物與生活描寫，顯然不能令人滿意，這與茅盾追求的「表現社會生活」的「眞文學」相去甚遠。在茅盾看來，最大的原因是創作家自身所處的社會背景問題，「國內創作小說的人大都是念書研究學問的人，未曾在第四階級社會內有過經驗，像高爾基之作過餅師，陀思妥耶夫斯基之流過西伯利亞。印象既然不深，描寫如何能眞？」〔註 13〕「五四」文學革命後，新文學家面對文學創作的實績，並沒有停止思考新文學路在何方的問題，這在很大程度上來自於他們的文學理念與文學創作之間存在的差距。值得注意的是，注重社會環境對作家影響的茅盾，在 1922 年就對新文學發展的路向作出了準確的預測，在《文學與政治社會》一文中，茅盾以十九世紀的俄國文學、匈牙利文學、挪威文學、波西米亞文學以至用讚美自然的筆來描寫革命軍戰爭的保加利亞極賦夢想的詩人伐佐夫的例子，來證明「文學之趨於政治的與社會的」，接著茅盾說，「我們已經從事實上證明環境對於作家有極大的影響了，我們也從學理上承認人是社會的生物罷，那麼，中國此後將興的新文學果將何趨，自然是不言可喻咧。」〔註 14〕很明顯，茅盾所言將興的新文學就是趨向政治與社會的文學。

〔註12〕茅盾：《文學家的環境》，《小說月報》第 18 卷第 11 期，1922 年 11 月 10 日出版。

〔註13〕茅盾：《社會背景與創作》，《小說月報》第 12 卷第 7 期，1921 年 7 月 10 日出版。實際上，茅盾在這裡提出無產階級文學究竟由誰來創造的問題。是未有過無產階級生活與鬥爭經驗的智識分子還是無產階級自身來創造？同時這也是一個無產階級能否建立自身文化與文學的問題，這個問題的爭論不僅存在於中國文壇，它同時也是蘇俄文藝論爭中討論的問題，因此這是一個具有無產階級國際性的問題。

〔註14〕茅盾：《文學與政治社會》，《小說月報》第 13 卷第 9 期，1922 年 9 月 10 日。

　　持此文學理念的文學家並非茅盾一人。1923 年 5 月，郭沫若在《我們的文學新運動》開頭，就從當時中國的政治現實談起，他認為「中國的政治生涯幾乎到了破產的地位。野獸般的武人之專橫，破廉恥的政客之蠢動，貪婪的外來資本家之壓迫，把我們中華民族的血排抑成黃河揚子江一樣的赤流。」這樣的開頭頗值得玩味，因為文章的題目是「我們的新文學運動」，開門見山的現實政治關懷是否已經預示了郭沫若以及創造社後來的文藝「劇變」呢？果然，在文中郭沫若爆發出革命的浪漫情懷，他要做屬於自己的太陽，發出自己的光，爆出新鮮的文藝星球。新文藝運動的興起總是伴隨著對先前文藝的不滿與批評、演變與斷裂，也正是出於先前文藝運動的某種不合時宜，促使文藝家對新的文藝運動不斷地追求與探尋。意欲倡導新文藝的郭沫若也不能例外，這似乎已經成為掀起新文藝潮流的「運動策略」〔註 15〕。這一點對富於激情的創造社來說，表現得尤為激烈。「五四」時期的白話文革命在郭沫若文章中成為「敗棉其中」的破絮襖，「糞土」「Bourgeois 的根性」，他要把惡根性和盤推翻，把那敗棉燒成灰燼，將糞土消滅於無形，然後再提起全部的血力與精神「反抗資本主義的毒龍」，「要在文學之中爆發出無產階級的精神，精赤裸裸的人性。」〔註 16〕茅盾所言的政治與社會的理路在郭沫若的「文學新運動」中表現的是何等的強烈！1924 年，在「人類大革命的時代！人文史上的大革命的時代！」郭沫若自我宣稱成為了一個「徹底的馬克思主義的信徒了！」，他認為馬克思主義在當時成為「唯一的實踐」。〔註 17〕而今日的文藝，便是「走在革命途上的文藝」，是被壓迫者的呼號，是生命窮促的喊叫，是鬥士的咒文，是革命預期的歡喜，總之，這今日的文藝就是「革命的文藝」。〔註 18〕「我們現在所需要的文藝是站在第四階級（遭受著以個人主義自由主義為核心的資本主義壓迫的無產階級，筆者）說話的文藝，這種文藝在形式上是寫實主義的，在內容上是社會主義的。除此以外的文藝都已經

〔註 15〕　在歷史的舞臺上，有新型社會出現之時，屬於新興階級的哲學者與文學家負有批判舊社會制度與舊思想的任務。他們所以偉大的原因就是在他們這革命的任務上。馮乃超：《藝術與社會生活》，《文化批判》創刊號，1928 年 1 月15 日。

〔註 16〕　郭沫若：《我們的文學新運動》，《文藝論集續集》，光革書局印行，1931 年版，第 1～5 頁。

〔註 17〕　郭沫若：《孤鴻——致仿吾的一封信》，《文藝論集續集》，前引書，第 11 頁。

〔註 18〕　郭沫若：《孤鴻——致仿吾的一封信》，《文藝論集續集》，前引書，第 30～31頁。

是過去的了」〔註 19〕。言下之意，革命的無產階級文學顯然站在了文學進化史的頂端。1926 年 4 月，在《革命與文學》一文中更是將文學視為「永遠革命的」「真正的文學是只有革命文學的一種」。甚至以數學公式直截了當的表示「文學＝F（革命）」他因此呼籲作家要「到兵間去，民間去，工廠間去，革命的漩渦中去，你們要曉得我們所要求的文學是表同情於無產階級的社會主義的寫實主義的文學。」〔註 20〕「普羅列塔利亞的文藝」才是「最健全的文藝。」〔註 21〕

　　一向注重創作而不空談理論的蔣光慈更是指出了革命文學的任務，「要在此鬥爭的生活中，表現出群眾的力量，暗示人們以集體主義的傾向。頹廢的，市儈的，享樂主義的以及什麼唯美主義的作品，固然不能算在革命文學之列，就是以英雄主義為中心的作品，也不能算作革命文學。」要求文學家「以被壓迫的群眾做出發點」「反抗一切舊勢力的精神」「反對個人主義的文學」以認識現代的生活，從而「指示出一條改造社會的新途徑！」〔註 22〕

　　成仿吾則在政治的與社會的對立中，將文學的路子更推進了一步。他將世界分成了「兩個戰壘」「一邊是資本主義的餘毒法西斯蒂的孤城，一邊是全世界農工大眾的聯合戰線。」他主張我們要「努力獲得階級意識，我們要使我們的媒質接近農工大眾的用語，我們要以農工大眾為我們的對象。」「我們今後的文學運動應該為進一步的前進，前進一步，從文學革命到革命文學！」〔註 23〕

　　李初梨則呼籲將文學的見解與有產者對立起來，而且非得把有產者文學論克服，才能建設革命文學。他認為革命文學從內在的發展脈絡來看，它必然是無產階級文學，它是人的生活意志的要求，反映階級的實踐，所以我們要完成無產階級的歷史使命，以無產階級的階級意識，產生出「鬥爭的文學」。文學是無產者的重要戰野，由此主張文學家要「為革命而文學」而不是「為文學而革命」，我們的作品要「由藝術的武器到武器的藝術」。〔註 24〕將文學

〔註 19〕 郭沫若：《文藝家的覺悟》，《文藝論集續集》，前引書，第 47～48 頁。
〔註 20〕 郭沫若：《革命與文學》，《文藝論集續集》，前引書，第 66、73 頁。
〔註 21〕 郭沫若：《桌子的跳舞》，《文藝論集續集》，前引書，第 103 頁。
〔註 22〕 蔣光慈：《關於革命文學》，《關於革命文學》，蔣光慈等著，光華書局，1928
　　　　年版，第 26、28 頁。
〔註 23〕 成仿吾：《從文學革命到革命文學》，《創造月刊》第 1 卷第 9 期，1928 年 2
　　　　月 1 日。
〔註 24〕 李初梨：《怎樣地建設革命文學》，《文化批判》第 2 號，1928 年 2 月 15 日。

作爲革命的武器更突出了文學的社會性與政治性。

　　茅盾所說的「不言可喻」的文學新趨向，在 1928 年由後期創造社與太陽社發起的「革命文學」論爭中及其後逐漸成爲文學主潮。自此之後，人們普遍地直接把無產階級文學稱爲「新興文學」。誠如研究者指出的，「它意味著無產階級文學是繼古典主義、浪漫主義、現實主義、自然主義、新浪漫主義之後文學上的最新發展和最高的進化階段。這種現代性的理解構成了 30 年代對於無產階級文學的理解的一個重要方面，並且成爲當時文學史描寫的一種普遍的思路。」〔註 25〕

第二節　以雜誌來「運動」文藝

　　革命文學浪潮的日益高漲，並不是靠著文人間的酬唱或者站在十字路口擎著旗幟高聲吶喊的結果。從社會歷史的角度來說，新文學的現代發生並非是一個純粹的現代性文學事件，它是一項綜合的現代化工程。除了文學自身領域充滿斷裂與嬗變的現代性追求，社會政治環境所提供的烘托與醞釀之外，同樣不可忽視而或更爲重要的是文學生產方式的深刻變化，尤其是雜誌與報紙作爲印刷科技發展的現代性成果，作爲人的延伸（麥克盧漢語），深深的參與了文學家的文學生產活動，甚至可以說，它本身就是文學生成不可或缺的重要組成部分。誠如研究者指出的「現代日常的文學生活是以雜誌爲中心組建起來的。雜誌越來越直接地引導和支配著現代文學的發展方向。甚至事實上刊物的聚合構成了文壇。」「通過雜誌無形的編製與調動，使『時代』、『潮流』、『時代精神』、『思潮』和流行刊物一道變得流行和多變起來。」〔註 26〕革命文學在文壇上之所以能夠形成如此大浪潮，其關鍵的一點就是眾多雜誌參與了論戰。

　　筆者根據《「革命文學」論爭資料選編》〔註 27〕的《「革命文學」論爭資料編目》統計，涉及「革命文學」論戰的雜誌與報刊達 71 種，發表文章 336 篇。主要雜誌與報刊及其所載文章數量：《語絲》半月刊（38）、《文學批判》月刊（21）、《泰東月刊》（18）、《太陽月刊》（17）、《北新》半月刊（15）、《流

〔註 25〕曠新年：《1928：革命文學》，前引書，第 51 頁。
〔註 26〕曠新年：《1928：革命文學》，前引書，第 26 頁。
〔註 27〕中國社會科學院文學研究所現代文學研究室編：《「革命文學」論爭資料選編》（下冊），人民文學出版社，1981 年，第 1175～1199 頁。

沙》半月刊（15）、《洪水》半月刊（11）、《中國青年》週刊（10）、《文化戰線》週刊（8）、《洪荒》半月刊（7）、《文學週報》（7）、《畸形》半月刊（7）、《現代》月刊（7）、《樂群月刊》（7）、《戰線》週刊（6）、《山雨》（6）、《春潮》月刊（6）、《文藝生活》週刊（6）、《拓荒者》（6）、《新月》月刊（5）、《我們月刊》（4）、《大眾文藝》月刊（4）、《民國日報・覺悟》（4）、《流螢》半月刊（4）、《青海》半月刊（4）、《海風週報》（4）、《開明》月刊（4）、《戈壁》（3）、《長夜》半月刊（3）、《新宇宙》（3）、《現代小說》月刊（3）、《萌芽月刊》（3）、《創造週報》（2）、《長虹週刊》（2）、《新思潮》月刊（2）、《申報・藝術界》（2）等。

其中《創造月刊》、《太陽月刊》、《文化批判》、《流沙》、《戰線》、《洪荒》、《我們月刊》等組成「文化批判」的陣營，對魯迅展開「革命」的圍攻，而《語絲》的應戰則成為發表論戰數量最多的雜誌。從以上所列舉的雜誌與報刊來看，其數量之多，範圍之廣，確實稱得上一場轟轟烈烈的革命論戰，難怪有研究者從雜誌與現代文學生產的角度，將1928年的「革命文學」論爭乾脆稱為「雜誌之戰」〔註28〕。在這個意義上，雜誌成為文壇的中心，但雜誌卻並非僅僅是文藝運動的組織，其更為根本的是，書報雜誌本身就是現代文學最為重要的生存方式，它是文學自我完成不可或缺的現代性手段與目的的合一，沒有書報雜誌文學革命很難興起，更妄談從文學革命到革命文學了。現代傳媒的印刷呈現方式與流佈速度與渠道如何，其本身就構成了文學創作的完成、閱讀以及文學運動方式的如何展開。在文學自我完成的意義上，書報雜誌固然不是文學，但在民國，文學必定憑藉書報雜誌而生存。也正是在這個意義上，書報審查制度的存在與施行，在國家權力階層看來是十分合理與必要的，他們打出正義與非正義的旗幟，對文學展開掃雷示的偵查，如若發現思想文藝上的雷區，便動用立體組合拳，對其禁燬。極端地來看，只要權力之手控制所有訊息來源與流通，文藝運動或者更為精確地說「運動」文藝就會變得不可能。從「運動」的視角來看，三十年代文學較之二十年代文學的顯著不同就在於政治的、社會的尤其是階級的因素來「運動」文藝，且呈現出不同政黨對「運動」不同傾向文藝的引導乃至領導。三十年代文學走向政治化、社會化，與政黨的參與密不可分，以致有人以黨派劃分文壇，其文藝稱為「黨派文藝」。

〔註28〕曠新年：《1928：革命文學》，前引書，第27頁。

　　值得注意的是，每當提到「文藝統制」，我們似乎首先想到的都是當時執政的國民黨所採取的一系列文藝統制措施。實際上，出於黨治宣傳的需要，每個黨派都意欲控制文藝，尤其是控制民國時期三十年代的上海文壇，因爲當時的黨派均將文藝視爲宣傳本黨主義的一件神兵利器，在這一點上，當時的國民黨明顯落後於共產黨及其他黨派，以致於國民黨內的知識分子對此發出了不滿的聲音：

　　　　然而我們國民黨治下的中華民國對於文藝的態度究竟怎樣呢？我們一看這個年頭上海文藝界的情形就可以知道了，因爲一來上海近於首都，二來全國的文藝刊物都由上海各文藝團體刊出。上海文藝的情形大略可以分爲共產派，無政府派，以及保守派，至於我黨的文藝上的刊物可謂是寥若晨星了。

　　　　共產派用階級戰爭的假意識形態迷惑人民；同樣無政府派一方拿無政府的態度搧惑人民，一方苟且偷活，跟割據式的武人政客相狼狽；至於保守派，則天天聞著臭國粹，做夢話，思想墮落到了不得。

　　　　文藝界的情形既是那麼混亂，則其影響於一般青年的腦筋可想而知道了。我黨已然注重青年的訓練，對於這種情形不能不加於相當之注意。然而已加了相當的注意了麼？共產派雖曾注意檢查，但無政府派日盛一日，幾有風靡全國的趨勢，保守派也仍舊一樣地講著昏話哩。……可知我們的黨政府及黨人不曾眞眞注意到文藝方面。〔註29〕

　　郭沫若在《文學革命之回顧》中說，一九二八年，中國的社會呈出了一個「劇變」創造社也就又來了一個「劇變」。新銳的鬥士，李（初梨），彭（康），馮（乃超）由日本回來，以清醒的唯物辨證論的意識，劃出了一個「文化批判」的時期。〔註30〕「批判」只是爲「革命」上演吹響了號角。隨之，「革命文學」以宏大的論戰場面亮相1928年的上海文壇，文藝領域的格局遂發生了變化。

　　蔣光慈則認爲「時至今日，所謂革命文學的聲浪，日漸高漲起來了。革命文學成爲了一個時髦的名詞，不但一般急激的文學青年，口口聲聲地呼喊

〔註29〕　廖平：《國民黨不應該有文藝政策嗎？》，《革命評論》，1928 年第 16 期。
〔註30〕　郭沫若：《文學革命之回顧》，《文藝論集續集》，前引書，第 163 頁。

革命文學，就是一般舊式的作家，無論在思想方面，他們是否是革命的同情者，也沒有一個敢起來公然反對。並且有的不但不表示反對，而且倡言革命文學的需要大做其關於提倡革命文學的論文，雖然他們在藝術的表現上，從未給過我們有革命意義的東西，但是他們能否贊成革命文學，這總不能不說是一種好現象。」「革命文學成了一個重要的傾向了。」〔註31〕李初梨更是說，自 1926 年郭沫若發表《革命與文學》一文之後，「革命與文學幾成為文壇上議論的中心題目；什麼革命的情緒，革命的同情，革命的作品……等等字樣，也逐漸地活躍於各種刊物之上。到了一年後的今天，革命文學已完全地成了一個固定的熟語。」〔註32〕

　　從當時出版的文藝書籍雜誌來看，「占上海出版界的一大部分勢力的，是以革命文學相號召的小文藝雜誌，或是月刊或是半月刊，或是週刊，都以馬克思主義為基礎而主張左傾的文藝，在北京的人有人說是永遠不會想到革命文學的，到了上海一則因在租界上出版可以自由一些，並得到外來的思想也快一些，所以遂了日本最近三四年來各大雜誌的提倡馬克思主義的無產階級文藝，由創造社的一呼，革命文學（即無產文學）乃蠹然露其頭角。」〔註33〕但與此同時，上海的審查老爺卻早已手持放大鏡與剪刀在那守望著了。

第三節　在審查之下的左翼文藝刊物

　　「革命文學」是階級意識在文學領域覺醒並自覺開拓，以推進革命進步的自然發展。郭沫若在《留聲機器的回音》一文中說，「我們現在處在的是階級單純化，尖銳化了的時候，不是此就是彼，左右的中間沒有中道存在。」〔註34〕成仿吾在《從文學革命到革命文學》中更是說：「誰也不許站在中間。你到這邊來，或者到那邊去！」〔註35〕當這股如此鮮明的階級對立，左右分明的革命文學浪潮席捲上海時，在文藝領域本無建樹而主張全民革命的國民黨於是更訴諸於消極方法──書報審查，對文壇施以控制與壓迫。更

〔註31〕蔣光慈：《關於革命文學》，《文藝論集續集》，前引書，第 19～20 頁。

〔註32〕李初梨：《怎樣地建設革命文學》，《文化批判》第 2 號，1928 年 2 月 15 日。

〔註33〕士驥：《最近上海的出版界》，《申報》，1928 年 6 月 15 日。

〔註34〕郭沫若：《留聲機器的回音》，《文藝論集續集》，前引書，第 110 頁。

〔註35〕成仿吾：《從文學革命到革命文學》，《創造月刊》第 1 卷第 9 期，1928 年 2 月 1 日。

何況「革命軍到上海之後，國共分家，思想起了熱烈的衝突，從實際革命工作裏被放逐出來的一班左傾青年，都轉向文化運動的一面來了，在一九二八，一九二九以後，普羅文學就執了中國文壇的牛耳」，〔註36〕這樣，書報審查制度在 1928 年也來了一個「劇變」。曾得到魯迅與茅盾幫助編選中國現代小說選集的斯諾，在其通訊裏便感同身受地說，「一九二八年以來，中國的公民自由遭到日益殘酷的鎮壓，這種鎮壓甚至發展到空前嚴重的地步。這不僅是蔣介石總司令對共產黨宣傳的回答，也是他對各種開明、進步思想的回答。」〔註37〕

1927 年 6 月 30 日，國民黨中央宣傳部駐滬辦事處編審組藝術股設立影戲、新劇、歌曲、說書等部，對各種歌曲、戲劇、雜耍等實行審查。一切有關革命之劇本及詞語，均須由編審組審定方得上演，否則予以取締。〔註38〕由此對上海文壇展開了文藝審查。8 月 10 日國民黨中央宣傳部駐滬辦事處編審組發出通知：禁止發行光華書局出版的《孫中山生平及主義大綱》，稱該書「一、曲解三民主義；二、宣揚共產主義；三、宣言階級獨裁；四、文筆亦不清楚。」〔註39〕

1928 年，國民黨中央執行委員會宣傳部與上海特別市黨部、宣傳部共同組成「中央執行委員會宣傳部駐滬檢查刊物辦事處」。它直接對中央宣傳部負完全責任，該處爲秘密機關，所以對外概用上海特別市黨部、宣傳宣傳部名義行使職權。其主要職務就是調查審議及檢舉一切反動書報、刊物及機關分子，隨時呈報中央宣傳部處分，〔註40〕經檢查被該機構認爲是須查禁書籍刊物時，便令上海特別市政府分飭教育局禁止出售反動書籍刊物，公安局則開列此項書籍刊物表，交各區警察隨時嚴查沒收。當時《申報》就報導說「本市公安局前奉市政府訓令內開，以今日坊間有《短褲黨》〔註41〕、《戰線》、《一

〔註36〕 郁達夫：《光慈的晚年》，李航春、陳建新主編《郁達夫全集》第三卷散文，浙江大學出版社，2007 年，第 166 頁。

〔註37〕 斯諾：《斯諾通訊特寫選》，劉力群選編，洪允息等譯，新華出版社，1985 年，第 137 頁。

〔註38〕 《上海革命文化大事記》（1919.5～1937.7），前引書，第 171 頁。

〔註39〕 《上海革命文化大事記》（1919.5～1937.7），前引書，第 174 頁。

〔註40〕 《本部駐滬檢查刊物辦事處辦事細則》，中國國民黨中央執行委員會：《宣傳部十七年度部務一覽》，1929 年 4 月編，第 42～43 頁。

〔註41〕 1928 年 1 月 12 日《時事新報》有《蔣光赤啓事》啓事中說「鄙人爲一流浪文人，淡心政治，對於任何政治團體從未與聞。蓋以爲文人自有其分內事，不

條鞭痕》等反動派書籍出售，混淆聽聞，若不取締，遺患無窮，令仰會同教育局設法查禁。並警告發行該項書籍之泰東、光華兩書局，以後不准出版及發行，以免流毒」於是國民黨上海黨部黨派科員會同教育局人員與公共租界工部局接洽，前往泰東光華兩書局查禁。〔註42〕

上海教育局還開列「反動書籍」名目，令各校銷毀，「查邇來反動書籍充塞市上，自應切實取締，以弭亂萌，茲將奉中央黨部命令查禁之各書籍報名稱，開單附送，即希勸導學生，毋得購閱，其已購閱者，並希設法查禁銷毀，以端趨向，而免遺誤至及公誼。」〔註43〕

查禁《短褲黨》、《一條鞭痕》等革命文學作品後，上海當局爲了進一步壓制「革命文學」，1928 年 6 月上海教育局與公安局又開始訂定更爲具體的取締辦法，當時《申報》載文「市教育局：淫書足以流毒社會，反動書籍易於煽惑人心，本局對此甚爲注意，現已商同公安局訂定查禁淫書及取締反動書籍之具體辦法，務使此等書籍絕跡市上，不致爲禍於社會人心。」〔註44〕6 月14 日《申報》報導了教育局確定的《查禁反動書籍辦法》「市教育局自屬行取締反動及淫穢書籍後，被審查取締者，爲數已不尠。惟審查關於反動書籍一層，頗感困難，故擬將審查之責，付諸黨部，何種書籍應加取締，悉由黨部及上級機關核奪，本局僅負責會同公安局實行取締之責，其辦法如下：一、

應陷入政治之漩渦也。拙著小說《短褲黨》一書，乃完成於北伐軍初到上海之時，其所敘述盡爲孫傳芳統治下之事蹟，似不致引人誤會。況小說家言半多虛構，焉能認之眞耶？不料閱報竟有人誣仆人爲共黨，誣《短褲黨》爲宣傳赤化之書，此誠不知何據而云然，幸原書具在，不難覆按，恐各界不明眞相，易滋誤會，特此登報正式聲明。」
蔣光慈的《短褲黨》完成於 1927 年 4 月 3 日，同年 11 月由泰東書局出版，錢杏邨的《一條鞭痕》1928 年 3 月由泰東圖書局出版。其中，《短褲黨》被認爲是「典型的法的革命式寫作」。其特徵爲運用戲劇誇張的形式，通貨膨脹式的語言，描繪血與火、刀與劍的內容，渲染暴力革命的必要性，以期鼓動人們起來鬥爭。小說塑造了李金貴、邢翠英等先進工人形象，表現了黨的領導者楊直夫、史兆炎等人的英勇膽識敢於犧牲的精神。《短褲黨》被認爲「開啓了二十世紀中國文學以城市革命和無產者生活爲主要內容的文學創作新潮流。從此，以城市革命和無產者生活爲體裁與主體的作品洶湧而來。」見許志英、鄒恬主編：《中國現代文學主潮》，福建教育出版社，2001 年，第 271～272 頁。
〔註42〕　《申報》，1928 年 6 月 1 日。
〔註43〕　《申報》，1928 年 6 月 25 日。
〔註44〕　《市教育局：淫書及反動書籍之取締》，《申報》，1928 年 6 月 7 日。

警告出版書局不得發售；二、警告各書局不准代售；三、公函公安局及臨時法院切實取締；四、公函各校長禁止學生購閱。」〔註45〕查禁辦法制定之後，教育局便開始著手調查上海各書局的近況，「本局爲編制書業調查表，以便參考起見，擬請各書局將名稱地址（須填明門牌號數）經理姓名（設有編輯所或編輯部者須將所長或部長姓名一併開列）營業種類（如售新文化書籍、或售舊書、或兼售文具之類）及印刷所地址（無印刷所者免）詳細開列，以便彙編，相應函達，即希望照辦爲荷。」〔註46〕調查書局近況很明顯是爲了準確掌握上海各書局文藝書籍刊物的印刷與銷售情況，便於對「反動」的革命文學施以審查而查禁罷了。

1928 年 9 月 28 日，上海警備司令部政訓部社會科調查上海的出版物，將《創造月刊》、《流沙》、《抗爭》、《現代小說》、《血潮》、《海上》、《畸形》、《峽潮》、《洪荒》、《奔流》、《我們》、《澎湃》、《思想》、《戰線》、《流螢》、《戈壁》、《太陽月刊》、《前線》等在報紙上點名定爲「反動刊物」，將創造社、現代書局、曉山書店、光華書局、新宇宙書局視爲「共產黨的大本營」，是出售上述刊物的主要機關，同時，稱郭沫若、成仿吾、潘漢年、錢杏邨、蔣光慈、郁達夫等人是「新賣國賊」、「第三國際的走狗」。〔註47〕

1927 年 7 月至 1928 年 12 月，上海方面先後函請上海公安局臨時法院查禁的文學書籍與雜誌有：《短褲黨》、《一條鞭痕》、《文化批判》、《星期週刊》、《不平等條約與中國》、《幻洲》、《疾風週刊》、《雙十月刊》、《戰跡旬刊》等，不下三十餘種。對處於上海租界的光華書局、泰東書局、復旦書店等，教育局則需要奉令會同公共租界工部局及公安局前往書店搜查，對文藝出版物實施檢查「以遏亂萌，而免流播。」〔註48〕上海當局迭經國民政府令行市政府轉飭隨時嚴密查禁各項「反動刊物」，但其效果並未令上海當局滿意，因爲「各書坊對於功令，往往陽奉陰違，甚且朝令停刊，夕換名目，照常販賣，書既無編輯人姓氏，又無發行印刷地點，內容刊載大都詆毀中央，謾罵黨國，煽惑農工，鼓吹風潮，且有假託本黨名義，妄鼓邪說，淆惑觀聽者。查其宗旨類皆違反革命，宣傳赤化，後患何堪設想。」於是上海教育局於 1929 年 1 月

〔註45〕 《教育局確定查禁反動書籍辦法》，《申報》，1928 年 6 月 14 日。
〔註46〕 《市教育局調查各書局近況》，《申報》，1928 年 6 月 15 日。
〔註47〕 《上海革命文化大事記》（1919～1937），中共上海市委黨史資料徵集委員會等編，上海：上海書店出版社，1995 年第 1 版，第 209～210 頁。
〔註48〕 《上海特別市教育局業務彙編》，1927 年 7 月至 1928 年 12 月。

～6月奉令又查禁《無軌列車》、《引擎週刊》等文藝書籍雜誌六十餘種，目錄
列表〔註49〕如下：

查獲月日	名　稱	內　容	編輯者	發　行	備　註
1月16日	無軌列車	提倡階級戰爭、煽惑工人暴動	第一線書店	第一線書店	本局查禁
1月16日	東方	主張暴力的直接行動及階級戰爭	東方無政府主義者聯盟		本局查禁
1月26日	中國工人	反動宣傳品			本局查禁
1月26日	紅旗	反動宣傳品		假借民智書局	本局查禁
2月2日	Jidel	共黨刊物			本局查禁
2月4日	血潮	共黨宣傳刊物	血潮社	上海勵群書店	本局查禁
2月7日	醒獅	詆毀主席			本局查禁
2月8日	公共租界略史	鼓吹租界制度利益	假借上海宣傳部編輯股		本局查禁
2月19日	決鬥	言論荒謬、跡近反動	上海廣東路決鬥社	決鬥社	奉令查禁
2月20日	未名	共黨刊物	北四川路X書局	北四川路X書局	奉令查禁
2月20日	創造月刊	共黨刊物	北四川路創造社	北四川路創造社	奉令查禁
2月20日	思想月刊	共黨刊物	北四川路創造社	北四川路創造社	奉令查禁
2月20日	流瑩	共黨刊物	北四川路創造社	北四川路創造社	奉令查禁
2月20日	喇叭	共黨刊物			奉令查禁
2月20日	潮波	共黨刊物			奉令查禁
2月20日	戰跡	共黨刊物			奉令查禁
2月20日	出路	共黨刊物			奉令查禁
2月20日	白華	共黨刊物			奉令查禁

〔註49〕　本表根據 1929 年 1 月～6 月《上海特別市教育局業務報告》所載查禁反動刊物目錄，按時間重新整理編製，原查禁書目又見王煦華、朱一冰合輯：《1927～1949 年禁書（刊）史料彙編》第一冊，北京圖書館出版社，2007 年，第 20～27 頁。

2月26日	爲國慶紀念告民眾書	煽惑人心，跡近反動	國家主義青年團重慶部		奉令查禁
3月13日	我們月刊	宣傳發動	上海曉山書店	上海曉山書店	奉令查禁並查封書店
3月19日	光明週刊	污蔑中央委員			奉令查禁
3月19日	列寧青年	共黨宣傳品	上海崇文書局	上海崇文書局	奉令查禁
3月19日	國色天香	共黨宣傳品	上海崇文書局	上海崇文書局	奉令查禁
3月21日	紀念廣州大慘案	攻擊黨國，宣傳共產			奉令查禁
3月22日	布爾希維克	攻擊黨國，宣傳共產			奉令查禁
3月22日	快樂之神	攻擊黨國，宣傳共產			奉令查禁
3月22日	中國白禍彙聞	攻擊黨國，宣傳共產			奉令查禁
3月22日	菊芬	宣傳共產及階級鬥爭	現代書局	現代書局	奉令查禁
3月22日	赤色職工過激第四次代表大會議決案	攻擊黨國，宣傳共產			奉令查禁
3月22日	最後的微笑	宣傳共產及階級鬥爭	現代書局	現代書局	奉令查禁
3月22日	民眾呼聲刊物	措辭荒謬，蓄意反動			奉令查禁
3月25日	爲中央半月刊	共黨宣傳品			奉令查禁
3月25日	魔窟餘生記	刊載妖言，搖惑人心			
4月12日	摩洛	鼓吹共產			奉令查禁並查封書店
4月27日	民眾先鋒	攻擊中央曲解黨義	上海廣東路決鬥社		奉令查禁並查封發行所
5月3日	白話日報	有赤化嫌疑			本局查禁
5月6日	集中	肆意詆毀中央攻擊三全大會			奉令查禁
5月6日	共產黨宣言	煽惑農工，宣傳共產			奉令查禁

5月6日	國家主義問答	誣衊本黨，破壞革命			奉令查禁
5月8日	指南針半月刊	詆毀中央委員顯屬反動	杭州英明書局	浙江指南針社	奉令查禁
5月9日	城市農村工作	共黨宣傳品			奉令查禁
5月14日	字林西報	宣傳反動			奉令查禁
5月15日	秘密工作須知	共黨搗亂計劃			奉令查禁
5月17日	國民黨梁山泊	摧損黨國威信，阻礙革命進行	日森雄虎（日人）	上海海寧路14號□□印刷所	奉令查禁
5月27日	無政府主義與國際問題	宣傳無政府主義			奉令查禁
5月27日	無政府總同盟組織大綱草案	宣傳無政府主義	北四川路X書店	北四川路X書店	奉令查禁
5月28日	急轉週刊	反動刊物			奉令查禁
5月28日	民意週刊	詆毀中央，言論悖謬			奉令查禁
5月28日	黎聲	反對三全大會顯係反動刊物			奉令查禁
5月29日	暴風雨的前夜	煽惑農工，宣傳暴動	上海泰東圖書局	上海泰東圖書局	奉令查禁
5月30日	響報	捏造謠言，詆毀黨國			奉令查禁
5月31日	歡樂的跳舞	共黨宣傳品	錢杏邨	現代書局	奉令禁止
6月3日	青年出路	詆毀三全大會，攻擊中央委員			奉令查禁
6月12日	北方評論	言論荒謬，跡近反動			奉令查禁
6月18日	革命出路	言論悖謬跡近反動		通信處上海信箱一六七八	奉令查禁
6月18日	革命半月刊	言論悖謬，完全反動			奉令查禁
6月18日	混戰兩日刊	宣傳共產			奉令查禁
6月18日	溺情記	共黨秘密組織			奉令查禁
6月20日	工人寶鑑	煽惑工人，圖謀不軌			奉令查禁

6月25日	太平洋勞工會議秘書處的組織綱領及其工作	簧鼓詖辭，煽惑民眾	太平洋勞工會議秘書處		奉令查禁
6月25日	反對軍閥戰爭宣言	簧鼓詖辭，煽惑民眾	中國共產黨青年團中央委員會		奉令查禁
6月27日	革命青年	共黨理論，鼓吹改組本黨			奉令查禁
6月27日	青春	任意詆毀本黨，誣衊國民革命	張資平	現代書局	奉令查禁
6月27日	共產黨第六次全國代表大會議決案	危害本黨計劃			奉令查禁
6月28日	時與潮	宣傳無政府		通信處上海信箱一三八七	奉令查禁
6月28日	少年先鋒	共黨宣傳品			奉令查禁
6月28日	引擎月刊	主張唯物史觀，鼓吹階級鬥爭	引擎社	引擎社	奉令查禁
6月28日	促聞國民會議挽救中國危亡宣言	詆毀中央，淆惑觀聽	青天白日社	青天白日社	奉令查禁
6月28日	中國國民黨改組會第一次代表大會宣言及決議案	詆毀中央一切設施			

從表中可以看出，除了少數宣傳國家主義、無政府主義外，絕大部分都是因為宣傳共產主義、主張唯物史觀、鼓吹階級鬥爭等被查禁。其中，與「革命文學」論爭相關的期刊《創造月刊》、《思想月刊》、《流螢》、《喇叭》、《戰跡》、《未名》《我們月刊》、《列寧青年》、《引擎月刊》等均在1929年1月～6月相繼被上海教育局奉令查禁。革命文學的興起使上海當局對它的壓迫日甚一日。

「革命」的上海文壇被國民黨稱為「混亂」，這讓國民黨的中央宣傳部門為之憂心忡忡，曾不止一人表達了對國民黨文藝刊物在其治下上海文壇寥落星辰之境況不滿。1929年6月3日舉行的「全國宣傳會議」可以看作為了改變上海文壇之混亂格局，加強國民黨文藝宣傳與建設而召開的。〔註50〕

〔註50〕 在這次全國宣傳會議上，中央宣傳部指出過去宣傳的主要缺陷三點：1、由於國民黨理論解釋的龐雜，以及上級黨部與下級黨部缺少聯繫而導致宣傳的散漫而不統一；2、宣傳內容不知隨時間與空間而變革；（以上兩點實則可看作

　　國民黨的宣傳部門多認爲當時社會上的文學運動很少與國民黨發生關係，有的耽於「空想」，有的耽於「淫樂」，這些文藝已然成爲「黨治國家」所「不需要之贅物」。出於對當時社會文藝之現實的考量，以及在根本上對三民主義意識形態宣傳的需要，江蘇代表特別提出「本黨今後似宜注意及此，舉凡詩歌、小說、戲劇、繪畫、音樂，攝影等，力爲提倡；通過革命的洗禮，使之成爲本黨宣傳的利器，普遍的予一般民眾享受。」〔註51〕繼而6月5日下午的第三次會議，在「黨誼黨德爲中心，而確定具體宣傳方法案」提案的討論中，首次「確定了本黨之文藝政策」：

　　　1、創造三民主義文學（如發揚民族精神，闡發民治思想，促進民生
　　　　建設等文藝作品）；

　　　2、取締違反三民主義之一切文藝作品（如斷喪民族生命、反映封建
　　　　思想、鼓吹階級鬥爭等文藝作品）。〔註52〕

　　文藝政策地提出，表明國民黨意欲通過三民主義的意識形態來對民國文藝施展權力統治的影響。6月6日下午，全國宣傳會議第五次會議，又通過了《規定藝術宣傳方法案》的決議：

　　　1、各省市縣黨部應遴選有藝術素養之同志若干人，組織藝術宣傳設
　　　　計委員會；

　　　2、各省市縣黨部宣傳部在可能範圍內根據本黨之文藝政策，舉辦文
　　　　藝刊物、畫報、音樂會、繪畫，及攝影展覽會，戲劇，電影，幻
　　　　燈，化妝講演，並仿製民間流行之素謠，古詞，灘簧，通俗故事；

　　　3、中央對於三民主義藝術作品應加以獎勵；

　　　4、中央對於直轄黨部宣傳部之藝術宣傳工作，有優異之成績者，應
　　　　予經濟上之補助；

　　　5、中央應制定劇本電影審查條例，頒發各省及特別市黨部宣傳部遵
　　　　行；

導致國民黨治下的上海文壇混亂的兩大原因）3、國際宣傳之不能積極進行。
詳見《全國宣傳會議會議錄》，中國國民黨中央執行宣傳部印，1929年6月，
第62～63頁。

〔註51〕《江蘇代表提案》，《全國宣傳會議會議錄》，中國國民黨中央執行委員會宣傳
部印，1929年6月，第110頁。

〔註52〕《全國宣傳會議會議錄》，中國國民黨中央執行委員會宣傳部印，1929年6
月，第21頁。

6、一切誨淫，萎靡，神仙，怪誕及反動作品當地高級黨部宣傳部應
予嚴厲之取締。〔註53〕

《規定藝術宣傳方法案》顯然是對國民黨文藝政策的具化。從文學史的
角度來看，《確定三民主義文藝政策案》與《規定藝術宣傳方法案》基本上奠
定了國民黨文藝運動的基本架構，同時也指明了國民黨在其後近二十年在文
藝領域裏行動的方向，對民國時期的文藝發展起著非常重要的質的規定性與
指導作用。國民黨對此文藝政策的貫徹與執行以及民國時期文藝界對此政策
的旁觀、順應與抗拒，他們之間的相互作用，共同影響了國民政府時期文學
的格局與景觀。但誠如研究者指出的，「這次會議卻沒有制定出具體的執行方
案，特別是沒有在政策上為各省市縣黨部開展三民主義文藝之建設提供必要
的人員配備和固定的資金保障，故而所謂的『確定本黨之文藝政策案』實際
上只是一紙空文而已。」〔註54〕

國民黨的文藝政策明顯的體現於「創造」與「取締」兩部分，也就是國
民黨人常謂的「積極的」與「消極的」兩種作用於文壇的方法。國民黨文藝
政策實施之後，三民主義文學以及後繼而起的民族主義文學，在國家政策的支
持下，也取得了相應的成績，但歷史的看來，其消極的取締——即通過書報
審查來控制文壇的效應遠大於積極的創造。據中央宣傳部審查方面的報告，
對於黨義書籍特別注意。至於定期刊物及不定期刊物之已經審查者，計已達
數千百種。中宣部為明確何者查禁、何者警告、何者糾正，而特擬定《宣傳
品審查條例》「總以言論合乎本黨主義的保障他，反動的制止他為標準。自該
條例頒發後，各級黨部根據條理進行，已有較好的成績。」〔註55〕

1929 年 6 月，全國宣傳會議結束後，上海特別市黨部就呈請中央宣傳部
查禁革命進步刊物，「查近日市上發現共黨所著刊物頗多，言論荒謬，或詆毀
黨國，或誘惑青年。查此類書籍，大都在租界內各小書坊寄售，彼輩只知惟
利是圖，鬯為銷售。推起結果，因銷售愈多，閱者愈眾，而流毒愈深，無志
之青年，每為誘惑，幼稚之工農，更容易煽動，殊非黨國之福。」所以上海

〔註53〕 《規定藝術宣傳方法案》，《全國宣傳會議會議錄》，中國國民黨中央執行委員
會宣傳部印，1929 年 6 月，第 27 頁。

〔註54〕 倪偉：《「民族」想像與國家統制——1928～1948 年南京政府的文藝政策及文
學運動》，上海教育出版社，2003 年，第 10 頁。

〔註55〕 《中央宣傳部各科報告詞》，《全國宣傳會議會議錄》，中國國民黨中央執行委
員會宣傳部印，1929 年 6 月，第 78 頁。

黨部「特呈請鈞會仰祈迅行嚴禁共黨著作。」為此，中宣部又擬具了取締辦法甲乙兩項，經陳奉常務委員會批准照辦。其辦法如下：

甲　關於取締銷售共產書籍各書店之辦法

（一）函國民政府轉令上海特別市政府及臨時法院隨時注意查禁上海各書店銷售之書籍，按週報告。

（二）令各地黨部宣傳部隨時審查該區域內書店銷售之書籍，如發現現有共產書籍時，會同該地政府予以嚴屬之處分，並隨時呈報上級黨部。

（三）通令各級黨部轉知本黨黨員，應隨時隨地留心各書店所銷售之書籍，如遇發現共產書籍時，立即報告該地高級黨部，由高級黨部按照前條辦法辦理之。

乙　關於取締印刷共產刊物之印刷所及工人辦法

（一）請求中央訓練部通告各省市印刷業商會及公會，轉告該地印刷所及印刷工人，令其不得代印共產書籍及印刷品，並通令全國各黨政機關嚴密注意各印刷所之印刷。

（二）各印刷所及印刷工人，如私印共產書籍及宣傳品，一經發覺即行予以嚴屬之處分。〔註56〕

6月22日，國民政府訓令滬市府，蘇省府，行政院，轉飭所屬及臨時法院，遵照中宣部所擬甲乙兩項取締銷售共產書籍各書店辦法，嚴密取締，以杜淆惑，而遏亂萌。〔註57〕由此一來，上海當局在1929年下半年加強了對革命文學及其輿論陣地的審查。根據上海教育局1929年7月～12月的業務報告，「取締反動刊物」的數量竟達二百八十多種。時任上海教育局局長的陳德徵〔註58〕（參加全國宣傳會議上海特別市黨部代表之一，另一人為上海特別

〔註56〕　《國民黨中央秘書處抄送〈關於取締銷售共產書籍各書店辦法〉致國民政府文官處函》，中國第二歷史檔案館編《中華民國史檔案史料彙編》第五輯第一編文化（一），前引書，第288～289頁。

〔註57〕　《申報》，1929年6月22日。

〔註58〕　陳德徵在此次全國宣傳會議上有六則提案：一、省及特別市之宣傳部不應取消編審科；二、宣傳訓練二部，工作應由中央切實劃分以免步調凌亂而減少工作效率；三、各地新聞檢查及郵務檢查工作應由各地黨部主持；四、中央宣傳部應定期召集全國新聞會議；五、統一取締小報；六、請規定訓政建設宣傳方略。從陳德徵提案六則中，不難看出上海當局意欲加強文藝審查之效率與力度，保留省及特別市宣傳部的編審科，將新聞檢查與郵務檢查之權收

市黨部黃諤），在 1929 年 7 月～12 月業務報告的序言中，對此半年的業務很
有自信地說「我們」「確是在奮勉不已」，上海教育局以「三民主義為教育的
中心」，所作的「十八年度的業務，預訂在消極方面多加工作」。在陳德徵看
來「一切教育前途的阻礙，不先行袪除，新增的積極的業務是無從實施的；
一切以為亂真的現象不設法消滅，實際的工作是會遭受阻滯的；我們在過往
的六個月中之工作，可說有一半是表現了消極方面的努力。當然這種努力，
依事實之需要，還要繼續地進行。」〔註 59〕就是在這樣的「努力」下，越來
越多的革命文藝書籍、刊物及其他書報被查禁了。根據國民黨中央宣傳部
民國十八年（1929）查禁書刊情況的報告，「反動」刊物較之 1928 年增至百
分之九十。在這個數目中，共產黨刊物占百分之五十四強，改組派刊物占百
分之二十四，國家主義派刊物占百分之五強，無政府主義派刊物占百分之
四，帝國主義者刊物占百分之一強，第三黨刊物占百分之二，其他刊物占百
分之八。

國民黨中央查禁刊物簡表

派別	共產黨	改組派	無政府主義派	國家主義派	第三黨	帝國主義	其他反動刊物
種數	一百四十八種	六十六種	十二種	十五種	五種	四種	二十二種

　　國民黨出於「維護國家與社會安全生存，本黨黨基之健全與確立」對「反
動宣傳」採取「一為刊物之查禁，一為報紙之檢舉」〔註 60〕的處理。從實際
審查的結果來看，無論是查禁書刊，還是報紙被檢舉，作為文學文化事業出

歸黨部，此乃加強「黨治」文藝宣傳的同時，更有利於依據「黨義」審查文
藝書籍報刊，便於取締。在其報告上海宣傳工作時說，上海的宣傳，好似發
瘧疾一般，忽冷忽熱，沒有一條平衡線的保持。這種毛病恐怕不僅僅上海如
此，各地也許都如此哩！這一點希望中央要規定一種經常的宣傳規則，來避
免這種毛病。至於「反動」宣傳方面，陳德徵認為更是「奇形古怪意想不到
的。一般反動份子隨時假上海市宣傳部名義或借私人名義，印發反動刊物。」
他希望各地黨部，勿受其愚，直接或間接協力抵制，則「吾黨幸甚」。《全國
宣傳會議會議錄》，中國國民黨中央執行委員會宣傳部印，1929 年 6 月，第
46、85～86 頁。
〔註 59〕陳德徵：《1927 年 7 月～12 月業務報告序言》，《1927 年 7 月～12 月業務報
告》。
〔註 60〕對「反動刊物」的處置分為「警告、取締、查禁、通緝四項辦法，按其情節
之輕重，分別處理。」

版中心的上海，所佔比例均居全國之首。〔註61〕從上海教育局 1929 上、下半
年的業務報告來看，作為革命文學輿論陣地的刊物以及文學作品，遭到了上
海當局的嚴厲查禁。下面我們以左翼文學雜誌為例，以表格的形式來呈現上
海當局對左翼文藝雜誌的圍剿：

1928～1929 被查禁的重要左翼文藝刊物

刊物名稱	創刊時間、地點	編輯者	發行出版	查禁時終刊期數	主要撰稿人	查禁原因	備　註
《幻洲》半月刊	1926 年 10 月 1 日創刊於上海	上部《象牙之塔》葉靈鳳主編、下部《十字街頭》潘漢年主編。	上海創造社和光華書局先後出版	1928 年 1 月 16 日出版第 2 卷第 8 期	上部：葉靈鳳、周全平、滕剛、宰木、周毓英等；下部：潘漢年、田漢、蔣光慈等。	攻擊中央，肆意造謠，宣傳反動	以「擺脫一切舊勢力的壓迫與束縛，以期能成為一無忌地自由發表思想」提倡革命文學主要刊物之一。共出 20 期。
《喇叭》			上海創造社出版部			宣傳反動	
《未明》	1928 年 9 月 20 日創刊於上海	未明社編輯	上海創造社出版部，上海時代書店發行		顧仲起、張曨曧、每戡，金溟若、蕭林等人。	宣傳共產及階級鬥爭	刊有文學理論和文學創作，有小說、散文、詩歌、戲劇、童話、譯作等。僅出一期而遭查禁。宣傳無產階級文藝觀點，號召民眾反抗社會黑暗的專制現實。
《湖波》			上海創造社出版部			宣傳階級鬥爭	
《創造月刊》	1926 年 3 月 16 日創刊於上海	由郁達夫、成仿吾、王獨清輪流主編。1928 年 7 月「創造社文學部」成立，改署「創造社文學部」編輯	創造社出版部發行	1929 年 1 月出至第 2 卷第 6 期	郁達夫、成仿吾、郭沫若、張資平、馮乃超、蔣光慈、周全平、葉靈鳳、李初梨、鄭伯奇、朱鏡我等	宣傳階級鬥爭	提出「革命文學」口號，提倡革命文學主要刊物之一。

〔註61〕　《國民黨中央宣傳部民國十八年查禁書刊情況報告》，中國第二歷史檔案館
　　　　編：《中華民國史檔案史料彙編》第五輯第一編文化（一），鳳凰出版社，1994
　　　　年，第 214～217 頁。

《太陽月刊》	1928 年 1 月 1 日創刊於上海	「太陽社」主辦，蔣光慈、錢杏邨編輯	上海春野書店發行	1928 年 7 月 1 日出至 7 期，被國民政府查禁	蔣光慈、錢杏邨、楊邨人、孟超、周靈均、馮憲章、樓建南、洪靈菲、林伯修、戴平萬、祝秀俠等。	太陽社創辦之第一份社刊，將該刊作爲無產階級文學陣地，以文學創作、文藝評論爲主，兼及理論著作與翻譯作品。
《文化批判》月刊	1928 年 1 月 15 日創刊於上海	創造社主辦，署丁恝主編，實際由朱鏡我主編。	創造社出版部		成仿吾、馮乃超、彭康、李磐、朱鏡我、李初梨、郭沫若、李鐵聲等人。	1928 年 4 月 15 日出版第四期，續出第 5 期刊名署《文化》，未注明出版日期。提倡革命文學主要刊物之一，發表李初梨《怎樣建設革命文學》、馮乃超《藝術與社會生活》等理論文章，開創後期創造社的「文化批判」時期。
《戰線》週刊	1928 年 4 月 1 日創刊於上海	潘漢年主編	上海泰東圖書局出版、發行	1928 年 5 月出至第 1 卷第 7 期	葉靈鳳、潘漢年、潘梓年、克徒、雅士等	反對中央，攻擊國府，肆意造謠、煽惑青年	實爲《幻洲》的續刊。提倡革命文學主要刊物之一。
《洪荒》半月刊	1928 年 5 月 1 日創刊於上海	「洪荒半月刊社」（潘梓年）編輯	現代書局出版發行	1928 年 6 月 1 日出至第 1 卷第 3 期	潘梓年、潘漢年、陳其理、慧慧等	宣傳反動，煽惑人心，提倡階級鬥爭	刊有思想評論、社會剖析、文藝介紹、書報批評等。提倡革命文學主要刊物之一
《我們月刊》	1928 年 5 月 20 日創刊於上海	洪靈菲主編	「我們社」出版，曉山書店發行	1928 年 8 月 20 日出至第 3 期	戴平萬、洪靈菲、戴萬葉，石厚生（成仿吾）王獨清、李初梨、黃藥眠、錢杏邨、林伯修、孟超、馮憲章等	宣傳共產	提倡革命文學主要刊物之一
《畸形》半月刊	1928 年 5 月 30 日創刊於上海	署畸形編輯部編輯，實由潘漢年編輯	現代書局出版發行	1928 年 6 月出至第 2 期終刊	鄭伯奇、馮乃超、錢杏邨、王獨清、龔冰如、黃藥眠等		刊名喻意「非舊非新，亦舊亦新」表示在新形勢下革命文學的興起，倡導無產階級文藝主要刊物之一
《流螢》半月刊	1928 年 6 月 10 日創刊於上海	馮潤璋編輯	春野書店總經售		馮潤璋、孟超、范浴浮等		僅出 3 期。提倡革命文學主要刊物之一

《血潮》月刊	1928 年 7 月創刊於上海	「血潮社」編輯	上海勵群書店出版，發行	1928 年 8 月 15 日出至第 2 期	芳孤、藻學、陳凝秋（塞克）、鳳城（顧鳳城）、畫室（馮雪峰）、鍾紹虞、潔梅等	宣傳共產主義、煽惑階級鬥爭	刊有文學論文、文學作品（小說、詩歌與劇本）、雜文等。封閉勵群書店
《思想月刊》	1928 年 8 月 15 日創刊於上海	「思想社」	「創造社」發行	1928 年 12 月出至第 5 期		宣傳階級鬥爭	實際是「創造社」在《文化批判》停刊後所辦的刊物
《無軌列車》半月刊	1928 年 9 月 10 日創刊於上海	劉吶鷗、戴望舒、施蟄存編輯	上海第一線書店發行	1928 年 12 月 25 日出至第 8 期	劉吶鷗、徐霞村、戴望舒、畫室（馮雪峰）、施蟄存、蘇汶、蓬子、建英等人	宣傳階級鬥爭，鼓吹共產主義	載有介紹日本普羅文學的論文以及反映上海工人武裝起義及罷工的小說
《時代文藝》月刊	1928 年 10 月 1 日出版於上海	蔣光慈編輯	上海時代文藝出版社發行		祝秀俠、華維素、萍川、丘絮絮、沈端先、萬川、柔石等		太陽社刊物之一，僅出一期遭查禁。前身為《太陽月刊》，被禁後改為《新流月刊》。
《白華》半月刊	1928 年 10 月 16 日創刊於上海	「中國濟難會」主辦，編輯者發行者均署「白華社」，實由錢杏邨、郁達夫編輯	創造社出版部	1929 年出至第 1 卷第 5 期	錢杏邨、馮乃超、郁達夫、樓適夷、馮憲章、杜國庠等人	藉無產階級文學宣傳階級鬥爭	僅出 3 期。在創刊詞《我們的態度》提出四項使命：「站在人道主義的立場上，反對統治階級的對民眾的一切壓迫與屠殺」；「站在和平的立場上，反對第二次的帝國主義的世界大戰，反對國內軍閥的割據的混戰」；「站在全人類解放的立場上做徹底的『打倒帝國主義的運動』」「站在被壓迫的大多數的立場上，追尋為大多數人的利益而革命的真精神，努力不斷的做著『民權運動』。闢有小說、詩歌、通訊、隨筆、獨幕劇等欄目。

《列寧青年》	1928 年 10 月 22 日創刊於上海	共青團中央機關			宣傳共產	
《紅旗》	創刊於1928年11月	中共中央宣傳部主編		惲代英、李立三、羅登賢等。	宣傳共產	中共中央機關刊物，初為週刊，後改為三日刊。
《疾風》週刊		上海復旦書局			言論悖謬、詆毀中央、肆意簧惑	
《雙十》月刊		上海光華書局			對於本黨及中央領袖肆意詆毀	
《小對象》	1929年左右創刊於上海	葉靈鳳、周全平等編輯			褻瀆總理	僅出兩期。
《海風週報》	1929年1月1日創刊於上海	「海風週報社」編輯，實際則由蔣光慈、錢杏邨主編	上海泰東書局發行	1929年5月5日出至第17期	林伯修、錢杏邨、蔣光慈、戴平萬、樓建南、沈端先、祝秀俠、馮憲章、森堡、洪靈菲、殷夫、楊邨人、李白裕等人	妄鼓邪說、鼓吹階級鬥爭、跡近反動	是太陽社在《太陽月刊》《時代文藝》停刊後創辦的文藝刊物。
《摩洛》月刊	1929年1月創刊於上海	克興編輯	摩洛社出版部出版，長風書店發行		鼓吹共產謬說	僅出 2 期。查封書店。
《引擎月刊》	1929年5月15日創刊於上海	引擎社孟超、董每戡等人。	上海啓智書局出版		芮生、畫室（馮雪峰）、巴克（徐誗如）、鄒孟暉、勞朋、葛英美、莞爾、少懷、孤鳳、孟超等	主張唯物史觀、鼓吹階級鬥爭	僅出 1 期。載有介紹馬克思主義文藝理論的文章、反映無產階級生活與鬥爭的詩歌、小說、童話劇等

此表根據上海教育局 1929 年 1～6 月、7～12 月業務報告、《建國前上海地區文化報刊提要摘編》、《中國現代文學期刊史論》〔註62〕編輯。

表中所列雜誌都是重要「革命文學」陣地。可以說，這些雜誌本身構成了 1920 年代末期上海的「左翼文壇」。左翼文藝雜誌的編輯、出版與流佈，就如同革命文學的「引擎」，在現實政治革命活動處於低潮的時候，在文藝領

〔註62〕 《建國前上海地區文化報刊提要摘編》，祝均宙編著，上海市文化局黨史資料徵集領導小組、上海市文化系統地方志編輯委員會主編，1992 年 4 月。《中國現代文學期刊敘錄》，《中國現代文學期刊史論》，劉增人等纂著，北京：新華出版社，2005 年 11 月第 1 版。

域裏發動，開啓革命智識階級的新任務——「要用發動機般的力量，開足火車的馬力，向新文化的領域突進」，引擎發動了，「他的內容是力量！」在汽笛高鳴中，「以大眾的力量推動這部時代文化的火車前進！」〔註63〕但這些倡導革命無產階級文學的雜誌，在1929年均被國民政府以「宣傳共產」、「提倡階級鬥爭」、「藉無產階級文學宣傳階級鬥爭」「反對中央」「言論荒謬」「跡近反動」等羅織的「罪名」所查禁。革命雜誌的被禁，很大程度上影響了正常的革命文學生產的文化生態環境，乃至文藝之喉舌的被禁，在一定意義上意味著革命文壇的被取消，沒了說話的地方，革命理論與文藝作品便被禁錮了。書報審查對於權力階層來說，其意欲達致的目的，便在於屏蔽「雜聲」，乃至「無聲」，極端的更是讓人「失聲」，聲音失去了身體，生命無所附麗，又何來聲音呢？當然，對不應存在甚或被認爲「反動」的雜聲而遭「無聲」待遇的，自然是與國民黨的「主義之聲」不相和諧的音部——革命的左翼文藝之聲。在這一時期，後期創造社與太陽社無疑是國民黨書報審查的主要對象。

短小精悍的《幻洲半月刊》，由葉靈鳳、潘漢年於1926年10月1日創刊於上海，其「上部象牙之塔裏的浪漫的文字，下部十字街頭的潑辣的罵人文章，不僅風行一時，而且引起了當時青年極大的同情。」潘漢年和葉靈鳳都是年輕的編者，當他們接到「從四川雲南邊境的讀者們熱烈的來信時，年青的血是怎樣在我們心中騰沸著喲！」「然而從幾何時，《幻洲》終於被迫停刊了，當時的許多讀者，寄稿者，大部分都和我一樣，漸漸的達於消沉衰老的心境」。〔註64〕《幻洲》被查禁後，1928年4月1日，潘漢年編輯的《戰線》週刊在上海泰東書局出版發行，葉靈鳳則在同年5月1日創刊了《戈壁》月刊，開設詩歌、雜文、批評、翻譯等欄目，由上海光華書局出版發行。新生的兩個刊物繼《幻洲》後又將葉靈鳳、潘漢年、潘梓年等革命的文藝青年，集聚起來經營著他們的文藝園地。然而1928年5月《戰線》出至第1卷第7期被禁停刊，《戈壁》則在1928年6月16日出至第4期停刊了。這是又受了更大的壓迫，葉靈鳳在文中便說，「僅僅出了四五期，隨著就來了更大的壓迫，我們各人都不能不先後停刊了。」〔註65〕

〔註63〕　《引擎〈編後〉》，《引擎》創刊號，1929年5月15日出版。

〔註64〕　葉靈鳳：《讀書隨筆》（一集），北京三聯書店，1988年，第126頁。

〔註65〕　葉靈鳳：《讀書隨筆》（一集），前引書，第127頁。

　　左翼傾向的進步文藝刊物在書報審查制度的巨大迫壓下，紛紛夭折。創造社的小夥計們感到「那時幾個刊物都停了，無處可以說話，也無人敢說話。」爲了開拓一個可供說話的地兒，葉靈鳳與潘漢年又創辦了《小對象》，其用意之明確在編輯部啓事中說的很清楚「本刊之創設，在擺脫一切舊勢力的壓迫與束縛，以期能成一個自由發表思想之刊物」〔註66〕但是這個「怕是新文學運動以來，開本最小的一個雜誌，在第二期剛出不久就收到了國民政府的禁止出版令，而又只好嗚呼哀哉了。〔註67〕具有進步革命的文藝雜誌在1920年代末期以後的上海文壇無疑都是短命的。

　　創造社的「小夥計們」創辦的革命文藝雜誌不斷遭到上海當局的查禁，這本來就已經使他們在從事文學活動的事業與心理上受到極大的打擊。但在國民黨的書報審查之下，創造社的「老夥計們」所遭到的不僅僅是雜誌的查禁，而是文學社團的查封。

　　從五四新文學的發展來看，文藝潮流的興起與逐浪似乎都離不開以下幾個元素：文學社團、雜誌、書店以及在社團與雜誌之基礎上展開的文學論爭。有的是先有了文學社團的基礎成員而後創刊屬於某社團的文藝雜誌，有的是先有了一份重要的文藝雜誌然後聚起了更大的文學社團。社團與雜誌無疑是一個相互依靠與影響的兩大因素，其中任何一個出現了問題都可能導致文學社團的解散或文藝雜誌的停刊，這樣的例子在文學史上我們經常看到。但這也往往是文學潮汐自身演變的結果，很少是由於外在強力迫壓而解散。但1927年之後，文學的生態環境改變了，從實際的革命前線退回來的文化人高擎而吶喊著革命文藝的旗幟突進了上海文壇，其具有單純階級意識與對立的革命文藝遭到了來自黨治國家的權力干預，查禁刊物、查封社團、封閉書店成爲自革命文學興起後常有的事情。這任何一個元素的遭禁，均會給文藝運動帶來嚴重的阻礙。

　　創造社被封，〔註68〕是由於浙江省向國民黨中央呈請查禁《創造月刊》等刊物而起。1929年1月浙江省黨務指導委員會宣傳部呈請中央宣傳部查禁共產黨刊物《喇叭》、《未明》、《創造月刊》、《思想》、《流螢》、《ⅡDEC》、《湖波》、《戰跡》、《出路》、《白話》等十種共產黨宣傳刊物，並擬具辦法三條：

〔註66〕　《本刊編輯部啓事》，《小對象》創刊號，1929年6月15日。

〔註67〕　葉靈鳳：《讀書隨筆》（三集），北京三聯書店，1988年，第36頁。

〔註68〕　1926年3月，創造社成立出版部，在1929年2月7日被查封之前，1926年8月與1927年5月已遭兩次搜查與查封而後又開封。

　　（一）通令全國各省市政府嚴禁轄境內書肆售賣上項十種反動刊物違者封閉；

　　（二）令飭上海特別市政府淞滬警備司令部南京南京特別市政府勒令境內書肆不得售賣並將現有上項十項反動刊物全書繳出燒毀各印刷所不得再行承印違者封閉；

　　（三）令行上海特別市政府並令江蘇省政府轉飭上海臨時法院將印發共產黨反動刊物之上海北四川路創造社即行查封。對此，國民黨常務委員會批准「如擬辦理」。

1929 年 1 月 29 日，鈕永建（江蘇省政府委員會主席）向國民政府致函稱，已令行民政廳飭屬嚴密查禁十種共產黨刊物，如有仍敢售賣者，將封閉書肆，並令行上海臨時法院迅將創造社查封。〔註 69〕創造社的被封，固然使新文學史上一大文學社團畫上了句號，但在 1929 年之後的上海文壇又開啓了一個新的文學史階段。正如郭沫若在《文學革命之回顧》中所說「創造社一派的十年的回顧，它以有產文藝的運動而產生，以無產文藝的運動而封閉。它的封閉剛好是說無產文藝的發展，有產文藝的告終。」〔註 70〕這樣，創造中人在 1930 年代的左聯時期，沿著左翼文學的路子奮力前進，但三十年代的壓迫依舊乃至更甚。

　　高擎革命文學旗幟的創造社被封了，而另一個重要社團太陽社幾乎面臨著同樣的壓迫與命運。與留日一派的創造社不同，成立之初的太陽社是清一色的從戰鬥前線退下來的共產黨人。

　　1927 年，當蔣光慈、錢杏邨、孟超與楊邨人在武漢時，這幾個文藝青年便主張與籌劃著要運動文藝，辦雜誌。「內容是早已決定了的：提倡革命文學。」〔註 71〕出於將雜誌在人家書店出版終是不自由的考慮，革命的文藝青年決定自己開一個書店，自己營業自己出版，還可以自由出叢書。於是他們最終以蔣光慈拿出的五十元在上海北四川路開起了春野書店，這在於他們也覺得不可思議。1928 年 1 月爲了《太陽月刊》出版，定爲太陽社編輯，「於是乎才有

〔註 69〕饒鴻兢、陳頌聲等編：《創造社資料》，福建人民出版社，1985 年 1 月第 1 版，第 1083～1084 頁。

〔註 70〕郭沫若：《文學革命之回顧》，《文藝論集續集》，上海光革書局，1931 年，第 163～164 頁。

〔註 71〕楊邨人：《太陽社與蔣光慈》，方銘編：《蔣光慈研究資料》，寧夏人民出版社，1983 年，第 93 頁。

太陽社〔註 72〕這名稱。」據楊邨人所說，當時他們並沒有推舉誰來做社長，職員，只是以太陽社這名稱來出雜誌。「茅盾說他們的文學研究會的成立是爲著出叢書，我們的太陽社的成立卻爲著出雜誌，」〔註73〕但是這份在「春野」上升起的《太陽》雜誌，卻在她創刊後的七月份被國民黨政府查禁。在停刊宣言上，太陽社對《太陽月刊》作出了評價「太陽的發行，使從來混沌的文壇思想有了很明顯的分野，矇眛的意識完全被摧毀了，每種刊物的階級意識都是旗幟顯明。這一切的現象，我們固然是承認它有著巨大的歷史的背景，但也都是太陽發行後才有的事實。太陽對於今年中國文壇的騷動，實際上並不亞於遊行在成長的蘆草中的火蛇，遊蹤所及，烈火隨之。」〔註74〕

從民國檔案來看，春野書店在法律上被上海臨時法院的查封是在 1929 年 9 月之後，1929 年 9 月 14 日，上海市政府致國民政府呈中報告說「本週職公安局據第五區第一所呈報，查得北四川路 X 書店〔註75〕銷售與共產主義有關

〔註72〕　太陽社起初除了蔣光慈、錢杏邨、孟超、楊邨人四位元老級人物外，爲了應對創造社的「襲擊」又招兵了王藝鍾、劉一夢、徐迅雷、洪靈菲、戴平萬、林伯修，後來又有馮憲章、沈端先、樓建南、徐殷夫、祝秀俠、盧森堡等人加入。
〔註73〕　楊邨人：《太陽社與蔣光慈》，方銘編：《蔣光慈研究資料》，前引書，第 96 頁。
〔註74〕　《太陽月刊停刊宣言》，《太陽月刊》（停刊號），1928 年 8 月，第 3 頁。
〔註75〕　倪墨炎在書中根據他發現的幾則國民政府檔案中稱「查北四川路 X 書店銷售與共產主義有關之《世界週刊》」「查昨准貴處函請轉陳合飭上海市政府嚴禁《世界週刊》並轉飭上海臨時法院查封經售該刊物之春野書店」。據此，倪先生在文中說從檔案材料中「我們意外地知道 X 書店就是春野書店，或春野書店一度用過 X 書店的名稱。」「X 書店出現在上海出版界，主要是在 1929 年間。春野書店被封後，X 書店實際上也不再出書了。」（倪墨炎：《現代文壇災禍錄》，上海：上海書店出版社，1996 年 12 月第 1 版，第 17～18 頁）但據筆者所查，X 書店不是春野書店，它是青主（青主（1893～1959），原名廖尚果，又名黎青、黎青主，音樂家、作曲家）於 1928 年在上海經營的一家出版樂譜的小書店。蕭友梅是青主的摯友，他在文中說「年來國內的書店，好像雨後春筍，怎麼樣的書店都有，都沒有把全力集中在樂藝身上的書店。X 書店是一間把全力集中在樂藝身上的書店，只這一點，即很值得我們嘉許了。」（蕭友梅：《我對於 X 書店的樂藝出品的批評》，《蕭友梅全集》第 1 卷《文論專著卷》，陳聆群編，上海：上海音樂學院出版社，2004 年 11 月第 1 版，第 371 頁）廖崇向在《略談青主的生平》中說：X 書店是以音樂爲主的出版社。有一家在南洋開設的書店看見《毛毛雨》風行一時，良友圖書公司的美國電影歌曲銷路也很好，以爲歌曲是有利可圖的買賣，要 X 書店委託他們做南洋一帶的總經售，每種樂譜包銷一千份。合同訂了之後，X 書店真實滿心歡喜，以爲這樣一來，樂譜可以大印特印，不愁沒有銷路了。那裡知道 X 書店出版的是舒伯特、舒曼……等人的歌曲，創作歌曲則是華麗絲、青主的作品，既不同於《毛毛雨》，也不是如美國電影歌曲一類的流行歌曲，真所謂「曲高和

之《世界週刊》第一、第二兩期」「此書係春野書店寄售，……惟該 X 書店未加審查，貿然銷售，實違禁令，已酌予懲罰，並令嗣後不得再行銷售在案。」〔註76〕同日，中執會秘書處秘書長陳立夫致國民政府文官處密函第三二二七號中說，「查該世界週刊宣傳共產主義，提倡階級鬥爭，確係共黨反動宣傳品，總經售處為上海北四川路春野書店。」對此，國民黨密令上海特別市黨部宣傳部飭屬查禁並飭郵件檢查所扣留焚毀外，國民政府又函令上海特別市政府一體嚴密查禁，並令上海臨時法院將春野書店予以查封，以泯反動而遏亂萌。〔註77〕

1929 年 12 月 5 日，上海市政府向國民政府報告，上海市公安局與教育局已經分別飭令上海郵局檢查員與所屬各學校及各附屬機關書店報攤嚴密查禁。〔註78〕12 月 9 日，對查封春野書店一事，江蘇省委向國民政府報告稱：上海臨時法院辦理後回覆說「春野書店早已自行停閉，該項反動書籍（注：《世界週刊》）亦並無發現」〔註79〕這說明國民政府在施行查封之前，春野書店已經關閉了。參與籌辦春野書店的楊邨人回憶，「《太陽月刊》出版至第七期而停刊，《時代文藝》出版創刊號即夭折，太陽社叢書也只出版錢杏邨的小說集《革命的故事》，楊邨人的小說集《戰線上》，王藝鍾的無產階級童話集《玫瑰花》，劉一夢的小說集《失業以後》和蔣光慈的詩《哭訴》五冊，統治階級壓迫的結果，春野書店也關門大吉。」〔註80〕但何時關門，則沒有清楚

寨」，買著寥寥無幾。那家書店於是悍然廢約，X 書店又鞭長莫及，只好認晦氣。可是樂譜已經大量印出來了，製版、印刷的本錢收不回來，結果是關門大吉。（廖崇向：《略談青主的生平》，《樂苑談往》，北京：華樂出版社，1996年9月第1版，第42頁）

由此可見，春野書店的查封與 X 書店的關門也是沒有關係的。至於 X 書店何時關的門，恐怕要到 1931 年左右了，因為 1931 年 X 書店還出版了《音境》一書。

〔註76〕《上海市政府致國民政府》，中國第二歷史檔案館編《中華民國史檔案史料彙編》第五輯第一編文化（一），鳳凰出版社，1994 年，第 292 頁。

〔註77〕《中國國民黨中央執行委員會秘書處密函第三二二七號》，中國第二歷史檔案館編《中華民國史檔案史料彙編》第五輯第一編文化（一），前引書，第 292～293 頁。

〔註78〕《上海市政府致國民政府呈》，中國第二歷史檔案館編《中華民國史檔案史料彙編》第五輯第一編文化（一），前引書，第 294～295 頁。

〔註79〕《江蘇省政府致國民政府呈》，中國第二歷史檔案館編《中華民國史檔案史料彙編》第五輯第一編文化（一），前引書，第 295 頁。

〔註80〕楊邨人：《太陽社與蔣光慈》，《蔣光慈研究資料》，前引書，第 98 頁。

楚的交代。

1929 年 9 月據上海市公安局傳案質詢 X 書店店員曾唯一、王維周稱，《世界週刊》係春野書店寄售，該書店現已停業，並非本店出版。對此上海公安局調查的結果是「據查屬實」〔註81〕。朱聯保在書中說春野書店於 1929 年春歇業〔註82〕。這與 X 書店店員所說較爲一致。但朱聯保在書中又說，春野書店所出《世界週刊》及錢杏邨、孟超、楊邨人編的《達夫代表作》被國民黨政府查禁。可知，《世界週刊》應該是春野書店出版。但何時出版的呢？據祝均宙發現的兩期《世界週刊》第 2 期與第 3 期，先後於 1929 年 7 月 5 日、7 月 12 日出版於上海，他據此推斷，此刊第 1 期應創刊於 1929 年 6 月 29 日。版權頁上不注明詳細地址，僅署世界週刊社編輯與發行。總經銷處標上海北四川路春野書店，代售處標各地各大書局。〔註 83〕照如此看來，春野書店並沒有在 1929 年春關閉，或者說即使有過歇業而後又開始營業。因爲，據東省特別區特警管理處報告哈爾濱書店有《世界週刊》一書，「議論中含有共產意味，並有鼓惑性」據該店稱，「此書由上海春野書店出版，寄來代售」所查《世界週刊》是第七、八、九期，按照期正常出版時間來推算，第九期應於 8 月 24 日左右出版，由此可知至少到 1929 年 8 月份，春野書店依然在運作，至早在 1929 年 9 月份關門。因爲 1929 年 9 月中旬國民黨已經飭令上海臨時法院查封春野書店。很有可能春野書店得知了查封消息而後自行停止了。1929 年 12 月江蘇省政府向國民政府報告時稱「該書店早已自行停閉」了。

在左翼文學的陣營裏，除了後期創造社和太陽社外，還有一個「我們社」〔註 84〕，從其雜誌《我們》的撰稿人來看，這個「我們社」似乎意在將同是革命文學陣營裏的「創造」與「太陽」聯合成「我們」似的。但《我們》第三期因涉共產主義，以文學面具實行反動宣傳，而被查禁，其出版書店曉山書店也遭封閉，《申報》對此做了報導「據中央宣傳部呈稱，查上海曉山書店發行之《我們月刊》第三號選載時文，均屬反動宣傳之作品，請交府通令查禁，並轉飭查封該書店」，「轉飭上海特別市政府及上海臨時法院，將該曉山

〔註81〕 《上海市政府致國民政府呈》，中國第二歷史檔案館編《中華民國史檔案史料彙編》第五輯第一編文化（一），前引書，第 292 頁。
〔註82〕 朱聯保編撰：《近代上海出版業印象記》，學林出版社，1993 年，第 288 頁。
〔註83〕 引自倪墨炎：《現代文壇災禍錄》，上海書店出版社，1996 年，第 20 頁。
〔註84〕 1928 年 5 月我們社成立於上海，其主要成員是洪靈菲、林伯修（杜國庠）、孟超、戴平萬等，並出版《我們》雜誌。

書店封閉，以遏亂萌，是爲至要」〔註85〕。

查封革命文學社團，封閉文化出版書店，查禁文藝刊物，國民黨這一系列文化專制舉措使以論戰方式蓬勃興起的無產階級革命文學浪潮，不斷地遇到明與暗的礁石的阻滯，而逐漸失去了運載藝術之武器的輿論陣地。「現在並沒有言論的自由。四周是這樣的昏暗，這樣的慘白，只有驢叫馬嘶是自由的，」然而革命的「太陽並沒有搖動它的葬鐘，這時代給予我們一個突越的進步的時機。所有的被壓迫的文學社團和作家，他們也都將因此而進展。」〔註86〕這寫於 1928 年 7 月的《太陽》停刊宣言似乎已經預示著具有左翼革命傾向的文學社團與作家將聯合匯聚成一條滾滾洪流的文學演進史。1929 年 9、10 月份，在中共的干預下，站在革命文學戰場上的鬥士開始握手言和，組織更大的文化統一戰線了。據馮雪峰回憶，一九二九年大概十月十一月間，潘漢年來找我，要我去同魯迅商談成立左聯的問題。他同我談的話，有兩點我是記得很清楚的：一，他說黨中央希望創造社、太陽社和魯迅及在魯迅影響下的人們聯合起來，以這三方面人爲基礎，成立一個革命文學團體。二，團體名稱擬定爲「中國左翼作家聯盟」，看魯迅有什麼意見，「左翼」兩個字用不用，也取決於魯迅，魯迅如不同意用這兩個字，那就不用。我去同魯迅商談，魯迅完全同意成立這樣一個革命文學團體；同時他說「左翼」二字還是用好，旗幟可以鮮明一點。〔註87〕

魯迅在「革命文學」的戰場上被稱爲「落伍者」，在文中他有過一番「點將錄」，他對「中心和前面的情狀不得而知，但向他們屁股那面望過去，則有成仿吾司令的《創造月刊》，《文化批判》，《流沙》，蔣光 X（恕我還不知道現在已經改了那一字）拜帥的《太陽》，王獨清領頭的《我們》，青年革命藝術家葉靈鳳獨唱的《戈壁》；也是青年革命藝術家潘漢年編撰的《現代小說》和《戰線》；再加一個眞是『跟在弟弟背後說漂亮話』的潘梓年的速成的《洪荒》」〔註88〕魯迅的「點將」構成了革命文學戰場上高舉革命旗幟而以「武器的文學」擊鼓吶喊的戰陣了。但這一戰陣自 1927 年起，不斷遭受來自國民黨的查

〔註85〕　《申報》，1929 年 3 月 9 日。

〔註86〕　《太陽停刊宣言》，《太陽月刊》（停刊號），1928 年 8 月，第 3 頁。

〔註87〕　馮夏熊：《馮雪峰回憶中的潘漢年》，載《新文學史料》，1982 年第 4 期，第 194 頁。

〔註88〕　魯迅：《文壇的掌故》，王世家、止菴編《魯迅著譯編年全集》，第玖卷，前引書，第 260 頁。

禁與查封，即使沒有被明令查封的文學社團，在 1929 年底也自行解散。這一方面是因了國民黨白色的專制審查；一面又出於革命文化運動的現實要求，革命文學運動對文壇現實作出的新的調整與聯合。1930 年 3 月 2 日，在上海北四川路竇樂安路中華藝術大學召開了左聯成立大會。這樣，左翼文學進入了左聯時期。三十年代的左翼文學又將面臨怎樣的審查命運呢？

第四章　國民政府對上海左翼文藝的審查與控制（1930～1937）

　　時間進入 1930 年代，已經運動兩年的無產階級革命文藝在「壟斷、蒙蔽、侮辱、壓制的黑幕中伸出了頭，」這使無產文藝俱樂部的發起者做出如下判斷「這一革命階級的文藝，已經在歷史進程中做了中國文藝上的主宰。」〔註1〕但自 1928 年以來，在書報審查籠罩下的上海文壇，其現實狀況不容樂觀，國民黨查禁了大批革命的文藝書籍和雜誌，文藝出版的園地逐漸呈現出一片冷清的景象。「到『九一八』的前夜，碩果僅存的文藝刊物已屬寥寥無幾，等到滬戰發生，便幾乎完全停頓下來，出版界成為真空。」〔註2〕魯迅在《二心集》序言中同樣談到當時文藝刊物的不景氣以及由此帶來自己雜文創作數量的減少，「當三〇年的時候，期刊已漸漸的少見，有些是不能按期出版了，大約是受了逐日加緊的壓迫。《語絲》和《奔流》，則常遭郵局的扣留，地方的禁止，到底也還是敷延不下去。那時我能投稿的，就只剩了一個《萌芽》，而出到五期，也被禁止了，接著是出了一本《新地》。所以在這一年內，我只做了收在集內的不到十篇的短評。」〔註3〕而自由運動大同盟對國民政府在過去兩年所實施的文化專制發出了更為堅決的控訴「自由是人類的第二生命，

〔註 1〕　《無產文藝俱樂部發起書》，原載《萌芽月刊》，1930 年第五期，又見張靜廬輯注：《中國現代出版史料》（乙編），前引書，第 99 頁。
〔註 2〕　《文壇展望》，《現代》，1934 年第 5 卷第 2 期。
〔註 3〕　魯迅：《二心集·序言》，王世家、止菴編《魯迅著譯編年全集》第拾肆卷，前引書，第 54 頁。

不自由，毋寧死！」「我們處在現在統治之下，竟無絲毫自由之可言！查禁書報，思想不能自由。檢查新聞，言語不能自由。封閉學校，教育讀書不能自由。一切群眾組織，未經委派整理，便造封禁，集會結社不能自由。至於一切政治運動與勞苦群眾爭求改進自己生活的罷工抗租行動，更遭絕對禁止。甚至任意拘捕，偶語棄市，身體生命，全無保障，不自由之痛苦，眞達於極點！」〔註4〕

　　三十年代左翼文學運動對國民政府文化專制的抵抗，其所欲求的在很大程度上已遠遠超出了文學領域所能承受的限度。梁實秋就說過：「當今之普羅作家（又稱左翼），大概是有超出文藝範圍的抱負的」。〔註5〕如此，與其說左翼文藝運動是爲了新興階級文學爭取更多合法性的生存空間，不如說她已經超越了繆斯女神的司職，而以阿瑞斯（身披文藝戰袍）的英勇好鬥來開創一個同樣來自西方許諾的新社會。如此強烈的鬥爭意圖幾乎充塞於每一個普羅文藝社團運動的宣言中——「我們——普羅列塔利亞——的隊伍，正向著萬惡的資本主義社會進攻！我們要從資產階級手裏奪取政權，我們要從資產階級手裏奪取生產機關！我們更要把這些實際的鬥爭和我們階級的意識反映到藝術上去，摧毀資產階級的藝術！」〔註6〕在繆斯與阿瑞斯之間，革命文學家顯然更傾向於身披文藝戰袍的阿瑞斯，他們認爲文學家應該毫不遲疑地加入艱苦的革命行動中去，「即使把文學家的工作地位拋去，也是毫不足惜的。」〔註7〕如此強烈的革命鬥爭意識，使革命文學在文學觀念與實踐上均與國民黨的文藝政策格格不入，遭受的壓迫則更甚於其他文學流派。

〔註4〕　《中國自由運動大同盟宣言》，張靜廬輯注：《中國現代出版史料》（乙編），前引書，第98頁。針對自由大同盟的成立及其對自由的爭取，時任國民黨上海市黨部執委、教育局長陳德徵在演說中發表了極爲專制的言論，他說：我們可以明白地說，反革命者是不許有自由的。一切反革命者如果用他們的口或筆來宣傳破壞全體國民的自由的時候，我們爲民族和國家計，就應當斬釘截鐵的不許他們有個人的自由。一切反革命者不許有集會以擾亂社會的自由，也不許有發表言論以動搖民族基礎的自由，這種制裁的責任，我們是要代替民眾的利益而負起來的。1930年2月25日上海《民國日報》。

〔註5〕　梁實秋：《文藝自由》，《益世報・文學週刊》第48期，1933年10月28日。

〔註6〕　《普羅詩社成立宣言》，張靜廬輯注：《中國現代出版史料》（乙編），前引書，第102頁。

〔註7〕　《巴爾底山》第1卷第4號，1930年5月11日。

第一節　被審查之下的「左聯」與文藝刊物 （1930～1932）

一、遭查禁的左翼作家聯盟

1930 年代的左翼文學運動，在一定程度上克服了 1920 年代文學運動的小集團主義和個人主義的散漫，文學運動和社會政治革命運動日益呈現出同一步調的特徵。

1930 年 2 月 16 日，魯迅、沈端先等人參加了一個組織左聯的籌備會。此次會議批評了「獨將文學提高而忘卻文學底助進政治運動的任務，成爲爲文學的文學運動」，同時通過了目前文學運動的三個任務：（一）舊社會及其一切思想的表現底嚴厲的破壞；（二）新社會底理想底宣傳及促進新社會底產生；（三）新文藝理論底建立。〔註8〕1930 年 3 月 2 日，左翼作家聯盟成立，在其行動綱領中更自認爲是已經變成人類進化的桎梏的資本主義制度的「掘墓人」，自覺地肩負起無產階級的歷史使命，在「必然的王國」中做人類最後的同胞戰爭——階級鬥爭，以求人類徹底的解放。爲了將此目的完成，三十年代的左翼作家們「不能不站在無產階級的解放鬥爭的戰線上，攻破一切反動的保守的要素，而發展被壓迫的進步的要素」這成爲他們的「當然結論」〔註9〕成立如此的文藝團體很顯然不能不引起國民政府的注意。

1930 年 4 月，中央宣傳部指導科編《審查全國報紙雜誌刊物總報告》，對左翼作家聯盟的成立及其主張進行了調查報告。五個月後，國民黨中央向國民政府發出查封上海左翼作家聯盟等八個左翼文化團體的公函，文中說「查上海地方近有中國社會科學家聯盟、左翼作家聯盟、上海青年反帝大同盟、普羅詩社、無產階級俱樂部、中國革命互濟會、革命學生會等反動組織與已經呈請取締之自由運動大同盟同爲共黨在群眾中公開活動之機關。應一律予以取締，以遏亂萌。」「國民政府密令淞滬警備司令部，及上海市政府會同該市黨部宣傳部嚴密偵察各該反動組織之機關，予以查封，並緝拿其主持分子，歸案究辦。以懲反動，而杜亂源。」〔註10〕1930 年 10 月 8 日，上海市政府回

〔註8〕《萌芽月刊》第 1 卷第 3 期，1930 年 3 月 1 日，第 274 頁。

〔註9〕《拓荒者》第 1 卷第 3 期，1930 年 3 月 10 日。

〔註10〕中國第二歷史檔案館編：《中華民國史檔案史料彙編》第五輯第一編文化（一），前引書，第 407 頁。

函國民政府已函淞滬警備司令部查找辦理。弔詭的是，上海當局並沒有按照國民政府的要求封閉左聯並緝拿主持分子歸案。此舉顯然引起了南京方面的不滿，一個月後，國民黨中央發現「該項反動團體仍秘密活動甚力」，於是11月 8 日致函國民政府文官要求「嚴厲轉行各該執行機關，務須遵令執行，以杜反動而彌隱患」。〔註11〕11 月 11 日國民政府再一次密令淞滬警備司令部與上海市政府要會同上海市黨部宣傳部，嚴密查拿究辦。同日，上海市政府向國民政府密報執行情況，密函顯示上海市政府並未執行「查封」左聯等左翼文化團體，值得注意的是，在上海市政府向國民政府報告執行情況的密函中，沒有了國民政府密令中的「予以查封，並緝拿其主持分子」的語句，而只有對上海的革命文化團體進行「嚴密偵查」，但上海市政府並不是沒有採取任何行動，它只是飭令上海市各書局暨印刷同業公會注意「凡有此等反動組織之刊物，一概不得代售及承印，」並派職員再行接洽淞滬警備司令部，使其派員會同嚴密偵查，並要求上海市公安局也參與其中。

上海當局顯然沒有全力摧垮左聯等文化團體，它所做的只是在書報審查制度內對左翼書刊的銷售與印刷實施嚴厲的審查與管制。但是，上海當局沒有查封左聯並不等於對左翼文藝社團給予寬鬆的活動空間，因為 1930 年 4 月29 日，藝術劇社就被上海特別市公安局「無理抄封」了。其直接原因很可能是針對藝術劇社正在復旦、暨南等學校進行的「學校劇運動」，因為這一運動，藝術劇社定於 4 月 25 日開始，在已經接洽好的復旦、暨南、大夏、中公等大學，上演《炭坑夫》、《梁上君子》、《傻子的治療》、《到明天》等劇本。〔註12〕藝術劇社的被查封，藝術劇社、左翼作家聯盟、上海戲劇運動聯合會，均發表了告國人書與反對宣言，左聯將藝術劇社被封視為「不僅是對於一個劇社的問題，乃是對於一切新興的文化集團總進攻的第一聲信號！」希望新興文化運動的同志們應該堅決反抗當局摧殘一切文化運動的手段，一致爭取集會、言論出版與演劇的自由。〔註 13〕但是查封藝術劇社並非是上海當局實施文化專制的唯一伎倆，民國時期的文化與教育，均受到國民黨的統制，「書店

〔註11〕 中國第二歷史檔案館編：《中華民國史檔案史料彙編》第五輯第一編文化
　　　　（一），前引書，第 410 頁。
〔註12〕 歐陽信：《戲劇界消息》，原載《大眾文藝》第二卷第四期《新興文學專號》
　　　　下冊，1930 年 5 月 1 日，又見《左翼文藝運動史料》，陳瘦竹主編，南京：南
　　　　京大學學報編輯部出版，1980 年 5 月第 1 版，第 22 頁。
〔註13〕 《反對查封藝術劇社宣言》，《新地月刊》，1930 年 6 月 1 日。

的查封，刊物的禁止，郵政的封鎖，戲劇公演的壓迫，文化的摧殘比之君主專制時代，北洋軍閥時代來得更凶，然而這還是下策，特別是教育機關的壟斷，對革命學生的進攻，向廣大學生群眾之欺騙，更有積極性，更是組織化（如全國運動大會及童子軍的檢閱以至民族主義文學的結合），所以進攻方式來的更加巧妙。」〔註14〕藝術劇社的被封，也正如左聯所宣稱的，拉開了國民黨對上海文壇實施新一輪文化壓迫的序幕。

二、1930～1932 年無產文學的流行與文藝書刊的查禁

1930 年左聯成立後，左翼文學在上海文壇漸呈繁榮之勢，頗有流行起來的局面。5 月 3 日，魯迅在致李秉中信中說「近來頗流行無產文學，出版物不立此爲旗幟，世間便以爲落伍，而作者殊寥寥。銷行頗多者，爲《拓荒者》，《現代小說》，《大眾文藝》，《萌芽》等」之於承載流行的無產文學的文藝刊物，魯迅敏銳的預感到其遭禁止的命運「殆將不遠」。依魯迅的性格，他寫作有關時事的翻譯或短評時，往往「信口雌黃」，在當時幾近「明末稗史」的上海文壇他清醒地意識到「倘不再自檢束，不久或將不能更居上海矣。」〔註15〕上述左聯的幾種機關刊物（《現代小說》除外）果如魯迅所言「禁止殆將不遠」矣。《拓荒者》〔註16〕在 1930 年 5 月 1 日出版第 4、5 合刊號後，被國民黨查禁；《萌芽》〔註17〕1930 年 5 月 1 日出至第 1 卷第 5 期，被國民黨查禁，其第 6 期於 6 月 1 日改刊名爲《新地》出版，但僅出 1 期，又被查禁；《大眾文藝》〔註18〕1930 年 6 月 1 日出至第 2 卷第 5、6 合刊便也停滯了。葉

〔註14〕　《文化鬥爭》第一卷第一期，1930 年 8 月 15 日，第 6 頁。

〔註15〕　魯迅：《致李秉中》，《魯迅著譯編年全集》拾貳卷，北京：人民出版社，2009年 7 月第 1 版，第 146 頁。

〔註16〕　《拓荒者》月刊，1930 年 1 月 10 日創刊於上海，蔣光慈主編，「拓荒者月刊社」發行，現代書局經售，太陽社主辦，從 1930 年 3 月 1 日出版第 3 期起，成爲「左聯」的機關刊物之一，主要欄目有詩歌、小說、翻譯小說、劇本、雜文、論文、批評與介紹、國內外文壇消息、通信、世界文藝運動等。

〔註17〕　《萌芽月刊》1930 年 1 月 1 日創刊於上海，署「萌芽月刊社」編，實際由魯迅主編，馮雪峰、柔石、魏金枝助編，光華書局出版發行。從第 1 卷第 3 期起，爲左聯機關刊物，1930 年 5 月 1 日出至第 1 卷第 5 期，被國民黨政府查禁，1930 年 6 月 1 日出第 6 期，改刊名爲《新地》僅出 1 期，又被查禁。主要欄目有小說、詩、隨筆、社會雜觀、地方筆記、通信、評論、研究、雜記、文藝評論、論文、通信、國內文藝消息等。

〔註18〕　《大眾文藝》月刊 1928 年 9 月創刊於上海，1929 年 2 月 20 日出至第 6 期停刊，1929 年 11 月 1 日復刊出版第 2 卷第 1 期，1930 年 6 月 1 日出至第 2 卷

靈鳳、潘漢年編輯現代書局出版的《現代小說》〔註19〕到了 1930 年，也終於「在那一次大壓迫之中，隨著《拓荒者》、《南國》、《大眾文藝》一同停刊了。」〔註20〕

左聯機關刊物《拓荒者》、《大眾文藝》、《藝術》等雜誌相繼被封禁，如此這般的上海文壇給左翼文學運動提出了一個難題，這就是「合法」的經營路線還是否能夠出版代表左翼文學鬥爭活動的雜誌與書籍。

自五四以來，無論文學的同人團體還是資產階級革命團體，意欲造成一種文學的或社會政治的風氣，是不可能離開一份持續出版且有相當影響力的刊物，對三十年代上海的左翼文壇來說更是如此，在某種意義上，左翼文學運動對一份能夠公之於眾的刊物的需求與可望，甚於五四以來任何一個文學團體，在嚴厲實施書報審查制度的上海，維持一份左翼文學刊物的困難也同樣甚於已往。左聯爲擁有一份「堅強的領導機關雜誌」且發生人們所期望的影響，就必須極大減少從印刷出版至讀者閱讀之間的流通環節，儘量避免暴露於國民黨書報審查的權力之眼所能檢視的範圍之內與可能性。這樣，左聯便想出了一個辦法，這就是向社會徵求「直接訂戶」，「不管壓迫怎樣的殘酷我們決心把它衝破，絕對不會半途中止，而且每期能夠送到諸君之前。」〔註21〕在《文化鬥爭》第一卷第二期，刊登了《左翼作家聯盟爲建立機關雜誌〈前哨〉向廣大革命群眾的通告》的廣告，「《前哨》是中國無產階級文學運動之總的領導機關雜誌。它的編輯計劃已經準備好了，第一期創刊號在十月初出版。同志們，爲促進革命之深入，無產階級文學運動之前進，擁護我們大家所有的雜誌。起來，做本雜誌之直接訂戶！」〔註22〕

第 5、6 合刊終刊，共出版兩卷計 12 期，上海現代書局發行。第 1 卷由郁達夫、夏萊蒂編輯，第 2 卷編者改署「大眾文藝社」，實際上由陶晶孫、龔冰廬負責編輯，該刊自第 2 卷第 3 期成爲左聯機關刊物之一，第 2 卷第 3 期爲新興文學專號。主要欄目有大眾文藝小品、創作、各國新興文學概況、理論、大眾文藝革的諸問題等。

〔註19〕《現代小說》月刊，1928 年 1 月創刊於上海，葉靈鳳、潘漢年編輯，1930 年 3 月出至第 3 卷第 5、6 合刊號終刊，共出版 3 卷，凡 17 期。主要欄目有創作小說、翻譯小說、小品隨筆、論文雜著、文藝通訊、海外文壇、研究‧介紹‧批評、文壇消息等等。

〔註20〕 葉靈鳳：《回憶〈幻洲〉及其他》，《讀書隨筆》（一集），前引書，第 127 頁。

〔註21〕《文化鬥爭》第一卷第一期，第 12 頁。

〔註22〕《文化鬥爭》第一卷第二期，1930 年 8 月 22 日，第 10 頁。實際上《前哨》是在 1931 年 4 月 25 日創刊於上海，第 1 期所載內容並非廣告時所錄，而是

嚴厲的白色書報審查同樣使剛成立不久的左聯對其內部領導與組織，進行了一次改選，其目的是為「從整個運動的中心任務策略以至組織上加以改變，」重點是要建立不受合法條件所限制的中心機關誌，創設自己獨立的出版發送工作，以對付反動統治勢力的摧殘和壓迫。〔註23〕但從整體來看，1930年下半年左翼文學運動在文學刊物的經營上並未取得太多進展，這使當時有人認為1930年下半年，上海幾無左翼文藝運動。

造成上海文壇如此景象的一大原因，也來自於國民黨文藝的積極建設。1930年左聯的成立對上海的國民黨文化宣傳官員產生了很大的震動。4月28日，國民黨上海特別市執委會宣傳部召開了第一次全市宣傳會議。市黨部宣傳部長陳德徵說：「有很多事情，往往我們想到但還沒有做，如談了好久的三民主義文學，至今尚未完全實現，只看見一般不穩思想結晶的文藝作品，以及表現不穩思想的戲劇」。他認為除了依靠消極的取締，「根本方法，尤在我們自己來創造三民主義的文藝，來消滅他們」。於是該會議通過了「如何建設革命文藝以資宣傳案」要求上海各區黨部宣傳刊物上「儘量刊載革命文藝之理論及創作」，市宣傳部也要著手編輯革命文藝刊物。〔註24〕於是從5月起，以上海市黨部宣傳官員為主體，在每週三的上海《國民日報》副刊「覺悟」上開闢關於文藝作品的專刊，加緊宣揚三民主義文學，他們一方面刊載專門文章批駁普羅文學與左翼作家，另一方面發表文章試圖為三民主義文學奠定理論基礎。但事實上三民主義文學的理論與創作始終像張帆所說的「還是只在肚子裏痛，孩子還沒有鑽出娘肚子來」，〔註25〕「覺悟」文學專刊並未激起多大反響，其影響力遠不及上海「前鋒社」，隨著1930年12月姚蘇鳳編輯「覺悟」，這一文學專刊便隨之結束。〔註26〕1930年6月1日，朱應鵬、潘

改為《紀念戰死者專號》，紀念左聯五烈士：李偉森（1903～1931）、柔石（1901～1931）、胡也頻（1905～1931）、馮鏗（1907～1931）、殷夫（1909～1931），以及劇聯的宗暉（1910～1930）。為避免國民黨的審查，從第二期（8月15日出版）更名為《文學學報》，共出版8期。

〔註23〕 《世界文化》創刊號，1930年9月10日，第15頁。

〔註24〕 上海《民國日報》，1930年4月29日，引自倪偉：《「民族」想像與國家統制——1928～1948年南京政府的文藝政策及文學運動》，上海教育出版社，2003年9月第1版，第11頁。

〔註25〕 張帆：《三民主義文學的理論基礎》（續），上海《民國日報》「覺悟」，1930年10月29日。引自倪偉：《「民族」想像與國家統制——1928～1948年南京政府的文藝政策及文學運動》，前引書，第14頁。

〔註26〕 倪偉：《「民族」想像與國家統制——1928～1948年南京政府的文藝政策及文

公展、范爭波、傅彥長、王平陵、黃震遐等人在上海組織了前鋒社，於 6 月 22 日創刊了《前鋒週報》，並在該刊第 2、3 期連載《民族主義文藝運動宣言》，主張中國文藝應以「民族主義」爲中心意識，反對「鼓吹階級鬥爭」的左翼文藝和其他派別文藝，民族主義文藝運動由此開端。1930 年 6 月之後的民族主義文學家的大活動，凡不和他們一致的，幾乎都稱爲「反動」，魯迅頓生「有不給活在中國之概」，他的譯作是無處發表，書報當然更不出了。「書坊老闆就都去找溫噉作家，現在最流行的是趙景深汪馥泉」左翼作家們只好「都躲著」。〔註27〕

　　此般情境在國民黨中宣部一九三〇年七、八、九三個月的審查文藝刊物的報告中有所反映，報告中說，「最近數月以來，本部對反動刊物加以嚴厲的取締，所謂左傾的文藝雜誌，差不多都已先後查禁。雖然還有幾種希圖化名延長生命的，但不過僥倖的出到一兩期，也就同歸於盡了。至於書店方面，除了爲虎作倀的現代書局，仍在公然發行赤化刊物外，其他多因血本關係，不肯再爲他們印刷，所以反動文藝作品，近來已少發現。一般反動分子，也因此大起恐慌，要想自己建立他們的出版發行事業。」〔註28〕報告中所說並非國民黨人邀功式的一味誇大，左聯向民眾做「直接訂戶」的廣告以及建立不受合法條件所限制的中心機關誌，創設左聯自己獨立的出版發送工作，都說明在上海書報審查制度下，左聯文學運動無法迅速而有效的開展的事實。這種情況在中國左聯 1930 年 10 月左右，致信所有國家左翼同志時反映了出來，信中言及「中國左翼作家聯盟認爲它的首要任務，就在於積極支持和直接參加群眾爲了爭取自由而作的鬥爭。它決定盡它的全力去反對反動分子，反對一切想粉碎革命的力量。聯盟是中國革命藝術家和作家的領導機構。它感到遺憾的，就是由於殘酷的白色恐怖，也由於沒有出版和集社的自由，它的工作還不能廣泛地和完全地爲人們所知道，也沒有能在國際上作出應有的說明。但不管怎樣，我們希望所有國家的我們的同志們，能知道我們的工作和我們在自己面前提出的任務。」〔註29〕

　　　　學運動》，前引書，第 14 頁。

〔註27〕魯迅：《致崔眞吾》，王世家、止菴編《魯迅著譯編年全集》第拾貳卷，前引書，第 416 頁。

〔註28〕中國第二歷史檔案館編：《國民黨中宣部審查 1930 年 7 至 9 月份出版物總報告（節錄）》，在《民國檔案史料》，1991 年第 3 期，第 35～36 頁。

〔註29〕《中國左翼作家聯盟致所有國家的同志們的信》原信載 1931 年 1 月出版的第

　　從上海教育局 1930 年全年的業務報告看，教育局一年查禁了 80 種左翼刊物，其性質大多是宣傳共產主義的社會科學類刊物。國民黨中宣部統計 1930 年查禁、查扣了 180 多種社會科學書刊，其中包括共產黨刊物、國家主義派、無政府主義派、第三黨、帝國主義等類刊物。〔註30〕1930 年的左翼文學作品，據筆者所查至少查禁了 47 種，這其中包括魯迅、郭沫若、馮雪峰、蔣光慈等人的著譯文藝作品和幾種刊物，查禁的具體書目如下表〔註31〕：

1929、1930 年國民黨查禁左翼文藝書刊表

書刊刊名	著譯者	出版發行機關	審查內容、緣由	查禁方法、時間
《菊芬》	蔣光慈著	上海現代書局	普羅文藝	1929 年 3 月查禁
《我的幼年》	郭沫若著	上海光華書局	普羅文藝	1929 年 9 月查禁
《工人傑麥》	黃藥眠著	上海啓智書局	普羅文藝	1929 年 12 月查禁
《最後的微笑》	蔣光慈著	上海現代書局	普羅文藝	1929 年 12 月查禁
《我們的詩》	前哨社編	前哨社	普羅文藝	1930 年 2 月查禁
《澎湃集》	血潮社編	上海勵群書店	普羅文藝	1930 年 4 月查禁
《明日的文學》	張子三著	上海現代書局	普羅文藝	1930 年 5 月查禁
《戰鼓》	蔣光慈著	上海北新書局	普羅文藝	1930 年 5 月查禁
《追》	施蟄存著	上海水沫書店	普羅文藝	1930 年 6 月查禁
《長途》	張資平著	上海南強書局	普羅文藝	1930 年 6 月查禁
《怎樣研究新興文學》	錢謙吾著	上海南強書局	普羅文藝理論	1930 年 6 月查禁

6 卷第 8 期的美國《新群眾》，又見《左翼文藝運動史料》，陳瘦竹主編，南京：南京大學學報編輯部出版，1980 年 5 月第 1 版，第 266 頁。該信的譯者戈寶權認爲此信是中國左翼作家聯盟在一九三〇年三月成立以後第一次向國外發表的信，也是中國左翼作家聯盟第一次在國際範圍內公開發表的歷史性的文件。《談在美國發表的三封中國左翼作家聯盟的信》，《新文學史料》1980 年第 1 期。

〔註30〕《國民黨中央宣傳部取締社會科學書刊一覽表》，《中華民國史檔案史料彙編》第五輯第一編文化（一），中國第二歷史檔案館編，南京：鳳凰出版社，1994 年 6 月第 1 版，第 246～264 頁。

〔註31〕該表依據國民黨中央宣傳部製《中央取締反動文藝書籍一覽》。

《一週間》	蔣光慈著	上海北新書局	普羅文藝	1930 年 7 月
《流冰》	（蘇）查洛夫著，畫室（馮雪峰）譯	上海水沫書店	普羅文藝	1930 年 7 月查禁
《十姑娘的悲愁》	華漢著	上海現代書局	普羅文藝	1930 年 7 月查禁
《十月》	楊騷著	上海南強書局	普羅文藝	1930 年 7 月查禁
《生活的血跡》	顧仲起著	上海現代書局	普羅文藝	1930 年 7 月查禁
《殘骸》	顧仲起著	上海新宇宙書局	普羅文藝	1930 年 7 月查禁
《流亡》	洪靈菲著	上海現代書局	普羅文藝	1930 年 7 月查禁
《麗莎的哀怨》	蔣光慈著	上海現代書局	普羅文藝	1930 年 7 月查禁
《黎明之前》	龔冰廬著	上海樂群圖書公司	普羅文藝	1930 年 8 月查禁
《莉娜之死》	潔梅著	上海樂華圖書公司	普羅文藝	1930 年 8 月查禁
《新興文藝論集》	周毓英著	上海勝利書局	普羅文藝理論	1930 年 9 月查禁
《資本輪下的分娩》	李白英著	上海光華書局	普羅文藝	1930 年 9 月查禁
《蔣光慈詩集》	蔣光慈著	上海新文藝書局出版	普羅文藝	1930 年 9 月查禁
《現代文學讀本》	張若英著	上海現代書局	普羅文藝	1930 年 10 月令各地郵檢所查扣、查禁
《剿匪》	許傑著	上海明日書店	普羅文藝	1930 年 10 月查禁
《深入》	華漢著	上海平凡書局	普羅文藝	1930 年 10 月查禁
《活力》	華漢著	上海平凡書局	普羅文藝	1930 年 10 月查禁
《水平線下》	郭沫若著	上海聯合書局	普羅文藝	1930 年 11 月查禁
《鄉村的火焰》	紋珊著	上海光華書局	普羅文藝	1930 年 11 月查禁
《新俄學生日記》	丹苓譯	上海光華書局	普羅文藝	1930 年 12 月查禁
《復興》	華漢著	上海平凡	普羅文藝	1930 年 12 月查禁
《文藝與社會的傾向》	錢杏邨著	上海泰東書局	普羅文藝理論	1930 年 12 月查禁

《漢江湖》	蔣光慈著	上海現代書局	普羅文藝	1930 年 12 月查禁（《菊芬》）
《兩種不同的人類》	蔣光慈著	上海北新書局	普羅文藝	1930 年 12 月查禁
《碾煤機》	〔美〕高爾德著，邱韻鐸譯）	上海樂華圖書公司	普羅文藝	1930 年 12 月查禁
《文化鬥爭》	左翼作家聯盟主編		普羅文藝	查扣、查禁
《沙侖》		上海沙侖出版部發行	普羅文藝	查扣、查禁
《煤油》	辛克萊著、易坎人譯	上海光華書局出版	普羅文藝	令郵檢所扣留
《摩登青年》	摩登青年社	上海吳淞書店	該刊內容多係宣傳階級鬥爭，煽惑青年的作品，顯係含有政治作用之反動刊物	通令查扣
《展開月刊》	王獨清等主編	展開社出版	共黨所謂的「取消派」的機關雜誌。仍舊站在共產主義的立場來反對現狀的。	通令查禁
《新地雜誌》	新地雜誌社編印			查禁
《士敏土》	俄國格來考夫著蔡詠裳等合譯	上海啓智書局	普羅文藝	查禁
《文藝批評集》	錢可邨著	神州國光社	普羅文藝批評	令郵檢所予以扣留
《藝術論》	魯迅譯	上海光華書局	雖是關於藝術理論的研討，但仍屬宣傳馬克思主義的作品。	通令各省市宣傳部查扣，令上海市宣傳部查禁
《夜》	（法）馬丁奈著，成紹宗譯	上海滬濱書局	全劇充滿煽惑的口氣和深刻的政治意識，是一本鼓吹階級鬥爭有力的腳本。	
《流亡》	蔣光慈著	上海現代書局	敍述本黨清黨以後，共產黨徒流亡之生活狀況，對於本黨頗多不滿之暗示，並含鼓吹階級鬥爭的用意，是一本共產黨人的宣傳品。	通令查扣

從上表來看，1930 年下半年，國民黨顯然加強了對「反動」的左翼文藝作品的審查與查禁。

在時人眼裏，1931 年夏，左聯與社聯的活動又活躍起來。九一八事變後「趁機活動」「一九三二年初，文化支部決定將左聯與社聯等左翼文化團體集合爲一，成立左翼文化之總同盟，故今日之左翼文化運動，其戰線較爲統一也。」〔註32〕署名水手的《左翼文化運動的抬頭》，在文中言及左翼文化運動雖然受過各方面嚴厲的壓迫及其內部的分裂，但近來又似乎漸漸抬起頭了。在上海，左翼文化在共產黨「聯絡同路人」的路線之下，的確是較前稍有起色。1933 年的上海文壇雜誌甚至連第一老牌《東方雜誌》也左傾起來，其主編胡愈之因爲太左，而被老闆王雲五替換，而魯迅與沈雁冰，現在已成了《自由談》的兩大臺柱，還有幾個中級的新書局，也完全在左翼作家手中，如郭沫若、高語罕、丁曉先與沈雁冰等，都各自抓著一個書局，做其臺柱子，這些都是著名的紅色人物，而書店老闆現在竟靠他們吃飯了，作者最後總結說文化的一般情形，還是左翼稍占優勝。〔註 33〕左翼文學眞的如此蓬勃？抑或是專作左翼文學抬頭的文章來提醒國民黨對左翼文學的壓制還不夠用力，忙著說：「看！它又抬頭了，趕快來壓制啊！」這樣的文章顯然別有用意。

1931 年 2 月 12 日，國民黨上海特別市黨部宣傳部召集新生命、新宇宙、卿雲、水沫、群眾、華通、世界、聯合、現代、泰東、光華、亞東、開明、商務、北新、中華、新月、大東、大江、光明、文藝、勵群、南強等各書店代表三十餘人參加談話，上海市宣傳部參加者有蔡洪田、周寒梅、李諍、蔡步白等人。蔡洪田作報告，認爲思想界被反動派利用後，光怪陸離，極烏煙瘴氣之能事，「於是本黨對於反動刊物，不得不加以查禁，須知此種查禁本非得已，孰知社會上少數人士不察，以爲言論出版自由，載諸本黨政綱，而今橫加查禁，寧非自相矛盾？須知所謂自由者，豈無限制，若自由太過，即係罪惡，否則姦淫掠奪是自由，殺人放火是自由，此種自由，勢必亡國滅種。此非我國如是，世界各國政府對於有危險性之書籍或禁止發行或加以刪改。蘇俄境內，且絕對禁止有一本三民主義書籍之存在，故查禁反動刊物，無可

〔註32〕劍：《左聯文化今昔》，載《社會新聞》第二卷第十五期，1933 年 2 月 13 日，第 196 頁。又見陳瘦竹主編：《左翼文藝運動史料》，南京大學學報編輯部出版，1980 年 5 月第 1 版，第 303 頁。

〔註33〕水手：《左翼文化運動的抬頭》，載《社會新聞》，1933 年 3 月 3 日第 2 卷第 21 期。又見陳瘦竹主編《左翼文藝運動史料》，前引書，第 266 頁。

非難，亦不能非難。」蔡洪田接著指出上海各書局大多係營業性質，出版「反動刊物」是反動派操縱上海文壇的結果，由此希望各書店：一、將所有已經查禁書籍需立即燒毀；二、今後出版書籍需事先送宣傳部審核，以免印就後之以外損失。之後由指導科周寒梅、編審科李錚等相繼報告畢，再由各書店代表發表意見，共同討論審查原稿之辦法、審查之範圍及標準等，聞均有圓滿之結果。〔註34〕此次會議說明上海黨部宣傳部在1931年就開始醞釀對上海文壇實施原稿審查，而今後原稿審查在上海的實行，在一定程度上可看作上海黨部與上海書店的相互妥協或合謀。但在多方面因素的考慮下，上海的書店未必都同意出版前的原稿審查。3月4日，北新、群眾、江南、樂群等書店就因爲「出售反動書籍」被江蘇高等法院第二分院發封，且據傳聞當局將繼續查封其他書店。〔註35〕民族主義文學家朱應鵬對此次查封書店解釋說，「書店被封，係違背國家法令所受之行政處分，由於政府法院所執行的。」擺出了一副維護國家法令實則壓迫傾向左翼文學之書店的面孔。〔註36〕

　　1931年3月，魯迅在應史沫特萊之請所作的《黑暗的中國文藝界現狀》中，如實地指出國民黨對左翼文藝自去年（1930）就開始日加迫壓的文壇事實，「禁期刊，禁書籍，不但內容略有革命性的，而且連書面用紅字的，作者是俄國的，……有些小說，也都在禁止之列。於是使書店只好出算學教科書和童話，」〔註37〕在與「第三種人」論爭時，針對蘇汶所說的「左翼作家在資本家取得稿費」的「笑話」魯迅更是氣憤地說「現在我來說一句眞話，是左翼作家還在受封建的資本主義的社會的法律的壓迫，禁錮，殺戮。所以左翼刊物，全被摧殘，現在非常寥寥。」〔註38〕1931年僅9月份，國民黨的反革命文化「圍剿」，一個月內就查禁了二百二十八種書刊。〔註39〕更猖狂的是「書店一出左翼作者的東西，便逮捕店主或經理。」左翼文藝刊物也常因書店店主或經理的被捕而不能出版，例如（1932年，引者）8月份湖風書店

〔註34〕　《各書店經理前日在市宣傳部談話》，《申報》，1931年2月14日。

〔註35〕　《文藝新聞》第1號第1版，1931年3月16日。

〔註36〕　馬良春、張大明編：《三十年代左翼文藝資料選編》，四川人民出版社，1980年，第54頁。

〔註37〕　魯迅：《黑暗的中國文藝界的現狀》，王世家、止菴編：《魯迅著譯編年全集》第拾參卷，前引書，第39頁。

〔註38〕　魯迅：《論「第三種人」》，王世家、止菴編：《魯迅著譯編年全集》第拾肆卷，前引書，第251頁。

〔註39〕　馬良春、張大明編：《三十年代左翼文藝資料選編》，前引書，第60頁。

的經理被捉去，所以左聯刊物《北斗》就不能再出版了。〔註 40〕1932 年 10 月，內政部更是要求各省市已經登記之新聞紙雜誌各種刊物，應將登記證上的字號，刊載於各新聞紙雜誌名稱之上或左右兩方。如未刊載登記證字號之新聞紙雜部，即由各該管地方官署隨時查禁。依法處罰，以防反動而崇公令。〔註 41〕刊載登記證字號的要求無疑是爲了加強與便於書報審查之需，同時刊載登記證字號的明文規定也使國民黨爲取締那些不遵「公令」而意在「反動」的新聞紙雜誌提供了查禁的法律依據，從而使對文藝的壓迫合法化。

第二節　被審查之下的「左聯」與文藝刊物 （1934～1936）

一、「文化剿匪」與「檢查會」的設立

較之 1931 年、1932 年，上海文壇在 1933、1934 以及 1935 年（主要是上半年）所受到的壓迫更深且鉅。

1933 年 5 月 18 日上海市教育局銷毀大量查禁文藝書籍，《申報》報導稱「本市教育局最近銷毀禁書，爲數甚夥」，從上海各書局提毀者計有：「現代書局《黑戀》及原書名《青春》各一本，紙版全副，《劃時代的轉變》三十一本，紙版一副，《先慈遺集》二〇七本，紙版一部一四一頁，《現代文學讀本》紙版一部，六十一頁。《青年書這（信）》一二三本，紙版一部七十二頁。《創造十年》紙版二一六頁至二一七頁兩頁。光華書局《血祭》三十六本，紙版一副。湖風書局《第三時期》一七四六本，紙版一副。協成書局小人書《東西漢》一〇五一本，《七國志》五五七本，《黃氏女》二九七本，《黃氏女》紙版一部二二〇頁。廣記書局小人書《西遊記》三四七一本，刁劉氏改名之《替主申冤》紙版一部，二四〇頁。新泰興社《新泰興》二十七本，泰東書局《新創造》第一卷第一期至第六期八十七本，均經先後銷毀。」〔註 42〕

〔註 40〕 魯迅：《致曹靖華》，王世家、止菴編：《魯迅著譯編年全集》第拾肆卷，前引書，第 176 頁。《北斗》月刊是左聯機關刊物之一，1931 年 9 月 20 日創刊於上海，丁玲主編，姚蓬子、沈起予助編，湖風書店發行，1932 年 7 月 20 日出至第 2 卷 3、4 合刊號後，被國民黨查禁，共出 8 期。

〔註 41〕 《大公報》，1932 年 10 月 8 日。

〔註 42〕 《申報》，1933 年 5 月 18 日。

　　雖然民國肇建，我們由「帝制」步入了「黨治」，政治制度來了個未有的變局，但在這變中亦有著不變，古有始皇焚書，民國則有上海教育局「最近銷毀禁書，爲數甚夥」，這便是中國「歷史文化」傳承的一例。但這對「黨國」來說還遠遠不夠，因爲始皇時代的文化生產與傳媒還遠爲落後，而民國則不同，現代的傳媒不僅爲當時之文學提供了現代化技術的支持，與此同時，其本身又參與到了文學生產，成爲引起文學自身嬗變的一個重要因素。而當現代的文學、傳媒與政治在某種主義之旗幟下集合時，它所發揮的影響就遠非始皇時代可比了，其統一思想的難度也隨之增加。

　　1933 年 10 月，在國民黨書報審查的報告中，將普羅文藝劃入「最難審查」的一類。因爲普羅作家「能本產階級之情緒，運用新寫實派之技術，雖煽動無產階級鬥爭，非難現在經濟制度，攻擊本黨主義，然含義深刻，筆致傾纖，絕不以露骨之名詞，嵌入文句，且注重題材的積極性，不僅描寫階級鬥爭，尤必滲入無產階級勝利之暗示。故一方煽動力甚強，危險性甚大，而一方又足閃避政府之注意。蘇俄十月革命之成功，多得力於文字宣傳，迄今蘇俄共產黨且有決議，定文藝爲革命手段之一種，其重要可知也。」〔註43〕由此，密查人員認爲「如能組設專審機關，聘任對於此類文藝素有認識者若干人，悉心審查，權衡至當，無縱無枉，黨國前途，實利賴之。」〔註44〕此言眞乃古代文章之「經過之大業，不朽之盛世」名言的現代注釋。但當時民國檢查及禁止反動刊物，是由中央宣傳委員會及內政部負責進行，內政部因能「時時秉承中宣會意旨辦理」如若「另設機關審查，不待在事實上爲駢枝，且易招外界之誤會。」所以，專聘有文學素養而熟識左翼文學之人員組成專審機構的提議暫且擱置了，但爲查禁左翼文學還是決定辦法四項：（一）內政府審查此類刊物時，須更嚴密，毋使漏網；（二）建議中央積極實施民族文學之計劃；（三）由教育部密令各學校，注意學生思想，及關於課外閱讀之指導；（四）中央宣傳委員會及內政部決定已禁之出版物，現仍流行市面者，應由各機關切實認眞取締。〔註45〕10 月下旬，蔣介石便命國民黨政府內政部警政司通令

〔註43〕中國第二歷史檔案館編：《中華民國史檔案史料彙編》第五輯第一編文化
　　　　（一），前引書，第 232～233 頁。

〔註44〕中國第二歷史檔案館編：《中華民國史檔案史料彙編》第五輯第一編文化
　　　　（一），前引書，第 233 頁。

〔註45〕中國第二歷史檔案館編：《中華民國史檔案史料彙編》第五輯第一編文化
　　　　（一），前引書，第 234 頁。

全面查禁普羅文藝，內政部警政司令各省市書局，限期將所售文藝書籍一律送部審查。10 月 30 日，國民黨政府行政院發出第四八四一號密令，開始全面查禁普羅文學書刊。梁實秋在文中便說道：「南京十七日本報專電，中央擬定一種文學實施計劃，內容分三點：（一）通令各學校注意學生作品；（二）查究課外讀物；（三）申禁普羅書籍。」對於這段消息，梁實秋覺得「這是當局的愚昧之又一表現。凡以政治力量或其他方式的暴力來壓迫文藝的企圖，我反對。」〔註46〕11 月 1 日，潘公展、朱應鵬為查禁進步書刊在上海舉行了一次由出版商和書店編輯參加的宴會，其內容依然是查禁左傾文藝書籍，宣傳國民黨的民族主義文學。同時，針對當時「電影界為共產分子所廝混，電影片為共產主義所佔領」的事實，11 月 21 日，上海特別市黨部吳醒亞、潘公展等人致呈國民黨中央執行委員會要求「除應設法自製或使人攝製三民主義之影片外，對於宣傳共產之影片，自應絕對禁止流傳」，並「將已往鼓吹階級鬥爭各片弔銷執照，並徹查其過去行為」。〔註47〕

　　事實上，身處上海文壇的左翼作家早已料到國民黨又要檢查文藝圖書雜誌了。1933 年 11 月初，茅盾在文中對潘公展、朱應鵬等召書店老闆訓話一事做了記錄，「那時國民黨上海市宣傳部召集各出版商和雜誌主編開了一次會，提出今後不准出版和發表『反動』書刊和文章。會上《現代》的主編施蟄存表示：我們做編輯的不懂政治，文章可登不可登還是由你們來審定。後來就盛傳圖書檢查勢在必行。其實，從三三年上半年國民黨對報紙開始了新聞檢查之後，我們就料想他們下一步要對雜誌下手了。」〔註48〕1933 年 11 月起，國民黨的文網開始收緊。11 月 24 日內政部以「各省市書局發行刊物書畫等，有誨淫誨盜性質」為藉口，假以「流毒社會，貽害青年」為目的，通令各省市政府，嚴加取締外，並命令各書局將以前出版刊物書畫，悉數依限送部審

〔註46〕但或許梁實秋只是不同意以政治力量或其他方式的暴力來壓迫普羅文學，但他耐人尋味的指出了一個「釜底抽薪」取締普羅文學的法子。「老實說，加入我們中國大多數民眾的生活不加改善，普羅文學的宣傳之誘惑性將有增無減。當局不努力釜底抽薪，不設法改善民眾生活，而偏要取締投民眾所好之普羅文學，這就是愚昧。」梁實秋《文藝自由》，《益世報·文學週刊》第 48 期，1933 年 10 月 28 日。

〔註47〕中國第二歷史檔案館編：《中華民國史檔案史料彙編》第五輯第一編文化（一），前引書，第 348 頁。

〔註48〕茅盾：《一九三四年的文化「圍剿」與「反圍剿」》，《我走過的道路》（中），人民文學出版社，1984 年，第 220 頁。

查，如各省市書局尚有未經依限送審查者，均將依法懲辦。〔註49〕12月份，上海黨部開始查禁左翼文藝書籍雜誌，生活書店的《生活》週刊〔註50〕與《文學》月刊在查禁之列，而後《文學》繼續出版，但須接受國民黨的檢查，一旦有普羅文藝或對時事有所暗示批評的文章，則會遭到檢查老爺的「抽骨」，而有趨向「白化」的危險。歷史地來看，《生活》與《文學》的遭禁，實際上拉開了1934年國民黨上海黨部對上海文壇實施嚴厲審查的序幕。

1934年是國民政府在三十年代上海文壇實行書報審查最為密集與嚴厲的高潮階段，也是國民黨書報審查制度得以真正浮出歷史地表，在法制與組織上使其得以完整的系統展開的歷史階段。之所以會在1934年的上海文壇出現，上海作為全國文藝與政治運動中心之外，在當時則有著現時的政治與軍事上的原因。

在蔣介石發動的第五次圍剿紅軍的行動中，1933年9月，正當國民黨與紅軍圍繞江西黎川地區展開激烈爭奪之時，擔任東線「進剿」任務的第十九路軍將領開始秘密地與紅軍進行談判，並於10月26日雙方簽署了《中華蘇維埃共和國臨時中央政府及工農紅軍與附件政府及十九路軍抗日作戰協定》，也就是《反日反蔣的初步協定》。11月22日，陳銘樞、李濟深等人在福州正式成立「中華共和國人民革命政府」。被打亂圍剿計劃的蔣介石隨即調兵約15萬人向福建進攻。1934年1月5日奪取閩北重鎮延平後，中央軍一路挺進，1月30日，佔領泉州，南京政府宣佈取消十九路軍番號，福建事變遂以失敗告終。緊接著，蔣介石又將兵力集中繼續對紅軍實施「進剿」。研究者認為，自1934年始，尤其是1935年秋冬至1936年秋冬，是南京國民政府在軍事上占盡先機和優勢。〔註51〕為配合國民黨在政治、軍事上的順利開展，在思想文化教育領域，國民黨在上海隨即展開新一輪的杜絕赤化宣傳的思想言論控制，甚至打出了「文化剿匪」的口號。

1933年11月6日，國民黨上海市黨部的《汗血月刊》和《汗血週刊》聯合發表《徵求「文化剿匪研究專號」稿文啟事》，提出「文化剿匪口號」。同日，國民黨上海黨部發動「剿匪宣傳週」。1934年1月1日，《汗血週刊》出版第2卷第1期《文化圍剿專號》，15日《汗血月刊》也出版了《文化圍剿專

〔註49〕　《申報》，1933年11月25日。

〔註50〕　查禁理由是《生活》「同情福建人民政府、言論反動、思想過激、誣謗黨國」，這樣《生活》週刊在出版至第8卷第50期後，被迫停刊了。

〔註51〕　楊奎松：《國民黨的「聯共」與「反共」》，前引書，第310頁。

號》，共同掀起對左翼文藝「圍剿」的新狂潮。

　　劉百川在《文化的剿匪重任》中鼓動說「農村中剿匪固然勞動了拿槍桿的同志們在努力，城市上的剿匪應在我們拿筆桿的先生們來擔當才是。這種重任，請覺悟的朋友們趕快執行罷！赤匪的別動隊普羅作者時時刻刻都在計劃麻醉朋友們的心和血，剝削同胞們的肉和骨，拿整個的同胞去換盧布俾他享受資產化的生活，我們爲自救起見，只有趕快起本擔當這『文化剿匪』的重任！」〔註52〕另一篇文章則直接指出「文化的剿匪與軍事的剿匪是同一意義的」，並號召趁著此時普羅作家哀鳴悲啼掙扎，要求國民黨文人加緊團結，努力於民族文藝的創造與發展！〔註53〕有的文章提議將如何才能取得撲滅普羅文藝運動的絕大效果，作爲研究的問題，並提出了具體的措施。署名懇心的《撲滅普羅文化與剿匪》認爲，「對普羅運動集中的上海，所有一切的普羅社團，加以取締或破壞，主要人物不惜加以逮捕或監禁。對出版的刊物雜誌書籍，組一專門委員會，重新加以審核登記，稍有階級思想或鼓吹赤化者，完全銷毀，同時嚴訂出版法，嗣後如有玩命忽略，繼續出版者，應科以相當之處罰，好不寬假。對電影亦組一專門委員會，或將現今上海的電影檢查會改組亦可，如各電影片公司拍有赤化的普羅片子，則絕對不准演放，加以銷毀或剪裁，須以藝術民族建設及不違背三民主義者爲範圍。」〔註54〕鞠百川則更有條理的提出了兩個「掃除普羅文藝的方法」，一個治標、一個治本，「先有治標，後有治本，」他提出五個治標的方法：（一）政府對國內各地所有新出版或從前出版的書籍、雜誌、刊物、報紙，從各地書局和報販一一派員加以調查。凡屬有普羅或左傾色彩的文藝作品，一律登記。（二）登記之後，認爲有審查的必要，由書局和報販呈送一份或購一份，詳加審查。（三）果係普羅文藝之書籍雜誌刊物報紙一律禁止出售，倘書局和報販有代售者，即以販賣反動刊物論罪。（四）通令國內各印刷所或書局凡有新出版之書籍雜誌，必先送當地文化機關（教育機關亦可）切實審查，如認爲有普羅色彩者，當扣留不准翻印。（五）對普羅文藝之作者公開在報紙上加以警告，嗣後不得有類似普羅文藝之作品，否則以宣傳共產危害國家即反動分

〔註52〕　劉百川：《文化剿匪的重任》，《汗血週刊》，1934 年第 2 卷第 1 期，第 1 頁。
〔註53〕　《從普羅文藝說到陳賊銘樞的「文化大同盟」》，《汗血週刊》，1934 年第 2 卷第 1 期，第 2 頁。
〔註54〕　懇心：《撲滅普羅文化與剿匪》，《汗血週刊》，1934 年第 2 卷第 1 期，第 5～6 頁。

子，黨義反革命治罪。〔註55〕鞠百川所列的方法既包括了出版前的原稿審查，又注意加強出版物的登記與出版發行後的審查，同時還要公開警告普羅文學作者。這無異於要掀起一場全國性的剿滅普羅文學的大運動。而他所提出的方法在國民黨的一次對左翼文藝書籍查禁之後的上海基本實現了，那時設立了專門的圖書雜誌審查委員會，並公佈了《圖書雜誌審查辦法》十四條來實施更嚴密的文藝書籍雜誌的審查。

　　國民黨文人不僅在其喉舌雜誌上發表文章為撲滅普羅文藝出謀劃策，為「文化剿匪」造勢，而且在上海也正採取實際行動。

　　1934 年 1 月 19 日，為中央討伐「閩逆」勝利，集中全力繼續「清剿」中共與紅軍，上海黨政領袖吳醒亞、潘公展、丁默邨、童行白、陶百川五人，在上海聯歡社宴請各大報主要負責人，相互交換意見並討論杜絕赤化宣傳之辦法。《申報》史量才、張蘊和、《新聞報》汪伯奇、《大晚報》張作坪、《時事新報》潘公弼、《民報》錢滄碩、《晨報》何西亞、《時報》黃伯惠等參加。在「今日中央仍專力肅清赤匪，處茲內憂外患交逼之際，」潘公展要求上海各大報應一致站在民族的立場上，不僅在軍事上、政治上、嚴厲的開展「剿匪」運動，在後方之教育上與文化上尤應排斥赤化宣傳，摒絕「匪徒」一切活動、要各報今後慎重軍事政治消息的刊布，更要注意副刊文字之涉及左傾或過激者。凡有鼓吹無產階級革命暨煽惑階級鬥爭之文字，完全不予發表。〔註56〕而後，潘公展、丁默邨、童行白、陶百川等人又宴請上海各報編者、各電影刊編者、各雜誌編者及新聞記者。《自由談》黎烈文、文學社傅東華、《學燈》湯增敭、《晨曦》許性初、《矛盾》潘子農、徐蘇靈、《大晚報》崔萬秋、《大美晚報》袁倫仁、朱永康、外論社袁逍逸、《新中華》錢歌川、《文藝春秋》章衣萍、《申報月刊》俞頌華、《現代電影》宗維賡、《時報》騰樹谷以及中央黨部文藝科長朱應鵬參加了宴會，眾人相互交換意見而散。〔註57〕

　　就在此宴會之後一個月，即 2 月 19 日，國民黨對普羅文藝展開了大規模的查禁，其理由是上海各書局出版共產黨及左傾作家之文藝作品，為數仍多。經調查確定了 149 種鼓吹階級鬥爭的文藝作品，遂密函國民黨上海特別市黨部執行委員會嚴行查禁，並勒令上海各書局繳毀各刊物底版，以

〔註55〕鞠百川：《掃除普羅文藝的辦法》，《汗血週刊》，1934 年第 2 卷第 1 期，第 7 頁。
〔註56〕《申報》，1934 年 1 月 20 日。
〔註57〕《申報》，1934 年 1 月 20 日。

絕根據。〔註58〕

在查禁的 149 種文藝書籍中，有的已經通過中央黨部審核修正而准予發行的；有的通過了內政部審查註冊從而獲得著作權的；有的文藝書籍已出版多年，認爲無礙的等等。而如今上海黨部奉令將其所有不加分別一律查禁，此舉顯然是配合蔣介石在軍事上的「進剿」而在文化領域所採取的政治性行動。這種不分青紅皂白的一鍋端，著實讓上海貿利的書店「群情惶駭，莫可言喻」，於是，各書局急忙呈文上海市黨部要求將此次查禁的 149 種文藝出版物，重行嚴密審查，並承諾「倘有違礙之篇章字句，請予分別指出，飭令商店等遵以修改，或留出空白改版印行，免其完全銷毀。」〔註59〕但從該呈文內容來看，其所言多是書店雖爲營利性質，但對文化事業多有發揚，而自中央查禁各種文藝出版物以來，印行之際均愼之又愼，對此次奉令查禁各書，書店「自信絕無干犯法令之處。」呈文內容不僅表達了上海的書店對黨部的不滿，且行文中透露出對黨部無理查禁文藝書籍的指責。這樣的呈文顯然不是國民黨想要看到的，所以各書局派代表請願時，得到童行白委員「面諭」，要求各代表再擬具體辦法另行具呈。這樣，上海各書局又擬具處理辦法七條，此次呈文內容顯然恭順多了，尤其是所擬辦法，幾乎是以國民黨黨部之立場來開列，其內容如下：

　　一、此次奉令禁燬各書，由商店等暫行點數封存，不在發售，靜待後命。

　　二、各書局中有業蒙中央黨部審查修改或經各級黨部及行政機關審閱註冊，並准許發行者，由商店等列表注明審閱註冊准許年月，請求查案仍准發行。

　　三、各書中有奉令禁止多年，書已無存，板亦銷毀，無從檢呈者，請求免予檢呈，以後決不重印發行。

　　四、各書中有經商店等公認爲確有反動形跡者，將該書紙板存書，分別檢出，遵令呈送中央銷毀。

　　五、各書中有經商店等公認爲並非反動，或其中偶有一二違礙字句者，由商店等列表說明該書內容，請求重行審查，准許發行，或將其中違礙字句酌量刪改，保留其餘各部分，准許發行。

〔註58〕張靜廬輯注：《中國現代出版史料》（乙編），前引書，第 201～202 頁。
〔註59〕《申報》，1934 年 2 月 24 日。

六、以後中央認爲反動形跡之著作人，其著作品除完全關係純粹學術者外，商店等不再爲之刊行。但以前已出版作品，如其中並無反動意味者，仍請求顧全商店等血本，准許發行。

七、以後出版書籍，除一律遵照出版法於出版後呈送內政部外，如商店等認爲出版後或許發生問題者，得將原稿呈請中央黨部或各級黨部指定之審查員或審查機關先行審查，俟奉准許後再爲印行，並將准許證刊入書中。〔註60〕

各書店不僅願意將「反動書籍」紙板存書檢出銷毀，對有「違礙字句」的書籍刪改後出版，而且更爲關鍵的是上海各書店願意對具有反動形跡的著作人，尤其是普羅作家的文藝作品不再爲其出版，即對左翼作家展開封殺。而第七條則讓國民黨一直想在上海文壇施行原稿審查的意志，通過這次查禁行動，終於迫使上海書店「欣然接受」。這意味著國民黨的書報審查制度將從此正式公開地形成對出版物出版前後一系列完整的審查環節，進一步完善與加強對上海左翼文壇的審查力度，同時原稿審查也意味著左翼作家通過上海書店合法正式途徑出版文藝刊物的難度陡然增加，今後文壇若出現清冷之景與文藝作品的不知所云，也就不足爲奇了。而上海書店似乎也只有將原稿呈請黨部機關審查獲准後，再印行出版，才能保住「商店血本」而不致出而又禁，損失慘重。

值得注意的是，如果我們將此辦法七條與三個多月之後，即 6 月 1 日中宣會公佈的《圖書雜誌審查辦法》十四條來做個比較的話，發現在具體措施及其所欲達到的目的基本上是一致的，很大程度上可以將《圖書雜誌審查辦法》視爲由書店所提辦法七條修正而來，由此可見童行白「面諭」上海書店，著實發揮了作用。

在第二次呈文之後，中央宣傳委員會果然「體恤商艱」重行嚴密審查之後作出了新的決定，對《創造十年》等二十二種內容間有不妥的作品在刪改或抽去部分內容後准予發售，而對《聖徒》等三十七種或戀愛小說或係革命以前的文藝作品則予以解禁。這兩者共五十九種，但大部分卻依然被查禁或暫緩發售。

〔註60〕　王煦華、朱一冰合輯：《1927～1949 年禁書（刊）史料彙編》第二冊，前引書，第 82～84 頁。又見倪墨炎《三十年代反動派壓迫新文學的史料輯錄〔續二〕》，《新文學史料》1989 年 01 期，第 182 頁。

先後查禁有案之書目〔註61〕

店　名	書　名	著譯者	店　名	書　名	著譯者
現代書店	平林泰子集	沈端先譯	光華書局	幼年時代	郭沫若著
現代書店	田漢戲曲集（一集）	田漢著	光華書局	文藝論集續集	郭沫若著
現代書店	光慈遺集	蔣光慈著	光華書局	煤油	郭沫若譯
現代書店	麗莎的悲哀	蔣光慈著	光華書局	離婚	潘漢年著
現代書店	野祭	蔣光慈著	光華書局	新興文學概論	顧鳳城編
現代書店	碳礦夫	龔冰廬著	光華書局	鍛鍊	王獨清著
現代書店	語體文做法	高語罕著	南強書局	怎樣研究新興文學	錢杏邨編
現代書店	唯物史觀研究上下	華漢著	南強書局	鐵流	楊騷譯
現代書店	十姑的悲愁	華漢著	南強書局	十月	楊騷譯
現代書店	歸家	洪靈菲著	泰東書局	現代中國文學作家	錢杏邨著
現代書店	流亡	洪靈菲著	樂華書局	黎明之前	龔冰廬著
現代書店	萌芽	巴金著	樂華書局	社會科學問答	顧鳳城著
亞東圖書館	少年飄泊者	蔣光慈著	北新書局	一週間	蔣光慈譯
亞東圖書館	白話書信	高語罕著		衝出雲圍的月亮	蔣光慈譯
湖風書局	地泉	華漢著	水沫書店	流冰	馮雪峰著

應禁止發售之書目〔註62〕

書店	書名	著譯者	禁　售　原　因
神舟國光社	政治經濟學批判	郭沫若譯	是馬克思的經濟學說的綱要，對於階級意識有極明顯之宣示，爲宣傳共產主義及鼓吹階級鬥爭之反動書籍。
	文藝批評集	錢杏邨著	站在馬克思主義文藝批評論者的立場，批評一切文藝作品，爲純粹宣傳普羅文學之作品。

〔註61〕該表據王煦華、朱一冰合輯：《1927～1949年禁書（刊）史料彙編》第二冊，北京：北京圖書館出版社，2007年5月第1版，第86～88頁整理。倪墨炎：《三十年代反動派壓迫新文學的史料輯錄〔續二〕》，《新文學史料》1989年01期，第183頁。

〔註62〕該表據王煦華、朱一冰合輯：《1927～1949年禁書（刊）史料彙編》第二冊，北京：北京圖書館出版社，2007年5月第1版，第88～98頁整理。倪墨炎：《三十年代反動派壓迫新文學的史料輯錄〔續二〕》，《新文學史料》1989年01期，第183～185頁。

現代書局	石炭王	郭沫若譯	內容描寫一大學生投身礦坑當小工，聯合工人與資本家抗爭，意在暴露礦業方面的資本主義的搾取與殘酷，階級意味極爲濃厚。
	抗爭	樓建南著	內容描寫自己在過去苦悶生活中的掙扎，文字中對於對於現狀異常不滿並帶煽動詞句。
	夜會	丁玲	《某夜消息》及《法綱》等篇均有鼓吹階級鬥爭詆毀政府當局之激烈表現。
	藤森成吉集	森堡譯	內有《土提》、《大會應援》、《來自病榻》等篇全係描寫共產黨秘密活動時之情形，其煽動力極大。
	愛與仇	森堡譯	描寫一土豪爲共黨所殺，其女矢志報仇，惟嗣後思想轉變，反而因同情於殺父之兇手，而與之同居，階級意味極爲濃厚。
南強書局	屠場	郭沫若譯	描寫美國資產階級在屠場裏對於工人之搾取與壓迫，極力煽動階級鬥爭。
	新興文學論	沈端先譯	內容全係對於新俄普羅文藝名著之批評及介紹，此爲宣傳無產階級文學最有力量之文藝論文。
合眾書局	二心集	魯迅著	內有《對於左翼作家聯盟的意見》、《中國無產階級革命文學和前驅的血》、《民族主義文學的任務和運動》等篇，均爲宣傳無產階級文藝之反動文字。
北新書局	爲自由書	魯迅著	內共有雜感文四十餘篇，多批評事實，攻訐政府當局之處，其「爲自由書」爲書名，其意亦在詆毀當局。
亞東圖書館	義冢	錢杏邨著	內容多含挑撥階級感情，鼓吹階級鬥爭之暗示，爲初期之普羅文學作品。
	愛的分野	蔣光慈著	描寫俄國新舊之戀愛衝突，內容且多顯明反動詞句，如PG1，其他尚不勝枚舉。
	兩個女性	華漢著	描寫兩個過激的女性，始而沉淪於肉欲頹廢之墮落生活中，繼而從事實際工作，參加罷工暴動，確爲宣傳階級鬥爭之組品。
	轉變	洪靈菲著	描寫共黨從事秘密工作，確爲宣傳共產革命，鼓吹階級鬥爭之作品。
文藝書局	安特列夫評傳	錢杏邨著	以馬克思主義文藝批評論者之態度批評舊俄作家安特列夫之思想及其作品，至直罵其爲蘇維埃國家罪惡的敵人。
湖風書局	暴風雨中的七個女性	田漢著	內含五個劇本，均有鼓吹階級鬥爭詆毀政府當局之處。
	寒梅	華漢著	內含描寫革命鬥爭之故事，具有極激烈極濃厚之反動色彩。
開明書店	蘇俄文藝理論	陳望道譯	關於蘇俄之無產階級文藝理論，文藝批評及文藝政策，均搜羅完備，該書在大江出版，已查禁有案。

樂華書局	世界文學史	余慕陶編	內容抄襲剽竊，錯誤百出，且復羼入反動術語以炫奇，如任其刊，將必貽誤一般讀者。
光華書局	病與夢	樓建南著	各篇充滿了病與夢的憧憬，《革命的 Y 先生》一篇，對於中國近年革命情形，尤多詬罵之處。
	現代中國作家選集	蔣光慈編	所選作品多為一般左翼作家者，此種選集，一面可以為其同類標榜，一面又可籍此作主義上之宣傳。
	獨清文藝論集	王獨清著	內容共有論文十八篇，每篇皆有極顯明而愚笨之反動語句，尤其每每自炫為革命作家，更為可笑。
新月書店	一個人的誕生	丁玲著	內共有小說四篇，皆描寫共產黨員生活之窮困，環境之惡劣，然猶奮鬥不絕。
新中國書局	水	丁玲著	內有《田家沖》、《一天》等篇及《水》一篇，或描寫農民暴動，或描寫地主與佃戶對抗情形，或描寫學生在工人群眾宣傳反動情形。
大江書鋪	韋護	丁玲著	描寫一個共產黨員的革命與戀愛的衝突，他終於為了非常重要的工作，將革命的信心克服了愛情的戀愛。
水沫書店	文學評論	馮雪峰譯	內容皆為鼓吹無產階級文藝理論之文字。
	偉大的戀愛	周起應譯	內容描寫新俄社會中實際的性生活，除關於戀愛本身外，尚有更深一層從主義著想之堅決一致之表現。
泰東圖書館	枳花集	馮雪峰譯	內論文十二篇，內容多為宣傳無產階級文藝及無產階級文藝作家之文字。
	前線	華漢著	於戀愛故事中，儘量插入暗示階級鬥爭之情節（如 P251）

暫禁發售之書目〔註 63〕

店名	書　　　名	著譯者	店名	書　　　名	著譯者
神舟	浮士德與城	柔石譯	商務	希望	胡也頻著
現代	果樹園	魯迅譯	大江	現代新興文學的諸問題	魯迅譯
現代	殘兵	周全平譯	大江	毀滅	魯迅譯
現代	新俄文學中的男女	周起應譯	大江	藝術論	魯迅譯
現代	大學生私生活上下	周起應譯	大江	文學及藝術之技術的革命	陳望道譯
湖風	隱秘的愛	森堡譯	大江	藝術簡論	陳望道譯

〔註 63〕 該表據王煦華、朱一冰合輯：《1927～1949 年禁書（刊）史料彙編》第二冊，北京：北京圖書館出版社，2007 年 5 月第 1 版，第 98～100 頁整理。倪墨炎：《三十年代反動派壓迫新文學的史料輯錄〔續二〕》，《新文學史料》1989 年01 期，第 185 頁。

水沫	文藝與批評	魯迅譯	大江	現代歐洲的藝術	馮雪峰譯
水沫	文藝政策	魯迅譯	大江	藝術社會學底任務及問題	馮雪峰譯
水沫	銀鈴	蓬子譯	光華	高爾基文集	魯迅譯
水沫	藝術之社會的基礎	馮雪峰譯	光華	現代名人書信	高語罕編
水沫	藝術與社會生活	馮雪峰譯	北新	新俄的戲劇與跳舞	馮雪峰譯
水沫	往何處去	胡也頻著	中華	一個女人	丁玲著
亞東	鴨綠江上	蔣光慈著	中華	一幕悲劇的寫實	胡也頻著
亞東	紀念碑	蔣光慈著	樂華	獨清自選集	王獨清著
亞東	百花廳畔	高語罕著	泰東	俄國文學概論	蔣光慈著

　　左翼作家及其文藝作品顯然是國民黨文藝統制政策下對上海文壇實施書報檢查予以壓制與封殺的重中之重。此種意旨在 1934 年 1 月 20 日召開的國民黨四中全會上就做出了指示，「對於文藝方針及社會新聞政策，尤宜有整個計劃及實施方法，隨時對下級黨部爲切實之指導，並據此對全國之新聞界及出版界做有效之統制。」〔註64〕而上海方面早在 1931 年 2 月份召集上海各書店談話時，就已經提出「今後出版書籍需事先送宣傳部審核，以免印就後之以外損失」的要求。由此看來，2 月 19 日查禁 149 種文藝書籍的舉動只是後來圖書雜誌審查委員會粉墨登場的一齣前戲，或者說查禁 149 種文藝書籍是國民黨爲了推出圖書雜誌審查委員會來加強「文化剿匪」的一個計謀，宴會談話的形式自然沒有直接查禁文藝書籍效果來得快，因爲書籍被禁自然影響上海各書店的經濟收益，更何況很多文藝書已獲得著作權或通過國民黨審查之後出版的。國民黨正是以此爲籌碼，逼迫上海各書店同意並由他們主動提出原稿審查的請求，而接下來國民黨所要做的就是「徇出版界之請求」而順水推出專門審查原稿的機構罷了〔註65〕。對此上海年鑒中有記載：

〔註64〕榮孟源主編：《中國國民黨歷次代表大會及中央全會資料》（下），光明日報出版社，1985 年，第 222 頁。

〔註65〕1933 年 12 月國民黨查禁生活書店出版的兩個主要刊物《生活》週刊和《文學》月刊時，據傅東華向茅盾說，這個消息是有人故意透露給他的。傳說聽那人的口氣《生活》是肯定要禁了，《文學》似乎尚有圓轉的餘地。茅盾冷笑：恐怕要我們投降。傳說，他們是故意放空氣。傅東華與國民黨黨部溝通後，向茅盾報告說，上海市黨部提出三個繼續出版《文學》的條件：一是不採用左翼文品，二是爲民族文藝努力，三是稿件送審。可見，國民黨早已有原稿審查的打算。見茅盾：《我走過的道路》（中），前引書，第 219～220 頁。

　　　　民國二十三年（1934 年）春間，中央宣傳委員會遵照四中全會意旨，並徇出版界之請求，爰有事先審查圖書雜誌原稿之計議，以圖出版界之便利，籍以增進審查之效能，旋經擬具中央宣傳委員會圖書雜誌審查委員會組織規程，呈經中央常會核准備案，並決議先在上海辦理。〔註66〕

　　1934 年 3 月 3 日，被禁的 149 種文學作品開始受到始皇燒書的待遇，3 月 4 日魯迅在寫給蕭三的信中言及「昨天大燒書，將柔石的《希望》，丁玲的《水》，全部燒掉了。」〔註67〕

　　1934 年 3 月 15 日至 17 日，國民黨中央宣傳委員會召集各省市黨部代表在南京召開文藝宣傳會議。這次會議的召開，使國民黨今後對左翼文藝的審查得到了相對全面的討論與組織上的排兵布陣，確定了國民黨今後文藝統制的具體政策。

　　上海市黨部在提案中提到當時文壇的情況時說，共產黨深知文藝運動「足以範圍青年之思想，故在數年前曾注全力於文藝運動並確立普羅意識爲文藝之中心理論而有左聯之組織，跂息猖獗，幾控制當時之文藝界。」江蘇省黨部在提案稱：「各地坊間所出版之文藝書籍以及文藝之定期出版物所謂普羅文藝幾占全部」，「普羅文藝之意識幾於無孔不入，一切電影戲劇無不以普羅化爲依歸，幾至毒害社會全部之思想。」雖然國民黨不斷發布密令查禁「反動」文藝書刊，但是總是禁而未絕，對此，國民黨中央宣傳委員會抱怨某些省市工作不利，「遇本會密函處置之反動文藝書刊，又不切實執行，致使反動文藝書刊愈禁愈多，而本會之禁令，反成爲反動文藝書刊最有力量之廣告，言之殊爲痛心！」爲此，除了要求進一步死撐以三民主義爲中心理論的文藝建設外，其重點更在於加強對以左翼文藝爲主的文藝流派的查禁與扼殺，同時掃清浪漫主義文學、頹廢文學、肉感文學、第三種人文學、幽默文學、封建文學等等，達致國民黨對整個文壇的統治，實現三民主義文學、民族主義文學在上海文壇的獨霸之勢。

　　這樣，文藝宣傳會議通過了《請確定本黨文藝統制政策案》，妄求實現「徹底撲滅普羅文藝運動俾全剿赤全功」的目的。爲實施文藝統制，在組織

〔註66〕上海市年鑑委員會編：《民國二十四年上海市年鑑》，上海市通志館出版，1935 年 4 月。
〔註67〕魯迅：《致蕭三》，王世家、止菴編：《魯迅著譯編年全集》第拾陸卷，前引書，第 70 頁。

上中宣會今後的第一個工作要點就是在上海籌備圖書雜誌審查委員會，負責審查全國書刊，同時嚴格書報審查制度，今後全國各書店或社會團體出版書刊，均須先將原稿送至圖書雜誌審查委員會審查後方可出版。同時，統制全國報紙副刊，今後中央和地方報紙副刊的編輯，由中宣會或地方黨部指派，刊物內容由中宣會指示，「務使重心不移，步調一致」。毫無疑問，文藝統制直指普羅文藝，陳立夫在題爲《確立唯生爲文藝理論的中心》的訓詞中明確指出「我們在文藝上的對象是共產黨。我們一方面要用實際的行動去消滅，一方面要用文字來做思想上的鬥爭。」〔註68〕

　　1934 年 6 月 1 日《圖書雜誌審查辦法》公佈的當天，圖書雜誌審查委員會在上海開始正式辦公。6 月 9 日該會已經「電呈中央宣傳委員會，通告本市書業公會轉知各書局，將有關文藝及社會科學之書刊原稿，依照圖書雜誌審查辦法送至該會聲請審查」〔註69〕7 月 6 日《申報》報導，上海各書局社團向審查委員會「送往審稿件日必數百件，該會概予以最迅速之審查，如經審查核准之圖書雜誌稿件，由該會發給審查證，得將審查證號數於出版時刊印於該書籍之封面底頁以資識別。惟關於學校教科書及關於其他醫學電械理化體育等各種專門科學書，均不加以審查」〔註70〕對此，魯迅在《且介亭雜文二集》後記〔註71〕中說，「中央圖書雜誌審查委員會」到底在上海出現了，於是每本出版物上，就有了一行「中宣會圖書雜誌審委會審查證……字……號」字樣，說明著該抽去的已經抽去，該刪的已經刪改，並且保證著發賣的安全。9 月 15 日的《中華日報》又報導了審查委員會「緊張工作」的情況：

　　　　中央圖書雜誌審查委員會、自在滬成立以來、迄今四閱月、審查各種雜誌書籍、共計有五百餘種之多、平均每日每一工作人員審查字、在十萬以上、審查手續、異常迅速、雖洋洋巨著、至多不過二天、故出版界咸認爲有意想不到之快、予以便利不少、至該會審查標準、如非對黨對政府絕對顯明不利之文字、請其刪改外、餘均一秉大公、無私毫偏袒、故數月來相安無事、過去出版界、因無審

〔註68〕引自唐紀如：《國民黨 1934 年〈文藝宣傳會議錄〉評述》，載《南京師大學報（社會科學版）》，1986 年第 3 期，第 55、61 頁。

〔註69〕《中宣會圖書雜誌委員會已正式辦公》，《申報》，1934 年 6 月 9 日。

〔註70〕《申報》，1934 年 7 月 6 日。

〔註71〕魯迅在此文中對國民黨查禁 149 種文藝書籍及其善後，圖書雜誌審查委員會的成立等，做了史料性的記錄。

一秉大公、無私毫偏袒、故數月來相安無事、過去出版界、因無審
查機關、往往出書以後、受到扣留或查禁之事、自審查會成立後、
此種事件、已不再發生矣、聞中央方面、以該會工作成績優良、而
出版界又甚需要此種組織、有增加内部工作人員計劃、以便利審查
工作云。〔註72〕

自上海出現了圖書雜誌審查委員會以及施行《圖書雜誌審查辦法》後，
國民黨對現代文藝作品的原稿審查與出版後的檢查更加合法化與公開化，但
審查機構的專門設置與審查辦法的施行，並不意味著書報審查更加走向標準
化與法治化，事實上，它正朝著相反的方向前進。在意識形態激烈碰撞的 1928
年後的上海文壇，共產主義與三民主義、左的普羅文學與右的民族主義文
學，在這二元對立的文學發展緯度上，都意欲取消彼此存在的合法性。兩者
之間在文學觀念與生產上根本不存在同情與包容，存在的只有近乎殊死的鬥
爭，尤其是當文學成爲「武器的藝術」爲奪取政權服務時，更是將彼此之間
的鬥爭推向不可調和的極端對立。〔註73〕這樣，在已先獲取國家政權的掌權
者對與自身權力價值相衝突的文藝實施檢查時，就不可能對其抱以客觀、合
理以及合乎法治的處理態度，這一點對一個獨裁政黨來說尤其如此，更何
況當法律成爲獨裁專制定身打造的合法外衣時，即將法律當作政府的工具，
政府或政黨凌駕於法律之上，又向何處尋求法治？實施公正之標準的文學審
查呢？

二、「檢查會」的設立與「歇業」之後的左翼文藝審查

實施原稿審查之後的上海文壇，並沒有如《中華日報》所言自審查會成
立後，扣留或查禁文藝書籍的事件不再發生。

上海文壇是各流派欲取得大發展所必爭之地，而國民黨的文藝統制政策

〔註72〕 魯迅：《且介亭雜文二集・後記》，王世家、止菴編《魯迅著譯編年全集》第
貳拾卷，前引書，第14～15 頁。

〔註73〕 1931 年 11 月中國左翼作家聯盟執行委員會決議，確定了中國無產階級文學的
新任務，其中包括「反對民族主義，法西主義，取消派，以及一切反革命的
思想和文學；反對統治階級文化上的恐怖手段與欺騙政策。」並在「文學的
領域内，宣傳蘇維埃革命以及煽動與組織爲蘇維埃政權的一切鬥爭。」（《中
國無產階級革命文學的新任務》，陳瘦竹主編《左翼文藝運動史料》，前引書，
第160～161 頁）當文學成爲某階級奪取政權的武器的藝術時，現行執政的一
方便有足夠順理成章的理由將敵對的文學予以壓制與挫敗。這時，合乎法治
的審查手段往往成爲冠冕堂皇的裝飾，或被丟棄而直接施以野蠻的壓制。

的積極方面，即建設三民主義文藝、民族主義文藝始終由於缺少兩大因素而未能發展起來：一是文藝人才；二是足夠的經濟支持。當然也存在於三民主義文藝與民族主義文藝在自身闡釋方面的問題。總之國民黨的文藝運動時有起伏，但對左翼文藝的查禁與禁燬卻始終貫穿三十年代上海文學。

　　無論是古代還是現代、西方還是中國，有禁書，火總是如影相隨，成為權力階層思想統治的得力工具。掀起查禁文藝刊物狂潮的 1934 年，中國各大城市就有成千上萬冊書被付之一炬。而書報審查委員會於 1934 年 6 月在左翼文藝運動中心的上海正式辦公之後，左翼文藝原稿的刪改與出版後的查禁，更是達到了新的高潮。

上海公安局歷年查禁反動刊物統計表 〔註74〕

年度	上海公安局奉令查禁				上海公安局查禁				總計
	反動書籍	共產書籍	反動報紙	共產報紙	反動書籍	共產書籍	反動報紙	共產報紙	
1929	69	68	87	17	257	381	59	13	951
1930	36	268	51	24	127	816	56	91	1469
1931	46	81	55	13	153	110	49	20	527
1934	85	96	30	22	796	261	329	179	1798
1935	102	60	29	15	490	254	726	306	1982

　　表中所涉及到的年份都頗具代表性，1929 年屬「革命文學」階段，革命文學論爭基本結束，在共產黨直接領導下開始籌備左翼作家聯盟。1930 年 3 月左翼作家聯盟成立，1934、1935 年圖書雜誌審查委員會在上海設立並展開文藝原稿審查，1935 年下半年審查委員會關門歇業，原稿審查暫時停止。從表中可以看出，從 1929 年革命文學時期進入 1930 年左聯時期，國民黨對左翼刊物的查禁數量陡然升高，由此可見國民黨對左聯的壓迫日益加重，左聯文藝活動開展受阻，考慮以非合法之途徑出版機關刊物，上海文藝出版界也出現冷清寥落之景，此種文藝情狀在魯迅等人文字中得到驗證。在經歷了 1931 年查禁數量的大幅降低之後，1932、1933 年上海的出版界逐漸繁榮，在

〔註74〕　本表依據《上海市公安局業務報告第三卷》、《上海市公安局業務報告第四卷》、《上海市公安局業務報告第五卷》以及《民國二十四年上海市年鑑》、《民國廿五年上海市年鑑》所載《上海公安局查禁反動刊物統計表》編製。

1934 年出現了「雜誌年」，其發展的勢頭延續到 1935 年之後，這樣，左翼文藝刊物數量同樣與日劇增，但圖書雜誌審查委員會於 1934 年的設立以及國民黨查禁書報力度的加大，使遭受查禁的書報數量又一路飆升，在三十年代的上海文壇達到高峰。但 1935 年 5 月「新生事件」的發生，負責原稿審查的委員會隨之關門大吉，給國民黨書報檢查一次打擊，反而為久受壓迫的左翼文藝的發表與出版打開了一定的空間。

這在國民黨中央宣傳部的工作報告中反映出來。出版界在經歷了活躍的 1934、1935 年之後，1936 年的新書出版呈現出與日劇增之勢，雜誌的刊行同樣未嘗衰減，對此中央宣傳部在工作報告中稱，「其一般新興刊物之內容，大多別具作用，或宣傳普羅文學，鼓吹階級鬥爭；或倡導『國防文學』，攻擊民族主義文學，」其目的在於「毀滅吾國固有之文化」，這樣的雜誌在各地郵檢所送請國民黨中央宣傳部審核的案件暨中央宣傳部所徵購的書刊中，不斷地被發現。中央宣傳部將此情形歸結為上海圖書雜誌審查委員會的停滯，致使「原稿事先可以不經審查，頗予反動分子及左翼作家以機會，得以隨心所欲盡量出版。」對此，中央宣傳部採取的處理方法是反動色彩較為濃厚且鼓吹階級鬥爭者，查禁之；反動意識不甚明顯而是以誘惑人心者，查扣之；若其論調欠妥，情節較輕者，則僅隨時予以扣留。但這些措施都是事後審查取締，致使國民黨中央宣傳部頗感力不從心，「每有掛一漏萬之處，且有亡羊補牢之憾，殊不若原稿審查之易為效耳。」可見，上海書報審查委員會歇業後，國民黨對左翼文藝刊物的審查效果大受影響，從而引起中央宣傳部的種種抱怨。1936 年上半年，國民黨中央宣傳部扣留文藝書刊共計一百四十八件，內書籍二十件，雜誌一百二十八件。〔註75〕

1936 年下半年，國民黨中央宣傳部工作報告中認為左翼作家提倡「國防文學」、「民族革命戰爭的大眾文學」以代替過去普羅文藝的口號，恣意攻擊國民黨提倡的民族主義文藝。這樣，國民黨中央宣傳部加強了書報檢查的力度，其審查情況為審查文藝書籍一百十七種，文藝雜誌二百六十一冊，查禁文藝書籍七種、文藝雜誌七種，查扣文藝書籍十二種、文藝雜誌十七種，扣留文藝書籍四十二種、文藝雜誌一百二十四冊。〔註76〕

〔註75〕 《中國國民黨第五屆中央執行委員會第二次全體會議中央宣傳部工作報告》，1936 年 7 月出版。見王煦華、朱一冰合輯：《1927～1949 年禁書（刊）史料彙編》第二冊，前引書，第 171～181 頁。
〔註76〕 《中國國民黨第五屆中央執行委員會第三次全體會議中央宣傳部工作報

　　我們將大體列出 1935～1936 年上海查扣、查禁的文藝書目，以此來瞭解國民黨對左翼文藝審查更爲具體的細節。

1935～1936 年查禁、查扣文藝書目 〔註77〕

書　　名	著譯者	出版機構	查禁緣由	查禁、查扣時間
新寫實主義論文集	吳之本譯	上海現代書局	宣傳普羅文藝	1935 年 3 月查禁
錢大姐		上海遠東圖書公司	普羅文藝	1935 年 6 月查禁
墳的供狀	顧仲起著	夜鶯文藝社	普羅文藝	1935 年 6 月查禁
少年書信	厚生著	上海樂華圖書公司	鼓吹階級鬥爭	1935 年 6 月查禁
豐收	葉紫著	上海春光書局	鼓吹階級鬥爭	1935 年 8 月查禁
魯迅文集	菊芬編	上海中亞書局	普羅文藝	1935 年 8 月查禁
後悔	郭沫若著	上海光華書局	即《水平線下》的化名	查禁
中國農村底故事	田間著	詩人社	鼓吹階級鬥爭	1936 年 7 月查禁
魯迅文選	少侯編	仿古書局	詆毀當局	1936 年 10 月查禁
高爾基選集（評傳）	周天民編	世界文化研究	宣傳普羅文藝	1936 年 10 月查禁
文學評論集	韓侍衍編	上海現代書局	左傾	1935 年 1 月查扣
文藝日記（1935）	生活書店	上海生活書店	宣傳普羅文藝	1935 年 1 月查扣
瑪麗莎	錢杏邨著	上海現代書局	鼓吹階級鬥爭	1935 年 1 月查扣
新文學家傳記	賀炳銓編	上海旭光社	宣傳普羅文藝	1935 年 1 月查扣
短篇小說年選	王坑夫編	上海南強書局	不妥	1935 年 1 月查扣
高爾基印象記	黃錦濤編	上海南強書局	宣傳普羅文藝	1935 年 1 月查扣
色情文化	劉吶鷗譯	上海水沫書局	欠妥	1935 年 1 月查扣
奶媽	魏金枝著	上海現代書局	欠妥	1935 年 2 月查扣
準風月談	魯迅著	上海興中書局	不妥	1935 年 2 月查扣

　　　　告》，1937 年 2 月出版。王煦華、朱一冰合輯：《1927～1949 年禁書（刊）史料彙編》第二冊，北京：北京圖書館出版社，2007 年 5 月第 1 版，第 182～191 頁。

〔註77〕此表根據王煦華、朱一冰合輯：《1927～1949 年禁書（刊）史料彙編》第二冊以及《中華民國史檔案史料彙編》第五輯第一編文化（一）整理編製。

文藝創作概論	華蒂編	上海天馬書局	普羅文藝	1935 年 3 月查扣
打出幽靈塔	白薇著	上海湖風書局	普羅文藝	1935 年 3 月查扣
初春的風	沈端先譯	上海大江書鋪	普羅文藝	1935 年 3 月查扣
洋鬼	古非譯	心弦書社	普羅文藝	1935 年 3 月查扣
當代中國作家論	樂華編輯部編	樂華圖書公司	普羅文藝	1935 年 3 月查扣
奇零集	郁達夫著	上海北新書局	宣傳普羅文藝	1935 年 3 月查扣
咖啡店談話	畢修勺譯	上海自由書局	宣傳無政府主義	1935 年 3 月查扣
布羅斯基	林淡如譯	上海正午書局	鼓吹階級鬥爭	1935 年 3 月查扣
鬼土日記	張天翼著	上海正午書局	普羅文藝	1935 年 3 月查扣
藝術社會學	胡秋原著	上海神舟國光社	宣傳普羅文藝	1935 年 3 月查扣
飢餓及其他	賽米諾夫等著	上海新生命書局	普羅意識	1935 年 3 月查扣
死去的太陽	巴金著	上海開明書局	普羅意識	1935 年 3 月查扣
世界走得這樣慢	羅西著	上海正午書局	普羅意識	1935 年 3 月查扣
南北極	穆時英著	上海現代書局	普羅意識	1935 年 3 月查扣
高爾基	韜奮編	上海生活書店	普羅意識	1935 年 3 月查扣
漂流三部曲	郭沫若著	上海光華書局	普羅意識	1935 年 4 月查扣
現代十六家小品	阿英編	上海光明書局	有詆毀當局言論	1935 年 4 月查扣
女囚	華漢著	上海新宇宙書店	鼓吹階級鬥爭	1935 年 4 月查扣
生命底微痕	柳倩著	上海生活書店	鼓吹階級鬥爭	1935 年 5 月查扣
黎明	陳湖著	北平人文書店	欠妥	1935 年 5 月查扣
結局	汪錫鵬著	上海水沫書店	普羅文藝	1935 年 5 月查扣
達夫自選集	郁達夫著	上海天馬書店	欠妥	1935 年 6 月查扣
明珠與黑炭	張資平著	上海光明書局	欠妥	1935 年 6 月查扣
母親	丁玲著	上海良友公司	普羅文藝	1935 年 6 月查扣
前夜	戴萬葉著	上海東亞圖書館	普羅文藝	1935 年 6 月查扣
新興文學論	沈端先譯	上海南強書局	宣傳普羅文藝	1935 年 7 月查扣
我的懺悔	郁達夫	上海良友圖書公司	欠妥	1935 年 7 月查扣
林房雄集	適夷譯	上海開明書店	宣傳普羅文藝	1935 年 7 月查扣
橄欖	郭沫若著	上海現代書局	欠妥	1935 年 7 月查扣
巴比賽短篇集	祝秀俠譯	上海大江書鋪	普羅文藝	1935 年 7 月查扣

勞動的音樂	錢謙吾編	上海合眾書店	普羅文藝	1935 年 7 月查扣
鐵甲列車	侍桁譯	上海神舟國光社	普羅文藝	1935 年 7 月查扣
魯迅論	李何林編	上海北新書局	宣傳普羅文藝	1935 年 8 月查扣
最後的一葉	許子由譯	上海湖風書店	宣傳普羅文藝	1935 年 8 月查扣
新戀	馬寧著	知新書店	普羅文藝	1935 年 9 月查扣
竹尺和鐵錘	羅西著	正午書局	普羅文藝	1935 年 9 月查扣
歐洲三個時代的戲劇	田漢著	上海光華書局	宣傳普羅文藝	1935 年 9 月查扣
當代詩歌戲劇讀本	樂華編輯部編	上海樂華圖書公司	宣傳普羅文藝	1935 年 9 月查扣
郭沫若論	黃人影編	上海光華書局	宣傳普羅文藝	1935 年 9 月查扣
日出之前	彭子蘊著	上海女子書店	有反動言論	1935 年 9 月查扣
一條戰線	蔣本沂著	上海樂華圖書公司	欠妥	1935 年 9 月查扣
郁達夫論	賀玉波編	上海光華書局	欠妥	1935 年 9 月查扣
南國的戲劇	閭折梧編	萌芽書店	欠妥	1935 年 9 月查扣
蘇俄文學理論	陳望道譯	上海開明書店	宣傳普羅文藝	1935 年 9 月查扣
文學論	成紹宗譯	上海大光書局	宣傳普羅文藝	1935 年 9 月查扣
沫若小說戲曲集	沫若著	上海光華書局	欠妥	1935 年 9 月查扣
動搖	茅盾著	上海開明書店	欠妥	1935 年 9 月查扣
波斯頓	余慕陶譯	上海光華書局	普羅文藝	1935 年 9 月查扣
王獨清論	區夢覺編	上海光華書局	欠妥	1935 年 9 月查扣
沫若詩集	郭沫若著	上海現代書局	欠妥	1935 年 10 月查扣
小說叢談		大風書局	欠妥	1935 年 10 月查扣
蘇俄的發明故事	克定	上海新知書店	欠妥	1936 年 2 月查扣
黎明前奏曲	沈旭著	當代詩歌社	普羅文藝	1936 年 2 月查扣
路	茅盾著		普羅文藝	1936 年 2 月查扣
斷殘集	郁達夫著		欠妥	1936 年 3 月查扣
門外文談	魯迅著	上海天馬書店	欠妥	1936 年 3 月查扣
八月的鄉村	田軍著	上海容光書店	鼓吹階級鬥爭	1936 年 3 月查扣
宇宙之歌	陳子楷著	東流文藝社	鼓吹階級鬥爭	1936 年 3 月查扣

六月流火	蒲田	東京市杉並區高圓寺黃飄霞	鼓吹階級鬥爭	1936 年 4 月查扣
新文字入門	新文字研究會編	新文字研究會	欠妥	1936 年 4 月查扣
路工之歌	江嶽浪著	詩歌出版社	欠妥	1936 年 5 月查扣
現代雜文選	楊晉豪編	北新書局	普羅文藝	1936 年 6 月查扣
也頻小說選	胡也頻著	上海大光書局	普羅文藝	1936 年 7 月查扣
藝術作品之眞實性	郭沫若譯	質文社	宣傳普羅文藝	1936 年 8 月查扣
文學論	高爾基著，林林譯	質文社	宣傳普羅文藝	1936 年 8 月查扣
文學論	森山啓著，廖芯光譯	質文社	宣傳普羅文藝	1936 年 8 月查扣
文化擁護	紀德著，邢桐華譯	質文社	宣傳普羅文藝	1936 年 8 月查扣
開拓了的處女地	梭羅霍夫著，李虹霓譯	目黑社	普羅文藝	1936 年 9 月查扣
時代的跳動	張天翼著	上海長江書店	普羅文藝	1936 年 10 月查扣
丁玲選集	丁玲著	上海萬象書屋	普羅文藝	1936 年 10 月查扣
檢閱	艾明	一般文化出版社	普羅文藝	1936 年 10 月查扣
現代作家的創作經驗	白歐文藝社	白歐文藝社	宣傳普羅文藝	1936 年 10 月查扣
打回老家去	張庚編	讀書生活出版社	鼓吹階級鬥爭	1936 年 10 月查扣
活躍的蘇聯	良友圖書公司			查禁
蘇俄的婦女				查禁
豎琴	魯迅編譯	上海良友圖書公司		查禁
一日的工作	魯迅			查禁
途上	鄭伯奇			
寬城子大將	鄭伯奇著	上海良友圖書公司		查禁
法網	丁玲	上海良友圖書公司		查禁
母親	丁玲著			查禁
文藝論集	田漢著			查禁
創造與生活	錢杏邨	上海良友圖書公司		查禁

蘇聯童話集	適夷譯	上海良友圖書公司		查禁
白紙黑字	董純才譯	上海良友圖書公司		查禁
馬上日記	魯迅著			查禁
魯迅自選集	魯迅著	上海天馬書店	內容反動有違反出版法第十九條之規定	1936 年 12 月 5 日查禁
魯迅印象記	含沙	金湯書店	內容反動有違反出版法第十九條之規定	1936 年 12 月 5 日查禁
魯迅諷刺文集	魯迅著	永生書店	同上	1936 年 12 月 5 日查禁
南腔北調集	魯迅著	聯華書店	同上	1936 年 12 月 5 日查禁
論現在我們的文學運動	魯迅著	長江書店	同上	1936 年 12 月 5 日查禁
準風月談	魯迅著	聯華書店	同上	1936 年 12 月 5 日查禁
不三不四集	魯迅著	聯華書店	同上	1936 年 12 月 5 日查禁
魯迅雜感集	魯迅著	時代文化社	同上	1936 年 12 月 5 日查禁
現階段的文學論戰	林淙選編	文藝科學研究會	同上	1936 年 12 月 5 日查禁
大眾集	韜奮著	生活星期刊社	同上	1936 年 12 月 5 日查禁
激流集	章乃器著	上海生活書店	同上	1936 年 12 月 5 日查禁
唯物史觀文學論	廖苾光	上海雜誌公司	同上	1936 年 12 月 5 日查禁
魯迅最後遺著	魯迅著	莽原社	同上	1936 年 12 月 5 日查禁
坦白集	韜奮著		同上	1936 年 12 月 5 日查禁
租妻	含沙	金堂書店	同上	1936 年 12 月 5 日查禁
給民族解放的青年戰士	倪亞夫	上海潮鐸出版社	同上	1936 年 12 月 5 日查禁
國防文學論戰	新潮出版社	通俗文化社	同上	1936 年 12 月 5 日查禁

從上表可知，在 1935 年下半年，書報審查委員會關門後，國民黨對左翼文藝書籍的查扣與查禁並未像文藝原稿審查那樣「歇業」，而是一如既往地禁了下來。1937 年 3 月 1 日，國民黨上海市黨部命令上海書業公會「對於新文學任何書刊一律停售」。這一命令如同一記猛力的粗棍，打在上海書店的頭上。3 月 11 日，國民政府又下令禁售上海出版的《新認識》、《讀書生活》等

十三種刊物。隨著日本帝國主義的全面侵華，11 月上海淪陷，28 日駐滬日軍當局宣佈，「原中國當局行使的報刊監督與檢查權由日本軍事當局接管」。29日晨，日方通知公共租界內各報社，將實行「檢查」，並謂法租界當局取締抗日分子不力，如不變更方針，將派遣警員入界，採取適當手段。12 月 13 日，日軍強佔上海新聞檢查所，向各報發出通令，自 14 日晚起，各報須將稿件小樣送交該所檢查，否則概不得刊載。15 日，《申報》發布《本報啟事》稱因環境關係自是日起停刊。而至 31 日，上海已有三十種出版物停刊，四家通訊社關閉，上海日報公會也停止了會務。〔註 78〕這樣，在上海租界的「孤島」時期及其淪陷後直至抗戰勝利，書報審查制度隨著國民黨的西南遷移，終於退出了三十年代的上海文壇。但國民黨對思想文化的鉗制卻並未因為上海的淪陷而停止，它的中心只是轉移了空間，從「東方的巴黎」踩著抗戰的鼓點來到西南一隅的巴蜀之地。不久之後，國民黨又開始制定相關的書報審查法規，恢復了事前文藝的原稿審查，而這已是進入文學的另一個「十年」了。

〔註 78〕 任建樹主編：《現代上海大事記》，上海辭書出版社，1996 年 5 月第 1 版，第 661、662、692、695 頁。

第五章 上海租界對國民政府書報審查制度的影響

第一節 上海租界的印刷附律

　　1919 年 8 月 7 日，淞滬警察廳公佈了《取締印刷所辦法》十六條。該辦法對印刷所的開設實行呈報許可制，並且對其印刷品內容實施出版前的審查。

　　該辦法規定在上海開設印刷所，必須由開辦者呈報淞滬警察廳，俟其認可並給予執照後，方可開辦營業。印刷品必須在印刷時先印刷一份呈送警察廳進行審查，認可後「方得繼續印刷並補送三份來廳，以備存轉」，如果經警廳審查的印刷品內含「妨礙」的內容，那麼，該印刷所就必須停止印刷並將印版拆銷。重印的印刷品如果有變動的話，同樣要呈送警廳審查。值得注意的是，警察廳及該管警署之長官可以隨時自由入內查視印刷所。該《辦法》規定以下內容不得印刷：1、淆亂政體者；2、損礙邦交者；3、煽惑人心者；4、妨害治安者；5、敗壞風俗者；6、外交軍事之秘密者；7、攻訐他人隱私者；8、按照其他法令禁止宣佈者。對違反該辦法的印刷所依據程度處以罰款、停業、停閉、法辦等。〔註1〕很顯然，在如此的規定下，出版自由遭到了極大的限制。

　　該辦法一經公佈，就引起上海書報業的強烈反對，報紙紛紛載文評論，

〔註1〕 《申報》，1919 年 8 月 8 日。

認爲「警廳此等舉動不特阻礙文化且顯違法律」，約法所賦予人民之權利除第十五條所規定外，無論何種機關，不得以任何之公文形式，加以限制，再則民國三年，既有所謂出版法頒佈，官廳當然負有遵由之義務，安得於出版法以外，另訂一種辦法，致破壞出版法施行之效力。以區區警察廳長，而居然於出版法外，自行制定一種單行章程，以代替出版法，將置政府於何地，國會於何地。故吾人一見此項取締辦法，即有警廳果以何種職權頒佈之疑問，而不謂該廳之竟公然頒佈也。〔註2〕上海全體工商學會更是指責「警廳此番舉動實屬蔑視內務部固有之法令，壓迫人民營業言論之自由，揆諸約法及官吏服務令尙德謂爲合法乎？開此創例，實授外人以口實俾有成例可援，吾國尙復有出版物乎？摧殘剝奪莫此爲甚！不意共和八年而有如此現象，嗚呼！欲無言矣！」〔註3〕於是，上海書報業致電北京請求廢止該辦法，「勿使此等違反法律之辦法竟發始於江蘇」。〔註4〕但上海書業的請求並未獲得圓滿結果。11月24日，淞滬警察廳布告施行內務部管理印刷業規則，規定業者須持執照，接受對印刷物及稿件檢查，違者按出版法規定處置。〔註5〕布告之後，上海書業並沒有買賬領照，12月17日淞滬警察廳奉內務部令，再次通告從速領取印刷出版物從業執照。這使上海出版業大爲不滿，12月28日，「華界印刷出版業議決全體不往領照。交易稍鉅者遷入租界；規模較小者將設備併入各大書局。」〔註6〕

迫於國家行政機關頒佈法令執行的壓力，當時上海書報業並非沒有其他選擇來拒絕或擺脫北洋政府治下不合理的法律制度，對他們來說，較之當時中國其他大多城市所不具備的文化空間優勢，就是上海英美公共租界與法租界的存在，作爲西方帝國主義在上海的「飛地」，租界是擁有獨立完整的立法、司法、行政之權的「國中之國」，它的掌管之權明顯落於外人之手，自1843年至1945年間，在中國出現的任何一個政權均無法將租界完全納入自己的管轄權內。這既是對中國主權的極大損害，同時在那個風起雲湧的晚清民國，

〔註2〕 《申報》，1919年8月19日。
〔註3〕 《申報》，1919年8月20日。
〔註4〕 《申報》，1919年8月19日。8月17日，上海書業公會所、事業商會及書報聯合會聯名分別電達北京內務、農商兩部，及江蘇軍民兩長，謂淞滬警廳取締印刷所辦法十六條束縛鉗制與部頒出版法尤多遺背，萬難遵守，懇乞迅電該廳廢止，以安商業。《申報》，1919年8月18日。
〔註5〕 任建樹主編：《現代上海大事記》，前引書，第42頁。
〔註6〕 任建樹主編：《現代上海大事記》，前引書，第44頁。

租界又爲中國的革命與進步提供了一個可資借鏡與賴以存在的異質性都市文
化空間。這意味著租界尤其是上海租界對近現代中國來說並非僅是一個空洞
的地理概念，它是在政治、經濟、法律、教育、建築、娛樂等人類各種生存
方式之意義上極具異域風情與各國情調的生產性文化空間，它是中國有史以
來從未有過的多種異質文化極端雜糅的大都市，近代中國的每一個現代面相
似乎都可以在上海租界尋找到一把開啓現代化引擎的鑰匙，而這一切都開始
於脫離中華帝國權力之鞭的西方帝國主義的挑戰。組織國家機器與城市運行
的「西方經驗」在各個帝國主義代理人——領事，在上海英美公共租界和法
租界的管理與運作，更使上海租界脫離了中國的傳統軌道而駛向現代化之
路，這樣，在上海租界裏的知識分子更能找到某種「現代」的便利。

　　所以，當上海書報業面臨來自執行北洋政府法令的極大壓力時，他們選
擇了遷入租界來拒絕與擺脫中國政府不合理的管理印刷業的規則。這一耐人
尋味的空間轉移，並非僅止於北洋政府管轄權的鞭長莫及，更重要的是上海
租界的西人實行的是西方意義上的法律制度與文化，雖然在實行過程中由於
社會文化環境因素，免不了走樣，但上海領事們依然特意在整體上顯示出先
進的西方文明的現代性成果，尤其是制度與物質文化層面。例如中國刑法的
野蠻與殘忍一直爲西方列強所詬病，以致在條約中明文規定中國政府法律制
度的改革成爲西方帝國主義廢除領事裁判權的前提。

　　西方式的現代制度與物質文明，爲中國知識分子在上海租界的文化活
動，即使面臨來自當時中國政府的某些壓力，也可以獲得更多便利的自由活
動空間與法律保障。

　　以報紙來說，華人在租界辦報較之華界容易與自由。不需要租界工部局
發給執照，只要有印刷設備、資金和場所，人們就可以辦報，而無須向淞滬
警察廳等權力機關呈請審核通過，發放執照，方得開門營業。並且，英美公
共租界與法租界對報紙等出版物的管理採取的是事後追懲制。在這種制度
下，出版物可以事先不經行政機關的原稿審查而得以自由自主的出版發行，
如發現出版物有違法行爲，一般被認爲「有傷風化」、「造謠誹謗」、「煽動鼓
吹叛亂或鼓吹殺人」時，往往出於維護租界治安秩序之目的，由巡捕房向會
審公廨提出控告，由會審公廨審理。被控者可以聘請律師爲自己辯護，其懲
罰也較輕，通常是報館被封或者館主、主筆被關押，時間從幾個月至一兩年
不等，但一般不會判十年以上刑期或因「妖言惑眾」、「大逆不道」等罪名而

一命嗚呼。震驚中外的晚清「蘇報案」可以做例，該案被要求在租界審理，其審判依據大體是英國法律，判決結果是章太炎入獄三年、鄒容二年，刑滿後逐出租界。如果此案在華界，那麼結果未必如此樂觀。

當然，租界也並非一味的保護華人在其界內的言論自由。畢竟租界作為西方帝國主義在中國的「飛地」，它是侵略中國的產物，租界當局根本關心的是其「母國」及子民在中國所攫取的各項利益，為此，它需要一個穩定的租界秩序。當租界公共秩序可能受到衝擊時，租界當局就會出來干涉了。

租界曾為資產階級改良派與革命派提供了很好的政治活動空間，但「五四」愛國運動後的上海，在學生罷課、工人階級政治罷工、反對日本帝國主義與北洋政府之賣國行徑的吶喊之下，馬克思主義隨著這股反帝浪潮在上海租界湧動著。為了阻止馬克思主義在租界內的傳播以維持租界穩定的公共秩序，上海法租界總領事韋爾登依據法租界公董局組織章程第十三條「總領事應有擔負保持租界內秩序和公安的任務」制定《上海法租界發行印刷出版品定章》七條，文字如下：

> 大法國駐滬總領事韋，為曉諭事，按照西曆一千八百六十八年四月十四號法租界公董局組織章程第十三條特定條款如下：
>
> （一）無論刊行華文雜誌、書籍、新聞紙等，書社報館如未奉法總領事允准，不能在法租界內開設。（二）前條內開之准許請求書，須載明負責之經理人姓名及所抱宗旨，如有社章，須於請求書同時呈遞。（三）如請求已准，無論書籍、雜誌、新聞紙及印刷文件非預將底稿一份送法捕房及法總領事署，不能在外發行。（四）如捕房查見刊行文件內有違反公眾安寧或道德者，經理人、著作人，如有印刷人一併送會審公堂追究按法懲罰。（五）無論書社、報館，不照第一條規定開設，可由捕房隨時封閉外，並將違章者送公堂追究。（六）此令自發表日起施行。（七）此令由法巡捕房總巡執行。
>
> 西曆一千九百十九年六月二十日示。〔註7〕

1919 年 6 月 26 日，法總領事韋爾登又致函工部局總董，在信中他明白地說是由於時局不靖，發見華人報紙出言不慎，才使他產生了在法租界施行印刷附律的計劃，並將該計劃抄送一份交其閱覽，同時說明「在公共租界發行而以法人名義註冊之華文報紙，」亦受法租界印刷附律的約束，因為此種報

〔註7〕 《申報》1919 年 6 月 30 日。

紙已承認法會審公廨之裁判權。此種報紙苟有過失，請囑公共租界捕房總巡向法租界會審公廨起訴。〔註8〕

　　事實上，上海租界制定印刷附律來箝制華人報紙之言論自由，法總領事與工部局總董丕爾斯已經相互通氣，6月18日法領事致函丕爾斯說，承其以《救國日報》數份見示，其載有性質足以擾亂公安之新聞（即日人置毒消息），法會審公廨已對於該報主筆宣佈中國法律所規定極嚴重處分之判決，罰洋百元，並勒令該報停止出版。又言及韋爾登自己正繕擬領署示文，擬管理法租界內華文報紙、雜誌與印刷品之發行。此示文規定預先允准在署存案之辦法，並向丕爾斯詢問對此事有何種必要之計劃。6月28日丕爾斯在致韋爾登函中表示對法公廨辦理《救亡日報》一案，聞之甚為滿意，並將6月25日、26日工部局致領袖領事的信函及6月26日工部局公報議事節錄部分抄呈韋爾登備覽，並表示工部局在時局不安寧時，「有權取締煽亂印刷品，實為極關重要之圖。」他日公共租界舉行納捐人特別會議時，希望韋爾登對於工部局所提的印刷附律予以贊助。〔註9〕

　　丕爾斯致函領袖領事，其內容為何呢？面對當時學生罷課以及華人反帝鬥爭給租界秩序帶來的衝擊，6月25日，工部局總董丕爾斯致函領袖領事說「工部局因無特權以入搜疑係承印足以煽亂治安各種傳單等品之房屋，故於維持安寧於秩序之際，極感不便，按平時習用手續須向有關之公廨請發搜查證，此種辦法輾轉費時，若遇非常情勢，如近來租界所經驗者，則難免不釀成甚嚴重之結果。」他於是請求「領事團准予工部局於不靖時日，有無須搜查證可入居民房屋從事搜查之權。」6月26日丕爾斯又致函領袖領事，謂「六月十二日來函交下領事團現所提議之修正條例，業已敬悉，查此項修正條例似酌照一九一六年三月二十一日工部局交納捐人年會核議之條款而成，惟管理電車章程與報館執照辦法等尚未加入。」工部局急欲擴大行政權力，當時所需之權力最要者，莫過於無庸訴諸任何其他當道立即行事之權力，如此便可阻止任何足以煽亂公安的印刷品。此種權力惟令報館於印刷所等領取執照，始可得之。工部局認為將印刷所領取執照的規定加入為宜。日內將交納捐人特別大會，請其通過報館與印刷所領取執照的規定。〔註10〕7月8日公共

〔註8〕　《關於取締報館之函牘》，《申報》，1919年7月3日。

〔註9〕　《關於取締報館之函牘》，《申報》，1919年7月3日。

〔註10〕　《關於取締報館之函牘》，《申報》，1919年7月3日。

租界工部局公報發表「印刷附律」提案〔註11〕，7月10日在市政廳召開的公共租界納稅西人特別會議上通過。

公共租界工部局所提「印刷附律」案，引起了上海華洋報紙的熱烈的討論，反對的聲音不僅來自華人，洋人也多反對之。6月27日上海書業報界聯合會函各納稅西人，請在即將召開的納稅西人特別將會議上，推翻重議租界內中西報紙須由工部局發給執照案。〔註12〕7月4日《申報》載上海書業報界致納稅西人書，「請贊助推翻工部局所提公共租界報館即印刷所領執照之附律」，認為此種同樣條例，惟德國及日本有之，美英及任何自由國均不願容許之，「此項附律若成立，則一小團之人將得如何之專制大權，工部局從此有權使報紙領照及取締不必與任何其他當局接洽，可以隨時檢查或封閉任何中西

〔註11〕 提議案之本文一：下述附律當稱爲第三十四條 A 字附律，請通過贊成。無論何人如未先從工部局領取執照，不得經營印刷人、石印人、雕刻人之事業或印刷或發行。任何新聞報、雜誌或印刷品內載有公共租界新聞消息或此項範圍內之事件者，如係外人則其所領執照須由其該管國領事副署工部局關於此項執照可徵收執照費，並頒行納捐人常會或特別會議所可核准之條例。惟此項條例於頒行以前須由領事團批准。無論何人凡違犯此附律之規定者，當每次予以處分或處以不逾三百元之罰款或按違者所適用之法律加以他種處分。無論何人凡襄助發行或傳散任何石印品、雕刻品、新聞紙、雜誌或他種印刷品而不於第一頁載明印刷者之姓名、住址，如不止一頁而不於最後一頁亦載明者，當每次予以處分或處以不逾二十五元之罰款或按其所適用之法律加以他種處分。提議人丕爾斯、贊成人懷德。

議案之本文二：工部局須先經領事團批准後，得對於經營印刷人、石印人或雕刻人事業或印刷或發行任何新聞紙、雜誌或印刷品各種執照頒行下述條例：一、執照當陳列於領有執照屋內顯明之處。二、值差巡捕與收捐處人員可自由入內。三、領有執照屋內所印任何新聞紙、雜誌或他種印刷品之名稱須正式註冊。四、領執照者之姓名、住址，須刊明於任何石印品、雕刻品、新聞紙、雜誌與印刷品之第一頁。如不止一頁亦須刊明於最後一頁，然後始可發行。五、領有執照者或領有執照之屋，不得印刷或石印或雕刻或複製或發行齷齪或淫穢性質之件。六、領有執照者或領有執照之屋，不得印刷或石印或雕刻或複製或發行煽亂性質或其性質足以煽惑致成破壞治安或擾亂秩序者之件。七、凡任何印刷品、石印品或複製品或發行品，違犯上列第五款、第六款者，得由捕房扣留沒收之，而領有執照者得有捕房控告之。如在不安靖時，凡違犯上列第六款者，其執照得立即中止之。俟領照者所屬之法庭於工部局起訴該領照人時判決應否給還執照或繼續中止或永遠弔銷。此外，無論何種情形之下，除先由工部局向領照者所屬法庭起訴後，由該法庭判令停發執照若干時期者外，執照不得中止。提議人丕爾斯，贊成人懷德。《工部局取締出版之提議案》，《申報》，1919 年 7 月 9 日。

〔註12〕 任建樹主編：《現代上海大事記》，前引書，第 26 頁。

報紙，甚至可以指定上海何種書可以出版，何種書不可以出版，上海中西報紙將完全受鉗制。凡為工部局所不悅者，皆不能登載，任何報紙或印刷所皆將僅僅受一紙之官令而毀壞無從上訴。」「今提出此附律，則此後現行之法庭章程及普通法律手續可以不用而代以一種制度，使少數人之團體可以法官及原告自任，被告全無聲訴請見證或請律師代表之權，如此專制之章程，全與世界自由思想不合。租界納稅人豈能承認之乎？」〔註13〕7月10日上海各報紙、印刷所又聯合在《大陸》、《字林》兩西報刊登廣告，呼籲納稅西人共同反對印刷出版附律。〔註14〕

洋人反對工部局所提報館領執照案，尤以美人為甚，其措辭嚴厲的抗議書，已有兩起送交工部局。〔註15〕《大陸報》載文認為「所謂報紙領取執照者，無非捕房得隨時往報館警告主筆，勿登載當道所欲守秘密之消息或批評當道所不願公開之事件。換言之，即事之進行獨裁。當道知之而公眾秘不與聞，是已腐敗。當道甚至利用此法以濟其私。如中政府向日人借債時之行為，即此類也。設令主筆拒絕干涉不受指揮，注重公共之利益，登載當道所不喜之新聞，則報館諸人難免不全被拘禁，而報館營業難免不完全破壞。」「或謂執照辦法，係對華字報而言，但若此種辦法既經通過則其適用盡可施諸外人報紙。蓋法律一經成立，即可依法實施，非發起人所口允者所能限制之。使此條例目標，專在華字報紙，試問華人果已有何行動而工部局竟願剝削其權利耶。工部局何為竟願以公共租界外，所已行不近人情之虐待使華人主筆受之耶。工部局何為醞釀此種排華之精神耶。工部局固可對於華人採用針刺政策，但若欲滅華人之情感，阻華人愛國心之膨脹，則其愚妄無異欲以油布撲滅燎原之火也。」署名「美利堅人」的來函認為，「以新時代之光焰觀察之，今日之工部局可謂為年代不合之物。其組織頗類寡頭政治而不似平民政治」應該依照民治精神對其重行改組。〔註16〕

美籍律師祐尼在《大陸報》發表文章，認為「美人在滬辦報遵照美律註冊而工部局干涉之以未領執照不許發行為言，則不發生令人極不愉快之爭端。蓋美人既遵美律註冊，即可有發行之權，且不許任何人員未得美當道署名之證者，入其報館加以干涉也。」「美政府曾決定凡美人之居滬者，其所遵

〔註13〕　《上海書報業致納稅西人書》，《申報》，1919年7月4日。
〔註14〕　任建樹主編：《現代上海大事記》，前引書，第28頁。
〔註15〕　《申報》，1919年7月1日。
〔註16〕　《申報》，1919年7月3日。

守之條列以不礙及美國法律所賦予之權利者爲限。美國憲法明白規定言論自由與報紙自由，不得剝削，是以上海美人未必有捨其保障言論著作自由權之憲法而服從剝削其言論著作自由之工部局章程。縱令此案經納捐人通過，然必得領事團與外交團之核准，始生效力。縱令領事團與外交團核准之，然仍不能對於美人發生效力，以美國駐華之外交官與領事無權以核准妨礙其本國法律之章程也。「工部局何必要求全世界文明自由人所賤視且與自由政府相背之權力而激怒輿論機關乎？蓋工部局今已有防衛租界各種擾亂之權，且已有能以彈壓擾亂拘捕作亂者之警力矣。」〔註17〕

7月7日《申報》又載美報對英人論報館領照事，文中認爲「言論自由、出版自由於批評政府之自由爲英人歷史中最煊赫之榮光。」「但工部局欲有鉗制報紙之權，固顯見也。任何行政人而有鉗制報紙之權，則報紙自由即不存在，亦必不能存在。此乃顛撲不破之定理。至於此權之如何罕見抑或始終不用，則皆無關重要，蓋扼要者工部局一有此權，則報紙皆不眞正自由以發揮其良心主張而報紙之存在亦惟有仰握此權者之鼻息與慈悲耳。如此爲得謂爲自由，諸君試想此種附律將如何運用乎？此律一經實施，則大陸報、字林報以及他報惟有領取執照否則停刊。」〔註18〕

工部局的印刷附律初以管理華人報紙爲始，但洋人自知一旦通過，就須領取執照，受工部局之管理，其言論自由、出版自由同樣會大受影響，所以也極力反對。

工部局提出的印刷附律雖然在7月10日召開的公共租界納稅西人特別會議上通過。但在1919年12月13日，領事團並未予以批准，這樣7月份通過的印刷附律並不發生法律效力。於是工部局要求領事團對此案起草，領事團主張工部局只管理華人報紙，且將領照方法改爲註冊，工部局即以此草案作爲附律第三十五條A，提交1920年的納稅人特別會，要求通過，但因未足法定人數延會，〔註19〕1925年4月，公共租界納稅人舉行年會時，工部局又以印刷附律提出召開特別會議，但仍因不足法定人數延會，工部局急欲通過該提案，於是又定於六月單獨召開納稅人特別會，因華人團體的極力反對以及

〔註17〕 《申報》，1919年7月5日。

〔註18〕 《申報》，1919年7月7日。

〔註19〕 胡道靜：《上海新聞事業之史的發展》，《上海通志館期刊》，第二年第三期，沈雲龍主編《近代中國史料叢刊續編》第三十九輯，文海出版社有限公司，1977年，第1004頁。

隨後發生的「五卅慘案」，各界向工部局提出取消印刷附律的要求，1926 年 6 月 19 日，上海領事團終於表示印刷附律及其他附律不再提交納稅西人會議，此後印刷附律就無形消散了。〔註 20〕

　　法租界大權掌握在法領事一人之手，獨裁性質明顯，因此較之公共租界，在新聞出版方面的立法所遭受到的難度較小，除 1919 年 6 月施行的《上海法租界發行印刷出版定章》外，1933 年 6 月法租界又制定了《關於私立廣播電臺章程》共 8 條，規定了申辦手續、技術條件和禁播內容等。後來法租界又頒佈了《取締出版物條例》，再次規定：非事先得法總領事的書面核准，一切新聞出版機構「不得在法租界內設立」，一切報刊書籍「不得在法租界內發行銷售」。〔註 21〕但公共租界對其界內的文化審查在法制上並非毫無動作，例如 1931 年上海公共租界工部局擬聘請包括一名華人在內的三名電影審查員組成電影審查部，對界內各影戲院之影片展開審查。〔註 22〕

　　上海租界為了維持其所謂的公共秩序，除了制定印刷附律以限制界內華人的言論自由與出版自由，還通過頒佈條例來限制華人的集會自由。例如 1920 年 4 月《申報》載「近來有不滿意於政治者，對於中政府出不檢點之言，攻擊公共人物，發表激烈議論，其性質足以攝動人心，礙及公安。工部局為外人租界行政機關，有保衛秩序之責，爰依其所賦有之權，頒佈取締政治集會之條例，以便界內居民遵守，即日實行之。」條例如下：

　　　　一、苟未經工部局特別允許，不得在外人租界中開政治性質之會議；二、凡有欲開此項會議者，須至少於四十八小時前，向捕房請求必要之核准，同時說明開會之目的，及到會人物，與所議事項之群情。〔註 23〕

　　1921 年 7 月法租界亦頒布新規，一切團體舉行會議必須在四十八小時以前取得法捕房批准。1922 年 11 月 18 日，法租界公董局又印發「政治會議章程」分送界內各團體。章程規定無總領事或其委任人員之准許，不論何人不

〔註 20〕　胡道靜：《上海新聞事業之史的發展》，前引書，第 1014 頁。1921、1922、1924 年，工部局在納稅西人會均提出印刷附律案，但都因人數未達法定標準而未通過。

〔註 21〕　馬光仁：《中國近代新聞法制史》，上海社會科學院出版社，2007 年，第 227～228 頁。

〔註 22〕　《申報》，1931 年 2 月 16 日。

〔註 23〕　《申報》，1920 年 4 月 15 日。

得在界內集會、議論政治；若有人欲集會，須於四十八小時前向總捕房請求准許，並聲明開會宗旨、參加人姓名及會議議題。〔註 24〕從上海租界史來看，每當租界華人政治活動趨向活躍之時，公共租界與法租界往往會適時宣佈類似取締政治集會的條列，來限制華人的政治活動。但從整體上來看，租界畢竟不同於華界，在多方政治力量的相互牽制與影響下，華人的進步活動總能找到適當的空間，同時，中國政府權力在租界的受限，也爲現代進步人士提供了一定的保護，這也正是左翼文藝運動能夠在租界興起發展，並且即使面對國民黨嚴密的書報審查之時，亦能通過各種應對與讀者見面。

第二節 上海租界對國民黨書報審查的影響

上海因租界而迅速崛起，同時，上海乃全國輿論中心、文化中心的地位實則也是因了租界的緣故而發展起來。

陳獨秀雖然在《新青年》「四論」上海社會，將當時之上海臭罵了一頓，但在 1914 年的《甲寅》雜誌上，卻對上海租界發出如此感歎：「且觀域內，以吾土地之廣，惟租界居民得以安寧自由。」〔註 25〕這樣的環境有利於文化事業的發展。以當時報紙來說，「全國報紙以上海最先發達，故即在今日，亦以上海報紙最有聲光……凡事非經上海報紙登載者，不得作爲證實，此上海報紙足以自負者也」「上海報紙發達之原因，已全出外人之賜，而況其最大原因，則以託足租界之故，始得免嬰國內政治上之暴力。」〔註 26〕而朱聯保在談到上海出版業時，坦誠地說「平心而論，我國人在租界內經營出版業比較方便些，這是事實。」〔註 27〕細思之，除了由早先傳教士帶來的先進出版經驗及其生產技術，與而後上海迅速發展的商業貿易經濟的支持，更爲關鍵的一點是租界統治權在人家洋人手裏，中國政府普通政令有所不及，再者與西方資產階級自由主義的法律制度文化在租界的施行有關。雖然，1919 年上海法租界制定並實施發行印刷出版品定章，但整體上，上海租界依然爲中國現

〔註 24〕 任建樹主編：《現代上海大事記》，前引書，第 98、146～147 頁。

〔註 25〕 陳獨秀：《愛國心與自決心》，《甲寅》第 1 卷第 4 號，1914 年 11 月 10 日，第 6 頁。

〔註 26〕 姚公鶴：《上海閒話》，吳德鐸標點，上海古籍出版社，1989 年，第 128～129 頁。

〔註 27〕 朱聯保編撰：《近代上海出版業印象記》，前引書，第 5 頁。

代知識分子提供了一個在一定程度上獨立且對抗中國政府權力的公共空間。
1919 年面對來自淞滬警察廳命令上海書業領取從業執照的強大壓力，他們選
擇遷入租界來擺脫北洋政府治下不合理的法律強制力，是上海書報業對抗中
國政府權力的一次具體實施。而對現代作家開辦書店來說，他們同樣看重的
是租界所能提供的較爲便利的自由空間。

　　當 1928 年，劉吶鷗出資在上海的「中國地界」開設「第一線書店」因「有
宣傳赤化嫌疑」而遭「停止營業」後，他們又接著在北四川路海寧路口公益
坊，以出版社形式辦了第二個書店「水沫書店」，這次因爲開設在租界內，不
用登記，也沒有了華界警察的查問，於是乎開張大吉，一本本書印出來，賣
出去，在一九二九和一九三〇兩年中，出版事業辦得很熱鬧。〔註 28〕水沫書
店的例子著實說明了華人在租界內經營出版業比較方便的事實。

　　正是由於租界所提供的「自由便利，從全國來看，其他省市的「反動」刊
物多是上海出版，並由上海發往全國各地。舉例來說，1933 年國民黨調查武
漢普羅文學刊物時稱，武漢市書店，約九十餘家，除極少數之線裝書外，均繫
上海出版。〔註 29〕而東北的「哈爾濱書店所售之書均由上海運來」。〔註 30〕

　　國民黨的郵檢是其書報審查中的重要一環，在控制文藝書刊的流通上，
郵檢所對國民黨來說發揮了重要作用。對上海華界來說郵檢不成問題，但對
於租界內的文藝書店及其出版物來說，國民黨意欲實施郵檢無疑不會像華界
那樣得心應手。1929 年 8 月，國民黨人在致國民黨中央常會的箋呈中，對租
界郵檢大倒苦水，「最近郵件之檢查，不能圓滿如意，致反動宣傳仍流行而從
各租界發出之件，占反動宣傳中十之七八，在租界不能施行檢查，尤爲困難
一點。」〔註 31〕可見，上海租界的存在，不僅爲文藝書店的開辦提供便利，
就是在上海出版的文藝刊物走向全國的道路上，也給予了相當的方便。

　　上海市公安局在查禁刊物時同樣抱怨說，「本市以有租界之故，共黨及反
對派，藉爲護符，平日各種邪說謬論煽惑人心之種種刊物。已屬汗牛充棟，

〔註 28〕　施蟄存：《北山散文集》（一），《施蟄存文集・文學創作編（第二卷）》，華東
　　　　　師範大學出版社，第 310 頁。
〔註 29〕　中國第二歷史檔案館編：《中華民國史檔案史料彙編》第五輯第一編文化
　　　　　（一），前引書，第 232 頁。
〔註 30〕　中國第二歷史檔案館編：《中華民國史檔案史料彙編》第五輯第一編文化
　　　　　（一），前引書，第 293 頁。
〔註 31〕　中國第二歷史檔案館編：《中華民國史檔案史料彙編》第五輯第一編文化
　　　　　（一），前引書，第 160 頁。

自遭九一八、一二八事變後，共黨及各反對派，利用各界人士愛國心理，所出刊物更為妄誕不經，肆意蠱惑，以冀擾亂社會秩序，破壞地方安寧」。〔註32〕魏斐德在期研究上海警察的著作中亦指出，上海警察因其司法權的失落受到租界當局的漠視而感到羞辱，而這種恥辱感即使在 1928 年 1 月 28 日，公安局長主張公共租界和法租界只能被看作「特區」之後，依然存在。每當公安局員警試圖以正式身份進入「特區」，他們總被認為是中方企圖控制租界的藉口，而必須獲得公共租界警務處的特批。〔註33〕

當時在上海的黃藥眠因為要到位於華界的暨南大學附中上課，經常來往租界與華界，在文中他深有感觸地說「那時，上海市有外國租界，什麼英租界、法租界等，這些地方由於外國帝國主義者有治外法權，國民黨的警察局不能直接去那裡抓人的。」而當黃藥眠乘火車來到租界地區之外即華界，「國民黨的特務和警察就可以隨便逮捕人了。因此我每次去上課都有危險。」〔註34〕

在 1929 年國民黨全國宣傳會議上，時任上海教育局局長的陳德徵在其報告上海市宣傳工作情況時，傾訴上海教育局的審查人員在每當租界巡捕換差或逃崗時著手書報檢查的無奈，他在報告中說「上海為帝國主義勢力的中心點，一切反動勢力的淵藪，我們處這二重壓迫之下，宣傳工作的進行，困難實甚，不得不利用時機，藉以避免帝國主義之耳目。例如每當巡捕換差或逃崗時著手進行，雖然也免不了被其捕捉，然妨礙終可少些。我們受著租界的束縛，感覺到無窮盡的痛苦。」由此，他希望國民黨要「不斷地宣傳『收回租界』『廢除不平等條約』。同時還希望各地黨部盡力幫助上海市黨部作這關係重大的宣傳，於最短期間中實現總理的主張。」〔註35〕實際上，陳德徵所謂加大收回租界的宣傳，並未使上海黨部對租界的書報審查基於實質性的幫助，相反，1929 年左右公共租界巡捕房的警官對上海市黨部十分敵視，因為在他們開來，上海黨部少壯派的政策總是對租界當局充滿挑釁與敵對。

〔註32〕 王煦華、朱一冰合輯：《1927～1949 年禁書（刊）史料彙編》第二冊前引書，第 205 頁。

〔註33〕 〔美〕魏斐德：《上海警察，1927～1937》，章紅、陳雁等譯，上海古籍出版社，2004 年，第 72 頁。

〔註34〕 黃藥眠：《動蕩——我所經歷的半個世紀》蔡澈整理，上海文藝出版社出版，1987 年，第 101 頁。

〔註35〕 《陳德徵同志報告上海市宣傳工作》，《全國宣傳會議會議錄》，中國國民黨中央執行委員會宣傳部印，1929 年 6 月，第 86 頁。

　　因此，治外法權〔註36〕的存在以及上海租界當局與國民黨上海黨部之間的緊張關係，不僅給國民黨實施書報檢查帶來了行政與司法上的困難，使左翼及其他文藝得到有利的發展空間與機會，同時有利於左翼文藝書刊向全國範圍的傳播。

　　上海租界除了對左翼書店的開設及文藝書刊的印刷提供相當便利外，即使出現國民黨將左翼文藝刊物的出版發行人告上租界法庭的情況，法庭有時也能按照租界的法律作出有利於左翼一方的判決。

　　例如，生活書店發行的《文學》月刊〔註37〕自1933年7月創刊後，銷售暢旺，很受讀者歡迎，但出至第六期後，被上海市黨部認為有反動嫌疑，於12月27日咨行公安局會同法捕房前往抄查，並擬予查禁。《申報》載文報導，法捕房抄去《文學》月刊多冊，惟捕房經抄查後，並不以反動嫌疑起訴，只以該刊在法租界登記手續未完，故特向第二特區法院起訴，於1934年1月4日上午十時審理本案，由第八法庭庭長審問，當由捕房律師根據法總領事署第一八七號及第一三七條，以被告生活書店經理徐伯昕未遵令請求法總領事准許，擅行發行《文學》月刊，要求處罰，當由推事向被告質訊，據被告供稱，該書店發行《文學》月刊，業經在內政部登記領到登記證警字二三七二號，且該書店亦曾於二年前在法工部局領得執照，完全依法營業。至法總領事署令第一八七號等則以前並未知悉，故發行《文學》月刊未及請求法總領事准許是實，繼由被告律師史良、朱章寶、閻世華先後辯護，略謂：被告發行《文學》月刊完全係依照《出版法》辦理，內容純屬文藝，絕無政治色彩，至未遵奉法總領事署令，乃繫事前並未知有此項命令之故。但發行該月刊之生活書店，業已獲得法工部局准許營業，則《文學》月刊茲亦當在准許發行之列，且《文學》月刊出版已歷半載，法捕房至上月始受公安局之囑，前往

〔註36〕「治外法權」一詞在中國近現代史上的解釋頗顯複雜而又不盡一致。相關研究指出近代外人在華享有的「治外法權」已經不具有一般國際法中作為「外交特權與豁免」的涵義，而是一種特定的歷史概念，它是一種以領事裁判權為主體的非法侵略特權。在中國的「治外法權」與「領事裁判權」均指在華外人，不受中國政府管轄而言。見康大壽、潘家德：《近代外人在華治外法權研究》，四川人民出版社，2002年，緒論第6頁。

〔註37〕《文學》月刊，1933年7月1日創刊於上海，上海生活書店發行，第1卷由魯迅、茅盾、鄭振鐸、葉聖陶、郁達夫、陳望道、胡愈之、洪深、傅東華、徐調孚十人組成雜誌編委會集體負責，從第2卷起主編人改署傅東華、鄭振鐸、具體編務由黃源負責，從第7卷由王統照接編，茅盾始終是《文學》月刊的編委。劉增人等纂著：《中國現代文學期刊史論》，前引書，第337頁。

查抄，可見，法捕房已默認該月刊為正當刊物。今雖偶違租界功令，仍可依法補救，追請准許，決不成立犯罪行為云。當由承審庭長續數語後，即行宣判，罰洋十元了案，並聞所有查獲之《文學》月刊業已發還。〔註38〕

第三節　租界當局與國民黨「合作」對左翼文藝實施壓制

1927年7月7日，在黃郛就任上海特別市市長的典禮儀式上，國民黨中央黨部代表古應芬發言指出當時上海所面臨的三點「最困難」：一是人口多而處理不易；二是租界法律問題；三是犯罪管理問題。〔註39〕實際上，這三點無一例外地涉及到上海華界與租界間的法律問題，尤其是租界的治外法權。

租界治外法權的存在使國民黨在上海意欲展開的各種計劃遇到了阻礙，自然包括上海市政府所轄公安局、教育局等各機關，以及上海黨部通過書報審查制度對上海文壇的控制。因此，廢除外人在上海租界享有的治外法權，將公共租界與法租界納入國民黨的司法管理體系之中加以有效管理，以此構建國民黨「黨治」之下的現代城市管理制度與秩序，便是1927年新成立的上海特別市政府所面臨的重要議題。

1927年7月7日上海特別市成立，這在南京國民政府的建國方略中佔有重要的戰略地位。在蔣介石於上海特別市成立之日的訓詞中格外明顯：

> 蓋上海特別市，非普通都市可比。上海特別市，乃東亞第一特別市，無論中國軍事、經濟、交通等問題，無不以上海特別市為根據。若上海特別市不能整理，則中國軍事、經濟、交通等，即不能有頭緒。

這樣，在以上海特別市為示範地的治理中，建立公共法律及秩序以證明收回租界的合理性，成為上海特別市政府及南京國民政府的一項重要責任。半個月之後，這一重擔落在了上海公安局的身上，因為它的「職責不僅要建立一個強大忠誠的市政管理，構建一個健康有序的城市環境，作為中國民眾和新的國民政府的力量象徵，它還必須致力於在上海建立自己的行政機構，恢復失落已久的統治權，而「從國民政府方面看，他們自己的公安局——上海的

〔註38〕　《申報》，1934年1月5日。
〔註39〕　《申報》，1927年7月8日。

華界警察是否成功，將是國民革命成敗首要的、決定性的標誌。」〔註40〕

在 1927 年之後的幾年中，收回租界、廢除治外法權，在民族主義情緒的鼓動下，使租界當局感到不安。在一份美國國務院北京公使館的報告中言及「中國官員有意阻止租界的有效作用的情況越來越多……這種干擾只能解釋爲是試圖通過正當或不正當的方式取得租界控制權的決心的表現。而這給維護確保租界內生命財產安全所需要的法律和秩序帶來了更大的困難」。〔註41〕國民黨開始在租界內設立宣傳、徵稅等機構來宣示主權的實際行動。（國民黨在上海設置的宣傳以及審查機構詳見第二章第二節的論述）但從魏斐德對上海警察的研究中，我們可以看出，上海特別市政府以及公安局通過上海這塊試驗地來展示在社會安寧與秩序維持上足以保護居民的財產與人身安全，以達到恢復自己對外國租界的統治權的目的，在 1930 年左右發生了轉向——由將上海租界置於國民黨控制的司法系統之下的努力轉移到與上海租界當局共同合作對付日益高漲的上海共產黨的宣傳、遊行以及在期領導下展開的左翼文藝運動。

據魏斐德的研究顯示，國民黨第一次正式向公共租界巡捕房提出在政治事件上進行合作的要求是在 1929 年 2 月 20 日。而據筆者閱讀所見，在 1928 年 5 月，國民黨上海黨部就已經派科員會同上海教育局人員與公共租界工部局接洽，前往泰東、光華兩書局查禁《短褲黨》、《戰線》、《一條鞭痕》等「反動書籍」。〔註42〕

1929 年上海臨時法院向公共租界巡捕房罪案偵查總部提供了兩份文件，其中一份來自上海市政府，內容是蔣介石簽署的國民政府的命令，要求取締位於牯嶺路 132 號立群書店出版的共產黨期刊《血潮》。11 月，上海公安局則直接與公共租界巡捕房聯繫，向公共租界當局提供有關共產黨活動有價值的

〔註40〕引自〔美〕魏斐德：《上海警察，1927～1937》章紅、陳雁等譯，前引書，第
　　　　9 頁。爲了建立一套適應現代化城市的管理制度，其關鍵是警察隊伍的建設。
　　　　「在致力於維持城市不同租界、地區和區域法制的幾個執法機構中，這是惟
　　　　一的中國之法機構。國民黨能否建立起一支近代警察隊伍，仿傚世界上最好
　　　　的執法機構，」有效地解決上海的公共衛生、工商執照、娛樂業、工會、新
　　　　聞書刊檢查以及吸毒、賣淫和搶劫等問題，同時又推進收回租借的中國主權
　　　　計劃，控制上海華界普遍存在的無序和動蕩。《上海警察，1927～1937》，序
　　　　言第 1 頁。
〔註41〕〔美〕魏斐德：《上海警察，1927～1937》，前引書，第 61 頁。
〔註42〕《申報》，1928 年 6 月 1 日。

線索以換取有助於對付國民黨內部和桂系中蔣的敵人的情報。顯然這樣的合作，符合雙方政治安定維持秩序的考慮。因爲共產黨在上海的宣傳業已滲透到租界洋人那裡。因此，上海公安局的這次向公共租界的主動聯合，很快收到公共租界巡捕房負責罪案偵查總部副處長 R.C.艾爾斯的應允，並警惕共產黨的活動。而之後上海臨時法院院長何世楨奉中央政府命令來文取締「反動政黨」之時，公共租界巡捕房罪案偵查總部負責人回信寫道：「11 月 26 日來文收悉。請求公共租界警務處取締慣於編造誹謗國民政府謠言的反動派活動並禁止此類反動政黨所制文字宣傳品的散發，均已在注意之中。嵩此奉覆。」〔註43〕

自此之後，在對付共產黨及左翼文藝運動方面，上海市政府尤其是公安局不斷地主動與上海租界當局合作，對有「反革命」嫌疑的書店及印刷品進行搜查與查禁。

例如，1930 年 9 月，國民黨政府與租界當局「合作」查封南國社，並逮捕了黃芝岡、田壽麟（田沅）等人；同時搜查田漢家。田漢由於得到魯迅的報警和周信芳的掩護而避居他處。〔註44〕12 月 28 日，法捕房對界內小報展開檢查，《申報》報導法捕房政治部長薩利，近來查得界內有多種小報，內容所載文字，類多反動稿件，雖送經通告禁售在案，奈仍有增無減，昨特將各報名稱會查明白，諭令政治部通班探員，一體查獲，每日並須特派私人，專往各處巡查，凡遇有兜售下列各報之一者，即將所有報紙及售賣人一併拘入捕房，抄錄售賣人之姓氏、年齡、籍貫，然後將報紙沒收，將人釋放。如係再過犯，即須送解公堂罰辦。禁售各報計有：蘇維埃畫報、硬的新聞、上海日日新聞、中華午報、十月評論、國民社員、大晚報、老上海、海上日報、世經、鐵報、鋼鐵錢屑、赤色海員、紅旗日報、列寧青年、革命工人、快刀日報、日日新聞、華北晚報、海光日報、戰鼓、上海報、小滬報、達報、民聲週刊、國民日報、勇士日報、旭光日報、評論週報、上海工人、東方日報、大風日報、春秋戰報、朝日新聞、革命日報、武昌革命、窮漢、大小報、摸普耳、滬江日報，等四十種。〔註45〕公共租界巡捕房對於制止共產黨員宣傳品的散佈仍然常抓不懈，到1930 年，他們向郵電局派出了郵件檢查員，以確

〔註43〕　《上海公共租界警務處檔案》，D-702，1929 年 11 月 28 日，引自魏斐德：《上海警察，1927～1937》，前引書，第 177～178 頁。
〔註44〕　《上海革命文化大事記》（1919.5～1937.7），前引書，第 280 頁。
〔註45〕　《申報》，1930 年 12 月 28 日。

保郵件不被用來進行宣傳顛覆政府的觀點。〔註 46〕

　　1931 年國民黨與公共租界當局達成了一個「君子協定」同意在反共運動中提供「完全的幫助與合作」。工部局警務處負責特務股的帕特里克・T 吉文斯將這個合作具體化了。〔註 47〕1931 年 3 月 4 日，北新、聯合、江南、群眾四書局被查封就是公共租界捕房與國民黨的又一次「合作」，以代售左翼作家刊物爲由將其查封，當時《文藝新聞》報導北新、群眾、江南、樂群等店近乎於三月四日被江蘇省個高等法院第二分院發封。江南……該店門之封條上係書「查封樂群書店」，江南一家另貼告白於門前，謂「本店無辜被封當於最近依法向當局要求啓封」。〔註 48〕

　　上海租界當局通過查禁刊物或查封書店等來壓制界內的革命文化，如同他們對共產黨人迫害一樣，或由上海公共租界、法租界之「捕房單獨進行，或與中國當道合作」，例如 1931 年公共租界在其界內「查獲共黨根據地九十五處，捕獲被指爲終日從事，或以大部分時間從事宣傳赤化之人犯二百七十六名，其中一百五十一名經上海特區法院審訊有顯明之情節後，移交中國官廳。十人移交法捕房。四十五人分別判決監禁。六十三人交保釋放，四人在本年底尙在羈押中，三人由日本官廳處理。」對共黨宣傳文字之被抄獲者，計有八百十五種，共九十六萬三千六百零一本。〔註 49〕由此，可見上海租界當局對革命文字宣傳的檢查，同樣也不遺餘力，而從其抄獲的宣傳文字的數量來看也是驚人的。

　　到 1931 年 1 月，公共租界罪案偵查總部已開始依從於一種慣例，即根據淞滬警備司令部和公安局的要求爲基礎，而不論能否發現其他旁證的情況下，發放不具名的逮捕令，以搜查懷疑出售「反革命」書籍的書店，並逮捕售書者。1932 年 1 月，吳鐵城任上海市長兼淞滬警備司令，在其後的 5 年裏，吳鐵城與上海租界當局在有關上海中心城區的治安和政治穩定的兩個方面進行更爲廣泛的合作。於是，公共租界警務處將同國際共產主義作鬥爭視爲與他們維持租界治安同等重要的職責。

　　當時一位英國情報處成員 H・斯戴普托在他 1935 年寫給公共租界警務處

〔註 46〕　《上海公共租界警務處檔案》，D-1791/6，1934 年 5 月 4 日。見魏斐德：《上海警察》前引書，第 179 頁。
〔註 47〕　〔美〕魏斐德：《上海警察，1927～1937》，前引書，第 161 頁。
〔註 48〕　《文藝新聞》第 1 號，1931 年 3 月 16 日。
〔註 49〕　《上海公共租界工部局年報》，1931 年，第 55 頁。

吉文斯處長的信中說：廣義地說，共產國際就是對抗國際法律和秩序的非法陰謀活動的淵藪。而警察就是要維護這種法律和秩序，從地區乃至於國際，而且在我看來，如果當地警察無論由什麼渠道得到有關共產國際間諜在這兒存在的消息，卻沒有盡最大努力弄清這些人的一舉一動，都是一種很大的遺憾。這樣，與法租界和華界警察一起擔負的同國際共產主義作鬥爭的職責順理成章地演變爲幫助國民黨當局摧毀國內共產黨人的一種義務。〔註50〕

上海租界在爲左翼文藝運動在文藝創作、出版、宣傳、銷售以及人身安全等方面提供便利與安全的同時，我們也看到了兩種意識形態的對立使國民黨與上海租界當局站在了一起，即租界當局與國民黨出於政治安定維持社會法律秩序而合作對革命文化與左翼文藝運動施以共同壓迫。

但上海租界畢竟是西方帝國主義在中國的「飛地」「國中之國」，租界也自有他自己的打算，他們與國民黨也並非一直保持良好的「合作」關係。在公共租界工部局年報上的「警務報告」中，我們也時常看到租界當局與國民黨所發生的種種衝突，對彼此「合作之友誼」的破壞。此外，上海租界當局也並非一味盲目的與國民黨政府及其黨部合作。雖然上海租界當局極其注重維護租界的法律秩序與安寧，但畢竟受到他們母國法律文化觀念與價值的影響，在言論、出版自由的裁量上，體現出較大的自由空間。較之1927年國民黨政府頒行的控制與壓迫「非三民主義」的「反動」出版與言論的法律制度來說，上海租界當局的裁量標準要寬鬆的多。除非在書報上出現暴力的殺戮、推翻現有政府等極具煽動人心，破壞社會安寧秩序的言論，對其進行審查起訴懲罰之外，其他言論與出版頗能享有「自由」的便利；另一方面，即使被上海租界當局巡捕房逮捕，他們基本按照法律程序予以起訴進行審判，按照西方法律制度進行判決。

租界制度的存在爲上海左翼文壇提供了不少便利，某些左翼文藝刊物在遭到國民黨控告之時，租界裏的法庭有時也會作出有利於文藝刊物發行者的判決，雖然上海市公安局、教育局等抱怨租界成爲共產主義以及左翼文藝等發展與宣傳的淵藪，承受著帝國主義的壓迫，但國民黨亦常常聯合租界巡捕房對共產主義與左翼文藝進行檢查，而租界出於維護公共秩序安全，除與國民黨「合作」對左翼文藝刊物進行壓制，其自身也施行租界的書報檢查。但

〔註50〕 〔美〕魏斐德：《上海警察，1927～1937》，章紅、陳雁等譯，前引書，第231頁。

總的來說，上海由於租界的存在，左翼文藝運動既遭受了國民黨與上海當局「合作」下的壓迫，同時，又恰恰因為上海租界的存在，上海的左翼文藝運動得以在「治外法權」下，獲得一定的「自由」活動空間，為左翼文藝書刊的傳播提供當時中國其他城市無法提供的便利性。

第六章 書報審查制度對文學生產的影響

　　在實行憲政標榜法治的國家，政治與法律處於一種相互依存的關係。在德國社會學家盧曼看來，對政治與法律之間的這種聯繫的理解被最終綜合在「法治國家」的模式之中。法治國的國家既是一個法律機構，又是一個對法律負有政治責任的機構，在法治國家，政治與法律是互相寄生的關係，政治系統得益於法律把正當與不正當的區分規則化並進行管理。反過來法律系統也得益於政治系統保證了和平、保證了明確規定的權力區分以及隨之而產生的可迫使法庭作出判決的強制。〔註1〕在這種政治系統與法律系統的相互寄生關係中，政治權力意志對社會諸方面的作用與影響，就勢必借助於法律系統，即法律制度的制定、審判與執行的過程中來施展。當然，被制定的法律制度是否合乎正義的原則是一個問題，這與政治借助於法律手段來實施影響顯然是不同的問題。因此，美國法學家塞爾茲尼克指出：在所有國家中，無論是高度發達國家還是發展中國家，立法是通過法律來實現政治意志對於社會變遷的影響的最明白的方式。而埃爾曼在評述蘇維埃時期的法律性質時，更是認為「法律上的各種制度無處不具有政治目的」。〔註2〕這一點對於民國時期尤其是國民政府時期在文藝、新聞宣傳領域的立法，實施嚴格的書報審查制度方面，表現得淋漓盡致。在這個意義上可以說，法律制度比政治或「政治

〔註 1〕　〔德〕盧曼：《社會的法律》，鄭伊倩譯，人民出版社，2009 年，第 216～224 頁。

〔註 2〕　引自劉作翔：《法律文化理論》，商務印書館，1999 年，第 160 頁。

文化」對文藝、新聞領域的影響更爲直接。

國民政府時期的書報審查制度，在文藝作品的創作、發表、印刷、散佈、銷售等環節都有相應的法律規定，所以書報審查制度的這張網不能不說是立體、全面而又嚴密。因爲種種審查法規的制定以及由此而發生的相應的檢查行爲，已經滲透到民國時期文學生產活動的各個環節，這樣一來，此網的鬆弛與收緊，廣度與深度的變化無一不影響著文學活動的展開。書報審查之於文學生產也就勢必成爲文學研究中，值得相當關注的重要課題。

第一節　控制左翼文藝書籍與雜誌的印刷、流通與銷售

文學社會學家認爲，發表作品「就是通過將作品交給他人以達到完善作品的目的。爲了使一部作品眞正成爲獨立自主的現象，成爲創造物，就必須使它同自己的創造者脫離，在眾人中獨自走自己的路。」基於這樣的理解，文學社會學家將作家視爲自己作品「嬰兒」的母親，而將出版商視爲助產醫生，並強調如果沒有發揮助產作用的出版商，那麼「被構想出來並且已臨近創造的臨界點的作品就不會脫穎而出」。〔註 3〕這個文學社會學的設想應該在法治社會中來實現，但在一個對文學實施嚴厲而又非正義審查的社會來說，作家的文學創造與出版商的助產士角色的扮演都受到了惡劣的影響。作爲作家創造物的文學作品在印刷、流通與銷售，即讓作品得以完善自我的各個環節上，均受到了層層審查，那些違背由權力者制定的「法律」的作品，便會遭到扣留或查禁，如此命運是無法順利到達他人之手的，即使通過，也是被刪而又刪，就這一點來說，在非正義的非法治的文學審查中，作品是永遠無法實現自我完善的目的。

上海市黨部在其文藝宣傳工作報告中，對上海在全國文化格局中所處的地位，作了如下描述：

> 上海是全國的文化中心，所以也是全國的出版中心，各地的書店，大率是上海書店的分店，或寄售上海書籍爲職務，上海的報紙與雜誌，也是流行全國的上海的出版界，無論從那一方面看，總是

〔註 3〕〔法〕羅貝爾·埃斯卡皮：《文學社會學》，于沛選編，浙江人民出版社，1987年，第 37 頁。

帶有全國關係的意義。〔註4〕

在上海的國民黨文藝宣傳官員的眼中，上海是國民黨文藝運動的中心，不僅是積極建設黨派文藝的中心，同時又是消極查禁與制裁反動文藝刊物以及作家的中心。作為出版與銷售中心的上海書店自然成為上海國民黨人審查的重心。

民國時期有名的書店，尤其是上海的書店，都是集書報雜誌的編輯、印刷、銷售於一身的綜合文化體。所以，國民黨對書店的檢查相當重視，通過檢查一方面可以掌握書店的各項信息，尤其是書店所售之書的性質與數量，便於對「反動」書籍予以查禁，通過對其在經濟利益上的影響，而使其就範；另一方面，通過對書店實施檢查尤其是對書店進行恐嚇威逼，使其為國民黨文藝運動服務。〔註5〕因此，為瞭解上海各種刊物出版情況，及預防反動刊物發行起見，國民黨中央執行委員會宣傳部就於1928年特派調查員前往上海實地調查。調查範圍包括：報館、書店、各書館、通信社、印刷所。其調查多以秘密的方式進行，並得函請上海市黨部宣傳部指導，協同進行。調查員在調查一般刊物外，必須隨時隨地留意各種反動刊物，並要設法徵集，將調查所得各項，填表彙報宣傳部查核。〔註6〕與此同時，國民黨開始在上海組建秘密的審查機構。國民黨中央執行委員會宣傳部與上海特別市黨部、宣傳部共同組成「中央執行委員會宣傳部駐滬檢查刊物辦事處」。該處可能是國民政府時期，中央宣傳部在上海設立的第一個秘密的專門負責書報審查的機關。它直接對中央宣傳部負完全責任，在日常業務上，須由上海特別市黨部宣傳部就近指揮及監督，該處為秘密機關，所以對外概用上海特別市黨部、宣傳部名義行使職權。中央宣傳部向駐滬檢查刊物辦事處派遣檢查員，其主要職務：一是調查審議及檢舉一切反動書報、刊物及機關分子，隨時呈報中央宣傳部處分，至少每週一次；二是遇緊急必要時，得用上海特別市黨部宣

〔註4〕　《上海市黨部文藝宣傳工作報告》，編入國民黨中央宣傳委員會《文藝宣傳會議錄》，1934年3月。

〔註5〕　這在1930年及以後國民黨人展開的民族主義文藝運動來說，此現象格外明顯。1931年1月23日，魯迅在《致李小峰》中提到，「昨報載搜索書店之事，而無現代及光華，可知此舉正是『民族主義文學』運動之一，倘北新亦為他們出書，當有免於遭厄之望」魯迅《致李小峰》，王世家、止菴編：《魯迅著譯編年全集》第拾三卷，前引書，第15頁。

〔註6〕　《中國國民黨中央執行委員會宣傳部特派調查員臨時服務規程》，中國國民黨中央執行委員會《宣傳部十七年度部務一覽》，1929年4月編，第42頁。

傳部名義執行處分，再行呈報中央宣傳部備案。〔註7〕因爲是秘密機關，所以對「跡近反動派或幫助彼等之書局，或印刷所出版及販賣情形」均要求秘密調查，經檢查被宣傳部駐滬辦事處認爲是須查禁書籍刊物時，其處置辦法有如下六點：

　　1、令上海特別市政府分飭教育局、公安局爲下列之處理

　　　（甲）教育局禁止出售；

　　　（乙）公安局開列此項書籍刊物表，交各區警察隨時嚴查沒收。

　　2、由中央函交通部轉飭上海郵政總局不得遞寄；

　　3、通告全國各郵件檢查機關密檢沒收；

　　4、通告各省政府及各沿江沿海重要地方政府，查禁沒收；

　　5、令各省各特別市黨部宣傳部隨時查察禁止；

　　6、通知特種刑事臨時法庭（中央及省），隨時拘辦此項書籍刊物之著作人發行人。

　　對那些故意印刷及販賣須查禁書籍刊物最多的印刷所及書局，該檢查刊物辦事處須函請江蘇省政府轉飭上海臨時法院，並函淞滬警備司令查封，並拘辦其主持人。此外，駐滬檢查刊物辦事處還委託上海公會整理委員會與上海商民協會，設法接洽可靠印刷工人和書局業商民，隨時對印刷所與書局進行秘密監視與舉發密報。〔註8〕

　　1928 年 6 月，上海市教育局就確定了《查禁反動書籍辦法》。6 月 14 日《申報》載「市教育局自屬行取締反動及淫穢書籍後，被審查取締者，爲數已不尠。惟審查關於反動書籍一層，頗感困難，故擬將審查之責，付諸黨部，何種書籍應加取締，悉由黨部及上級機關核奪，本局僅負責會同公安局實行取締之責，其辦法如下：一、警告出版書局不得發售；二、警告各書局不准代售；三、公函公安局及臨時法院切實取締；四、公函各校長禁止學生購閱。」〔註9〕6 月 15 日《申報》又載《市教育局調查各書局近況》：

　　　特別市教育局昨致本埠各書局函云：本局爲編制書業調查表，以便參考起見，擬請各書局將名稱地址（須填明門牌號數）經理姓

〔註7〕　《本部駐滬檢查刊物辦事處辦事細則》，中國國民黨中央執行委員會《宣傳部十七年度部務一覽》，1929 年 4 月編，第 42～43 頁。

〔註8〕　《檢查上海刊物辦法》，中國國民黨中央執行委員會《宣傳部十七年度部務一覽》，1929 年 4 月編，第 51～52 頁。

〔註9〕　《教育局確定查禁反動書籍辦法》，《申報》，1928 年 6 月 14 日。

名（設有編輯所或編輯部者須將所長或部長姓名一併開列）營業種
類（如售新文化書籍、或售舊書、或兼售文具之類）及印刷所地址
（無印刷所者免）詳細開列，以便彙編，相應函達，即希望照辦爲
荷。〔註10〕

從《申報》對上海市教育局《查禁反動書籍辦法》與《市教育局調查各
書局近況》的連續報導上看，體現了上海市教育局對滬上「反動」書籍的持
續關注，各書局的調查，掌握各書局的詳細信息，顯然是對滬上各書店進行
摸底，便於審查。一旦發現有銷售左翼的文藝書籍雜誌，便著手將其查封。

以 1920 年代剛登場上海文壇的劉燦波（劉吶鷗）、戴望舒、施蟄存等文
藝青年爲例。他們爲發表同人文章，起初想辦一個像《莽原》一樣的小刊
物，而後來劉吶鷗索性提議開一個書店，來印一些他們喜愛的書。於是在
1928 年，劉吶鷗出資在四川北路、西寶興路口成立了一家「第一線書店」，劉
吶鷗是老闆，戴望舒是經理，施蟄存是營業員。但因爲第一線書店開設在「中
國地界」，即上海的華界，開張後一二天，就有警察來查問。誰是老闆？有什
麼背景？向市黨部登記了沒有？這些開店手續，我們事前都不知道，全沒有
做。於是跑市黨部，跑社會局、跑警察局，補行登記，申請營業執照忙了好
幾天。可是一切登記，一切申請，都杳無消息，沒有一個文件獲得批示。直
到一個多月後，警察局送來一紙公文，內容大約是「查該第一線書店有宣傳
赤化嫌疑，著即停止營業。」掛了兩個月的「第一線書店」的招牌，就此除
下，賣給油漆匠去做別家店鋪的招牌。〔註11〕查封書店的事例在「三十年代」
的上海是屢見不鮮的。

1929 年 6 月，上海特別市黨部感於滬市面上「共黨所著刊物頗多，言論
荒謬，或詆毀黨國，或誘惑青年。查此類書籍，大都在租界內個小書坊寄售，
彼輩只知惟利是圖，罔爲銷售」的現實情況，由此向國民黨中央宣傳部呈文
建議對左翼刊物迅迅速予以嚴密查禁，拒絕煽惑，並進而擬具取締銷售共產
左翼書籍各書店的辦法兩項：

　　甲　關於取締銷售共產書籍各書店之辦法

　　（一）函國民政府轉令令上海特別市政府及臨時法院隨時注意

〔註10〕　《市教育局調查各書局近況》，《申報》，1928 年 6 月 15 日。
〔註11〕　施蟄存：《北山散文集》（一），《施蟄存文集·文學創作編（第二卷）》，華東
　　　　師範大學出版社，第 308～309 頁。

查禁上海各書店銷售之書籍，按週報告。

　　（二）令各地黨部宣傳部隨時審查該區域內書店銷售之書籍，如發現有共產書籍時，會同該地政府一嚴厲之處分，並隨時呈報上級黨部。

　　（三）通令各級黨部轉知本黨黨員，應隨時隨地留心各書店所銷售之書籍，如遇發現共產書籍時，立即報告該地高級黨部，由高級黨部按照前條辦法辦理之。

　　乙　關於取締印刷共產刊物之印刷所及工人辦法

　　（一）請求中央訓練部通告各省市印刷業商會及工會，轉告該地印刷所及印刷工人，令其不得代印共產書籍及印刷品，並通令全國各黨政機關嚴密注意各印刷所之印刷。

　　（二）各印刷所及印刷工人，如私印共產書籍及宣傳品，已經發覺即行予以嚴厲之處分。〔註12〕

　此辦法被國民政府批准後，1929 年 7 月，上海市政府便飭令公安與教育兩局按照此法會同嚴密取締，並按週報告。上海公安局則通令各區遵照辦法，隨時檢查上海各書店，要求將查察結果及時具報，上海市教育局則通告滬上各書局、各印刷所，「嗣後關於共產書籍及含有宣傳共產之文藝等一切作品，應絕對禁止發行或印刷」。〔註13〕在其 8 月 15 日的週報告中便查出郭沫若、錢杏邨等人的著譯作品：

上海特別市教育、公安局調查書店印刷所銷售及印刷共產書籍週報表〔註14〕

查獲日期	名 稱	內 容	編輯者	發行地點	銷售書店名稱及地點	承印之印刷所名稱及地點	備考
七月十五日	我的幼年	譏諷當局意在反動	郭沫若	光華書局	上海光華書局	光華印刷所	
七月十五日	力的文藝	宣傳共產	錢杏邨	泰東書局	上海泰東書局	泰東印刷所	

〔註12〕中國第二歷史檔案館編：《中華民國史檔案史料彙編》第五輯第一編文化（一），前引書，第 287～288 頁。

〔註13〕中國第二歷史檔案館編：《中華民國史檔案史料彙編》第五輯第一編文化（一），前引書，第 289 頁。

〔註14〕中國第二歷史檔案館編：《中華民國史檔案史料彙編》第五輯第一編文化（一），前引書，第 290 頁。

七月十九日	蘇聯的經濟組織	過譽蘇俄、意在宣傳	漢鍾譯	大東書局	大東書局	大東印刷所	
七月二十日	蘇俄之現勢	過譽蘇俄、跡近反動	溫盛光譯	啓智書局	啓智書局	未詳	

中華民國十八年八月九日　教育局局長　陳德徵　報啓
　　　　　　　　　　　　公安局局長　袁　良

　　這樣，在上海市公安局與教育局等機關部門的協同審查下，創造社出版部、太陽社的春野書店、「我們社」的曉山書店等左翼書店，均因銷售「反動」書籍，在 1929 年中陸續被查封（詳情請見第三章第三節）。

　　自九一八事變之後，共產黨的宣傳及左翼文藝刊物增多，以致上海公安局逐日派員分赴上海華界及英、法租界各印刷所「秘密偵查，見有反動刊物，立即設法搜查」，在 1931 年 7 月～1932 年 6 月間，總計先後查獲各項「反動刊物」竟約有四萬四千二百一十多種。〔註15〕

　　查封書店、印刷所在「三十年代」的上海是常有的事。1933 年 10 月 31 日，魯迅在《致曹靖華》的信中針對國民黨查禁左傾書籍，查封書店等壓迫說，「滬書店嚇得像小鬼一樣，紛紛匿書。這是一種新政策，我會受經濟上的壓迫也說不定。」〔註16〕魯迅所說的新政策指的是 1933 年 10 月下旬，蔣介石命國民黨政府內政部警政司通令查禁普羅文藝，內政部警政司便通令各省市書局，限期將所售書籍一律送部審查。對此，《中國文壇》載文說，十月十六日蔣介石特電囑南京行政院加緊壓迫全國普羅文學與左翼作家。這一紙命令是對於已經流過新中國天才最好的血的作家，再來推動一回新的恐怖浪潮，因為他們犯了描述國民黨中國生活情形的「罪」〔註17〕10 月 30 日，國民黨政府行政院便發出第四八四一號密令，全面查禁普羅文學書刊等。就在密令發出後的第三天，也就是 11 月 1 日，潘公展、朱應鵬為查禁進步書刊舉行

〔註15〕《上海市公安局業務報告》第五卷，1931 年 7 月～1932 年 6 月，見王煦華、朱一冰合輯：《1927～1949 年禁書（刊）史料彙編》第二冊，前引書，第 205 頁。

〔註16〕魯迅：《致曹靖華》，王世家、止菴編：《魯迅著譯編年全集》第拾伍卷，前引書，第 465 頁。

〔註17〕《中國論壇》第 3 卷第 1 期，1933 年 11 月 7 日，文中又言：與藍衣社的「法西斯宣傳有關係的，南京行政當局應蔣介石的命令而草訂的中央黨部宣傳委員會的新綱領中，載有推動『純粹民族文學』的辦法。最有趣味的就是，推動『民族文學』，必需『訓令各學校監視學生的思想以及課外讀物並加緊反對普羅文學的運動』」。

了一次有出版商和書店編輯參加的宴會。〔註18〕對此，魯迅在 11 月 3 日致鄭振鐸的信中說道「對於文字的新壓迫將開始，聞杭州禁十人作品，連冰心在內，奇極，但係謠言亦難說，茅兄是會在壓迫中的，而且連《國木田獨步集》也指為反動書籍，你想怪不怪。……前日潘公展朱應鵬輩，召書店老版訓話，內容未詳，大約又是禁左傾書，宣揚民族文學之類，而他們又不做民族文學稿子，在這樣的指導下，開書店也真難極了。」〔註19〕11 月 5 日在給姚克的信中又說「前幾天，這裡的官和出版家及書店編輯，開了一個宴會，先由官訓示應該不出反動書籍，次由施蟄存說出仿檢查新聞例，先檢雜誌稿，次又由趙景深補足可仿日本例，加以刪改，或用××代之。他們也知道禁絕左傾刊物，書店只好關門，所以左翼作家的東西，還是要出的，而拔去其骨格，但以漁利。有些官原是書店股東，所以設了這圈套，這方法我看是要實行的，則此後出版物之情形可以推見。大約施、趙諸君，此外還要聯合所謂第三種人，發表一種反對檢查出版物的宣言，這是欺騙讀者，以掩其獻策的秘密的。」〔註20〕

在對印刷與銷售環節施以審查以外，國民黨又非常重視對文藝作品雜誌在流通上的控制。這就是設立郵檢所，便於對往來上海的書籍、雜誌、報刊、乃至私人信件都採取秘密或公開的檢查，以舉報、扣留等相應措施對書報、信件等郵件流通進行管制。

上海在 1927 年年初，便對郵政電報施行檢查〔註21〕，至 8 月份，在滬成立了上海新聞檢查委員會，是檢查滬上新聞的最高議決指揮機關，郵政電報

〔註18〕國民黨人以宴會招待的「柔性而又客氣」的方式對有地位的書店及作家施展影響，是有連貫性的，抗戰後的重慶時期亦是如此，對當時有地位的作家都是直接與他們接洽，負責文學審查的姚蘇鳳、魯覺悟等人「就用聯繫的方式來疏通，比方說有一個左翼作家的作品有什麼不妥。他們就請這個作家吃茶吃飯，商請他修改幾點，使他們容易辦事交代」，「所以當時的審查辦法，在執行方面雖是複雜曲折，但終算是可以使當局滿意。」見徐訏：《門邊文學》香港南天書業公司，1972 年，第 271 頁。

〔註19〕魯迅：《致鄭振鐸》，王世家、止菴編：《魯迅著譯編年全集》第拾伍卷，前引書，第 472 頁。

〔註20〕魯迅：《致姚克》，王世家、止菴編：《魯迅著譯編年全集》第拾伍卷，前引書，第 474～475 頁。

〔註21〕上海戒嚴區域，關於郵政電報先經李善侯司令商由丁在君總辦派員實行，並派憲兵常川助理，現在時局緊張，關於此項電報郵政，亦應加以注意，故李司令業經添派人員協助原查人員，嚴密檢查，遇有違反定章者，即予扣留，以杜謠惑，而禁宣傳云。《申報》，1927 年 1 月 7 日。

亦在其檢查範圍之內。〔註22〕1929 年 9 月國民黨中央宣傳部決定在南京、上海、漢口等八個特別市設立郵件檢查所。先前的郵件檢查所或相同性質的檢察機關一律撤銷。並要求通知各特別市黨部與各地軍政機關一體遵照辦理。〔註23〕此外，1929 年 8 月，國民黨制定了《全國重要都市郵件檢查辦法》，命令各地高級黨政軍機關共同派員檢查。該辦法第四條規定「檢查員檢查郵件，遇有反動嫌疑者」須立即「扣送」審查員進行審查；第五條規定「審查員審查反動嫌疑之郵件」須「呈報檢查主任核辦」；對經審查認定爲反動郵件的則按下列辦法進行處理：

甲　凡關於違反宣傳品審查條例之郵件，送由當地高級黨部宣傳部依該條例之規定分別處理之。

乙　凡關於治安上或軍事上之反動郵件，送當地高級軍政機關按情節之輕重分別處理之。〔註24〕

該辦法中所謂的「反動」嫌疑，在其前《宣傳品審查條例》（1929 年 1 月）中進行了規定：「宣傳共產主義及階級鬥爭者」；「宣傳國家主義、無政府主義及其他主義而攻擊本黨主義政綱政策及決議案者」；「反對或違背本黨主義政綱政策及決議案者」；「挑撥離間，分化本黨者」；「妄造謠言，以淆亂觀聽者。」〔註25〕

顯而易見地是郵檢地實施影響了文藝書籍、期刊地傳播與流通。對此，魯迅在書信中經常提到：

〔註22〕該會由中央宣傳部駐滬辦事處代表二人，會同上海特別市政府、特別市黨部、東路前敵總指揮部、第二路政治訓練部、交涉公署、各派一人組織之。該會爲議決指揮之機關，關於檢查事務之執行，得派專員常駐新聞郵政各機關。爲求事務上之便利起見，關於報紙軍事消息由東前總指揮部派員負責檢查，政治消息由中央宣傳部駐滬辦事處會同第二路政治訓練部、特別市政府、派員負責檢查，外交消息由交涉公署派員負責檢查，黨務消息由中央宣傳部駐滬辦事處會同特別市黨部派員負責檢查，郵電檢查辦法另訂之。在人事上，該會推出常務委員會三人，執行日常會務。規定每星期四開常會一次，辦公地點暫借民國日報館。《上海新聞檢查委員會條例》，《申報》，1927 年 8 月 9 日。
〔註23〕中國第二歷史檔案館編：《中華民國史檔案史料彙編》第五輯第一編文化（一），前引書，第 161 頁。
〔註24〕中國第二歷史檔案館編：《中華民國史檔案史料彙編》第五輯第一編文化（一），前引書，第 160 頁。
〔註25〕中國第二歷史檔案館編：《中華民國史檔案史料彙編》第五輯第一編文化（一），前引書，第 75 頁。

這半年來，凡我所看到的期刊，除《北新》外，沒有一種完全的：《莽原》，《新生》，《沉鐘》。甚至於日本文的《斯文》，裏面所講的都是漢學，……

我所確切知道的，有這樣幾件事情。是《莽原》也被扣留過一期，不過這還可以說，因為裏面有俄國作品的翻譯。那時只要一個「俄」字，已經夠驚心動魄，自然無暇顧及時代和內容。但韋叢蕪的《君山》，也被扣留。這樣一本詩，不但說不到「赤」，並且也說不到「白」，正和作者的年紀一樣，是「青」的，而竟被禁錮在郵局裏。黎錦明先生早有來信，說送我《烈火集》，一本是託書局寄的，怕他們忘記，自己又寄了一本。但至今已將半年，一本也沒有到。我想，十之九都被沒收了，因為火色既「赤」，而況又「烈」乎，當然通不過的。

《語絲》一三二期寄到我這裡的時候是出版後約六星期，封皮上寫著兩個綠色大字道：「扣留」，另外還有檢查機關的印記和封條。〔註26〕

郵檢不僅對具有「反動」嫌疑文藝書籍、雜誌進行審查扣留，控制其流通，並進而由此來施壓文藝雜誌，以致成為造成「三十年代」上海文藝雜誌停滯的重要原因之一：此地雜誌停滯之故，原因複雜。舉其要端，則有權者先於郵局中沒收（不明禁），一面又恐嚇出版者。書局雖往往自云傳播文化，其實是表面之詞。一遇小危險，又難獲利，便推託遷延起來，或則停刊了。〔註27〕

從國民黨整個的書報審查來看，郵檢環節查扣了大量的「反動」文藝書籍雜誌。我們對民國十八、十九、二十年度，國民黨中央查禁各種反動書籍雜誌名冊〔註28〕予以統計，總共查禁書籍雜誌約 570 餘種，在這些被查禁的書目中，明確被郵檢所查禁扣留的書籍雜誌數量約達 257 種（此數目為保守

〔註26〕 魯迅《扣絲雜感》，王世家、止菴編：《魯迅著譯編年全集》第捌卷，前引書，第 441 頁。

〔註27〕 魯迅《致方善境》，王世家、止菴編：《魯迅著譯編年全集》第玖卷，前引書，第 203 頁。

〔註28〕 一九二九、三○、三一年被查禁的具體書籍雜誌詳請，請參見中國第二歷史檔案館編：《中華民國史檔案史料彙編》第五輯第一編文化（一），前引書，第 246～264 頁。

估計），占查禁扣留書籍雜誌總量高達 45%。

　　上海市公安局、教育局等機構組成了上海郵政監察委員會，其中，單純上海市公安局所派專事查扣的督察員於 1930 年 7 月～1931 年 6 月檢扣反動刊物共計一萬九千零二十三種件，而其中被以「共產」與「反動」罪名檢扣的數量分別為五千三百七十二、八千零七，二項合計占總數的 70.33%。〔註29〕1931 年 7 月～1932 年 6 月，上海公安局查扣各項「反動」宣傳刊物一萬一千六百二十七件。〔註30〕

　　從以上統計的數據可以看出國民黨對「共產」革命文化活動以及左翼文藝書籍雜誌在印刷、銷售、流通上產生了不可忽視的影響。

第二節　左翼文藝辦刊策略的轉變

　　1930 年 3 月，左聯成立之後，無產階級文學漸成流行之勢，當時的魯迅在文中說道「出版物不立此為旗幟，世間便以為落伍，而作者殊寥寥。銷行頗多者，為《拓荒者》，《現代小說》，《大眾文藝》，《萌芽》等，但禁止殆將不遠。」〔註31〕「左聯」的成立本來就引起了國民黨的關注，再加之無產階級文學的流行，因此那些刊載無產文學較流行的《拓荒者》、《萌芽》、《大眾文藝》等左聯文藝刊物在 1930 年均被陸續查禁。當時，在國民黨審查文藝刊物的報告中便說「最近數月以來，本部對反動刊物加以嚴厲的取締，所謂左傾的文藝雜誌，差不多都已先後查禁。雖然還有幾種希圖化名延長生命的，但不過僥倖的出到一兩期，也就同歸於盡了。」〔註32〕茅盾的說法更是印證了國民黨實施文藝審查以致左翼刊物大都被禁的事實，他在文中回憶說：「自『左聯』，成立以來，刊物出過不少，先後約有十種之多，但除了《萌芽》、《拓荒者》等二、三種出版了三、五期外，其他的都只出一期就被禁止；又因

〔註29〕《上海市公安局業務報告》第四卷，1930 年 7 月～1931 年 6 月，見王煦華、朱一冰合輯：《1927～1949 年禁書（刊）史料彙編》第二冊，前引書，第 206～207 頁。
〔註30〕《上海市公安局業務報告》第五卷，1931 年 7 月～1932 年 6 月，見王煦華、朱一冰合輯：《1927～1949 年禁書（刊）史料彙編》第二冊，前引書，第 208 頁。
〔註31〕魯迅：《致李秉中》，王世家、止菴編：《魯迅著譯編年全集》第拾貳卷，前引書，第 146 頁。
〔註32〕中國第二歷史檔案館編《國民黨中宣部審查 1930 年 7 至 9 月份出版物總報告（節錄)》，《民國檔案史料》，1991 年 03 期，第 35～36 頁。

印數少，只能秘密推銷（其實是贈送），所以這些刊物實際上發揮的作用不大。」〔註33〕

面對此種苦難的現實情境，即當國民黨對革命書刊進行封鎖、扣留、禁燬的時候，「黨和進步文化界為了滿足人民的需要，採取了一種權宜而又有機智的對策：把書刊偽裝起來。這種書刊封面名稱和內容毫不相干，進步的政治內容毫不相干，進步的政治內容，往往用了個一般的甚至是十分庸俗的名稱。作為反動統治下鬥爭的一個特色，尖銳的形勢促使革命刊物和政治小冊子蒙上了一層足以瞞過敵人的保護色，就像戰時在前沿陣地用草葉和樹枝為裝起來一樣。」〔註34〕而左翼作家為了分散國民黨特務、暗探的注意，「讓刊物至少能夠在一段時期內繼續出版、發行下去」，便採取「游擊」或「迂迴」的戰術，即將左翼刊物「一而再再而三地改換名稱」〔註35〕

對此，上海特別市教育局的業務報告中言及「反動刊物或為雜誌，或為報紙，或作教科書封面，或作小說樣本，或假本黨名義；形形色色，殊不一致。不知者誤為正常書報，爭相購閱；而內容純係胡言謬說」。〔註36〕

這樣做也確實可以暫時讓左翼文藝刊物避免被查禁的命運，但是刊物頻繁的更換名稱或予以書刊的偽裝，尤其是對文藝刊物來講，是不利於左翼文藝的進步、傳播與閱讀的。因為，對於以書刊、雜誌為載體的現代文藝來說，她需要一個穩定的傳播載體以及良好的文化消費市場秩序來做保證，換言之，承載文藝作品的刊物自身既需要一種持續性的生產保障，又需要一種由自身藝術特性散發出來的足以引起消費者購買與閱讀的能力，這個市場中的閱讀消費群體同樣要具有穩定而又可展拓的可能性。但是頻繁換名的游擊戰術或讓人迷惑的偽裝，在通過審查這一層障礙後，很大程度上也使讀者面對閱讀消費的「迷惑」。對於這種鑽網術，誠如唐弢先生指出的那樣，「為了抵抗和反擊國民黨反動派的查禁壓迫，黨刊可以採取偽裝的方法，因為讀者是有組織的對象。黨所出版的政治小冊子也可以採取偽裝的方法，因為目的在於宣傳革命，以分贈散發為主」，但是「文藝書刊就不同了，一般都有書店出版，出版者要核算成本，要設法贏利，讀者的選購又必須出於自願，倘使把一部小說改名《腦膜炎預防法》，愛好文藝的青年便不來『光顧』了，結果將

〔註33〕 茅盾：《我走過的道路》（中），前引書，第67頁。
〔註34〕 唐弢：《書刊的偽裝》，《晦庵書話》，北京三聯書店，1998年，第89頁。
〔註35〕 任鈞：《關於太陽社》，載《新文學史料》，1979年02期，第160頁。
〔註36〕 《上海特別市教育局業務報告》，1930年1月～6月。

是不禁而自絕。因此爲裝對於文藝書刊要困難些。」〔註37〕

　　這樣一來，在由於政治權力介入而打亂正常秩序的文化消費市場中，如何能夠擁有一份長期而穩定的刊物，對於處在嚴厲書報審查制度之下的上海左翼文藝家來說，意義就顯得格外重大。這促使左翼作家們在實施「游擊」戰之外，必須努力去尋找一片能夠進行正規「集團化」文藝作戰的路徑，從而實現不會很快遭到查禁的命運。

　　1930 年年底，左聯召開的一次執委會，顯示出左翼作家在這方面的考慮。當時「就有人提出要辦一個公開闖法的刊物，重點是面對書報審查以何種策略應對的問題。「左聯」的基本策略有三點：一、內容要「灰色」且多樣化；二、一定程度上意識到「關門主義」的弊端，因此約稿對象要廣一些；三、重點找一個同情「左聯」而「又能在社會上公開活動的人來作名義上的主編」。〔註38〕但這此執委會討論的結果依然是辦一個「秘密刊物」，即後來紀念柔石等左聯五烈士專號《前哨》第一期，對國民黨屠殺大批青年作家的惡劣罪行予以揭露與控訴，因此很快遭到國民黨的查禁。〔註39〕《前哨》的命運使「左聯」認識到一個持續穩定的刊物的重要性，因此辦刊策略開始轉向「中間」色彩的商業性質的文藝刊物投稿，並且在「各學校組織『自由主義』面目的文學團體」，而且綱領口號也由「反帝反封建」代替了「普羅文學」。〔註40〕

　　1931 年春，左聯公開的刊物完全遭到了國民黨的查禁。這促使「左聯」領導層及盟員的重新思考辦刊策略的問題。於是 1930 年底的辦刊策略開始醞釀施行。因此經研究，確定了不太引人注意的丁玲爲合適人選。丁玲回憶說，當時馮雪峰找到她說，當時左聯中「有的人很紅太暴露，不好出來公開工作；說我不太紅，更可以團結一些黨外的人，中央要我主編《北斗》，這是左聯的機關刊物。在這之前，左聯也曾出過《萌芽》、《拓荒者》、《世界文化》、《文化鬥爭》、《巴爾底山》等，但都被國民黨查禁了。馮雪峰說，《北斗》雜誌在表面上要辦的灰色一點」。〔註41〕從中可以看出「左聯」對當時「關門主義」的檢討，通過「灰色」的保護，來公開發行刊物。

　　爲此，丁玲編輯《北斗》故意突現雜誌的「灰色」。在談到如何編輯《北

〔註37〕唐弢：《「奉令停刊」》，《晦庵書話》，前引書，第 92 頁。
〔註38〕茅盾：《我走過的道路》（中），前引書，第 67～68 頁。
〔註39〕《前哨》更名爲《文學導報》繼續出版，但也只維持到 1931 年年底，共出 8 期。
〔註40〕茅盾：《我走過的道路》（中），前引書，第 69 頁。
〔註41〕丁玲：《關於左聯的片段回憶》，《新文學史料》，1980 年第 1 期，第 30 頁。

斗》時，丁玲認爲有兩點值得注意：第一是肯定刊登左聯成員寫的文章，因爲這畢竟是左聯的機關刊物。第二，《北斗》有意團結非黨的作家，以及非「左聯」的重要作家，對他們打開大門，有了他們的稿子「刊物在表面上給人一種『灰』的色彩（因爲『紅』馬上就會被查封的！）。」爲此，丁玲利用個人關係，（這點也是左聯看重的）聯繫沈從文、冰心、凌叔華等在文壇上知名的人物，請他們寫稿，這些作家在當時「誰也不會相信他們是左派」，〔註42〕「這樣，外界看起來就不會覺得《北斗》這是左聯的刊物，而是丁玲自己編的，是我和一些朋友熟人搞起來的。」〔註43〕正是在這樣的辦刊策略下，冰心、林徽音、陳衡哲、丁玲、白薇等當時成名的女作家的作品，以及鄭振鐸、葉聖陶、徐志摩等，同時，魯迅、茅盾、瞿秋白、馮乃超、楊翰笙等的文章才能以公開的方式發表出來。

這樣的辦刊方式，對「當時國民黨官辦文藝是各很大的震動」，〔註44〕同時，茅盾也很重視此種辦刊策略，他當時就將自己認爲的「左聯」像政黨，關門主義，不重視作家創作活動等意見直接向瞿秋白反映過，〔註45〕

茅盾對《北斗》的創刊與發行非常看重，在他看來辦《北斗》的一個目的就是使「左聯」認識到創作之於左翼文藝運動的重要性，同時《北斗》的創刊及其「灰色」辦刊策略是「左聯」爲擴大左翼文藝運動，克服關門主義和宗派主義而辦的第一刊，或第一次重大努力。但這一策略卻沒有貫穿始終，因而最終也遭到查禁的命運。

《北斗》雖然因爲由「灰」而「紅」在 1932 年 7 月出版第 2 卷第 3、4 期合刊後被查禁，但在書報審查制度之下，左翼陣營採取的這一辦刊策略無疑是正確的。而其中這種辦刊策略在張聞天在上海擔任中央宣傳部部長時得到了確立。

1931 年 2 月張聞天〔註46〕在上海擔任中央宣傳部部長後得到了有利的支

〔註42〕 丁玲：《我與雪峰的交往》，《丁玲文集》第九卷，湖南文藝出版社，1995 年，第 163 頁。

〔註43〕 莊鍾慶、孫立川：《丁玲同志答問錄》，《新文學史料》，1991 年第 3 期，第 76～77 頁。

〔註44〕 茅盾：《我走過的道路》（中），前引書，第 72 頁。

〔註45〕 茅盾：《我走過的道路》（中），前引書，第 72 頁。

〔註46〕 1931 年 2 月張聞天和楊尚昆從蘇聯回到上海，張聞天接替沈澤民擔任宣傳部長的職務，9 月臨時中央成立，張聞天任臨時中央政治局常委兼中央宣傳部部長。1932 年「一二八」前後，張聞天不在兼任宣傳部長而由楊尚昆接替，但

持。與此同時他指出了左翼文藝運動無法眞正展開的問題所在，他在文中指
出，中國左翼文藝運動在左聯成立後一直沒有發展的原因，在於左聯的「文
化運動中一些做領導工作同志的右傾消極與「左」傾空談。〔註47〕但是，「使
左翼文藝運動始終停留在狹窄的秘密範圍內的最大的障礙物，卻是『左』的
關門主義。」〔註48〕這表現在：第一，否定「第三種人」與「第三種文學」，
這是「非常錯誤的極左的觀點」，文學可以既有無產階級的、有產階級的還有
中間的第三種文學；「排斥這種文學，罵倒這些文學家，說他們是資產階級的
走狗，這實際上就是拋棄文藝界的革命的統一戰線，使幼稚到萬分的無產階
級文學處於孤立，削弱了同眞正擁護地主資產階級的反動文學做堅決鬥爭的
力量。」因此，「革命的小資產階級的文學家，不是我們的敵人，而是我們的
同盟者。」對他們要進行說服與爭取。第二，表現在文藝只是某一階級「煽動
的工具」、「政治留聲機」的理論。照這種理論看來，凡不願做無產階級煽動
家的文學家，就只能去做資產階級的走狗。這種觀點，顯然把文學的範圍大大
的縮小了，顯然大大的束縛了文學家的「自由」。〔註49〕「我們的任務是在教
育他們，領導他們，把他們團集在我們的周圍，而不是把他們從我們這裡推
開。」〔註50〕為此，張聞天強調「只有廣泛的革命的統一戰線，才能使我們
的活動，從狹窄的、秘密的，走向廣泛的、半公開與公開的方面去。」〔註51〕
此外，在另一篇文章中，他強調文章內容一定不要作成狹窄的、籠統的、武斷
的「黨八股」，「一種公開的刊物如不許我們投稿則已，假使我們能夠投稿，
那我們就非把「十八套」完全拿出不成，非使這一公開刊物不能繼續出版不
成。因為在他們腦筋中，只有秘密的東西，才是革命的東西。」〔註52〕這種

宣傳工作仍由張聞天主管，直到 1932 年底離開上海前往江西中央蘇區。

〔註47〕張聞天：《文藝戰線上的關門主義》，《張聞天文集》（第一卷），張聞天選集編
　　　輯組，中共黨史資料出版社，1990 年，第 307 頁。

〔註48〕張聞天：《文藝戰線上的關門主義》，《張聞天文集》（第一卷），前引書，第
　　　307 頁。

〔註49〕張聞天：《文藝戰線上的關門主義》，《張聞天文集》（第一卷），前引書，第
　　　308～309 頁。

〔註50〕張聞天：《文藝戰線上的關門主義》，《張聞天文集》（第一卷），前引書，第
　　　311 頁。

〔註51〕張聞天：《文藝戰線上的關門主義》，《張聞天文集》（第一卷），前引書，第
　　　312 頁。

〔註52〕張聞天：《論我們的宣傳鼓動工作》，《張聞天文集》（第一卷），前引書，第
　　　319 頁。

寫稿子的方法是錯誤的，因此，他建議左翼文藝運動要能夠徹底的轉變宣傳鼓動工作，盡可能的爭取那些可以公開利用的刊物。〔註 53〕也正是張聞天主持宣傳工作時，在 1931 年 11 月，「左聯」執委會通過了《中國無產階級革命文學的新任務》的決議，決議由馮雪峰起草，瞿秋白也花了不少心血，這個決議可以說是「左聯」成立以後第一個既有理論又有實際內容的文件，它是對於一九三〇年八月那個左傾決議的反撥，它提出的一些根本原則，指導了「左聯」後來相當長一段時間的活動。〔註 54〕

克服關門主義來辦刊物的策略在茅盾今後辦《文學》時被繼承了下來。1933 年 3 月，茅盾在與鄭振鐸展開了一次談話，他們共同為當時情境下，「實在是缺少一個『自己』的而又能長期辦下去的文藝刊物」而感歎不已。針對復刊《小說月報》的不可能，茅盾建議重新辦一個大型的文學刊物，他計劃著「篇幅可以比《小說月報》增加一倍。內容以創作為主，提倡現實主義，也重視評論和翻譯。觀點是左傾的，但作者隊伍可以廣泛，容納各方面的人。對外還要有一層保護色。根據這樣的條件，老牌的大書店恐怕不敢接手，而名氣不大的進步小書店又承擔不了這樣大的刊物，這是比較難辦的地方。」〔註 55〕很顯然，《文學》的辦刊思路顯然與《北斗》一脈相承。

在茅盾與鄭振鐸就《文學》編輯人選與出版書店的選擇上，無一不體現出應對國民黨書報審查的細心考量。茅盾自知是不能擔任《文學》主編的，因為，他已被國民黨戴上了「紅帽子」。經商量，他們選擇了傅東華擔任主編，其因由是經過仔細推敲的：第一，傅東華在政治上屬於中間派，不會引起國民黨的注意，同時，茅盾與鄭振鐸與他熟悉，暗地裏左傾；第二，傅東華的親哥哥是江蘇省教育廳長，這樣以來，國民黨上海市黨部那裡，鑒於這一層關係，是很容易通過的；第三，傅東華有一「怪病」，即進「輪盤賭」的賭場，而就是這一點也在茅盾眼裏成為加重傅東華非政治色彩的一個砝碼，同樣為《文學》提供了一層保護色。〔註 56〕之於出版書店，鄭振鐸約同胡愈之商談

〔註 53〕 張聞天：《論我們的宣傳鼓動工作》，《張聞天文集》（第一卷），前引書，第320 頁。

〔註 54〕 茅盾：《我走過的道路》（中），前引書，第 86 頁。

〔註 55〕 茅盾：《多事而活躍的歲月———回憶錄十六》，《新文學史料》，1982 年第 3期，第 14 頁。

〔註 56〕 茅盾：《多事而活躍的歲月———回憶錄十六》，《新文學史料》，1982 年第 3期，第 14～15 頁。

鄒韜奮，定下了生活書店，對此茅盾非常高興，因為生活書店比較牢靠，「它不同於那些隨時面臨著被國民黨查封危險的『紅色』小書店，而有個可靠的背景——黃炎培的中華職業教育社。」〔註57〕這樣以來，茅盾等人就可大大減少與國民黨書報檢查的糾纏，同時，茅盾又將《文學》打扮成「商業性」的刊物，雖然，在 1934《文學》也被強迫送稿審查，也被抽刪稿件，但正式憑藉茅盾的「灰色」辦刊策略，使文學能夠自 1933 年 7 月創刊以後持續到上海淪陷，成為籠罩在國民黨書報審查制度之下的三十年代上海文壇上大型文藝刊物中壽命最長，影響也最大的一個刊物，從而為左翼文藝的發展提供了一個不可多得的合法公開的文藝宣傳陣地。

第三節　書報審查對作家寫作的影響

　　毫無疑問，無論哪個國家，只要制定與頒行實施書報審查的法律或法令，都會不同程度地影響文學生產的正常過程。對於崇尚文學自由與獨立的作家來說，他們在文學藝術上充滿個性自由地想像和表達與掌權者對其採取警察式的書報審查，在任何歷史時期都顯得格格不入。如果說「五四」新文學之所以吸引人的地方在於作家解放了的個性在文學作品中得到了純粹的自由表達及其作品中人格魅力的彰顯。那麼，在國民黨實施書報審查的三十年代上海文壇，這種「五四」時期的率性而談的寫作則遇到了諸多的「禁違」，使作家的心理產生了顧忌，設置了「禁區」，從而形成了一種「自我審查」的心理意識，文學的「寫什麼」與「怎麼寫」便成了作家提筆前的一個鐐銬式強加的問題，這對於任何一個實施書報審查制度的國家的作家來說，都面臨同樣的問題。

　　文學評論家別林斯基說，在尼古拉一世時期，所有自由思想都是禁止的，甚至「二加二等於四」，以及「冬天是冷的，夏天是熱的」這一類真理。他歎息道，「大自然讓我像狗那樣吠，像豺那樣嚎，可是環境逼迫我像貓那樣嗚咽，像狐狸那樣把尾巴藏起來。」普希金在給他妻子的信中說，「只有魔鬼才會想到讓我帶著這樣的思想和才能出生在俄國」。〔註58〕同樣身處 19 世紀書報審查制度之下的奧地利作家說道，「在奧地利，一個作家不能冒犯任何政府，不

〔註57〕茅盾：《多事而活躍的歲月———回憶錄十六》，《新文學史料》，1982 年第 3 期，第 14～15 頁。

〔註58〕沈固朝：《歐洲書報檢查制度的興衰》，前引書，第 194 頁。

能批評任何大臣，不能觸怒任何有影響的僧侶集團成員，也不能頂撞貴族。他不能是一個自由派份子，不能是哲學家，也不能做幽默家——總之，他什麼都不是，因爲諷刺和戲謔已經包括在違禁言行中了。他還不能解釋任何事情，因爲他們會把這看成嚴肅的思想……如果莎士比亞到奧地利來寫作，他會變成什麼樣子？」〔註59〕

對生活於文學審查中心上海的上海作家來說又會怎樣呢？郁達夫在上海居住的時候，其居所掛著一副自己寫的對聯「避席畏聞文字獄，著書都爲稻粱謀」（錄龔定庵詩句）〔註60〕無論是告誡自己隨處留心莫闖「禁違」，還是以此表明自己對國民黨製造的「文字獄」的強烈不滿與批判，都說明了當時上海文壇生存的現實環境與作家對文學審查及其所可能造成結果的關注，而這顯示出書報審查對作家由外而內的影響，即演變深化爲作家內部的心理創作顧忌，無論是迎難而上抑或知難而退，均體現出文學審查所留下的影響。除了檢扣、查禁左翼文藝書籍、刊物之外，相對於國民黨在上海組織起的「民族主義文學」，其他傾向的文藝，亦受到其投來的「輿論的壓迫」，1930 年 6 月之後的民族主義文學家的大活動，凡不和他們一致的，幾乎都稱爲「反動」，當時魯迅頓生「有不給活在中國之概」，他的譯作是無處發表，書報當然更不出了。「書坊老闆就都去找溫暾作家，現在最流行的是趙景深汪馥泉」，左翼作家們只好「都躲著」。〔註61〕

但作爲作家卻又不能不動筆寫作，動筆自然就要有所顧忌。茅盾在《文學》雜誌上連載的短篇小說《牯嶺之秋》實際上就是一篇「半肢癱」的作品。茅盾本想以 1927 年 7 月自己從武漢經九江到牯嶺的親身經歷爲背景來寫大革命失敗後一部分知識分子的思想波動和心理變化，並各自走向了不同道路的作品。但當他寫完第四章就遇到了困難：第五章以後應該寫這幾個知識分子上了牯嶺，有的趕往南昌參加了「八一」起義，有的則滯留在牯嶺，

〔註59〕 沈固朝：《歐洲書報檢查制度的興衰》，前引書，第 161 頁。

〔註60〕 唐弢：《饒了她》，《晦庵書話》，前引書，第 104 頁。
全詩爲「金粉東南十五州，萬重恩怨屬名流；牢盆狎客操全算，團扇人才踞上游。避席畏聞文字獄，著書都爲稻粱謀。田橫五百人安在，難道歸來盡列侯？」此詩，龔自珍作於道光五年，即 1825 年，雖曰「詠史」但實則諷今，對清朝在思想文化上施行的高壓禁錮之策，大興「文字獄」的歷史事實予以揭露。

〔註61〕 魯迅：《致崔真吾》，王世家、止菴編：《魯迅著譯編年全集》第拾貳卷，前引書，第 416 頁。

有的回了上海；在內容上必然要涉及不少當時禁違的東西。這使茅盾很難下筆，因為在 1933 年 11 月他已聽說國民黨又要對左翼文藝書刊展開大肆撻伐，而當時茅盾主編的《文學》面臨著被禁的危險。不寫這些內容或者用暗示和側筆，又覺得沒有多大意思。於是茅盾只好割捨小說的主要部分，匆匆來一個結束。並在《文學》上加了一個附言聲稱說，這篇小說原共九章，但寫完後第五章至第八章卻忽然不見，找不到於是將第九章提前算作最後一章登出。〔註62〕

　　上面的例子已經可以看出，只要書報審查制度存在，它也就必然對作家產生種種影響，誠如科勒克所說「書報檢查制度的存在本身就已經改變了創作、書價和讀者社會結構。」〔註63〕可以說，書報審查制度在「三十年代」的上海文壇，已經深深地嵌入文學的生產活動。在這個意義上來說，書報審查制度下的現代文學的發展就是一部反審查與審查鬥爭的文學史。

　　菲舍爾・科勒克指出，「無一社會制度允許充分的藝術自由。每個社會制度都要求作家嚴守一定的界限」，符合權力者希望看到的作家與作品，他們就會提倡與獎勵，反之他們便會排斥、鄙視，運用書報檢查的手段「決定性地干預作家的工作」。為了不被禁止寫作或作品遭受檢查刪改，「作家會選擇文學體裁，在內容上走到被允許範圍的最邊緣，或者改變風格，比如將要說的話用比喻或異域風情的外衣遮掩起來。」〔註64〕而這對於身處書報審查制度之下的不同國家作者來說，都會採取的策略，因為他們要寫作，就必須選擇適宜地應對文學審查的方法。

　　「鑽網」意識之於魯迅至遲自 1920 年代中期開始，可以說，自此始終伴隨他一生。如果說魯迅的雜文是在上海時期的「鑽網」中愈加自覺與成熟的話，那麼同樣，來自書報審查的反作用力，也使魯迅的雜文在後期的寫作心理與創作欲望上給予了不小的打擊。尤其是圖書雜誌審查委員會於 1934 年在上海建立之後。

　　魯迅文藝作品常常遭到抽骨與刪削的待遇，尤其自 1933 年起更是如此。《王化》一文意在諷刺與批評當時政府只知對內以飛機「下蛋」炸死三千猺

〔註62〕　茅盾：《我走過的道路》（中），前引書，第 207～208 頁。
〔註63〕　〔德〕菲舍爾・科勒克：《文學社會學》，張英進、于沛編：《現當代西方文藝社會學探索》，海峽文藝出版社，1987 年，第 37 頁。
〔註64〕　〔德〕菲舍爾・科勒克：《文學社會學》，張英進、于沛編：《現當代西方文藝社會學探索》，前引書，第 38 頁。

民而後又挑選代表外出觀光，以示政府「王化」的「寬仁政策」，而對侵略中國的日本則只敢於實行卑躬屈膝的「修文德」以服遠人的奴化之舉，來獲取精神上的自我勝利。該文在原稿審查時，被書報審查處抽掉，魯迅於是作一後記自嘲自己既非猺民而又居租界，幸得免於因作文而受「國貨的飛機來『下蛋』」的禮遇，而在白色籠罩的書報審查之下，進步的革命之士也只能「一聲不響，裝死救國」了。〔註65〕

1933 年底，上海文壇的情況則更為糟糕，國民黨正在掀起「文化剿匪」的高潮，11 月份傳聞有三十餘人的所有文藝作品被查禁，而魯迅在報章上的投稿亦久不能登載。11 月 20 日，在《致鄭振鐸》的信中，魯迅說「這一個月來，我的投稿已被封鎖」，即使那些魯迅認為「無聊」的文字，也被投入禁忌之列，頓生「時代進步，諱忌亦隨而進步」之感歎。〔註66〕但文章偶而能在《申報月刊》上發表，則並非審查老爺專為魯迅開一小扇透氣的窄窗，用魯迅的話說那是因為上海當局對於出版者之交情，並非對於他的寬典，在滿是白地的出版界，魯迅不能不避實就虛，顧彼忌此起來，此種情狀對魯迅來說是「有生以來所未嘗見」的，這使他非常氣悶，冒出了文章「早欲不作」的念頭。〔註67〕而作於 12 月 30 日《阻郁達夫移家杭州》中的「墳壇冷落將軍岳，梅鶴淒涼處士林」〔註68〕兩句是否也透露出魯迅等左翼文人處當時上海文壇的沉悶孤寂之情呢？沒有了可以自由說話的地方，魯迅也只能在可說處說一點，不能說處便罷休，與其所投文章被審查老爺或小姐們刪而又刪，有如講起昏話，不如沉默或索性不投稿。

但隨之國民黨對書報的查禁日益嚴厲，1934 年 2 月 19 日查禁的 149 種文藝書籍，深深刺激了魯迅。在這 149 種禁書中，魯迅被禁的著譯文藝作品最多，共計 12 種：《果樹園》魯迅譯（現代書局）、《高爾基文集》魯迅譯（光華書局）、《現代新興文學的諸問題》魯迅譯（大江書鋪）、《毀滅》魯迅譯（大江書鋪）、《藝術論》魯迅譯（大江書鋪）、《文藝與批評》魯迅譯（水

〔註65〕 魯迅：《〈王化〉後記》，王世家、止菴編：《魯迅著譯編年全集》，第拾伍卷，前引書，第 158 頁。

〔註66〕 魯迅：《致鄭振鐸》，王世家、止菴編：《魯迅著譯編年全集》，第拾伍卷，前引書，第 506 頁。

〔註67〕 魯迅：《致臺靜農》，王世家、止菴編：《魯迅著譯編年全集》，第拾伍卷，前引書，第 544 頁。

〔註68〕 魯迅：《阻郁達夫移家杭州》，王世家、止菴編：《魯迅著譯編年全集》，第拾伍卷，前引書，第 553 頁。

沫書店)、《文藝政策》魯迅譯(水沫書店)、《魯迅自選集》魯迅著(天馬書局)、《而已集》魯迅著(北新書局)、《三閒集》魯迅著(北新書局)、《爲自由書》魯迅著(北新書局)、《二心集》魯迅著(合眾書局)。此外,蔣光慈被禁 11 種、郭沫若 10 種、茅盾 8 種、馮雪峰 8 種、顧鳳城 8 種、蓬子 8 種、洪靈菲 8 種、錢杏邨 7 種、王獨清 6 種、田漢 5 種,而其他左翼或左傾作家柔石、胡也頻、丁玲、陳望道、華漢、周起應等均有文藝作品在被禁之列。

國民黨此舉著實讓魯迅十分氣憤,他本想爲《文學季刊》寫篇小文章,但卻爲了賭氣,非要在日內編印一本雜感,即《準風月談》,以此來突破國民黨對文壇的重重壓迫,因此在 1934 年 2 月 24 日《致鄭振鐸》信中說「此事不了,心氣不平,宜於《文季》之文,不能下筆,故此次實已不能寄稿,希諒察爲荷。」〔註 69〕雜感集很快編好,但這次編的雜感集不同於已往,魯迅爲了向國民黨對左翼作家實施的壓迫進行反擊,他特意將原稿審查時被刪改的文字「大概補了上去,而且旁邊加黑點,以清眉目。」並且在《準風月談》前記中,將國民黨的書報檢查制度與日本相比較說,日本的刊物亦有禁忌,但被刪之處或留空白或加虛線,使讀者能夠知道刪節的存在,但「中國的檢查官卻不許留空白,必須接起來,於是讀者就看不見檢查刪削的痕跡,一切含糊和恍忽之點,都歸在作者身上了。這一種辦法,是比日本大有進步的」,國民黨如此嚴厲無理的刪削,與日本相比,國民黨只有敢做而不敢當的勇氣,存在著卑怯的意念。所以魯迅特意提出來,其目的在於保存「中國文網史上極有價值的故實。」〔註 70〕

國民黨上海黨部不僅通過書報審查來直接打壓左翼文藝,而且主持成立國民黨文藝社團對魯迅等左翼作家展開公開的壓迫,可謂火上澆油式的文藝幫凶。成立於 1934 年 7 月的微風社便是一例。7 月 25 日,微風文藝社舉行的第一次社務會議就意欲掀起對左翼文藝新一輪徹底的壓迫,該會提交了聲討魯迅、林語堂應如何辦理案,議決函請國內出版界在「魯迅、林語堂作風未改變之前,拒絕其作品之出版」、「全國報界在魯迅、林語堂未改變作風以前,一概拒絕其作品之發表及廣告」,會上污蔑魯迅與林語堂爲「文妖」並決定呈

〔註 69〕 魯迅:《致鄭振鐸》,王世家、止菴編:《魯迅著譯編年全集》,第拾陸卷,前引書,第 63 頁。

〔註 70〕 魯迅:《〈準風月談〉前記》,王世家、止菴編:《魯迅著譯編年全集》,第拾陸卷,前引書,第 77 頁。

請國民黨黨政機關嚴厲制裁兩人，並且警告魯迅及林語堂迅即改變其作風，否則誓與周旋。與此同時，在全國文藝界發起對普羅、頹廢文藝的一致攻擊，呈請中宣會暨各地黨政機關對其嚴厲查禁；同時函請全國出版界對於普羅、頹廢文藝之作品，一概拒絕其出版。〔註71〕微風社的社務會議內容在上海影響極大的《申報》上做了報導，這一可以看出《申報》的立場；二看出微風社意欲擴大宣傳影響，無疑是想將左翼文藝趕盡殺絕。

1934年是國民黨瘋狂審查原稿的一年，面對上海審查「老爺」的「好成績」，魯迅在年底已經有一言難盡之慨，尤其是爲《文學》1935年第一期所作《病後雜談》，全文七八千字而在審查時卻被在書報檢查處裏面做官的「文學家」們刪得只剩下一千餘字，此事在魯迅給友人的信中多次提及，可見他對此十分不滿。在多次刪稿的氣悶之下，他在12月31日《致劉煒明》信中又一次表達了從明年起不再在期刊上投稿的想法，但魯迅卻並沒有放棄反抗，而是決意在1935年索性用功來做整本的書，以此使得檢查官們無稿可刪，同時又以整書來突破國民黨對左翼文壇的迫壓。〔註72〕魯迅在1935年將先前寫的雜文陸續編定結集爲《花邊文學》、《且介亭雜文》、《且介亭雜文二集》，其中幾乎每一集都有雜文被刪改或禁止。

從魯迅後期雜文的創作來看，在國民黨的書報審查之壓迫下，魯迅的雜文在數量、風格、創作心理上都有著明顯的變化。從創作數量上來看，1933、1934年《自由談》時期創作的雜文是魯迅整個雜文創作生涯的高峰期，但所承受來自國民黨書報檢查之壓迫也最大，在魯迅的書信中常常向對方傾訴作文的「避忌」使他如骨鯁在喉，不得不一吐爲快，但如果雜文寫得太硬且直，則爲人所憎而不能登載，魯迅自己也不得不更加婉約其辭。記得1925年魯迅在給許廣平寫的信中指出，「女性」文章雖犀利而不沉重，罕有正對論敵的要害，是只具小毒的長文，不似能直接給予論敵以致命重傷的劇毒的短文，而魯迅無疑是善於作這種「男性」短文的文壇高手。1933、1934年間，在魯迅的帶動下，當時寫雜文蔚然成風，「許多從來不寫雜文的作家，也在《自由談》上或者其他報刊上寫起了雜文，一些左翼青年作者更竟相學習或模倣魯迅雜

〔註71〕《申報》，1934年7月26日。出席微風文藝社第一次社務會議者有：朱小春、梅子、童赤民、賴紫紋、蘇椿蓮、高完白、黃靜廠、陳東白、朱志鳴、吳時俊、刑慧民、尤其等十餘人。主席朱小春，記錄童赤民。

〔註72〕魯迅：《致劉煒明》，王世家、止菴編：《魯迅著譯編年全集》，第拾柒卷，前引書，第317～318頁。

文的筆調。」〔註 73〕但無奈時過境遷，在言論自由被壓迫到只能說「老爺，你的衣服……」為限的程度時，魯迅雜文的風格也不得不寫得「嬉皮笑臉」「油腔滑調」而又「非屢易筆名不可」。〔註 74〕如果魯迅再憶起對許廣平所說的「女性」長文與「男性」短文時，又會有何感想呢？恐怕也是上海文壇之奇狀，平生所未嘗見罷。

　　1934 年 6 月，上海書報審查委員會開始公開審查文藝原稿之後，稿子被「抽骨」已經習以為常。在一次閒談中，魯迅的一個朋友說：「現在的文章，是不會有骨氣的了，譬如向一種日報上的副刊去投稿罷，副刊編輯先抽去幾根骨頭，總編輯又抽去幾根骨頭，檢查官又抽去幾根骨頭，剩下來還有什麼呢？」而魯迅則是自己先抽去了幾根骨頭，否則，連「剩下來」的也不剩。所以，魯迅那時發表出來的文字，有被抽四次的可能。〔註 75〕就這樣在上海書報檢查員瘋狂的抽骨與刪改魯迅文章後的 1934 年底，魯迅決定不再向刊物投稿了。事實上並非一稿未投，但寫作雜文與前兩年比也確實少得可憐。魯迅自己坦言「為了內心的冷靜和外力的迫壓，我幾乎不談國事了，偶而觸著的幾篇，如《什麼是諷刺》，如《從幫忙到扯淡》，也無一不被禁止」〔註 76〕當時有青年可惜魯迅不大寫文章並聲明他們的失望，而那些青年也正是沒有注意到國民黨對上海文壇施以言論壓迫的事實，這使魯迅詫異，而提醒他們「評論作家的作品，必須兼想到周圍的情形。」〔註 77〕但現實的情形愈到後來愈使魯迅感到痛苦，以致 1935 年 12 月 31 日，在編完《且介亭雜文二集》後，在其序言中，寫下了這樣的話「我的不正當的輿論，卻如國土一樣，仍在日即於淪亡，但是我不想求保護，因為這代價，實在是太大了。」〔註 78〕

　　魯迅雖然代表不了左翼文壇的整體，但他卻是國民黨對上海文壇施以各

〔註 73〕　茅盾：《我走過的道路》（中），前引書，第 189 頁。

〔註 74〕　魯迅：《致姚克》，王世家、止菴編：《魯迅著譯編年全集》第拾伍卷，前引書，第 475 頁。

〔註 75〕　魯迅：《〈花邊文學〉序言》，王世家、止菴編：《魯迅著譯編年全集》第拾玖卷，前引書，第 507 頁。

〔註 76〕　魯迅：《〈且介亭雜文二集〉序言》，王世家、止菴編：《魯迅著譯編年全集》第拾玖卷，前引書，第 521 頁。

〔註 77〕　魯迅：《〈且介亭雜文二集〉後記》，王世家、止菴編：《魯迅著譯編年全集》第貳拾卷，前引書，第 6 頁。

〔註 78〕　魯迅：《〈且介亭雜文二集〉序言》，王世家、止菴編：《魯迅著譯編年全集》第拾玖卷，前引書，第 521 頁。

種壓迫首當其衝的重點對象，因此，可以在魯迅身上看到此種壓迫所能達致
何種程度，以此就可以窺見國民黨對上海左翼文壇壓迫的大體事實，所以在
上面我們以魯迅個人為對象做了考察。

第七章　法治與黨義的論爭——
文學的獨立與自由

　　法律文化概念的出現，大約是 20 世紀 60 年代的事情，並且一開始就受到政治文化概念的影響。蘇珊・豐德爾說美國學者最初所使用的法律文化概念似乎是從政治家那裡借來的，後者自 1956 年以來就一直使用政治文化一詞，而亨利・埃爾曼則認爲法律文化只是把政治文化概念推廣而用於法律研究。〔註 1〕但是，誠如盧曼所說，「儘管政治與法律之間有著緊密聯繫這是毋庸置疑的，但這無論如何不能成爲說明只有一個系統的理由。相反，對它們的恰當表述要求我們把兩個不同的系統參照基準作爲出發點。」〔註 2〕因此，雖然法律文化的概念起初受到了政治文化的影響，但我們不可否認的是，法律文化成爲一個自我生長的文化子系統的獨立性及其對人的注重與影響。只有在明確的區別意識下，我們將法律文化理解爲人們對於法律及法律現象的一系列認識、信仰、看法、態度、價值、心理、評價有關法律的觀念形態，是關於法律產生、發展以及運行機制的各種觀念的總和。在「觀念」的維度上，J. H. Merryman 認爲，法律文化是關於法律的性質、關於法律在社會與政治體中的地位、關於法律制度的專有組織和應用以及關於法律實際或應該被如何制定、適用、研究、完善及教授的一整套植根深遠、並爲歷史條件所制約的觀念。法律傳統將法律制度與它只是其中一部分的文化聯繫起來。〔註 3〕

〔註 1〕　劉作翔：《法律文化理論》，商務印書館，1999 年 5 月第 1 版，第 36 頁。
〔註 2〕　〔德〕盧曼：《社會的法律》，鄭伊倩譯，前引書，第 228 頁。
〔註 3〕　J. H. Merryman, *The Civil Law Tradition*, Stanford: Stanford University Press,

　　在法律文化與法律之間，作為觀念與精神等綜合載體的法律文化，將其自身「所載」輸入並以此來構建法律制度。法律制度作為一種外在的規範性結構（與內在的法律文化觀念相比），就成為法律文化的產物，而法律制度又反過來規範著法律文化所載的價值觀念，並由此形成互動關係。也正是在這個意義上，弗里德曼認為「法律文化是重要的」，因為法律文化幫助製造對法律制度的真實要求，並指出法律文化建造法律制度結構，「結構反過來對態度起作用」，「因為它規定什麼是可能的，確定什麼是普通的並形成那種文化中思想轉動的圈子」，法律制度又是法律文化的「寶貴證據」，它透露出法律文化的「根本態度」，「猶如衣服顯示形體」。〔註4〕也正是在法律文化（態度）與法律制度（結構）雙向交互作用的意義上，我們有必要對上世紀「三十年代」國民黨政府在上海實施的法律制度（具體到本章主要是書報審查制度）與法律文化之間存在著怎樣的關係予以考察。因為上海文壇被置於當時法律的「態度」與「結構」的互動作用之下。事實上，「三十年代」上海文壇也確實存在著一群知識分子憑藉自身秉持的法律文化向國民黨提出了種種法律要求，意欲改變「法律結構」，同時受到既有「法律結構」影響的作用，這就是1929年「新月派」發起的人權運動，而這一運動興起的背景正是國民黨書報審查制度在「三十年代」上海的實施。

　　弗里德曼將法律文化作了外部與內部的區分：外部法律文化是一般人的法律文化，內部法律文化是從事專門法律任務的社會成員的法律文化。每個社會都有法律文化，但只有有法律專家的社會有內部法律文化。啟動法律過程的是對制度的要求，利益必須轉變成要求。本是外部法律文化一部分的態度和要求必須加工使之符合內部法律文化的必要條件。〔註5〕這裡，按照「內外」來劃分，體現不出本章重點考察的「新月派」與上海國民黨人的人權論爭，因此，在內外的啟發下，從本章所需論述對象出發，我們將法律文化分為一般人的、社會精英的以及國民黨官方的法律文化。

　　在本章中，「一般人」的法律文化指的是平民老百姓有關法律的諸種觀念

　　　　1969, p.2.引自〔美〕埃爾曼：《比較法律文化》賀衛方、高鴻鈞譯，清華大學
　　　　出版社，2002年，第13頁。

〔註4〕〔美〕勞倫斯・M・弗里德曼：《法律制度——從社會科學角度觀察》，李瓊
　　　　英、林欣譯，中國政法大學出版社，2004年，第265頁。

〔註5〕〔美〕勞倫斯・M・弗里德曼：《法律制度——從社會科學角度觀察》，前引
　　　　書，第261頁。

的認識；「社會精英」的法律文化指的是受過高等教育乃至有過留學背景、包括政法的專業與非專業知識分子有關法律的諸種觀念的認識；「官方」的法律文化指的是在國民政府時期擔任官職的國民黨人及其站在國民黨立場上的法律文化，這其中也包括政法專業與非專業人士。這裡我們主要考察以「新月派」爲代表的社會精英的法律文化、上海國民黨人的法律文化以及同爲「社會精英」的左翼文藝家的法律文化。在此間我們可以看出三十年代上海文壇的文學自由與國民黨的「黨義」控制之間種種關係的緊張，其間的鬆弛與緊繃，塑造了三十年代上海文壇生存的政治與法律氣候。

在法學者那裡，包羅萬象的「禮」既被視爲中國傳統文化的核心，又是中國傳統法的靈魂，它貫穿了整個「中華法系」的思想，雖然不能說禮就是傳統中國的憲法，但是它卻在中國傳統社會中起到了與憲法相類似的作用。〔註6〕實際上，禮即爲法，對此嚴復說道，「西文法字，於中文有理禮法制四者之異譯，學者審之」，「西人所謂法者，實兼中國之禮典。中國有禮刑之分，以謂禮防未然，刑懲已失。而西人則謂凡著在方策，而以令一國之必從者，通謂法典。至於不率典之刑罰，乃其法典之一部分，謂之平涅爾可德，而非法典之全體，故如吾國《周禮》、《通典》及《大清會典》、《皇朝通典》諸書，正西人所謂勞士。」〔註7〕

以禮爲法的古代傳統中國，是一個貴賤、尊卑、長幼、親疏都有分寸的社會，這樣的社會是儒家的理想社會，而禮就是維持這種社會差異的工具。〔註8〕陳寅恪指出，中國政治社會的「一切公私行動莫不與法典相關，而法典爲儒家學說具體之實現。故二千年來華夏民族所受儒家學說之影響最深且巨者，實在制度法律公私生活之方面。」〔註9〕這樣「禮教構成了國家的一般精神」〔註10〕而這在新文化運動者看來與西方法治國是背道而馳的。陳獨秀就

〔註6〕　相關論述請見馬小紅：《禮與法：法的歷史連接》，北京大學出版社，2004年，第76～82頁。

〔註7〕　平涅爾可德：Penal code，即刑法。勞士：Laws，即法。嚴復：《〈法意〉按語》，《嚴復集》第四冊，王栻主編，北京：中華書局，1986年1月第1版，第935～936頁。

〔註8〕　瞿同祖：《中國法律與中國社會》，中華書局，2003年，第295頁。

〔註9〕　陳寅恪：《審查報告三》，見馮友蘭《中國哲學史》下冊，上海：華東師範大學出版社，2000年，第440頁。

〔註10〕　〔法〕弗朗斯瓦·魁奈：《中華帝國的專制制度》，談敏譯，商務印書館，1992年，第73頁。

認為「西方所謂法治國者，其最大精神，乃為法律之前，人人平等，絕無尊卑貴賤之殊」。〔註11〕而中國傳統社會則是要遵守尊卑貴賤的分殊之別。

礼法在維持社會統治秩序的穩定上發揮過重要作用，但這是建立在對個人性情自由的壓制基礎上得來的。誠如馮友蘭指出，人之性情之真的流露，必須合禮，才被認為是至好的，這樣，個人性情之自由便不得不受到禮的約束，言禮則注重社會規範對個人的制裁。〔註12〕於是中國人的文化思維總是因循傳統，孔子所謂的「述而不作」更是對此的典型概括。正因此，禮法的存在導致了中國文學的「短處」，即「它箝制想像，阻礙純文學的盡量發展。」〔註13〕楊振聲在《禮教與藝術》一文中的論述，頗能代表新文學作家對禮教與藝術之衝突關係的看法，他在文中如下說道：

> 禮教是以預定的方式把人類的行為放在方格子裏，處處要你的行為如同幾千年前文化初開時，那一般人的行為一模一樣。所以禮教是拉了人向後退的。……至於藝術，是對於原有的生活方法 Art of living 不滿意，原有的表現藝術 Art of Expression 不以為然，所以總用了創造的想像力 Creative Imagination 去開創新生活。她的使命是永遠向新的路上走。……自老子之小國寡民與柏拉圖之共和國以及最近 H. Gwells 之新理想國，皆屬此類，禮教是把人類看為一塊土作出來的傀儡，可以用一種大經大法，範圍恒河沙數眾生，所以說是放諸四海而不易，惟之百世而皆準。它看全世界只有一個人，就是聖人的模子造出來的那個模範人。藝術是個性的表現，處處是個人的生活方法與其人生觀念之流露。藝術要作耕田的牛，步步去開荒；禮教要人作磨坊的驢，步步是舊路。這樣看來禮教與藝術是相反的，……藝術的內容是什麼？我敢大膽說一句，就是人性與禮教之衝突。〔註14〕

在這裡，「五四」新文學的重要價值與意義，就在於反抗封建禮教束縛的

〔註11〕陳獨秀：《憲法與孔教》，《新青年》第 2 卷第 3 號。

〔註12〕馮友蘭：《中國哲學史》（上冊）華東師範大學出版社，2000 年，第 58～63 頁。

〔註13〕朱光潛：《朱光潛全集》（第一卷），安徽教育出版社出版，1987 年，第 294、297 頁。

〔註14〕楊振聲：《禮教與藝術》，《現代評論》第 1 卷第 8 期，1925 年 1 月 31 日，第 15～16 頁。

新文化運動中，追求個人的解放、個性的自由。而中國的文學因此第一次成爲了「個性的文學」。誠如錢理群等人所說「五四文學的全部魅力，並不在於其思想的深刻與藝術的成熟——在這些方面，毋寧說是膚淺與幼稚的，而正在於文學中作家個性的自由表現，以及由此產生的作品的人格吸引力。」〔註 15〕這一魅力的取得顯然來自於「五四」新文化運動對封建三綱五常的批判，在禮即法的角度上，也就是對中國傳統法的批判，推翻中國傳統禮政後得來的個性自由的釋放與張揚，在這個意義上，「五四」新文化運動就是一場新的法律文化的運動，文學革命也就是一場通過藝術手段向封建禮法宣戰的革命，是對新的法律文化的藝術表達與宣揚。

「『五四』又是一個開啓了中國憲政思想歷程轉軌的時代。西方憲政文化所內含的民主、自由、人權、法治以及作爲其底盤的個人主義都被『五四』挖了出來。」從而將憲政與個人概念建立起了新的聯繫，即「憲政不再僅僅被看作是能把政治弄上正規，開通通向國家富強之路的一種工具，而它自身就應以尊重個人自由與權利爲基礎。」〔註 16〕正是在這裡，憲政與禮政成爲兩種截然不同的政法統治制度與形式。對於憲政與文學來說，個人自由與權利成爲它們共同的基礎，在這個意義上說，站在個人權利的角度，至少理想的文學獨立與自由，只有在憲政制度下才能得以眞正的保障與實現，如果偏離憲政軌道，文學便失去了現實法律制度的切實保障，就埋下了被蠻橫干預與控制的發展隱患。

文學要實現獨立與自由的常態發展，關鍵在於文學家個人自由與權利的實現，其中從本文的角度來說，思想、言論、表達、出版等自由權利的法定保障以及對政府權力進行有效限制，拒絕政府權力侵入個人自由領域，這一點顯得格外重要。因爲只有在憲政與法治而非禮政與禮治（禮法）的政法環境下，文學才能擺脫傳統的三綱五常的奴隸羈絆、從道德附庸的附屬品中解放出來，擁有與道德政治無涉的自由立場，只有在眞正的法治環境下，作家的個人自由與權利才能得法律之保護，人格才能獨立，個性才能發展，思想才能不被統一，想像力才不會受到蠻橫的限制與壓迫，文學才能得以自由、獨立而常態的發展。誠如法學者馮象指出的那樣，在理想的法治條件下，文

〔註15〕 錢理群、吳曉東：《文學的轉型與新文化運動》，《海南師院學報》，1994 年第 4 期，第 32 頁。

〔註16〕 王人博：《憲政文化與近代中國》，法律出版社，1997 年，引言第 5～6 頁。

學非但無教化、不「發生」，與人們的倫理道德和政治立場無關，因而屬於法治社會的邊緣話語；而且是多虧了法律的保護，才得以存在、傳播而產生影響的。按照這個道理，法治稍稍懈怠或遭受破壞，文學就會立刻迷失方向，陷入政治、道德和意識形態的沼澤。於是法治的邏輯便是：文藝創作只能是純粹個人的努力；此努力靠一種市場化的、基於個人權利的言論自由和物質刺激機制來實現。〔註17〕

第一節　「新月派」的人權運動——一場尋求文學法治的法律文化運動

　　三十年代上海「新月派」發動的人權運動是針對在「黨治」統治下人權喪失殆盡現實狀況，尤其是對文藝領域至關重要的思想、言論、出版等自由受到國民黨政府嚴重壓迫的社會現實，發出制定憲法，建構法治基礎，限制國民政府權力並將其納入法律規範，以保護人權，保障文學自由的法律文化運動。

　　自1927年南京國民政府成立之後，國民黨的政治權威日益凌駕於社會之上，在書報審查制度以及下面的論述中我們會看到，為了服務其鮮明的政治

〔註17〕 馮象：《木腿正義》（增訂版），北京大學出版社，2007年，第31頁。
　　　　 法治的邏輯為我們「文學與法律」的研究提供了一定的啟示，但這個邏輯畢竟是理想化的。個人獨立自由的文藝創作確實需要依靠市場化以及言論自由權利的享有與物質刺激機制來實現，在我看來這是現代文學實現現代轉型所必須依賴的，而且在某種程度上說，這些因素的出現是文學由傳統向現代轉型的部分歷史前提。與「在理想的法治下文學非但無教化，『不發生』，與人們的倫理道德和政治立場無關，因而屬於法治社會的邊緣話語」相區別的是，我更樂於一種理性選擇的自由，即在文藝市場化的運作機制下，得以享有言論自由的個人文學創作，擁有與倫理道德和政治立場是否發生關係的自由，即在基於並合乎個人權利為正當性依據的良好且普遍的法律制度下，個人的文藝創作有倫理道德化與政治立場化的自由，也由排除倫理道德化與政治立場化的自由，此處的倫理道德與政治立場均應該是現代的。無論何種選擇，文學作品應該如同社會上的個人一樣，都要受到人人平等而公正的待遇，國家或政府權力並不能隨意侵犯。至於何種文學能夠贏得讀者的青睞，則要看法治條件下文藝市場的現實消費情況了。與此同時，我們也要看到這種理性選擇的自由及其所應受到的法律保護也是帶有理想性。因為1927年南京國民政府成立之後，對具有鮮明政治立場的上海左翼文學運動通過「立法」從而「依法」對其進行侵犯與打壓，不僅侵犯了個人的言論自由，嚴重影響了作家個人的文學創作，甚至使年青的文學家為此付出了寶貴的生命。

目的，國民黨不僅壟斷了諸種法律的制定與實施，同時，將孫中山的「遺教」升爲訓政時期的根本大法，「黨義」成爲此一時期法律的根本原則，並試圖通過黨化教育，旨在將以「黨義」爲中心的官方法律文化，發展成爲全社會的法律文化。官方的法律文化要求高度的一致性，而民間的（一般人和社會精英的）法律文化卻呈現出多元化狀態。因此，官方的法律文化常常無法滿足社會及個人對其法定權利的多元需求與期待，與民間社會的法律文化產生不一致的現象，尤其是當政治權威將其意識形態強加於社會時，這種不一致現象就會更加突出。「新月派」與上海黨部等國民黨人的人權論爭，是這種不一致現象的凸顯，無疑可看做是社會知識精英的法律文化向國民政府的官方法律文化的一種挑戰。而這恰好在兩者之間形成了一種關係的緊張，調試著一個國家法律制度文化的框架與走向，也正是這種緊張的存在，使官方意識形態化的法律文化無法真正長久的維持下去，從而爲社會知識精英所從事的各種領域，包括文藝領域留有可進一步生存與發展的空間。

　　新月派的「人權運動」是對中國當時政法環境壓迫的人權喪失的一次不滿的釋放與批評。在寫於 1929 年 5 月 6 日的《人權與約法》中，胡適對當時的歷史處境作出如下判定：（1929 年）是一個「人權被剝奪幾乎沒有絲毫剩餘的時候。」〔註18〕這一歷史景象還不如民國初建時期的政法環境下來的自由。這樣的判斷並非胡適一人所秉持，羅隆基同樣認爲，人權破產是中國當時不可掩蓋的事實。〔註19〕最令人感到痛苦的是「種種政府機關或假借政府與黨部的機關侵害人民的身體自由及財產。如今日言論出版自由之受干涉，如各地私人財產之被沒收，如今日各地電氣工業之被沒收，都是以政府機關的名義執行的。」〔註20〕梁實秋在文章中同樣指出「中國現在令人不滿的現狀之一，便是人民沒有思想自由。」「當局者，濫用威權，侵犯人民言論出版自由，不准人民批評，強迫人民信仰某一種主義」。〔註21〕面對如此的社會現實，胡適等人對當時國民政府的法律失去了信心，陷入茫然與無奈而近於一種憤慨的指責，胡適說道：「我們就不知道今日何種法律可以保障人民的人權。中華民國刑法固然有『妨害自由』等章，但種種妨害若以這個政府或黨部名義行之，人民便完全沒有保障了。」而且無論什麼人，只須貼上「反動分子」「土

〔註18〕　胡適：《人權與約法》，《新月》，1929 年第 2 卷第 2 號。
〔註19〕　羅隆基：《論人權》，《新月》，1929 年第 2 卷第 5 號。
〔註20〕　胡適：《人權與約法》，《新月》，1929 年第 2 卷第 2 號。
〔註21〕　梁實秋：《思想自由》，《新月》，1929 年第 2 卷第 11 號。

豪劣紳」「反革命」、「公黨嫌疑」等招牌，便都沒有了人權的保障。「無論什麼書報，只須貼上『反動刊物』的字樣，都在禁止之列，都不算侵害自由了。無論什麼學校，外國人辦的只須貼上『文化侵略』字樣，中國人辦的只須貼上『學閥』『反動勢力』等字樣，也就都可以封禁沒收，都不算非法侵害了。」〔註22〕而如此的「貼標籤」式的罪名，似乎已經大大失掉了法律的客觀公正與標準的明晰，而更多的是出於政治鬥爭的需要抑或源於權力的主觀意志。因此，在如此「貼標籤」式的罪名之下，重要的倒並不在於你是否犯了什麼罪，而在於你是否順應權力意志的主觀政治意願。1927 年，魯迅將其看作是國民黨法律上的一種新「世故」。魯迅說道「法律上的許多罪名，都是花言巧語，只消以一語包括之，曰：可惡罪。」我先前總以為人是有罪，所以槍斃或坐監的。現在才知道其中的許多，是先因為被人認為「可惡」，這才終於犯了罪。許多罪人，應該稱為「可惡的人」。〔註23〕

國民政府時期的立法體現出鮮明的政治目的。國民政府的政治行為在法律上沒有規定相應的權限，人民的自由與權利，自然也就得不到法律切實的保障。因此，在胡適看來，今日如果真要保障人權，就要確立法治基礎，要政府官吏的一切行為都不得逾越法律規定的權限，這首先要做的就是應該制定一個中華民國的憲法，至少也應該制定所謂訓政時期的約法，以此來規定國民政府的權限，如有侵犯約法規定人民的身體、自由及財產的權利，無論是誰，人民都可以控告，都要受到法律的制裁。由此，胡適提出要快快制定約法以確定法治基礎，以保障人權的主張。〔註24〕基於此，胡適在重要的綜合性文藝刊物《新月》上發動了一場與政治有關的法律文化運動。這場運動被無產階級文學運動者彭康從人權運動的目的與步驟上將其又稱為「憲法運動」。〔註25〕這一概括實際上符合人權運動的「邏輯」，羅隆基從功用的角度認為法律的功用是用來保障人權，因此法律源於人權而產生，在《論人權》中他對人權運動的邏輯順序作出了說明，即「爭人權的人，主張法治」，「爭法治的人先爭憲法」。〔註26〕其中，爭憲法的主要目的便是向國民黨提出制定

〔註22〕 胡適：《人權與約法》，《新月》，1929 年第 2 卷第 2 號。

〔註23〕 魯迅：《可惡罪》，王世家、止菴《魯迅著譯編年全集》第捌卷，前引書，第 438 頁。

〔註24〕 胡適：《人權與約法》，《新月》，1929 年第 2 卷第 2 號。

〔註25〕 彭康：《新文化運動與人權運動》，《新思潮》第 4 期，1931 年 2 月 28 日。

〔註26〕 羅隆基：《論人權》，《新月》，1929 年第 2 卷第 5 號。

憲法、確立法治基礎，保護人民的言論出版自由的要求。

　　在《新月》第 2 卷第 4 號上，胡適又再一次重申，要有一個「規定人民的權利義務與政府的統治權」的約法，不僅政府的權限要受約法的制裁，黨的權限也要受約法的制裁。如果不受約法的制裁，那就是一國之中仍有特殊階級超出法律的制裁之外，那還成「法治」嗎？其實今日所謂「黨治」，說來可憐，那裡是「黨治」？只是「軍人治黨」而已。〔註 27〕對此，羅隆基也指出「武人政治」是造成當時中國政治紊亂的根本罪孽之一。〔註 28〕

　　胡適在《人權與約法》一文中觀點鮮明，意欲保護人權，就必須限制政府或黨部機關的權力，使其一切行為均受到法律規定的限制與規範，這是法治的基礎。但當時在胡適看來並沒有一部真正的憲法。為此，胡適在《新月》第 2 卷第 4 期的第一篇位置上刊載了《我們什麼時候才可有憲法？》。在文中，胡適批評了孫中山並指出他在建國大綱中的「根本錯誤」，即孫中山誤認為憲法不能與訓政同時並立。這一「成見」使他不能明白民國十幾年來的政治歷史。沒有認識到「憲法之下正可以做訓導人民的工作；而沒有憲法或約法，則訓政只是專制，決不能訓練人民走上民主的路。」並認定「憲法的大功用不但在於規定人民的權利，更重要的是規定政府各機關的權限。立一個根本大法，使政府的各機關不得逾越他們的法定權限，使他們不得侵犯人民的權利──這才是民主政治的訓練。胡適更是指出，「入塾讀書」的不僅僅是被國民黨看作「幼童」的人民，就是政府也要「入塾讀書」，即政府與黨部諸公需要的訓練是憲法之下的法治生活。「先知先覺」的政府諸公必須自己先用憲法來訓練自己，裁制自己，然後可以希望訓練國民走上共和的大路。故民國十幾年的政治失敗，不是驟行憲政之過，乃是始終不曾實行憲政之過；不是不經軍政訓政兩時期而遽行憲政，乃是始終不曾脫離擾亂時期之過也。因

〔註 27〕　胡適：《〈人權與約法〉的討論》，《新月》第 2 卷第 4 號，1929 年 7 月。《新月》第二卷第三期《編輯後言》：胡適之先生的《人權與約法》在我們第二期裏發表後，除了中外各方面的應聲外，我們還接到不少讀者的來函。這裡因為限於篇幅，不能給以發表；我們只好藉此多謝諸位的同情，一方面還希望大家時常來稿，給我們點實力的幫助。我們以後希望每期都有一篇關於思想方面的文章請大家批評。我們的目的一則是要激動讀者的思想，二是要造成一種知識的莊嚴，在英文裏所謂 Intellectual Dignity。我們認為讀書人對於社會最大的責任，就是保持知識上，換言之，思想上的忠實。1929 年 5 月 10 日初版第二卷第三號。

〔註 28〕　羅隆基：《專家政治》，《新月》第 2 卷第 2 期，1929 年 4 月。

此「我們不信無憲法可以訓政；無憲法的訓政只是專制。我們深信只有實行憲政的政府才配訓政。」〔註29〕在這裡，胡適充分表達了憲法之於訓政時期的重要作用，將憲法視為專制的對立。通過憲法可以既規定與保障人民的權利，同時也限制政府權力隨意侵入個人的權利領域。胡適的觀點體現出他對英美憲法觀念的接受與推崇，即將憲法理解為一種實現「有限政府」的工具，用以控制國家權力運作的種種技術。對此，薩托利也指出：

> 「憲法」絕不是天生就是一個臉朝兩面的概念。人們重新構思了這個詞彙，並接納它，鍾愛它，這不是因為它只意味著「政治秩序」，而是因為它意味的更多，因為它意味著「政治自由」。我們可以這樣說：因為它表示的是「這種」能保護他們自由的獨一無二的政治秩序；或者我們可以轉用弗里德里奇的巧妙措辭，因為它不僅「賦予形式」，它還制約「政府行為」。〔註30〕

當時令胡適、梁實秋、羅隆基等人無法忍受的，也正在於國民政府的各種機關肆意侵害人民的身體、自由與財產的諸種行為。但胡適在這裡表現出過於相信憲法的一面，因為，即使有了憲法，國家也並不一定就是法治國家，政府的行為就能夠受到憲法強有力的制約。這一點在1931年6月施行《中華民國臨時約法》之後得到了證實。這其中的關鍵問題則在於該法是否是一部真實而真正的權利保障性憲法。

對於憲法，薩托利將其分為三種：（1）保障性的憲法（真正的憲法）；（2）名義性的憲法；（3）裝飾性的憲法（或冒牌憲法）。「名義的憲法」實際上是「徒有虛名」的憲法，它只是組織而不是約束特定政體中政治權力運轉的集合，這樣，它只是坦率地描述無限的、不受節制的權力體制，由此以來它與憲政主義的目的沒有了關係。而「裝飾性的憲法」不同於「名義性憲法」的地方在於它冒充「真正憲法」。它之所以不真，乃是它被置之不理，至少在其基本的保障性特質方面是如此。它實際上是「圈套性憲法」，這就涉及到自由技術和掌權者的權力而言，它是一紙空文。〔註31〕胡適、羅隆基等人對訓政時期的憲法是翹首以盼的，但當1931年《中華民國臨時約法》頒行之時，羅

〔註29〕 胡適：《我們什麼時候才可有憲法？》，《新月》第2卷第4號，1929年7月。
〔註30〕 薩托利：《「憲政」疏義》，劉軍寧等編《市場邏輯與國家觀念》，北京三聯書店，1995年，第113頁。
〔註31〕 薩托利：《「憲政」疏義》，劉軍寧等編《市場邏輯與國家觀念》，北京三聯書店，1995年，第114～115頁。

隆基撰文批評該約法「主權在民」的虛文性和政府給予人民權利的「左手與之，右手取之」的遮掩法與幻術，可見，這樣的約法既非新月派人眼中眞正的保障性憲法，同時也說明眞正的法治並不在於是否擁有一部「憲法」，而首先在於該憲法自身是否是「貨眞價實」。

羅隆基是新月派的人權理論家。在《新月》第 2 卷第 5 號，羅隆基發表了《論人權》的文章。在文中，羅隆基對已經發動起來的人權運動進行了解釋，明確地提出了急切重要的問題，即「什麼是人權？什麼是我們目前所要的人權？」這被認爲是人權運動裏急切重要的問題。「我們目前的人權條文是什麼？」「我們目前要的人權是什麼？」新月派的人權運動在很大程度上是被現實逼出來的，在國民黨政權正在排練著「朕即國家」老劇的環境下，新月派只好唱一齣並非老調的大憲章和人權宣言。

羅隆基從「功用」（Function）的角度，將人權看作人之爲人所必須具備的衣、食、住的條件與權利，使人的身體得到相應的保障，從而使個人「成爲至善之我」，來享受個人生命上的幸福，達到人群完成諸種可能的至善，達到最大多數享受最大幸福的目的上的條件。基於以上想法，羅隆基將人權分爲如下幾個層面：（一）維持生命；（二）發展個性，培養人格；（三）達到人群最大幸福的目的有所功用的。

人權與法律的關係在羅隆基看來是「法律保障人權，人權產生法律。」即使是憲法，也是保護人權，憲法依賴人權的保障。在整個所謂的「人權運動」中，言論自由始終是一個極其重要的一面，它是人權運動中具有極其重要的位置，是人發展個性所必須的條件。羅隆基將思想自由視爲發展個性，實現「成我至善之我」（be myself at my best）的極其重要途徑。在這個意義上，國民政府或黨部實行書報審查制度，取締言論自由，它所取締的實則是人的個性與人格，這在羅隆基看來是屠殺個人乃至滅毀人群的生命。這顯然與倡導人之個性與人格解放的「五四」新文化運動背道而馳。這樣，言論自由在人的個性與人格的發展方面被賦予了極其重要的作用，成爲新月派人權運動者所必爭取的一項重要任務。

在胡適、羅隆基輪番上陣之後，梁實秋在《新月》的第 2 卷第 3 期發表了《論思想統一》，開始主張思想自由。在文中，梁氏將「許多事」分爲能夠統一與不能統一兩種。「思想這件東西」，在梁實秋看來自然是「不能統一的，也是不必統一的。」不同於羅隆基人權之功用的觀點，梁實秋認爲思想

不能統一的理由是外在於思想的東西無法干預思想自身，即他認爲思想只對自己的理智也就是眞理負責，並且人的思想是無法被掠奪的。即使在書報審查制度下，國民黨在上海所實施的一系列壓迫行爲，如「封書鋪，封報館，檢查信件，甚而至於加以『反動』的罪名，槍斃，殺頭，夷九族！」獨立的思想本身不僅無法撲滅，並且愈遭阻礙將來流傳的愈快愈遠，同時思想也不能統一。面對當時日趨繁複的學術發展，梁實認爲只要是人們公開負責的發表思想的，大家不妨容忍一點，而反對以某人某派的思想來作一切思想的中心，並屬行專制主張思想統一。梁實秋引用羅素講過的一個例子，來說明他對俄國思想統一的不滿。他說：「在俄國，他們是屬行專制主張思想統一的，據羅素告訴我們說，有一位美學教授在講述美學的時候也要從馬克思的觀察點來講！美學而可以統一在馬克思主義之下，物理化學數學音樂詩歌那一樣不可以請馬克思來統一？這樣的統一，實在是無益的。」〔註32〕因此，梁實秋反對思想統一，要求思想自由，主張自由教育，要法律給予人們自由權利的保障。

新月派所爭的思想自由、言論自由是一種絕對的自由。〔註33〕羅隆基將言論自由分爲言論的「範圍」與「效力」兩個方面。實際上，在言論自由的原則下，言論是沒有什麼可以「範圍」的，如果有，那也是違背自由原則的。主張言論絕對自由的羅隆基清楚地認識到他的言論自由的解釋，必定被執政者斥爲「狂妄怪繆」與「暴亂危險。」「必以爲如此放任，邪說異端，必成爲洪水猛獸般的禍害」，而這是言論自由的「效力」問題，不是「範圍」。

對言論自由的效力，梁實秋相信好的主張與學說攻不倒、壓迫不住的。「武力可以殺害，刑法可以懲罰，金錢可以誘惑，但是卻不能掠奪一個人的思想。別種自由可以被惡勢力所剝奪淨盡，唯有思想自由是永遠光芒萬丈的。」〔註34〕對絕對自由所存在的危險，羅隆基是認識到了的，但與之相比，「壓迫言論自由的危險，比言論自由的危險更危險。」〔註35〕

〔註32〕 梁實秋：《論思想統一》，《新月》，1929 年第 2 卷第 3 期。

〔註33〕 羅隆基在《告壓迫言論自由者》一文中明確說道：「言論自由，就是『有什麼言，出什麼言，有什麼論，發什麼論』的意思。言論的本身，絕對不受任何干涉。行政官吏用命令禁止言論，這當然是非法的行動，是違背言論自由的原則。就是立法機關或司法機關拿法律的招牌來範圍言論，也是違背言論自由的原則。」羅隆基：《告壓迫言論自由者》，《新月》，1929 年第 6、7 合刊。

〔註34〕 梁實秋：《論思想統一》，《新月》，1929 年第 2 卷第 3 期。

〔註35〕 羅隆基：《告壓迫言論自由者》，《新月》，1929 年第 6、7 合刊。

　　對於新月派來說，制定約法保障人權是他們自胡適發表《人權與約法》以來所堅持的主張。他們翹首以盼的《中華民國臨時約法》終於在 1931 年 5 月 20 日國民會議第 4 次會議三讀全案通過，並決定交於國民政府於 1931 年 6 月 1 日公布施行。5 月 27 日國民會議閉幕，發布宣言，以告全體國民其關於說明約法的內容：此約法都凡 8 章，89 條，對於人民之權利義務、國民生計、國民教育、中央與地方之權限、政府之組織等，均有切要之規定。其尤重要者，厥爲訓政綱領一章，用以確定訓政時期之政治綱領，與夫訓政時期中國國民黨及國民政府之權責，庶由此而促成憲政，此爲任何國家憲法所無，《中華民國訓政時期約法》所獨有者也。〔註 36〕對此約法，羅隆基撰寫批評文章《對訓政時期約法的批評》一文共分五部分對該約法予以批評，並在文末附錄《約法》全文。對新月派的法律運動來說，這是一篇很重要的文章。羅隆基依據「主權不能委託給人」及法治原則對該約法進行了一針見血的批評，揭示出約法表述背後，主權在民及其權利流於空文的實質。因此，該文直接導致了刊載羅隆基批評約法文章的《新月》月刊第 3 卷第 8 期被查禁沒收的命運。

　　羅隆基在《對訓政時期約法的批評》的第一部分就羅列了有關「主權」「政權」「治權」的條文：

　　　　第一章第二條：中華民國的主權，屬於國民全體。

　　　　第三章第三十條：訓政時期由中國國民黨全國代表大會代表國民大會行使中央統治權，中國國民黨全國代表大會閉幕時，其職權由中國國民黨中央執行委員會行使之。

　　　　第三章第三十一條：選舉罷免創制復決四種政權之行使，由國民政府訓導之。

　　　　第三章第三十二條：行政立法司法考試監察五種治權，由國民政府行使之。

　　對此羅隆基直言：這裡很明白的，有了三十條，三十一條以後，上面所謂的「主權屬於國民全體」成了騙人的空話。除了國民有直接行使主權的具體方法，條文上規定「主權在民」四字，是絕無意義的虛文。羅氏開載布公地奉告國民黨中的一班政法學者：黨治之下，完完全全剝奪人民的主權，約

〔註 36〕謝振民編著：《中華民國立法史》（上冊），張知本校訂，中國政法大學出版社，2000 年，第 332～333 頁。

法上說句「主權在黨」倒是光明痛快的辦法。果然承認「主權在民」的民主原則，政法學者們就應該知道並且承認「主權是不能委託給人的。」

「主權不能委託」是新月派認爲合乎原則與邏輯的主張。羅隆基更是強調主權是人民最後的取決權。國民失卻主權，國民就失卻法律上國民的地位，民主的眞義就根本喪失。指出以產生和監督國民政府的政權，由「國民政府訓導之」，直等於國民政府選舉國民政府，國民政府罷免國民政府。再進一步，根據如今的約法，訓政時期中，政府是國民黨產生的政府，立法是國民黨主持的立法，若然，人民即能選舉，何選何舉？人民即能罷免，何罷何免？創制者何從創制？復決者何所復決？在羅隆基的文字中直接揭示了只有「主權在民」的虛文，沒有人民行使主權的實質。並對國民黨人說道：約法上這種辦法，不知而爲之，是政治理論上殘缺不全的錯誤；知而爲之，是政治道德上欲蓋彌彰的手段。

除了對「主權在民」流於虛文規定的揭示外，羅隆基對約法規定人民所享有的權利進行了尖銳的批評。他先對 1931 年 4 月 23 日中央常務委員會第137 次會議，由吳敬恒等 11 委員提出的約法草案計 8 章 82 條中，對含有「依法」「依法律」的條文進行了仔細的統計，結果共 41 處，平均每二條之中就有稱「法律」一次。而「依法」「依法律」這些規定，又大都周密的分佈在該約法草案的第二章權利條文中，全章關於權利的共十九條（六條——二十五條），除第六條，第十一，二十一條外，其餘一切條文都有「依法律」「不以法律」字樣。〔註 37〕羅氏提醒人們應該明白「停止或限制」他人言論自由的，哪一次不是依據法律？從前北京的《治安警察法》，固政府之法律也，如今南京的《危害民國緊急治罪法》，固政府之法律也，其他所謂的《戒嚴法》，《出版法》一切一切固法律也。根據這些法律來檢查新聞，停寄報紙，封閉書店，槍殺「作家」誰能說它不是「依法」的行爲。根據這種理論，如今約法上的自由，都不算自由。約法上的權利，都不算權利。羅隆基所批評的訓

〔註37〕對此，羅隆基批評道：每個條文中，加上這樣的規定，條文的實質，不是積極的受限制，就是消極的被取消。照約法的表面說，如今人民有言論的自由，有出版的自由，有集會的自由，與結社的自由，有通信，通電，居住，遷徙的自由，有一切一切的自由。究其實質，言論自由「依法律得停止或限制之」，出版自由「依法律得停止或限制之」，集會自由「依法律的停止或限制之」，結社自由「依法律的停止或限制之」。一切一切的自由「依法律都得停止或限制之。」左手與之，右手取之，這是戲法，這是掩眼法，這是國民黨腳快手靈的幻術。羅隆基：《對訓政時期約法的批評》，《新月》第 3 卷第 8 期。

政時期的約法顯然無法達到新月派心目中的憲法並以此來保障當時環境裏與人民切身厲害相關的一切人權。但羅隆基卻並不以該約法內容的殘缺，把新月派倡導制定憲法以保人權的主張當作一個錯誤。反而在文末，羅隆基並不悲觀，因爲他相信好法律勝於惡法律；惡法律勝於無法律，並將法律看作有機的東西，需要經過不斷演進的程序才能達致滿美的程度。並指出「我們」要走上法治的軌道，重要的是守法的精神。由此，羅隆基文末要求國民黨兩件事：（一）黨國的領袖們，做個守法的榜樣！（二）國民黨的黨員，做個守法的榜樣！〔註38〕

　　但是在黨治的底下，羅隆基所要求的兩件事很快就得到了否定的答覆。這定是羅隆基所能料想的，因爲在《新月》第3卷第3期上刊載的《我的被捕的經過與反感》中，羅隆基已經憑藉著自身所經歷的一次牢獄遭際明確感受到「國家沒有保障人權的根本大法，固爲問題，已經公佈之普通法律，政府和黨員，不肯遵守，又爲一問題。」「今日的局面，一言以蔽之：黨權高於國，黨員高於法。」這與「小民生命上最大的危險。這與法治的原則，根本相違背。」因此，有了「黨權」，「人權」在黨治底下，就是反動的思想。鼓吹人權，就是羅隆基觸犯黨怒的主因。〔註39〕

　　載有羅隆基《對訓政時期約法的批評》一文的《新月》第3卷第8期在北平被查禁，北平新月書店被查，店夥被捕，一千多份《新月》第8期月刊被官廳沒收。〔註40〕對此，羅隆基撰文《什麼是法治》對天津、北平整委會破壞法治、違法行爲進行回應。對這次查禁《新月》一事，顯然出於羅氏在《新月》上批評約法的文字，對此他在文中直言：「採違法的手段，達護法的目的。這是中國人最普遍的錯誤。中國人根本沒有明白法治是什麼一回事，

〔註38〕　羅隆基：《對訓政時期約法的批評》，《新月》第3卷第8期。
〔註39〕　羅隆基：《我的被捕的經過與反感》，《新月》第3卷第3期。
〔註40〕　平市整委會，頃接天津市整委會來函，稱《新月》月刊第八期，載有詆毀約法詬辱黨國之文字，亟應嚴行取締，該會經查明屬實，除函請公安局嚴予查禁，並訓令各處黨部，即屬一體查禁。以過反動，錄鋒訓令如下：天津市整會中字第四三九號公函內開，呈啓者，查《新月》月刊發行以來，時常披露反對本黨之言論。近於第八期中，竟載有詆毀約法，詬辱本黨之文字。跡近反動，亟應嚴行取締，以辟邪說，而正聽聞，業經敝會第十九次會議決議，查禁在案，除分函外，相應函請貴會設法查禁，以過反動，而止謠諑，至級黨誼，等由准此，查該刊第八期，中確有詆毀約法，詬辱本黨之文字，除函公安局嚴予查禁外，合亟令仰該員嚴予查禁，且盡屬一體查禁，以過反動爲要，此令。羅隆基：《什麼是法治》，《新月》第3卷第11期。

這是政治改進上極大的一個危險。」〔註41〕

第二節　上海國民黨人對人權運動的反擊

　　國民黨在上海實施的整個書報審查制度的過程中，上海市黨部、公安局、教育局以及社會局是主要的執行機構，他們常常派員聯合組成審查機構來對某一文化領域進行審查。比如說，1929 年由上海市教育、社會、公安三局聯合成立了電影檢查委員會，在對文藝書籍刊物進行審查時，公安局與教育局又常常相互配合，而在一定程度上需要接受上海市黨部的調派。在這些部門中，又有一個人頗值得注意，這就是陳德徵，1930 年，他已經是國民黨上海市黨部的常委兼宣傳部長、上海教育局長、《民國日報》總編、以及當時上海通志館籌備委員。可以說，在 1920 年代末以及 30 年代初，陳德徵是國民黨在上海實施書報檢查制度的一個重要人物，同時又是引起胡適在《新月》上發起人權論爭的導火索。

　　1929 年 3 月，在國民黨三全大會上，上海特別市黨部主任、宣傳部長陳德徵提出一項「嚴厲處置反革命分子」的提案，這被胡適認爲「國中怪象百出」最可怪者。胡適遂給時任國民黨南京政府司法院院長王寵惠寫信說，陳德徵認爲法院往往過於拘泥證據，使反革命份子容易漏網，故他的辦法是：「凡經省或特別市黨部書面證明爲反革命分子者，法院或其他法定之受理機關應以反革命罪處分之。如不服，得上訴。惟上級法院或其他上級法定之受理機關，如得中央黨部之書面證明，即當駁斥之。」「這就是說，法院可以不須審問，只憑黨部的一紙證明，便須定罪處刑。」〔註42〕對於陳德徵的提議，胡適在信中嘲諷地說「中國國民黨有這樣的黨員，創此新制，尤足以誇耀全

〔註41〕　羅氏指出法治的眞義，並不在於白紙黑字的法律條文，也不在於國家的小百姓守法奉命，而在於「政府守法，是政府的一舉一動，以法爲準的，不憑執政者意氣上的成見爲準則。」「法治上的障礙，總在有權力有地位者的專橫獨裁。」「法治的進程就在一步一步提高法律的地位，縮小有權力有地位的人的特權。」因此，法治是與那種以執政者行使個人的野蠻，專橫，獨裁的壓制的權力爲根據地政府制度不相併列的。而在頒行訓政時期約法的中國，其「重要缺點，有了白紙黑字的約法，約法上空空的有了承認人民權利的原文，至於如何防止人民權利的被侵犯，復犯後如何補救，幾幾乎一無所設備。」羅隆基：《什麼是法治》，《新月》第 3 卷第 11 期。

〔註42〕　胡適：《胡適來往書信選》上冊，中國社會科學院近代史研究所中華民國史組編，中華書局，1979 年，第 508 頁。

世界了。」「其實陳君之議尚嫌不徹底。審判既不須經過法庭，處刑又何必勞動法庭？不如拘捕，審問，定罪，處刑，與執行，皆歸黨部，如今日反日會之所謂，完全無須法律，無須政府，豈不更直截了當嗎？」〔註43〕5月21日王寵惠覆信胡適說，「法院足以昭公允而杜糾紛」「在三全大會中該案並未提出，實已無形打銷矣。」〔註44〕

　　雖然該提案無形打銷，但卻反映出陳德徵等一些國民黨人在「以黨治國」時期對法律的態度與觀念，更體現出了黨治時期，黨權大於一切，黨義、黨綱凌駕於法律之上的特點。1924 年國民黨改組之後國民黨人告別北洋政府時期「憲政法治」向「黨治」時代遞嬗。謝振民便說道「此數年間，中國已有法治遞嬗於黨治。前次以約法或憲法為國家根本大法，一切法律均不得與之牴觸。在黨治時期，國民政府受黨之指導監督，一切以黨義黨綱為依據。國家所立之法，不得與黨義黨綱相牴觸，即以前之法律，凡與黨義黨綱相牴觸者無效。黨義黨綱雖無根本法之形式，實有根本法之實質。此外無形式上之國家根本大法。」〔註45〕對此，李劍農所言更為明確，他認為 1924 年 1 月國民黨在廣州召開的第一次全國代表大會宣告改組，可以說是「中國政治新局面的開始。因為此後政治上所爭的，將由『法』的問題變為『黨』的問題了：從前是約法無上，此後將為黨權無上；從前談法理，此後將談黨紀；從前談『護法』此後將談『護黨』；從前爭『法統』此後將爭『黨統』了。」〔註46〕

　　1930 年胡適將自己與梁實秋、羅隆基在《新月》上發表的文章集結成《人權論集》於 1 月由新月書店出版。而國民黨人亦將批判「新月」派憲法運動的文章也結集出版，這就是 1929 年 11 月 20 日出版的《評胡適反黨義近著》，內收張振之、潘公展、陶其情、灼華等人批評文章，分《上部：知行問題》、《下部：政法問題》，以及由引起此次論爭的導火索——上海市黨部宣傳部長、教育局局長陳德徵編著的《人權論及其他》，於 1930 年 2 月由上海特別市黨部宣傳部審訂，大東書局出版，內收陳德徵所作長文《人權論及其他》

〔註43〕胡適：《胡適來往書信選》上冊，中國社會科學院近代史研究所中華民國史組編，中華書局，1979 年，第 508～509 頁。

〔註44〕胡適：《胡適來往書信選》上冊，中國社會科學院近代史研究所中華民國史組編，中華書局，1979 年，第 513 頁。

〔註45〕謝振民編著：《中華民國立法史》（上），前引書，第 193 頁。

〔註46〕李劍農：《最近三十年中國政治史》，學生書局，1974 年，第 531 頁。

以及其他國民黨人批評「新月」派的文章。兩書收錄文章有所重複，而後者所收文章較全面地體現了國民黨人對「新月派」所提法律要求的批評，同時也反映出國民黨人所秉持的法律文化及其態度。

一、對憲法、「法律」的認識

胡適以《人權與約法》在《新月》第二卷二期拉開力爭言論自由的人權運動，接著，在《新月》第二卷第四期又發表了《我們什麼時候才可以有約法》，在人權與約法、憲法與訓政、憲政等關係問題上表明了自己的觀點。對此，陳德徵等上海國民黨人對其批評的一個重要方面也就集中在這裡。

國民黨人對胡適批判的著力點之一，認爲胡適根本不懂法律。陳德徵認爲胡適「簡直一個現代的怪物，詆毀黨國的反革命者」，他發表的文章根本就是「謬於法理，悖於事實了！」陳文解釋道：「謬於法理就是不懂得法學的底蘊，悖於事實就是不明事實的眞相。」〔註47〕

在署名灼華的《胡適之所著人權與約法之荒謬》一文中，對「不懂」法律的胡適直接提出了「法律是什麼」的問題。雖然灼華自己不敢下一個肯定的定義，但他覺得「什麼是法律」的問題，可以從社會演進的裏面找出來源。他認爲「法律就是社會進化過程中，爲統治者一種權力。法律的產生，是由社會生活方式而表現一種規則。所以最高的憲法而至於各種法律，都是表現統治者的權威。」〔註48〕而此種法律文化觀念顯然有悖於法律的正義原則之一——限制原則，即法律必須對政府權力實施一定的限制，以避免掌握國家權力的人壓迫人民和濫用權力。〔註49〕同時，如此的憲法觀念也大大偏離了乃至完全背離了「五四」時期新文化運動者對憲法的認識與期待。陳獨秀便認爲憲法是以平等人權爲基礎的全國人民權利的保證書，「決不可雜以優待一族一教一黨一派人之作用」。〔註50〕在憲法與自由的關係上，李大釗將憲法上的自由視爲「立憲國民生存必需之要求」。因此，他主張「無憲法上之自由，則無立憲國民生存之價值。吾人苟欲爲幸福之立憲國民，當先求善良之憲法；

〔註47〕陳德徵：《人權論及其他》，《人權論及其他》上海特別市黨部宣傳部審訂，上海大東書局出版，1930年，第3、9頁。

〔註48〕灼華：《胡適之所著人權與約法之荒謬》，《人權論及其他》上海特別市黨部宣傳部審訂，上海大東書局，1930年2月初版，第二編，第23頁。

〔註49〕李波：《法、法治與憲政》，載《開放時代》，2003年第5期，第25頁。

〔註50〕陳獨秀：《憲法與孔教》，《新青年》第2卷第3號。

苟欲求善良之憲法，當先求憲法之能保障充分之自由。」〔註51〕由此，他認爲憲法應是「現代國民之血氣精神」，「現代國民自由之證券」，是國民「滋生樂利之信條」並且對國民所享的權利憲法上的一文一字均應具有極明確的意義與極強的效力。〔註52〕

將法律視爲統治者權力意志的體現，這必然隱藏著對人民諸種自由權利的壓迫與束縛，對個人私人領域的侵犯。灼華接著指出「我們來看，歐美各國的帝國主義有他的憲法，蘇俄虛爲共產主義國家，意大利法西斯蒂國家都有他們的憲法，憲法的名詞固然是一樣的，因爲他掌握政權的階級不同，因此他的憲法的本質也就差的很遠了。歐美各國的憲法是保護資本家的利益，蘇俄的憲法是剝奪資本家的利益，歐美的憲法有人民的自由——虛爲的自由——而蘇俄意大利的憲法，要共產黨和棒喝團才有他的自由。所以法律都是束縛人民的工具。」〔註53〕這裡，我們看不到一絲的權利存在的空間，似乎法律存在的唯一作用就是束縛人民，這樣的法律文化觀念必然導致政府權力的無限膨脹，人民遭受更大壓迫。但弔詭的是，國民黨人似乎又不願如此赤裸地宣稱法律僅僅是統治者約束人民的工具，他們又每每搬出中國國民革命的目的在於爲全中國的民族的利益爲目的，所以統治中國的是全中國的民衆，不是某一個階級統治中國，我們的憲法即是保護全中國人民的憲法。我們需要這樣的憲法，同時就要使人民能夠遵守這樣的憲法，就要經過訓政時期來訓練民衆。憲法所賦予人民的權利，才不會落於革命的敵人手裏。〔註54〕

方岳在《憲法與自由》一文中，批評胡適沒有把憲法的本質認清。在他看來「法律是一個實施，同時是一個規範力「法律之事實存在與否，和法律有沒有規範性，二者是要分開來看的」，作爲事實存在的法律不能算是法律；法律必須有規範性，才算是法律，「法律之規範的作用是一種力，是一種社會力」，同時「法律有形式與實質之二種意義。依一定程序訂立公佈者是形式的

〔註51〕 李大釗：《憲法與思想自由》，中國李大釗研究會編注《李大釗全集》第一卷（最新注釋本），人民出版社，2006年，第228頁。
〔註52〕 李大釗：《孔子與憲法》，中國李大釗研究會編注《李大釗全集》第一卷（最新注釋本），前引書，第242～243頁。
〔註53〕 灼華：《胡適之所著人權與約法之荒謬》，《人權論及其他》上海特別市黨部宣傳部審訂，前引書，第二編，第24頁。
〔註54〕 灼華：《胡適之所著人權與約法之荒謬》，《人權論及其他》上海特別市黨部宣傳部審訂，前引書，第二編，第24頁。

意義之法律；爲社會生活及國家生活之規範而有社會力爲之擔保者是實質的法律。」〔註55〕在此種觀念下，方岳認爲在當下的中國來看，「今日的形式自由」尤其深遠的根源，因此，在現階段，胡適爭的憲法也只能是「一紙憲法」，並沒有解決中國問題的效力。

國民黨人似乎很樂意對憲法作「實質」與「形式」的區分，他們將孫中山的遺教視爲「實質的」中華民國的根本大法，且效力大於「形式」的憲法。陶百川也正是憑藉如此的認識否定了「胡適斷定總理取消『約法之治』的論斷」，他指出，請胡先生注意！「理所取消的是行使的約法而不是實質的約法。所謂實質的約法。小言之，就是建國大綱，大言之，就是總理的遺教。這種實質的約法，總理愛護之惟恐不周，吾人奉行之惟恐不力，更有誰敢把他取消呢？──總理所取消的是形式的約法不是實質的約法，更不是訓政時期所應有的『約法之治』，這要請胡先生特別注意。」〔註56〕

此外，張振之在《再論知難行易的根本問題》文中透露出一部分國民黨人對憲法的態度，批評胡適「不信無憲法可以訓政」「深信只有施行憲政的政府才配訓政」，「他把憲法抬得天一樣高，把憲法放在黨上面，把憲法放在訓政上面；國民黨卻沒有承認憲法有這樣的威權，國民黨老實不客氣認爲憲法應包括在黨治裏面包容在訓政裏面。」〔註 57〕張振之對憲法的態度，反映出在一部分國民黨人的頭腦中，缺乏施行法治的文化價值理念，因爲作爲以法統治人類的法治而非以人或以黨統治一個重要原則，便是所謂法律的至上性，即指「法治國中所有的公民個人、公民團體及政府機構都必須遵守通過正當立法程序和獨立司法審查的法律」，法律至上性「最高和最終體現是憲法的至上性」，〔註58〕因此，按照張振之的對憲法的理解，如果代表大多數國民黨人的法律文化觀念的話，那麼當時的民國是很難實現「法治」的，而事實上也是如此，從當時國民黨的立法及其將法律當作束縛人民的工具的觀念來看，當時民國所施行的法律，只能被淪爲政府統治的工具，政府凌駕於法律

〔註55〕方岳：《憲法與自由》，《人權論及其他》上海特別市黨部宣傳部審訂，前引書，第二編，第43～44頁。

〔註56〕陶百川：《論憲法與訓政並質問胡適之先生》，《人權論及其他》上海特別市黨部宣傳部審訂，上海大東書局出版，前引書，第二編，第33頁。

〔註57〕張振之：《再論知難行易的根本問題》，《人權論及其他》上海特別市黨部宣傳部審訂，上海：大東書局出版，1930年2月初版，第二編，第68頁。

〔註58〕李波：《法、法治與憲政》，《開放時代》，2003年第5期，第32～33頁。

之上，更質言之是黨凌駕於法律之上，因此，在這裡，當時的民國只能算是一個「用法治理」的法制國而非法律統治的法治國。對此，胡適在《〈人權與約法〉的討論》》的討論中強調「憲法是憲政的一種工具，有了這種工具，政府與人民都受憲法的限制，政府依據憲法統治國家，人民依據憲法得著保障。有踰越法定範圍的，人民可以起訴，監察院可以糾彈，司法院可以控訴。」〔註59〕「不但政府的權限要收約法的制裁，黨的權限也要收約法的制裁。如果黨不受約法的制裁，那就是一國之中仍由特殊階級超出法律的制裁之外，那還成『法治』嗎？其實今日所謂『黨治』，說也可憐，那裡是『黨治』？只是『軍人治黨』而已。為國民計，他們也應該覺悟憲法的必要。」〔註60〕這裡，胡適的觀察無疑具有相當的正確性，而對此，張振之歪曲的批評說「胡先生看重憲法，就是要借憲法的神聖的帽子來破壞黨治；」「胡先生這種憲法論所創造出來的憲法，一定是非驢非馬的憲法：這可以總說明胡適憲法的用心與其危險。」〔註61〕

二、約法與訓政的關係

胡適在《我們什麼時候才可有憲法？》文末打出如下口號：「中國今日之當行憲政，猶幼童之當入塾讀書也。我們不相信無憲法可以訓政；無憲法的訓政只是專制。我們深信只有施行憲政的政府才配訓政。」〔註62〕

針對胡適的觀點，陶百川提出了完全相反地說法：

> 訓政的意義，是政府在黨治下訓民以政，國家的主權，大半歸政府來行使，人民處在被動的地位；憲政的意義，政府的活動要人民來指示，國家的主權，大半歸人民來行使，人民處在動的地位。從此可知，訓政和憲法不是並行不悖，乃是相互牴觸的。政府要訓政，人民就沒有權力來制定憲法和行使憲法；人民要有憲法，要施行憲政，政府就該受人民的指揮，那有權力可以訓政？訓政與憲政既不能同時並立，承認其一，勢必否認其他。
>
> 胡適的大錯誤是「胡先生的根本大錯誤在於誤認憲法能與訓政

〔註59〕 胡適：《〈人權與約法〉的討論》，《新月》第2卷第4期。
〔註60〕 胡適：《〈人權與約法〉的討論》，《新月》第2卷第4期。
〔註61〕 張振之：《再論知難行易的根本問題》，《人權論及其他》上海特別市黨部宣傳部審訂，前引書，第二編，第69頁。
〔註62〕 胡適：《我們什麼時候才可有憲法？》，《新月》第2卷第4期。

同時並立。」〔註63〕

這裡，陶百川將憲法與訓政視為對立，而不能同時並存。對於訓政時期的約法問題，陳德徵指出，也是國民黨人普遍的看法，即：

> 依我們底主張，訓政時期之約法，就是本黨總理底全部遺教。總理的全部遺教，就是中華民國建國的典型和憲政時期憲法的準則。所以凡遵依總理遺教的，便為合法；反之即為違法。其效力較中國以前所見的任何約法為更大。所以十九年三月間的第三次全國代表大會有這樣一個決議案：

> > 確定總理所著三民主義，五權憲法，建國大綱，及地方自治開始施行法，為訓政時期中華民國最高之根本法。舉凡國家建設之模範，人權民權之根本原則與分際，政府權力與其組織之綱要及行施政權治權之方法，皆須以總理遺教為依歸。〔註64〕

陶百川針對胡適論述有關約法與訓政的觀點總結批評說：胡適論約法誤以為總理取消「約法之治」；論憲法，則誤以憲法可與訓政同時並立，論參政，則誤以訓政時期不許人民參政；論訓政，則誤以訓政與「知難行易」的學說相衝突，誤以訓政不是憲法必要的過程。這些錯誤使他釀成違反總理革命方略的謬誤的法治主張，使他發出「中國今日之當行憲政，猶幼童之當入塾讀書也」的直觀的論調。這樣，訓政時期不能有憲法，而總理的遺教就是所謂先天的憲法，陶百川說這便僅夠訓練或制裁「許多長衫同志和小同志」。〔註65〕

三、言論自由應受制裁

對於「新月派」主張的制定憲法保護人權的觀點，國民黨人一致認為有關人權保護的內容已經在總理遺教中言明，又因為總理遺教的效力在國民黨人看來是民國的根本大法，效力自然大於胡適主張制定的「憲法」或「約法」，「胡先生因中央沒有整個約法頒佈，便疑中央一切的設施，均無法律的

〔註63〕陶百川：《論憲法與訓政並質問胡適之先生》，《人權論及其他》上海特別市黨部宣傳部審訂，前引書，第二編，第39頁。

〔註64〕陳德徵：《人權論及其他》，《人權論及其他》上海特別市黨部宣傳部審訂，前引書，第9～10頁。

〔註65〕陶百川：《論憲法與訓政並質問胡適之先生》，《人權論及其他》上海特別市黨部宣傳部審訂，前引書，第二編，第40～41頁。

依據，因而人權亦不能保障。這因為胡先生缺乏法學知識而起無謂的過慮和懷疑。」「人民底自由，法院的判決，與社會上一切公認的習慣，皆有法律上的價值，此為各國所公認。」〔註66〕但國民黨人常常將「新月派」主張的人權簡化為人民所應享有的言論、出版、集會結社等的自由，而這或許與胡適等人倡導言論出版自由最為用力有關。

與新月派所持言論自由為絕對的自由權利不同，在國民黨人的反批判中，言論自由的權利不僅是相對的而且應受相當之制裁。

針對羅隆基主張絕對的言論自由，陳德徵更是強調「服從和道德上的義務」，他認為羅隆基的言論自由是把思想貢獻給社會的一種責任，但是這種思想只不過是思想而已，如果由服從和道德這兩各觀點上發出來的思想，而貢獻到社會的言論，那才是一種「責任」，一種人權。「換句話講，言論自由雖是人權的一部分，同時更須受法律的制裁，否則誨謠，誨盜的東西將更流毒於社會不淺了，並且，在言訓政的今日，一切有待於政府的訓練和維護關於這種私人方面的權利，理應稍受節制，以增進國家建設的能率。」〔註67〕

陳德徵接過羅隆基人權論的功用觀作為取締言論的依據。陳氏說，取締言論，是依據其言論本身的功用而決定的，誠如羅隆基先生所說只要是：人群達到至善的道路的一個良好的「個性」和「人格」的表現，這種言論才是實際上可以用作思想上參考的材料，言論之被取締，純載貢獻思想之放棄「人權」的結果，放棄「真的個性」，「真的人格」的結果。言論之被取締的罪過不在政府，而在於發言者本身；不在沒有「人權法」，而在「人權者」沒有好的「個性」與「人格」。這裡，陳德徵實際上既偷換了羅隆基「個性」與「人格」的具體所指，又推卸了政府取締言論自由所應負的責任，而將其原因完全歸咎於人權者沒有好的個性與人格，可見其狡辯顛倒之功力。不僅如此，他還得出了「公權（政府的權）應當高一點，「私權」（人民的權）不妨稍受節制的結論。〔註68〕

灼華在文中以「政局初定，人心浮動之時」為由說道，任何國之政府，

〔註66〕陳德徵：《人權論及其他》，《人權論及其他》上海特別市黨部宣傳部審訂，前引書，第10～11頁。

〔註67〕陳德徵：《人權論及其他》，《人權論及其他》上海特別市黨部宣傳部審訂，前引書，第37～38頁。

〔註68〕陳德徵：《人權論及其他》，《人權論及其他》上海特別市黨部宣傳部審訂，前引書，第38頁。

均有採取相當鎮壓防制手段之必要，我國現遂蹉入訓政之時期，然外有赤白帝國主義者之勾誘，內有共黨與其他反動份子之隱伏，則政府取無形戒嚴的狀態以制裁此輩之活動，實非常必要。〔註69〕

梅思平在《對人權法草案的意見》中指出，有幾種自由是極難保障的。例如結社自由，則對黨外反動派之結社及黨內小組究竟應取若何態度；又如出版自由，則對於宣傳反革命之刊物究取若何態度？這些問題的立法原非根本不可能，但非倉卒所能成。如僅舉原則，則徒然引起國人的誤會。鄙故意主張原草案第三條至第九條〔註70〕所列各項均可暫緩討論。〔註71〕

第三節　左翼文藝家與「新月派」的論爭

社會精英的法律文化，由於他們自身的文學主張與社會價值立場的不同，我們大體可分為左翼的法律文化與自由主義者的法律文化。但若從他們與官方的關係相比較而言，左翼顯然不同於新月派。也就是說，三十年代新月派的法律文化觀與國民黨的法律制度並非是極端對立與水火不容的，也就是說，胡適將國民黨政府看作是事實上的統治政權，他所要做的並不是要「推翻這個新政權，而是要啟發這個新政權。他所尋求的僅是改革。」而對此，胡適將其看作是一種「忠誠的反對的立場」。〔註72〕這一點誠如魯迅所說：

〔註69〕灼華：《胡適之所著人權與約法之荒謬》，《人權論及其他》上海特別市黨部宣傳部審訂前引書，第二編，第15頁。

〔註70〕3、人民於法律限制內，有信仰宗教之自由，政府對於任何宗教不得有不平等之限制，或特享之利益。

4、人民於法律限制內，有以語言文字出版圖書及其他方法發表意見之自由。

5、人民於法律限制內，有集會及組織團體之自由。

6、人民於法律限制內，有以郵便電報電話通信秘密之自由。

7、人民之住所或局所，非經其本人允許，或依合法程度，不得侵入或搜撿。

8、人民於國內有遷徙及旅行之自由，並有移住國外之自由，非依法律不得限制。

9、人民有選擇工作之自語，但對於特種工作為保障社會公共利益，得以法律限制之。

《人權法草案》，《申報》，1930年1月21日。

〔註71〕梅思平：《對人權法草案的意見》，《人權論及其他》，上海特別市黨部宣傳部審訂，前引書，第二編，第58～59頁。

〔註72〕〔美〕格里德：《胡適與中國的文藝復興》，魯奇譯，王友琴校，江蘇人民出版社，1989年，第237頁。

新月社諸君子，不幸和焦大有了相類的境遇。他們引經據典，對於黨國有了一點微詞，雖然引起的大抵是英國經典，但可嘗有絲毫不利於黨國的惡意，不過說：「老爺，人家的衣服多麼乾淨，您老人家的可有些髒，應該洗它一洗」罷了。不料「荃不察余之中情兮」，來了一嘴馬糞……現在好了，吐出馬糞，換塞甜頭，有的顧問，有的教授，有的秘書，有的大學院長，言論自由，《新月》也滿是所謂的「爲文藝的文藝」了。〔註73〕

但作爲「普羅列塔利亞」隊伍的左翼，其目的並不是要幫助國民党進行改革，而是要從國民黨手裏奪取政權，向著萬惡的資本主義社會進攻！從資產階級手裏奪取生產機關！不僅要將這些實際的鬥爭和充滿階級意識的法律文化來鑄造無產階級的法律制度，更要將其反映到藝術上去，創造無產階級的革命文藝，摧毀資產階級的藝術！這一點從第四章與第五章的文字中，可以清楚的感受到。因此，當新月派倡導人權，主張思想、言論、出版自由的時候，便受到來自左翼陣營的批判。彭康就認爲一切問題中階級的立場總是成重要的問題，因此從無產階級立場出發，對胡適等人在《新月》展開的「人權運動」進行批判。在《新文化運動與人權運動》一文中，彭康指出，胡適要接受世界的資產階級的新文明，我們要接受現在震撼全世界的與一切資產階級文明敵對的無產階級的文化。胡適只是「批評孔孟，彈劾程朱，反對孔教，否認上帝」，我們更要進一步的反對一切資產階級的和小資產階級的思想和傾向。他「是要打倒一尊的門戶，解放中國的思想」，我們是要用馬克思主義來批評一切非馬克思主義的思想，要把廣大的勞苦群眾一切反動的思想解放出來。彭康認爲胡適、梁實秋、羅隆基等人以法律來爭取思想、言論自由爲重要內容的人權運動，在方法上根本是錯誤的，「我們眞不懂這種向統治階級的搖尾乞憐怎樣能發生效力。要法律嗎？國民黨的政綱中不是明明載著「確定人民有集會結社言論出版居住信仰之完全自由權」這一條嗎？然而其奈現在的國民政府不執行何！你再向它要法律罷，它便更進一步的壓迫鉗制，甚至還要你的性命，這就是國民黨對搖尾乞憐的唯一的答覆！」「所以，我們要思想言論的自由，第一決不是胡適等的從資產階級自由主義的立場所要求個人的思想言論的自由，而是從階級的立場主張無產階級對統治階級批判的自

〔註73〕魯迅：《言論自由的界限》，王世家、止菴編：《魯迅著譯編年全集》第拾伍卷，前引書，第125頁。

由。第二決不是搖尾乞憐來討自由，而是以鬥爭的方式來奪取自由。」「要有批判的自由，便要鬥爭，但還要更進一步的推翻鉗制自由的政權，要這樣才能過的徹底的自由。因爲批判的對象不消滅，則批判的任務不能完成，政權不推移，則一切反動的事實不能剗除。我們要有這樣的認識和這樣的方式才能達到我們的目的而替新文化開一自由發展的道路。」在文章中，彭康不僅從各種方面宣佈了新月派人權運動的「反動」性質，且指將「人權」視爲完全抽象的東西，歸入資產階級一邊，並認爲根本找不出能保障人權的法律，有的只是保障資產階級的私有財產，維持它的所有關係和壓迫無產階級的法律。〔註 74〕事實上，在彭康的文章中，表現出對資本主義法律及其法治，表現出不信任，乃至作出一概否定的判斷，這顯然是由於階級立場極端對立而導致的片面。

對要取得徹底的自由就要推翻箝制自由的政權的說法，羅隆基在文章中認爲物質條件沒有改換，單純用暴力殺盡資本家，推翻政權，是創造不出新社會的。在社會的改造上，暴力的功用是有限制的，只有和平演進的方法才是可靠與有效的。對於共產主義理論，羅隆基表達了自己的看法，他認爲「馬克思對資本主義的罪惡，是揭發無餘；對將來社會的建造，是全無把握。他的經濟的理論已成爲過時黃花，然而，他在社會革命運動上的貢獻，是功德無量」。〔註 75〕而在另一篇旗幟鮮明的——副標題爲共產問題忠告國民黨——的《論中國的共產》文章中，羅隆基認爲解決中國的共產問題，不能僅僅是軍事上的圍剿，這只是「頭痛醫痛，腳痛醫腳」的方法，要從根本上解決，只能從兩方面著手：一是思想的解放，既要修正黨義，又要允許思想的自由；二是進行政制的改革，取消一黨專制。一黨專制既使人民沒有言論和組織的自由，也沒有監督當局及黨員的機會，這才使共產得到了發展的機遇。因此他主張取消黨治，消滅政治上的階級，保障平等，使民情有所歸宿，思想言論得以自由疏導，使國家、政府成爲人民的政府和國家，所以人民自能團結，如果不從這兩個方面作出徹底的改革，共產黨只會野火燒不盡，春風吹又生。〔註 76〕胡適更是認爲「中國今日需要的，不是那用暴力專制而製造革命的革命，也不是那用暴力推翻暴力的革命，也不是那懸空捏造革命對象因而用來

〔註 74〕 彭康：《新文化運動與人權運動》，《新思潮》第 4 期，1931 年 2 月 28 日。

〔註 75〕 羅隆基：《論共產主義》，《新月》第 3 卷第 1 期特大號，1930 年。

〔註 76〕 羅隆基：《論中國的共產——爲共產問題忠告國民黨》，《新月》第 3 卷第 10 期。

鼓吹革命的革命。在這一點上，我們寧可不避『反革命』之名，而不能主張這種種革命」。〔註77〕

1930年11月，胡適在談到實驗主義與辨證法時，特意指出辨證法是「一正一反相毀相成的階段應該永遠不斷的呈現。但狹義的共產主義者似乎忘了這個原則武斷的虛懸一個共產共有的理想境界，以為可以用階級鬥爭的方法一蹴即到，既到之後又可以用一階級專政方法把持不變。這樣的化複雜為簡單，這樣的根本否定演變的繼續便是十足的達爾文以前的武斷思想，必那頑固的海格爾更頑固了。」胡適從而服膺實驗主義，從其根本觀念：只能承認一點一滴不斷的改進是真實可靠的進化出發，認定1917年以後的「新文化運動的目的是再造中國文明，而再造文明的途徑全靠一個個的具體問題。」從而提醒「少年朋友們」注意避免那種「目的熱」而「方法盲」，迷信抽象名詞，把主義用作蒙蔽聰明停止思想的絕對真理的危險。〔註78〕

針對三十年代國民黨「黨治」環境下言論自由受到嚴重干預的情況，胡適甚至認為自1924年共產黨與國民黨的協作，其結果便是「造成了一個絕對專制的局面，思想言論完全失了自由。」〔註79〕而梁實秋在文中指出，孫中山在1924年以前是擁護自由的，而1924年之後是反對自由的。針對孫中山對自由態度的轉變，梁實秋作出了自己的解釋，其中之一便是「受了俄國共產黨的理論的影響。自從十三年容共以後，國民黨到處受了共產黨理論的潛移默化，至今未能澄清。」〔註80〕在這一點上，「新月」的態度顯然是反共的。

在文藝問題上，新月派同樣反對左翼文藝理論的主張。梁實秋在文章中指出一般人都把「俄國共產黨的文藝政策當作文藝的聖旨，從而發揮讚揚」，在梁氏看來，俄國共產黨的文藝政策並沒有什麼理論的根據，只是幾種卑下的心理之顯明的表現而已，其主旨是在文藝領域必須擁護無產階級自己指導的位置，並使之堅固、擴張，其根據還是馬克思主義以及「階級」。對於俄國

〔註77〕　胡適：《我們走哪條路》，《新月》第2卷第10期。

〔註78〕　胡適：《介紹我自己的思想》，《新月》第3卷第4期。

〔註79〕　胡適：《新文化運動與國民黨》，《新月》第2卷第6、7合刊。

〔註80〕　另一原因「是由於受了國內革命失敗的教訓」，「孫中山把歷年革命不得成功的緣故，完全寫在自由的賬上，所以痛恨自由，認定了個人自由與團體是水火不相容的東西。要鞏固團體，便要不下絕對服從命令，便要個人犧牲個人的自由。」梁實秋《孫中山先生論自由》，《新月》第2卷第9期。

共產黨的態度，梁實秋表現出厭煩的情緒，認爲他們大概是病態的與偏執狂的，「無論談到什麼，總忘不了『階級』，總忘不了馬克思。馬克思主義在政治經濟方面，其優劣所在，自然還值得討論，可是共產黨人把這理論的公式硬加在文藝領域上，如何能不牽強？」他從而強調文藝作品是不能夠定做的，因爲它們不是機械的產物。〔註81〕

很顯然，由於「新月」的態度及其立場上的「反共」情調，在這裡他們更加傾向於國民黨。

在筆者看來，胡適等人在《新月》上發起的人權運動，在實質上可看作是一場文學自由運動，這在很大程度上通過制定憲法、確立法治基礎來保護言論、出版自由這一重要人權內容來顯現的。自由主義者主張法治在其歷史淵源上顯得順理成章。因爲從西方的歷史來看，自由主義與法治的關係有著很深的淵源，自由主義要求有限而且有效的政府，法治自然成爲其規範政府任意權力的必要制度安排。可以說，自由主義要求法治，法治是自由主義的制度實現。但從歷史上看，法治的起源要比自由主義早。戴雪就認爲，法律統治或法律至上的傳統早在十六世紀之前就在英國紮下了深深的根子，而當時自由主義作爲一種政治和社會哲學還未完全問世，可以猜測，法治作爲對政府任意權利的限制和規範爲自由主義在英國的起源提供了強有力的制度和文化支撐。〔註82〕從這個角度我們就可以理解人權運動爲什麼會有「新月派」這群自由主義者發起了。也可以說「人權運動」（彭康在文中稱爲「憲法運動」）是一場追求憲政與法治下的文學自由運動，但細察之，這又是一場有始無終的文學自由運動，甚至說「新月派」的這場追求法治下文學自由的運動到最後走向了他的對立面——成爲反文學自由的運動。因爲眾所周知，誕生於十七世紀英國的自由主義，在洛克的《政府論》中被經典的表述爲：自由優於權威，自由是自然的人類狀態，政治權威不是自然的，而是約定的。人民的

〔註81〕 梁實秋：《所謂「文藝政策」者》，《新月》第 3 卷第 3 期，1930 年 5 月。彭康在《新文化運動與人權運動》一文明確而簡單的指出何謂「馬克思主義的文學」，「簡單的說，它在消極的方面是反對一切非馬克思主義的文學，在積極的方面，它是要在無產階級的意識下來充分的表現中國社會階級的鬥爭，暴露統治階級的反動，激引工農大眾的鬥爭，指出鬥爭的途徑。這樣的精神，這樣的意識，這樣的內容，用藝術派——文學的形式表現出來，這是我們所要求的唯一的東西。」彭康：《新文化運動與人權運動》，《新思潮》第 4 期，1931 年 2 月 28 日。

〔註82〕 李波：《法、法治與憲政》，《開放時代》2003 年第 5 期，第 38 頁。

同意是政治社會形成的基礎，「同意」不僅在建立政府時是必要的，而且也正是政府要求人民服從的持久條件，一旦人民確信政府不在履行保護的職責，便可以收回對政府的服從；政府權威不是無限的，它具有限制自身的義務。從維護個人的自由權利出發，洛克主張從權力結構上分權，以憲政及法律原則來確立政府的權限和公民反對政府的權利等等。〔註83〕

「新月派」在「人權運動」中的言論確實批評了國民黨摧殘人權的種種讓胡適等人深感痛苦的行為，但面對一個無法將其職能定位於按照法律尺度在法律框架內保障人民自由的政府來說，人民就應該收回他們與政府「簽訂」的有關「同意」其成立的契約。但胡適在面對民權保障同盟所要求的「立即無條件釋放一切政治犯」的話，他認為這不是保障民權，「這是對一個政府要求革命的自由權。一個政府要存在，自然不能不制裁一切推翻政府或反抗政府的行動。向政府要求革命的自由權，豈不是與虎謀皮？謀虎皮的人，應該準備被虎咬，這是做政治運動的人自身應負的責任。」〔註84〕胡適主張保護民權只能是一個法律的問題，用「法治」來保護，但問題是通過對上海國民黨人法律文化的分析，他們所缺乏的就是法治文化的精神、態度與價值，這樣的政府又怎能保障民權？保障自由呢？我們說「新月」的人權運動是一場尋求文學法治的法律文化運動，但在這裡我們也看到，這是一場不徹底的尋求文學法治的運動。

在談到法治與政府的關係時，哈耶克指出「法治和政府的一切行動是否在法律的意義上合法這一問題沒有什麼關係，它們可能很合法，但仍可能不符合法治。」「通過賦予政府以無限制的權力，可以把最專斷的統治合法化；並且一個民主制度就可以以這樣一種方式建立起一種可以想像得到的最完全的專制政治來。」〔註85〕同樣，國民黨政府通過手中的權力，從國民黨意識形態統治的政治需求出發，在書報審查方面制定了各種能夠為其所用的法律條文，這樣，為國民黨對言論自由、出版自由等人之權利的壓制與箝制，便披上了合法的外衣。但在合法外衣下，卻實行著一黨獨裁的事實，這顯然與

〔註83〕　郁建興：《自由主義：從英國到法國》，載《浙江大學學報（人文社會科學版）》，1999 年 4 月第 2 期，第 146 頁。

〔註84〕　胡適：《民權的保障》，歐陽哲生編《胡適文集》（11），北京大學出版社，1998年，第 295 頁。

〔註85〕　哈耶克：《通往奴役之路》，王明毅、馮興元等譯，北京：中共社會科學出版社，1997 年 8 月第 1 版，第 82～83 頁。

法治眞義相差甚遠。而施行一黨獨裁的三十年代國民黨政府是無法眞正建立憲政制度，實現法治的。而對此，胡適等人依然高舉守法的大旗，講求依靠「法治」來保障人的權利，如此願景是無法實現的。因此，他們只能委身於國民政府而不敢收回那份「人民與政府簽訂的契約」，無論國民政府的法律是否符合自然正義和平等原則，他們只能忍受。在這裡，「新月派」與左翼文藝家便產生了極大的距離，也是根本不同的地方。

結　語

　　從閱讀時人的文字中我們發現，從晚清到民國的文化教育界與文學創作、出版界都對翻譯抱以高度重視的姿態，這其中無疑摻進了民族情感為基礎的對西方先進科學文化技術以及文學藝術流派與技巧的崇尚與直追。因此，當面臨 1903 年美、日商約談判要求加入版權保護的條款，以及 1913 年美國要求加入中美版權同盟，1920 年法公使要求加入「瑞士京城國際保護文學美術著作權公約」時，從民國政府到上海書業商會均一致反對加入。可以說，對於來自外國的版權保護請求，中國方面均以阻礙中國文化發展的宏大理由予以拒絕。當然，加入國際版權同盟，給予外人版權保護的權利待遇，要適中國國情而定。但問題是，正是由於中國政府的這種「拒絕」的姿態，既給當時的文化與文學界的翻譯需求提供了法律上的最大化的「自由」權利，同時，從這種「拒絕」的姿態中，我們也看到中國著作權觀念的淡漠，滋生著對作者個人著作權利的種種侵害，以致民國時期上海、北京充斥著大量的盜版書籍。如果說晚清政府以及民國各時期政府對著作者權利的不看重是存有思想言論控制之意，那麼，商業出版界的盜版等不法行為背後則是現實經濟利益的驅動，著實損害了著者的個人著作權。如李季曾在文中以控訴的口吻說道「我這個文字勞動者十幾年來的譯著雖不過二百餘萬字，但始終是一個極度被剝削的人」，他的先生、學生、資本家、其「朋友」的書店都在剝削他，有時弄得他「肚子飢餓了，心中懷恨了，打算不顧一切，做一篇《書奴的反叛》赤裸裸地宣佈這重重黑幕，然後拋開筆桿子，去拉黃包車。」〔註1〕

〔註 1〕 李季：《被剝削的文字勞動者》，原載《讀書雜志》第 2 卷第 5 期，1932 年。
　　　　轉引自《中國版權史研究文獻》，周林、李明山主編，北京：中國方正出版社，
　　　　1999 年 11 月第 1 版，第 215 頁。

　　關注國際版權保護中的翻譯「自由」，自然是在「文學與法律」中透過著作權的視角來探測與文學諸種關聯研究的嘗試。但作爲透過法律來看文學的視角之一，「著作權與文學」還有其他課題仍然值得我們去關注，比如說「著作權與作家的職業化」、「盜版與文學傳播」、以及對現代作家組成的著作權組織，如「上海著作人公會」的團體研究等等。

　　我們通過對「書報審查制度與左翼文藝」的考察，可以說，上海左翼文藝的發展史，同時又是一部在國民黨政府權力壓迫下，充滿「抽骨」與查禁的「左翼文藝被審查史」。通過書報審查制度，在上海，我們看到了國民政府對左翼文藝自由的政治壓迫與查禁；在租界化的上海，英美租界、法租界的存在又始終是一股「異質」的法律文化，既爲左翼文藝的發展提供相對自由而靈活的空間，同時，租界當局又基於政治立場的不同與經濟利益的追求，又和國民黨當局保持著一定合作關係，從而在一定程度上又對左翼文藝的生存空間產生壓制。這樣的關係無疑是複雜與多元的，在這個意義上，三十年代上海的諸種特殊文學現象似乎都可以在當時法律多元的上海找到相應的闡釋。

　　在如何對待書報審查制度的問題上，人們常常引用馬克思的話，說「治療書報檢查制度的眞正而根本的方法，就是廢除書報檢查制度，因爲這種制度本身是毫無用處的。」但問題的關鍵似乎並非僅是一個「廢除」就可完事兒的。從「人權運動」的法律文化考察中，我們可以看出缺少法治價值理念的國民黨官方法律文化應是造成「黨治」而非法治的重要因素之一。總理「遺教」因缺乏對個人權利的足夠信仰與尊重，從而使民國無法誕生出合乎自然正義與公平原則的理想法治社會與憲政制度。而對這一點的證明在「文化大革命」時期似乎更加淋漓盡致。從中可見，一個理想的法治社會對文學健康獨立的常態發展是何其重要。

　　通過人權運動的分析我們得到的啓發是：「法治」並不等於「守法」，眞正的法治至少要建立在尊重個人自由與權利的底子上。無論憲政還是法治，均需要一種能夠爲其提供保護的法律文化的存在。如果沒有與之相契合的法律文化，「憲政」與「法治」很有可能只是掩護權力侵犯個人自由與權利的幌子，如此的話，文學的獨立與自由也無從眞正實現。同時，這樣的「憲政」與「法治」也並非是眞正意義上的。從「新月」、國民黨人、「左翼」關於「人權運動」的論爭中可以看出，眞正意義上的權利保障性憲法以及由此保障而

實施法治之中的文藝自由，在當時的法律文化中存在著不同的立場與觀念，
很難一時達成；但是另一方面，這種不同立場與觀念的針鋒相對，是否也是
當時一種多元法律文化間的一種自由呢？

　　無論是對翻譯權的關注、書報審查制度與文學考察還是透過法律文化對
「新月派」及上海國民黨人對法律精神、價值、態度等觀念的分析比較，實
際上都屬於我們所提倡的「文學與法律」的研究範圍，除此而外，筆者感到
這一研究課題仍由其他方面值得做進一步研究，除了上面已經提及的「著作
權與作家職業化」外，比如說「租界制度與民國文學研究」、「晚清至民國：
法律變革與文學的現代革命」、「民國時期的電影審查制度與左翼電影」等
等，而在具體的文本闡釋上，我們也盡可用法律的視角對其進行批評。

　　當然，從上面剛提出的幾個研究課題的角度來說，我們「民國時期上海
的文學與法律」研究遠沒有結束，以上文字只是暫告一段落，自然其中亦存
在進一步補充與完善的地方。在「文學與法律」的總題下，我們希望文學研
究者能夠一起在「文學」與「法律」間建立起更多的聯繫，開拓更新更值得
研究的學術領域。

參考文獻

一、報紙期刊類

1. 《創造月刊》
2. 《大學院公報》
3. 《東方雜誌》
4. 《汗血週刊》
5. 《河北教育》
6. 《申報》
7. 《文化批判》
8. 《小說月報》
9. 《新青年》
10. 《新月》
11. 《文學旬刊》
12. 《國民黨中宣部審查 1930 年 7 至 9 月份出版物總報告（節錄）》，《民國檔案史料》，中國第二歷史檔案館，1991 年第 3 期。
13. 《民國二十四年上海市年鑒》
14. 《民國廿五年上海市年鑒》
15. 《全國宣傳會議會議錄》，中國國民黨中央執行委員會宣傳部印，1929 年 6 月。
16. 《上海特別市教育局業務報告》
17. 《上海市公安局業務報告第三卷》
18. 《上海市公安局業務報告第四卷》
19. 《上海市公安局業務報告第五卷》

20. 《上海通志館期刊》第二年第三期，《近代中國史料叢刊續編》第三十九輯，沈雲龍主編，臺北：文海出版社有限公司，1977 年 1 月第 1 版。

21. 《中國國民黨第五屆中央執行委員會第二次全體會議中央宣傳部工作報告》，1936 年 7 月出版。

22. 《中央取締反動文藝書籍一覽》

23. 中國國民黨中央執行委員會《宣傳部十七年度部務一覽》，1929 年 4 月編。

24. 《宣傳部十七年度部務一覽》，中國國民黨中央執行委員會，1929 年 4 月編。

二、著作類

A

1. 〔奧〕歐根・埃利希：《法社會學原理》，舒國瀅譯，北京：中國大百科全書出版社，2009 年。

2. 〔法〕羅貝爾・埃斯卡皮：《文學社會學》，于沛選編，杭州：浙江人民出版社，1987 年。

3. 〔美〕本尼迪克特・安德森：《想像的共同體——民族主義的起源與散佈》，吳叡人譯，上海：人民出版社，2005 年。

4. 〔法〕安克強：《1927～1937 年的上海》，張培德等譯，上海：上海古籍出版社，2004 年。

5. 〔美〕安守廉：《竊書為雅罪》，李琛譯，北京：法律出版社，2010 年。

B

1. 北京大學法律系國際法教研室編：《中外舊約章彙編》（第二冊），北京：三聯書店，1959 年。

2. 〔美〕D・布迪 C・莫里斯：《中華帝國的法律》，朱勇譯，梁治平校，南京：江蘇人民出版社，1995 年。

3. 〔美〕理查德・A・波斯納：《法律與文學》，李國慶譯，北京：中國政法大學出版社，2002 年。

C

1. 陳德徵編著：《人權論及其他》，上海特別市黨部宣傳部審定、出版，1930 年。

2. 陳獨秀：《獨秀文存》，合肥：安徽人民出版社，1987 年。

3. 陳瘦竹主編：《左翼文藝運動史料》，南京：南京大學學報編輯部出版，1980 年。

4. 陳正宏、談蓓芳：《中國禁書簡史》，上海：學林出版社，2004 年。

5. 饒鴻競、陳頌聲等編：《創造社資料》（上下冊），福州：福建人民出版社，1985 年。

D

1. 丁原基：《清代康雍乾三朝禁書原因之研究》，臺北：華正書局，1983 年。

F

1. 方銘編：《蔣光慈研究資料》，銀川：寧夏人民出版社，1983 年 7 月。

2. 〔美〕費約翰：《喚醒中國》，李恭忠、李里峰等譯，劉平校，北京：三聯書店，2004 年。

3. 馮象：《木腿正義》（增訂版），北京：北京大學出版社，2007 年。

4. 費城康：《中國租界史》，上海：上海社會科學院出版社，1991 年。

5. 馮友蘭：《中國哲學史》，上海：華東師範大學出版社，2000 年。

G

1. 〔美〕格里德：《胡適與中國的文藝復興》，魯奇譯，王友琴校，南京：江蘇人民出版社，1989 年。

2. 郭沫若：《文藝論集續集》，上海：光華書局印行，1931 年。

3. 郭延禮：《中國近代翻譯文學概論》，武漢：湖北教育出版社，1998 年。

4. 中國社會科學院文學研究所現代文學研究室編：《「革命文學」論爭資料選編》，北京：人民文學出版社，1981 年。

H

1. 〔英〕哈耶克：《通往奴役之路》，王明毅、馮興元等譯，北京：中國社會科學出版社，1997 年。

2. 胡適：《胡適文集》，歐陽哲生編，北京：北京大學出版社，1998 年。

3. 胡道靜：《上海新聞事業之史的發展》，《上海通志館期刊》第二年第三期，《近代中國史料叢刊續編》第三十九輯，沈雲龍主編，臺北：文海出版社有限公司，1977 年。

J

1. 〔美〕吉爾茲：《地方性知識：闡釋人類學論文集》，北京：中央編譯出版社，2000 年。

2. 金觀濤：《探索現代社會的起源》，北京：社會科學文獻出版社，2010 年。

3. 蔣介石：《先總統蔣公全集》第一冊，張其昀主編，臺北：中國文化大學

出版部，1984 年。

4. 姜義華：《「理性缺位」的啟蒙》，上海：三聯書店，2000 年。

K

1. 〔美〕劉易斯・科塞：《理念人——一項社會學的考察》，郭方等譯，北京：中央編譯出版社，2001 年。

2. 康大壽、潘家德：《近代外人在華治外法權研究》，成都：四川人民出版社，2002 年。

3. 〔奧地利〕凱爾森：《法與國家的一般理論》，沈宗靈譯，北京：中國大百科全書出版社，1995 年。

4. 曠新年：《1928：革命文學》，濟南：山東教育出版社，1998 年。

5. 〔法〕弗朗斯瓦・魁奈：《中華帝國的專制制度》，談敏譯，北京：商務印書館，1992 年。

L

1. 黎難秋等編：《中國科學翻譯史料》，合肥：中國科學技術大學出版社，1996 年。

2. 李永東：《租界文化與 30 年代文學》，上海：三聯書店，2006 年。

3. 林賢治：《魯迅的最後十年》，上海：復旦大學出版社，2011 年。

4. 林語堂：《中國新聞輿論史》，劉小磊譯，馮克利校，上海：上海人民出版社，2008 年。

5. 林子怡：《言論自由與新聞自由》，臺北：月旦出版社，1993 年。

6. 梁實秋、胡適、羅隆基：《人權論集》，上海：新月書店，1930 年。

7. 廖崇向：《樂苑談往》，北京：華樂出版社，1996 年。

8. 劉建輝：《魔都上海——日本知識人的「近代」體驗》，甘慧傑譯，上海：上海古籍出版社，2003 年。

9. 劉作翔：《法律文化理論》，北京：商務印書館，1999 年。

10. 劉增人等纂著：《中國現代文學期刊史論》，北京：新華出版社，2005 年。

11. 〔德〕盧曼：《社會的法律》，鄭伊倩譯，北京：人民出版社，2009 年。

12. 魯迅：《魯迅著譯編年全集》，北京：人民出版社，2009 年。

13. 魯湘元：《稿酬怎樣攪動文壇》，北京：紅旗出版社，1998 年。

M

1. 茅盾：《我走過的道路》（中），北京：人民文學出版社，1984 年。

2. 茅盾：《茅盾全集》第十一卷，北京：人民文學出版社，1986 年。

3. 馬光仁：《中國近代新聞法制史》，上海：上海社會科學院出版社，2007年。

4. 馬良春、張大明編：《三十年代左翼文藝資料選編》，成都：四川人民出版社，1980年。

5. 〔法〕梅鵬、傅立德：《上海法租界史》，倪靜蘭譯，上海：上海社會科學院出版社，2007年。

6. 〔美〕羅茲・墨菲：《上海——現代中國的鑰匙》，上海社會科學院歷史研究所編譯，上海：上海人民出版社，1986年。

N

1. 倪墨炎：《現代文壇災禍錄》，上海：上海書店出版社，1996年。

2. 倪偉：《「民族」想像與國家統制——1928～1948年南京政府的文藝政策及文學運動》，上海：上海教育出版社，2003年。

P

1. 〔美〕羅斯科・龐德：《通過法律的社會控制》，沈宗靈譯、樓邦彥校，北京：商務印書館，1984年。

Q

1. 瞿同祖：《中國法律與中國社會》，北京：中華書局，2003年。

R

1. 榮孟源主編：《中國國民黨歷次代表大會及中央全會資料》，北京：光明日報出版社，1985年。

S

1. 〔美〕斯諾：《中國書報檢查官的處事之道》，《斯諾通訊特寫選》，劉力群選編，洪允息等譯，重慶：新華出版社，1985年。

2. 蘇力：《法律與文學》，北京：三聯書店，2006年。

3. 沈固朝：《歐洲書報檢查制度的興衰》，南京：南京大學出版社，1999年。

4. 施蟄存：《施蟄存文集・文學創作編（第二卷）》，上海：華東師範大學出版社，2001年。

5. 《上海革命文化大事記》（1919～1937），中共上海市委黨史資料微集委員會、中共上海市委黨史研究室、中共上海市委宣傳部黨史資料微集委員會合編，上海：上海書店出版社，1995年。

6. 蒯世勛編著：《上海公共租界史稿》，上海：上海人民出版社，1980年。

7. 上海市年鑒委員會編：《民國二十四年上海市年鑒》，上海：上海市通志

館出版，1935 年。

8. 《上海特別市教育局業務報告》，1930 年 1 月～6 月。

9. 上海師大中文系魯迅著作注釋組編：《魯迅及三十年代文藝問題》，甘肅師範大學中文系現代文學教研組，1978 年翻印。

T

1. 唐弢：《晦庵書話》，北京：三聯書店，1998 年。

W

1. 王本朝：《中國現代文學制度研究》，重慶：西南師範大學出版社，2002年。

2. 吳漢東：《知識產權多維解讀》，北京：北京大學出版社，2008 年。

3. 王立民：《上海法制史》，上海：上海人民出版社，1998 年。

4. 王立民主編：《上海法治與城市發展》，上海：上海人民出版社，2012年。

5. 王奇生：《黨員、黨權與黨爭——1924 年～1949 年中國國民黨的組織形態》，上海：上海書店出版社，2003 年。

6. 王煦華、朱一冰合輯：《1927～1949 年禁書（刊）史料彙編》第二冊，北京：北京圖書館出版社，2007 年。

7. 王哲甫：《中國新文學運動史》，北平：傑成印書局，1933 年。

8. 〔美〕魏斐德：《上海警察，1927～1937》，章紅、陳雁等譯，上海：上海古籍出版社，2004 年。

9. 〔英〕戴維·M·沃克：《牛津法律大辭典》，李雙元等譯，北京：法律出版社，2003 年。

Q

1. 秦瑞玠編纂：《著作權律釋義》，上海：商務印書館，1914 年。

X

1. 西瀅：《西瀅閒話》，上海：新月書店，1933 年。

2. 蕭友梅：《蕭友梅全集》第 1 卷《文論專著卷》，陳聆群編，上海：上海音樂學院出版社，2004 年。

3. 〔澳〕布拉德·謝爾曼、〔英〕萊昂内爾·本特利：《現代知識產權法的演進：英國的歷程（1760～1911）》，金海軍譯，北京：北京大學出版社，2012 年。

4. 謝振民編著：《中華民國立法史》（上、下），張知本校訂，北京：中國政法大學出版社，2000 年。

5. 徐百齊編：《中華民國法規大全》，上海：商務印書館，1937 年。

Y

1. 姚公鶴：《上海閒話》，吳德鐸標點，上海：上海古籍出版社，1989 年。
2. 葉靈鳳：《讀書隨筆》，北京：三聯書店，1988 年。
3. 楊奎松：《國民黨的「聯共」與「反共」》，北京：社會科學文獻出版社，2008 年。
4. 楊之華編著：《文藝論叢》，上海：太平書局，1944 年。

Z

1. 趙家璧：《編輯憶舊》，北京：中華書局，2008 年。
2. 趙旭東：《法律與文化：法律人類學研究與中國經驗》，北京：北京大學出版社，2011 年。
3. 鄭成思：《知識產權法》，北京：法律出版社，2003 年。
4. 中國第二歷史檔案館編輯：《中華民國史檔案資料彙編》第三輯文化，南京：鳳凰出版社，1991 年 6 月第 1 版。
5. 中國第二歷史檔案館編：《中華民國史檔案史料彙編》第五輯第一編文化，南京：鳳凰出版社，1994 年。
6. 《中國國民黨第五屆中央執行委員會第二次全體會議中央宣傳部工作報告》，1936 年 7 月出版。
7. 《中國國民黨第五屆中央執行委員會第三次全體會議中央宣傳部工作報告》，1937 年 2 月出版。
8. 中國近代經濟史資料叢刊編輯委員會主編：《辛丑和約訂立以後的商約談判》，中華人民共和國海關總署研究室編譯，北京：中華書局，1994 年。
9. 周林、李明山主編：《中國版權史研究文獻》，北京：中國方正出版社，1999 年。
10. 張靜廬輯注：《中國現代出版史料》（乙編），北京：中華書局，1955 年。
11. 張聞天：《張聞天文集》（第一卷），張聞天選集編輯組，北京：中共黨史資料出版社，1990 年。
12. 張英進、于沛編：《現當代西方文藝社會學探索》，福州：海峽文藝出版社，1987 年。
13. 張振之等：《評胡適反黨義近著》（全一冊），上海：光明書局，1929 年。
14. 朱聯保編撰：《近代上海出版業印象記》，上海：學林出版社，1993 年。
15. 祝均宙編著：《建國前上海地區文化報刊提要摘編》，上海市文化局黨史資料徵集領導小組、上海市文化系統地方志編輯委員會主編，1992 年。

16. 周國偉、柳尚彭：《尋訪魯迅在上海的足跡》，上海：上海書店出版社，2003 年。

17. 朱光潛：《朱光潛全集》（第一卷），合肥：安徽教育出版社出版，1987 年。

18. 朱曉進：《政治文化與中國二十世紀三十年代文學》，北京：人民出版社，2006 年。

三、論文類

D

1. 丁玲：《關於左聯的片段回憶》，《新文學史料》，1980 年第 1 期。

F

1. 馮夏熊：《馮雪峰回憶中的潘漢年》，《新文學史料》，1982 年第 4 期。

L

1. 李波：《法、法治與憲政》，《開放時代》，2003 年第 5、6 期。

M

1. 明輝、李霞：《西方法律與文學運動的形成、發展與轉向》，《國外社會科學》，2011 年 03 期。

N

1. 倪墨炎：《三十年代反動派壓迫新文學的史料輯錄〔續二〕》，《新文學史料》，1989 年 01 期。

T

1. 唐紀如：《國民黨 1934 年〈文藝宣傳會議錄〉評述》，《南京師大學報（社會科學版）》，1986 年第 3 期。

W

1. 王富仁：《傳播學與中國現代文學研究》，《讀書》，2004 年第 5 期。

Z

1. 莊鍾慶、孫立川：《丁玲同志答問錄》，《新文學史料》，1991 年第 3 期。

X

1. 徐忠明、溫榮：《中國的「法律與文學」研究述評》，《中山大學學報（社會科學版）》，2010 年第 6 期。